CHARLES BUKOWSKI nasceu a 16 de agosto de 1920 em Andernach, Alemanha, filho de um soldado americano e de uma jovem alemã. Aos três anos de idade, foi levado aos Estados Unidos pelos pais. Criou-se em meio à pobreza de Los Angeles, cidade onde morou por cinquenta anos, escrevendo e embriagando-se. Publicou seu primeiro conto em 1944, aos 24 anos de idade, e somente aos 35 começou a publicar poesias. Foi internado diversas vezes com crises de hemorragia e outras disfunções geradas pelo abuso do álcool e do cigarro. Durante a sua vida, ganhou certa notoriedade com contos publicados pelos jornais alternativos *Open City* e *Nola Express*, mas precisou buscar outros meios de sustento: trabalhou quatorze anos nos Correios. Casou, teve uma filha e se separou. É considerado o último escritor "maldito" da literatura norte-americana, uma espécie de autor beat honorário, embora nunca tenha se associado com outros representantes beats, como Jack Kerouac e Allen Ginsberg.

Sua literatura é de caráter extremamente autobiográfico, e nela abundam temas e personagens marginais, como prostitutas, sexo, alcoolismo, ressacas, corridas de cavalos, pessoas miseráveis e experiências escatológicas. De estilo extremamente livre e imediatista, na obra de Bukowski não transparecem demasiadas preocupações estruturais. Dotado de um senso de humor ferino, autoirônico e cáustico, ele foi comparado a Henry Miller, Louis-Ferdinand Céline e Ernest Hemingway.

Ao longo de sua vida, publicou mais de 45 livros de poesia e prosa. São seis os seus romances: *Cartas na rua* (1971), *Factótum* (1975), *Mulheres* (1978), *Misto-quente* (1982), *Hollywood* (1989) e *Pulp* (1994), todos na Coleção **L&PM** POCKET. Em sua obra também se destacam os livros de contos e histórias: *Notas de um velho safado* (1969), *Erections, Ejaculations, Exhibitions, and General Tales of Ordinary Madness* (1972; publicado em dois volumes em 1983 sob os títulos de

Tales of Ordinary Madness e *The Most Beautiful Woman in Town*, lançados pela L&PM Editores como *Fabulário geral do delírio cotidiano* e *Crônica de um amor louco*), *Ao sul de lugar nenhum* (1973; L&PM, 2008), *Bring Me Your Love* (1983), *Numa fria* (1983; L&PM, 2003), *There's No Business* (1984) e *Septuagenarian Stew* (1990). Seus livros de poesias são mais de trinta, entre os quais *Flower, Fist and Bestial Wail* (1960), *O amor é um cão dos diabos* (1977; L&PM, 2007), *Você fica tão sozinho às vezes que até faz sentido* (1986; L&PM, 2018), sendo que a maioria permanece inédita no Brasil. Várias antologias, como *Textos autobiográficos* (1993; L&PM, 2009), além de livros de poemas, cartas e histórias reunindo sua obra foram publicados postumamente, tais quais *O capitão saiu para o almoço e os marinheiros tomaram conta do navio* (1998; L&PM, 2003) e *Pedaços de um caderno manchado de vinho* (2008; L&PM, 2010).

Bukowski morreu de pneumonia, decorrente de um tratamento de leucemia, na cidade de San Pedro, Califórnia, no dia 9 de março de 1994, aos 73 anos de idade, pouco depois de terminar *Pulp*.

Charles Bukowski

MULHERES

Tradução de Reinaldo Moraes

www.lpm.com.br

L&PM POCKET

Coleção **L&PM** POCKET, vol. 950

Texto de acordo com a nova ortografia.
Título original: *Women*

Este livro foi publicado pela Editora Brasiliense, em formato 14 x 21cm, em 1984.

Também disponível na Coleção Rebeldes & Malditos
Primeira edição na Coleção **L&PM** POCKET: junho de 2011
Esta reimpressão: julho de 2025

Tradução: Reinaldo Moraes
Capa e ilustração: Ivan Pinheiro Machado
Revisão: Caren Capaverde e Aila Corrent

CIP-Brasil. Catalogação na Fonte
Sindicato Nacional dos Editores de Livros, RJ

B949m

Bukowski, Charles, 1920-1994
    Mulheres / Charles Bukowski; tradução de Reinaldo Moraes. – Porto Alegre, RS: L&PM, 2025.
    320p. : 18 cm   (L&PM POCKET, v. 950)

Tradução de: *Women*
ISBN 978-85-254-2313-9

1. Romance americano. I. Moraes, Reinaldo, 1950-. II. Título. III. Série.

11-2663.   CDD: 813
                                      CDU: 821.111(73)-3

© 1978, 2011 by Charles Bukowski

Todos os direitos desta edição reservados a L&PM Editores
Rua Comendador Coruja, 314, loja 9 – Floresta – 90.220-180
Porto Alegre – RS – Brasil / Fone: 51.3225.5777

PEDIDOS & DEPTO. COMERCIAL: vendas@lpm.com.br
FALE CONOSCO: info@lpm.com.br
www.lpm.com.br

Impresso no Brasil
Inverno de 2025

Muito cara legal foi parar debaixo da
ponte por causa de uma mulher.

HENRY CHINASKI

Este romance é obra de ficção e nenhum personagem pretende reproduzir pessoas ou combinações de pessoas vivas ou mortas.

1

Eu tinha cinquenta anos e há quatro não ia pra cama com nenhuma mulher. Não tinha amigas. Olhava pras mulheres nas ruas ou em qualquer lugar que as visse, mas olhava sem desejo e com uma impressão de futilidade. Me masturbava regularmente, mas a ideia de ter um relacionamento com uma mulher – mesmo em termos não sexuais – estava além da minha imaginação. Eu tinha uma filha ilegítima de seis anos. Vivia com a mãe, e eu pagava pensão pra criança. Anos antes, tinha me casado, aos 35. Durou dois anos e meio. Minha mulher pediu divórcio. Só estive apaixonado uma vez – ela morreu de alcoolismo agudo, aos 48, quando eu tinha 38. Já minha mulher era 12 anos mais jovem que eu. Deve estar morta também, não tenho certeza. Ela me escrevia uma longa carta todo Natal nos primeiros seis anos depois do divórcio. Nunca respondi...

    Não lembro bem quando vi Lydia Vance pela primeira vez. Foi há cerca de seis anos, eu tinha acabado de largar um emprego de doze anos como funcionário dos Correios e estava tentando virar escritor. Estava morrendo de medo e bebia mais do que nunca. Tentava escrever meu primeiro romance. Bebia meio litro de uísque e uma dúzia de meias-cervejas, todas as noites, enquanto escrevia. Fumava charutos baratos e datilografava e bebia e escutava música clássica no rádio até de madrugada. Fixara uma meta de dez páginas por noite, mas nunca sabia, até a manhã seguinte, quantas páginas tinha escrito. Levantava de manhã, vomitava, ia até a sala e conferia no sofá quantas folhas tinha ali. Sempre passavam das minhas dez. Às vezes tinha 17, 18, 23, 25 páginas. Claro que o trabalho de cada noite tinha que ser desbastado ou tinha que ser jogado fora. Gastei 21 noites pra escrever meu primeiro romance.

Os proprietários do condomínio em que eu morava viviam nos fundos e achavam que eu era maluco. Todas as manhãs, ao acordar, tinha um saco enorme de supermercado na minha porta. O conteúdo variava, mas, em geral, tinha tomates, rabanetes, laranjas, cebolinhas, latas de sopa, cebolas. Uma ou outra noite eu bebia cerveja com eles até quatro ou cinco da madrugada. O velho se apagava, e a velha e eu ficávamos de mãos dadas, e eu dava uns beijos nela de vez em quando. Sempre dava um beijão nela na porta. Era enrugada pra danar, mas o que é que ela podia fazer? Era católica e ficava uma gracinha quando botava seu chapéu cor-de-rosa e saía pra igreja, domingo de manhã.

Acho que encontrei Lydia Vance na minha primeira leitura de poesia. Foi numa livraria da Avenida Kenmore, chamada A Ponte Levadiça. Lá estava eu morrendo de medo de novo. Posudo, mas morrendo de medo. Quando entrei, só tinha lugar em pé. Peter, o dono da livraria, que morava com uma garota negra, tinha uma pilha de dinheiro na sua frente.

– Porra – disse ele –, se eu conseguisse juntar sempre essa turma toda, como agora, teria grana suficiente pra fazer outra viagem à Índia!

Entrei e eles começaram a aplaudir. Eu estava a ponto de perder o cabaço em matéria de leitura de poesias.

Li meia hora pra eles, daí pedi uma pausa. Ainda estava sóbrio e podia sentir os olhos me encarando lá da escuridão. Umas pessoas chegaram e falaram comigo. Então, durante uma folga, Lydia Vance se aproximou. Eu estava sentado numa mesa, bebendo cerveja. Ela apoiou as duas mãos na beirada da mesa, se debruçando, e me encarou. Tinha longos cabelos castanhos, muito longos; um nariz saliente, e um olho que não combinava direito com o outro. Mas projetava vitalidade – não dava pra ignorar que ela estava lá. Eu sentia as vibrações circulando entre nós. Nem todas as vibrações eram boas, algumas eram até bem confusas, mas estavam lá. Ela me olhou e eu olhei de volta. Lydia Vance estava com uma jaqueta de caubói, de camurça, com uma franja em volta do pescoço. Tinha uns peitos legais. Falei pra ela:

– Eu bem que gostaria de arrancar essa franja da sua jaqueta – a gente podia começar por aí!

Lydia foi embora. Não funcionou. Nunca soube o que dizer às moças. Mas, que bunda ela tinha. Fiquei olhando aquela bela bunda enquanto ela se afastava. O jeans marcava o seu traseiro e eu fiquei olhando enquanto ela se afastava.

Acabei a segunda parte do recital e esqueci de Lydia, do mesmo jeito que eu esquecia das mulheres com quem cruzava nas calçadas. Peguei meu dinheiro, autografei uns guardanapos, uns pedaços de papel e saí. Voltei dirigindo pra casa.

Ainda trabalhava todas as noites no meu primeiro romance. Nunca começava a escrever antes das 18h18. Essa era a hora que eu costumava bater o ponto no escritório dos Correios. Eram seis horas quando eles chegaram: Peter e Lydia Vance. Abri a porta. Peter disse:

– Olha só, Henry, olha só o que eu trouxe pra você!

Lydia foi logo se sentando no tampo da mesa da cozinha. Seus jeans estavam mais apertados que nunca. Balançava seus longos cabelos castanhos de um lado pro outro. Era maluca; era miraculosa. Pela primeira vez, considerei realmente a possibilidade de transar com ela. Foi então que começou a nos recitar poesia. Dela mesma. Era muito ruim. Peter tentou brecá-la:

– Não! Não! Nada de versalhadas na casa de Henry Chinaski!

– Deixa ela ir em frente, Peter!

Eu queria era olhar aquela bunda. Ela levantava e sentava, cavalgando a velha mesinha. Daí, saiu dançando. Agitava os braços no ar. A poesia era horrível, o corpo e a loucura não.

Lydia sentou de repente.

– E aí, Henry, gostou?

– Do quê?

– Da poesia.

– Não muito.

Lydia ficou ali parada com as folhas de poesia nas mãos. Peter agarrou-a.

– Vamos trepar! – ele disse pra ela. – Vamos nessa, vamos trepar!

Ela deu um empurrão nele.

– Tudo bem – disse Peter –, então, vou embora!

– Pode ir. Estou de carro – disse Lydia. – Posso bem voltar pra casa.

Peter correu até a porta. Parou e se virou:

– Tudo bem, Chinaski! Só não vá se esquecer do presentão que eu lhe trouxe!

Bateu a porta e se foi. Lydia sentou no sofá, perto da porta. Sentei a uns dois palmos dela. Olhei pra ela. Estava maravilhosa. Me deu medo. Aproximei a mão e toquei seus longos cabelos. Cabelos mágicos. Tirei a mão.

– Todo esse cabelo é seu mesmo? – perguntei. Sabia que era.

– É – respondeu –, é meu.

Peguei no seu queixo e tentei, muito sem jeito, virar sua cabeça de frente pra minha. Me faltava confiança nessas situações. Beijei-a, de leve.

Lydia se levantou num pulo.

– Tenho que ir. Estou pagando uma baby-sitter.

– Olha – eu disse –, fique aqui. Eu pago. Fique mais um pouquinho.

– Não, não posso – ela disse. – Tenho que ir.

Foi até a porta. Fui atrás. Ela abriu a porta. Então, se virou. Cheguei nela mais uma vez, a última. Ela levantou a cara e me deu um beijo mínimo. Depois, se afastou e botou umas folhas datilografadas na minha mão. A porta se fechou. Sentei no sofá com as folhas na mão e ouvi seu carro dando partida.

Os poemas, impressos em mimeógrafo, estavam grampeados e se intitulavam *DELLLLA*. Li alguns. Eram interessantes, cheios de humor e sexualidade, porém mal escritos. Eram de Lydia e de suas três irmãs – todas tão joviais e maravilhosas e sensuais ali reunidas. Joguei fora as folhas e abri a garrafa de uísque. Estava escuro lá fora. O que o rádio mais tocava era Mozart e Brahms e o Beethô.

2

Um ou dois dias depois, recebi um poema de Lydia pelo correio. Era um longo poema que começava assim:

> Saia daí, velho gigante,
> Saia desse buraco escuro, velho gigante,

Saia pra luz do sol, venha ao nosso encontro e
Deixe a gente botar margaridas no seu cabelo...

O poema seguia em frente pra me dizer como seria bom dançar pelos campos com irrequietas criaturas femininas que me trariam alegrias e o verdadeiro saber. Guardei a carta numa gaveta do guarda-roupa.

Acordei na manhã seguinte com umas pancadas nos vidros da porta da frente. Eram dez e meia.

– Cai fora – gritei.
– É Lydia.
– Tá legal. Espere um minuto.

Botei uma camisa, uma calça e fui abrir. Daí, corri pro banheiro e vomitei. Tentei escovar os dentes, mas só consegui vomitar de novo – o gosto doce da pasta virou meu estômago. Voltei pra sala.

– Você tá mal – disse Lydia. – Quer que eu saia?
– Não, não, eu tô legal. Sempre acordo desse jeito.

Lydia estava ótima. A luz atravessava a cortina e brilhava nela. Tinha uma laranja na mão que ela ficava jogando pro ar. A laranja rompia rolando a manhã luminosa de sol.

– Não posso ficar – disse ela –, mas queria te pedir uma coisa.
– Claro.
– Eu sou escultora. Quero esculpir sua cabeça.
– Tudo bem.
– Você vai ter que ir na minha casa. Eu não tenho ateliê. Vai ter que ser na minha casa. Isso não vai te deixar nervoso, vai?
– Não.

Anotei seu endereço e as instruções pra chegar lá.

– Vê se aparece pelas onze da manhã. Os garotos chegam da escola no meio da tarde e atrapalham muito.
– Vou chegar lá às onze – disse eu.

Sentei de frente pra Lydia, junto à mesa da cozinha. Entre nós dois tinha um montão de argila. Ela começou a fazer perguntas.

– Seus pais ainda estão vivos?
– Não.

— Você gosta de Los Angeles?

— É a minha cidade favorita.

— Por que é que você escreve sobre as mulheres daquele jeito?

— Que jeito?

— Você sabe.

— Não sei, não.

— Ora, eu acho uma vergonha um cara que escreve tão bem como você não saber nada sobre as mulheres.

Não respondi.

— Diabo! O que será que a Lisa fez com o...? – ela começou a procurar alguma coisa por toda parte. – Ah essas garotinhas que somem com os instrumentos da mamãe!

Lydia achou outro.

— Esse vai ter que servir. Quieto agora; pode relaxar, mas fique quieto.

Eu a encarava. Ela trabalhava no monte de argila com um instrumento de madeira que tinha um laço de arame na ponta. Fazia gestos com o instrumento pra mim, por cima do monte de argila. Eu a observava. Seus olhos nos meus. Eram grandes, castanho-escuros. Até seu olho ruim, o tal que não combinava com o outro, era bonito. Lydia trabalhava. O tempo passava. Eu estava em transe. Então, ela falou:

— Que tal uma folga? Tá a fim de uma cerveja?

— Legal. Tô sim.

Ela se levantou pra ir à geladeira. Fui atrás. Tirou de lá a garrafa e fechou a porta. No que ela se virou, agarrei-a pela cintura e puxei-a pra junto de mim. Grudei, boca e corpo, nela. Ela segurava a garrafa de cerveja a distância, com o braço esticado. Beijei-a. Beijei-a de novo. Lydia me empurrou.

— Tá bom – ela disse –, agora chega. Temos trabalho pela frente.

A gente se sentou de novo e eu fiquei bebendo minha cerveja; Lydia fumava um cigarro; entre nós, a argila. Foi então que a campainha tocou. Lydia se levantou. Uma gorda apareceu, com olhos frenéticos, suplicantes.

— Essa é minha irmã, Glendoline.

— Oi.

Glendoline puxou uma cadeira e começou a falar. E *como* falava. Se fosse uma esfinge, ia falar, se fosse uma pedra, ia falar. Quando é que ela vai se cansar e sair, fiquei pensando. Mesmo quando parei de escutar, era como se eu estivesse sendo bombardeado com minúsculas bolinhas de pingue-pongue. Glendoline não tinha nenhuma noção do tempo e não se tocava de que podia estar incomodando. Ela falava, falava.

– Escuta aqui – acabei dizendo –, quando é que você vai embora?

Aí começou uma cena entre irmãs. Começaram a boquejar uma pra outra. Ficaram as duas de pé, agitando os braços uma pra outra. As vozes se elevavam. Se ameaçaram fisicamente. Por fim – na véspera do fim do mundo –, Glendoline deu um meio rodopio vigoroso e se abalou pra sair; cruzou o espaçoso batente da porta de tela e foi embora. Ainda dava pra ouvi-la, inflamada e resmunguenta. Foi pro seu apartamento, nos fundos do condomínio.

Lydia e eu voltamos pro nosso canto e nos sentamos. Ela apanhou seu instrumento de esculpir. Os olhos dela bateram nos meus.

3

Uns dias mais tarde, de manhã, entrando no pátio interno do condomínio de Lydia, topei com ela que vinha chegando pelos fundos. Ela tinha saído pra ver sua amiga Tina, que morava num prédio da esquina. Estava elétrica naquela manhã, igual à vez em que apareceu sozinha em casa com a laranja.

– Óóóóó – fez ela –, de camisa nova!

Era verdade. Comprara a camisa pensando nela, pensando em vê-la. Sabia que ela sabia disso e que estava me gozando, embora não ligasse.

Lydia abriu a porta e a gente entrou. A argila descansava no centro da mesa, sob um pano úmido. Ela tirou o pano.

– Que cê acha?

Lydia não me poupou. Lá estavam as cicatrizes, o narigão de alcoólatra, a boca de macaco, os olhos reduzidos a fendas; e lá estava o sorriso burro e satisfeito de um homem feliz, ridículo, que se sente um sortudo e nem sabe por quê. Ela tinha trinta e eu mais de cinquenta. Não me importava.

– Sim senhora! – eu disse – Você acertou em cheio. Gosto dele. Mas, pelo jeito, já está quase acabado. Vou ficar deprimido quando terminar. Grandes manhãs e tardes foram essas...

– Isso interferiu muito na sua escrita?

– Nada; eu só escrevo depois que escurece. Nunca consigo escrever de dia.

Lydia apanhou o instrumento de modelagem e me olhou.

– Não se preocupe. Ainda falta muito. Quero que ele fique bem legal.

Na primeira folga, ela pegou um meio litro de uísque na geladeira.

– Ah – fiz eu.

– Quanto? – perguntou, segurando um copo alto.

– Meio a meio.

Ela fez o drinque e eu engoli tudo.

– Andei ouvindo coisas sobre você – disse ela.

– Que coisas?

– Que você costuma chutar pra fora os caras que batem à sua porta. Que você bate nas suas mulheres.

– Bater nas minhas mulheres?

– É, me contaram.

Agarrei Lydia e demos o beijo mais demorado da nossa história. Encostei-a na beira da pia e comecei a esfregar meu pau nela. Ela me empurrou, mas eu a peguei de novo no meio da cozinha.

A mão de Lydia pegou a minha e a enfiou na parte da frente dos seus jeans, por dentro da calcinha. A ponta de um dedo sentiu o começo da sua buceta. Estava molhadinha. Continuei a beijá-la, enfiando mais fundo meu dedo naquela buceta. Então, tirei a mão, me separei dela, peguei a garrafa e despejei mais um drinque pra mim. Sentei de novo junto da mesa; Lydia fez a volta, sentou do outro lado e me deu uma olhada. Depois começou a trabalhar na argila de novo. Fiquei bebericando meu uísque devagar.

– Olha – disse eu –, fique sabendo que eu tô por dentro da sua tragédia.

– Quê?

– Tô por dentro da sua tragédia.
– Quê cê quer dizer com isso?
– Escuta... – falei – esquece.
– Não, quero saber.
– Não quero mexer com seus sentimentos.
– Agora eu quero saber de que diabo cê tá falando.
– Ok, se você me servir outro drinque eu te conto.
– Tá legal – Lydia pegou meu copo vazio e botou metade uísque, metade água. Bebi tudo de uma vez.
– E aí? – perguntou.
– Pô, você sabe.
– Sei o quê?
– Você tem uma xoxota grande.
– Quê!?!
– É normal. Você teve dois filhos...

Lydia sentou, trabalhando em silêncio na argila. Então, deixou de lado seu instrumento. Foi até um canto da cozinha, perto da porta dos fundos. Se inclinou pra tirar as botas. Daí, abaixou os jeans e a calcinha. Sua buceta estava logo ali, me olhando.

– Tá legal, seu puto – ela disse. – Vou te provar que você tá errado.

Tirei meus sapatos, calças e cuecas. Ajoelhei no chão de linóleo e fui deslizando lentamente sobre ela, até me esticar. Comecei a beijá-la. Logo fiquei duro; senti que a penetrava.

Comecei a bombar... uma, duas, três...

Bateram na porta da frente. Batida de criança: punhos pequenos, frenéticos, persistentes. Lydia me empurrou depressa.

– É Lisa! Ela não foi pra escola hoje! Ela tava no...

Lydia se levantou num pulo e começou a botar a roupa.

– Se veste! – me disse.

Me vesti o mais rápido que pude. Lydia foi até a porta e lá estava sua filha de cinco anos:

– MANHÊ! MANHÊ! Cortei o dedo!

Entrei na sala. Lydia estava com Lisa no colo.

– Ui, ui, ui, deixa a mamãe ver, ui, ui, ui, deixa a mamãe dar um beijinho no seu dedo. Mamãe vai fazer ele ficar bom!

– MANHÊ! Tá doendo!

Dei uma espiada no corte. Era quase invisível.

– Olha – me disse Lydia –, te vejo amanhã.
– Desculpe – disse ela. – Tô me sentindo tão...
– Eu sei.
Lisa me olhou; as lágrimas rolavam, rolavam.
– Lisa não vai deixar acontecer nada de ruim pra mamãe, né? – disse Lydia.
Abri a porta, fechei a porta, andei até o meu Mercury Comet 1962.

4

Naquela época eu andava editando uma revistinha que se chamava *Abordagem laxativa*. Tinha outros dois coeditores e a gente achava que estava imprimindo os melhores poetas do nosso tempo. E também alguns da outra espécie. Um dos editores era um retardado com ginásio incompleto, de um metro e 87 de altura, Kenneth Mulloch (negro), meio sustentado pela mãe, meio pela irmã. O outro editor era o Sammy Levinson (judeu), 27 anos, que vivia com os pais e era sustentado por eles.

Já estava tudo impresso. Agora, faltava colar e grampear as folhas nas capas.

– O que você tem que fazer – disse Sammy – é dar uma Festa da Colagem. Você entra com as bebidas e umas merdinhas pra comer e *eles* fazem o trabalho.

– Detesto festa – disse eu.

– Eu me encarrego dos convites – falou Sammy.

– Tudo bem – disse eu. E convidei Lydia.

Na noite da festa, Sammy apareceu com as folhas já coladas. Ele era do tipo nervoso, tinha um tique de cabeça; não foi capaz de esperar pra ver seus poemas impressos. Colou sozinho a *Abordagem Laxativa* e depois grampeou as capas. Ninguém achou Kenneth Mulloch – provavelmente estava em cana ou sendo procurado.

O pessoal chegou. Eu não conhecia quase ninguém. Fui até o apartamento da senhoria nos fundos do condomínio. Ela me atendeu na porta.

– Estou dando uma grande festa, senhora O'Keefe. Gostaria que a senhora e seu marido viessem. Tem muita cerveja e salgadinhos.

– Deus do céu, não é possível!
– Que foi?
– Eu vi essa turma entrando aí. Aquelas barbas e aqueles cabelões e aquelas roupas remendadas! Pulseiras e colares... parecem um bando de comunistas! Como é que você aguenta aquela gente?
– Eu também não aguento aquela gente, senhora O'Keefe. Só estamos bebendo cerveja e conversando. Nada mais.
– Fique de olho neles. Essa corja é capaz até de roubar o encanamento.
E fechou a porta.
Lydia chegou tarde. Passou pela porta como uma atriz. A primeira coisa que eu reparei foi o seu chapelão de caubói com uma pluma de alfazema espetada do lado. Não falou comigo. Foi logo se sentando ao lado de um rapaz empregado da livraria, e começou a conversar animadamente com ele. Eu comecei a beber mais e o meu papo perdeu um pouco de pique e humor. O empregado da livraria era um tipo bem-apanhado que pretendia virar escritor. Chamava-se Randy Evans e andava por demais atolado em Kafka pra ter alguma clareza literária. A gente publicou ele na *Abordagem laxativa* pra não ferir seus sentimentos, e também pra garantir a distribuição da revista na livraria em que trabalhava.
Eu bebia minha cerveja e andava de um lado pro outro. Saí pela porta dos fundos, sentei no topo da sacada que dava pra ruela de trás e fiquei olhando um gatão preto que tentava entrar numa lata de lixo. Desci até lá. O gato saltou da lata de lixo quando me aproximei. Ficou a mais ou menos um metro me olhando. Tirei a tampa da lata de lixo. O fedor era horrível. Vomitei na lata. Larguei a tampa no chão. O gato deu um salto e se equilibrou nas bordas da lata com as quatro patas juntas. Hesitou por um instante, e aí, luzindo sob a meia-lua, pulou pra dentro.
Lydia ainda estava de papo com Randy, e eu notei que os pés deles se tocavam debaixo da mesa. Abri mais uma cerveja.
Sammy divertia a patota. Eu era um pouco melhor do que ele em matéria de fazer os outros rirem, mas não estava em boa forma naquela noite. Tinha lá uns quinze ou dezesseis homens e duas mulheres – Lydia e April. April fazia um curso

de arte e era gorda. Estava espichada no chão. Depois de uma hora, mais ou menos, levantou e saiu com Carl, um malucão completamente chumbado de droga. Assim, ficaram quinze ou dezesseis homens e Lydia. Achei meio litro de *scotch* na cozinha, fui pra porta dos fundos, fiquei lá dando uns goles.

Os caras foram indo embora, aos poucos, com o correr da noite. Até o Randy Evans se foi. No fim, sobraram apenas Sammy, Lydia e eu. Lydia conversava com Sammy. Sammy dizia coisas engraçadas. Consegui dar umas risadas. Então, falou que tinha que ir embora.

– Por favor, não vá, Sammy – disse Lydia.

– Deixa o garoto ir – eu disse.

– É, tenho que ir – respondeu Sammy.

Depois que Sammy saiu, Lydia falou:

– Você não tinha nada que mandar ele embora. O Sammy é engraçado, é engraçado mesmo esse Sammy. Você deixou ele magoado.

– Mas é que eu quero ficar a sós com você, Lydia.

– Eu curti os seus amigos. Nunca me acontece de encontrar gente tão variada, como acontece com você. Eu *gosto* de gente!

– Eu não gosto.

– Eu sei que você não gosta. Mas *eu gosto*. As pessoas vêm até você. Quem sabe se não viessem você gostaria mais delas.

– Não; quanto menos vejo, mais eu gosto.

– Você deixou o Sammy magoado.

– Ai, saco, ele foi pra casa, junto da mãe dele.

– Você tá é com ciúmes. Você é inseguro. Você acha que eu quero ir para cama com todo homem com quem converso.

– Não acho, não. Escuta, que tal um drinquezinho?

Me levantei e preparei um pra ela. Lydia acendeu um *long size* e ficou bicando seu drinque.

– Você fica bem à beça com esse chapéu – eu disse. – Essa pluma púrpura é um barato.

– É do meu pai esse chapéu.

– E ele não sente falta?

– Já morreu.

Puxei Lydia pro sofá, dei-lhe um beijo demorado. Ela me contou do pai. Morreu e deixou um dinheiro pras quatro filhas.

Com isso, elas ficaram independentes, o que permitiu a Lydia se divorciar do marido. Também contou que teve uma espécie de crise e passou um tempo num hospício. Beijei-a de novo.

– Olha – eu disse –, vamos pra cama. Tô cansado.

Pra minha surpresa, ela me seguiu até o quarto. Me estiquei na cama e senti que ela se sentava na beirada. Fechei os olhos e achei que estava tirando as botas. Escutei uma bota cair no chão, depois a outra. Comecei a me despir na cama. Alcancei o interruptor e apaguei a luz do quarto. Continuei a me despir. Nos beijamos mais um pouco.

– Há quanto tempo você não transa com uma mulher?
– Quatro anos.
– Quatro anos?
– É.
– Acho que você tá precisando de amor – disse ela.
– Sonhei com você. Fui abrir o seu peito, como se abre um guarda-roupa; seu peito tinha portas; quando abri as portas, vi um monte de coisas fofas dentro de você: ursinhos, animaizinhos felpudos, essas coisas fofas, carinhosas. Daí, sonhei com outro cara. Ele chegou e me mostrou umas folhas de papel. Peguei as folhas de papel e olhei pra elas. As folhas de papel tinham câncer. A escrita dele tinha câncer. Eu vou pelos meus sonhos. Você tá é precisando de amor.

Nos beijamos de novo.

– Escuta aqui – ela disse –, quando você enfiar sua coisa dentro de mim, não se esquece de tirar antes de gozar, tá bom?
– Tô sabendo.

Penetrei nela. Era bom. Alguma coisa estava acontecendo, alguma coisa real, e com uma garota vinte anos mais nova do que eu, uma garota bonita, afinal de contas. Dei umas dez bimbadas e gozei dentro dela.

Ela levantou num pulo.

– Seu filho da puta! Você gozou dentro de mim!
– Lydia, fazia tanto tempo... tava tão bom... não deu pra fazer nada... escapou... juro por Deus, não deu pra fazer nada!

Ela correu pro banheiro e abriu a água da banheira. Ficou em frente ao espelho passando um pente nos longos cabelos castanhos. Era bonita pra valer.

– Seu filho da puta! Meu Deus, que truque ginasiano mais idiota. Isso é idiotice ginasiana! E não podia ter acontecido em pior hora! Bom, estamos amigados agora! Estamos juntos agora!

Fui lá no banheiro falar com ela.

– Lydia, te amo.

– Sai de perto de mim, saco!

Me empurrou pra fora, fechou a porta, e eu fiquei de pé no corredor, escutando a água do banho escorrer.

5

Fiquei um par de dias sem ver Lydia, embora tenha telefonado pra ela umas sete ou oito vezes nesse período. Daí, chegou o fim de semana. Seu ex-marido, o Gerald, costumava ficar com as crianças nos fins de semana.

Peguei o carro, passei na casa dela naquele sábado, às onze da manhã, e bati na porta. Ela estava de jeans, botas, blusa laranja. Seus olhos castanhos estavam mais escuros que nunca e, assim que ela abriu a porta, a luz do sol revelou um tom ruivo natural nos seus cabelos escuros. Coisa maravilhosa. Me deixou beijá-la; então, fechou a porta e fomos pro meu carro. A gente tinha decidido ir à praia, não pra tomar banho, que era pleno inverno, mas só pra fazer alguma coisa.

Fomos indo. Era bom ter Lydia ao meu lado no carro.

– Que festa aquela, hein? – ela disse. – Você chamou aquilo de festa da colagem? Aquilo era uma festa da *copulagem*, isso sim. Uma festa da copulagem!

Eu dirigia com uma mão, enquanto a outra descansava na coxa de Lydia. Não conseguia tirá-la dali. Ela não parecia dar pela coisa. Eu ia dirigindo, e a mão escorregou por entre suas pernas. Ela continuou a conversar. De repente, disse:

– Tira a mão. Aí é a minha xoxota!

– Desculpe – disse eu.

Nenhum de nós disse nada até chegarmos ao estacionamento, na praia de Veneza.

– Você quer um sanduíche, uma coca, qualquer coisa? – perguntei.

– Legal – ela disse.

Entramos na mercearia de um judeu pra comprar umas coisas e levamos tudo prum montinho gramado que dava pro mar. Tinha sanduíches, picles, batatinhas fritas e refrigerantes. Fiquei espantado com a rapidez com que ela comia. Estraçalhava o sanduíche com selvageria, dava grandes goles na coca, comia metade de uns picles numa só mordida e abocanhava punhados fartos de batata frita. Eu, ao contrário, como muito devagar. "Paixão", pensei "ela é toda paixão."

– Como é que tá esse sanduíche? – perguntei.

– Ótimo. Eu tava com fome.

– Eles fazem sanduíches legais. Você quer mais alguma coisa?

– Hum-hum. Queria um doce.

– Que tipo?

– Ah, qualquer um. Um bem bom.

Dei uma mordida no meu sanduíche, um gole na coca, larguei tudo e fui até a mercearia. Comprei dois doces, pra ela escolher. Na volta, vi que um homem negro, alto, se dirigia pro montinho. Era um dia frio, mas o cara estava sem camisa e tinha um corpo bem musculoso. Parecia ter vinte e poucos anos. Andava devagar e empertigado. Tinha um pescoço longo, magro, e um brinco de ouro pendurado na orelha esquerda. Desfilou na frente de Lydia, pela areia, entre ela e o mar. Subi no montinho e sentei ao lado de Lydia.

– Você viu aquele cara? – ela perguntou.

– Vi.

– Nossa, e aqui estou eu com você, vinte anos mais velho. Poderia muito bem estar com alguém como ele... Que diabo será que tá errado comigo?

– Olhe. Trouxe dois doces. Pegue um.

Pegou um, rasgou a embalagem, deu uma mordida e ficou olhando o rapaz que se afastava ao longo da praia.

– Me cansei da praia – ela disse. – Vamos voltar pra minha casa.

Ficamos uma semana sem nos ver. Daí, uma tarde, lá estava eu na casa de Lydia, os dois na cama, nos beijando. Lydia desgrudou de mim.

– Você não entende nada de mulher, né?

— Que cê quer dizer com isso?

— Quero dizer que dá pra ver, lendo seus poemas e suas histórias, que você não entende nada de mulher.

— Fale mais.

— Bom, é que pra eu me interessar por um homem ele tem que chupar minha xoxota. Você já chupou uma xoxota?

— Não.

— Você tem mais de cinquenta anos e nunca chupou uma xoxota?

— Não.

— Agora é tarde.

— Por quê?

— Não dá pra ensinar truque novo pra cachorro velho.

— Claro que dá.

— Não, agora é tarde pra você.

Eu sempre fui um retardatário.

Lydia levantou e foi até a sala. Voltou com um lápis e um pedaço de papel.

— Agora olhe aqui, vou te mostrar uma coisa. – Começou a desenhar no papel. – Ó, isso é uma buceta, e aqui fica um negócio de que você provavelmente nunca ouviu falar: o clitóris. Aqui é o lugar das sensações. O clitóris se esconde, tá vendo? Ele aparece vez por outra, é cor-de-rosa e muito sensível. Às vezes ele se esconde, e aí você vai ter que achar ele. É só tocar nele com a ponta da sua língua...

— Tá legal – eu disse. – Entendi tudo.

— Acho que você não vai conseguir. Já disse, não dá pra ensinar truque novo prum cachorro velho.

— Vamos tirar a roupa e deitar.

A gente se despiu e se esticou na cama. Comecei a beijar Lydia. Escorreguei dos lábios pro pescoço, e daí pros peitos. Então, deslizei até o umbigo. Desci mais.

— Você não vai conseguir – disse ela. – Sai sangue e urina daí; imagine só, sangue e urina...

Fui lá embaixo e comecei a lamber. O desenho que ela tinha feito era preciso. Tudo estava onde devia estar. Ouvi sua respiração ficando pesada; depois, seus gemidos. Isso me excitou. Fiquei de pau duro. O clitóris saiu pra fora, mas não era exatamente rosado – era rosa-púrpura. Mexi no clitóris. Minaram uns sucos que se misturaram com os pentelhos. Lydia gemia, gemia. Então, escutei a porta da frente se abrindo e fechando. Ouvi passos. Olhei de baixo pra cima. Um negrinho de uns cinco anos estava ali parado, ao lado da cama.

– Porra, o que você quer aqui? – perguntei.

– Você tem garrafa vazia? – ele perguntou.

– Não, não tenho garrafa vazia nenhuma – respondi.

Ele saiu do quarto pra sala, passou pela porta da frente e se foi.

– Deus meu – disse Lydia –, pensei que a porta da frente tava trancada. Era o garotinho da Bonnie.

Lydia se levantou e trancou a porta da frente. Voltou e se esticou. Eram umas quatro horas da tarde de sábado.

Mergulhei ali de novo.

6

Lydia gostava de festas. E Harry era um festeiro. Então, a gente se pôs a caminho da casa de Harry Ascot. Harry era o editor de *Réplica*, uma revistinha. A mulher dele vestia uns longos transparentes, mostrava as calcinhas pros homens e andava descalça.

– A primeira coisa que eu gostei em você – me disse Lydia – é que não tinha tevê na sua casa. Meu ex-marido via tevê toda noite e durante o fim de semana todo. A gente tinha até que planejar nossas trepadas de acordo com a programação da tevê.

– Hummm...

– Outra coisa que eu gostei na sua casa é a imundície. Garrafas de cerveja espalhadas pelo chão, montes de lixo por tudo quanto é canto, pratos sujos e uma coroa de merda na privada e a craca na banheira e todas aquelas giletes enferrujadas em volta da pia do banheiro. Eu sabia que você era capaz de chupar uma xoxota.

– Você julga um homem pelo lugar onde ele vive, né?

– É. Quando vejo um homem de casa arrumada eu sei que tem alguma coisa errada com ele. E, se for muito arrumada, eu já sei que o cara é bicha.

A gente deixou o carro no Hollywood Boulevard e subiu a colina a pé. O apartamento ficava lá em cima. A música estava bem alta. Toquei a campainha. Harry Ascot veio atender. Portava um sorriso gentil e generoso.

– Vamos entrando – disse ele.

A patota literária estava lá, bebendo vinho e cerveja, conversando, agrupada em panelinhas. Lydia estava acesa. Dei uma olhada em volta e me sentei. Iam servir o jantar. Harry era um bom pescador; melhor pescador que escritor; e muito melhor pescador que editor. Os Ascot viviam de peixe enquanto esperavam que os talentos do Harry começassem a dar algum dinheiro.

A mulher dele, Diana, veio com os pratos de peixe e começou a distribuí-los. Lydia se sentou do meu lado.

– Olha aqui – ela disse –, é assim que se come peixe. Sou caipira. Dá uma olhada.

Ela abriu o peixe, mexendo não sei de que jeito com a faca na espinha. O peixe se abriu em duas metades intactas.

– Opa, gostei dessa! – disse Diana. – De onde você disse que era?

– Utah. Cabeça de Mula, Utah. População: 100. Fui criada num sítio. Meu pai era um bebum. Já morreu. Talvez por isso eu ande com ele... – e sacudiu um dedão na minha direção.

Comemos.

Acabamos o peixe e Diana levou as espinhas embora. Depois, teve bolo de chocolate e vinho tinto forte (barato).

– Hummm, esse bolo tá ótimo – disse Lydia. – Posso pegar outro pedaço?

– Claro, querida – disse Diana.

– Mr. Chinaski – disse uma morena, do outro extremo da sala –, eu li umas traduções dos seus livros na Alemanha. O senhor é muito popular na Alemanha.

– Que legal – disse eu. – Espero que eles me mandem uns *royalties*...

– Olha aqui – disse Lydia –, vamos deixar pra lá essa merda literária. Vamos *fazer* alguma coisa! – pulou, deu uma encoxada no ar e uma rebolada. – VAMOS DANÇAR!

Harry Ascot botou seu sorriso gentil e generoso e foi aumentar o som. Aumentou ao máximo.

Lydia saiu dançando pela sala e um garotão loiro, com cachinhos brilhantinados na testa, foi atrás dela. Começaram a dançar juntos. Outros se levantaram pra dançar. Fiquei ali sentado.

Randy Evans estava sentado do meu lado. Percebi que ele também observava Lydia. Começou a falar. Falou, falou. Por sorte eu não conseguia ouvi-lo, o som estava muito alto.

Fiquei observando Lydia dançar com o garotão de cachinhos. Ela se sacudia pra valer. Seus movimentos descambavam pro sexual. Olhei as outras garotas e elas não pareciam dançar daquele jeito; achei que era porque eu conhecia Lydia e não conhecia as outras.

Randy continuou falando, mesmo sem eu responder. A dança acabou, Lydia voltou, sentou do meu lado.

– Aiiii... Tô pregada! Acho que estou fora de forma.

Outro disco caiu no prato. Lydia levantou e foi ao encontro do garotão de cachinhos dourados. Continuei bebendo cerveja e vinho.

Tinha muitos discos. Lydia e o garoto dançaram, dançaram, no centro do palco, com os outros se agitando em volta deles; iam ficando mais íntimos a cada nova dança.

Continuei bebendo cerveja e vinho.

Uma dança desvairada, a mil, ia rolando... O garotão dos cachinhos dourados erguia as mãos pro ar. Lydia se espremia contra ele. Era dramático, erótico. Os dois levantavam as mãos pro ar e colavam o corpo um no outro. Corpo contra corpo. Ele quicava os pés atrás, um de cada vez. Lydia o imitava. Se olhavam no olho. Eu tinha que admitir que eles eram bons naquilo. O disco girava, girava. Por fim, acabou.

Lydia voltou e sentou do meu lado.

– Tô realmente pregada! – disse ela.

– Olha – disse eu –, acho que andei bebendo muito. Talvez fosse melhor dar o fora daqui.

– Eu vi você entornando...

– Vamembora. Vão ter outras festas.

A gente se levantou pra sair. Lydia foi dizer qualquer coisa a Harry e Diana. Assim que ela voltou, fomos pra porta. No que eu abri a porta, o garotão dos cachinhos dourados chegou em mim:

– Ô cara, que cê achou de mim com a sua garota?
– Vocês estavam ótimos.

Assim que a gente botou o pé lá fora, eu comecei a vomitar; toda a cerveja e o vinho subiram à tona. Se derramaram sobre as plantas e ao longo da calçada – um longo jorro sob o clarão da lua. Por fim, me endireitei e limpei a boca com a mão.

– Você se preocupou com aquele cara, né? – ela perguntou.

– É.

– Por quê?

– Parecia uma trepada, quase; talvez melhor.

– Aquilo não queria dizer nada; era só *dança*.

– Imagine se eu agarrasse uma mulher na rua daquele jeito. Com música ficaria tudo bem?

– Você não tá entendendo. Cada vez que eu parava de dançar eu voltava e sentava do *seu* lado.

– Tá legal, tá legal – eu disse. – Espere um minuto.

Vomitei outro jorro em cima das plantas agonizantes de alguém. Descemos a colina, saindo do bairro de Echo Park, e caminhamos até o Hollywood Boulevard.

Entramos no carro. Dei a partida e a gente rodou Hollywood, pro oeste, em direção a Vermont.

– Sabe como é que se chama um cara que nem você? – perguntou Lydia.

– Não.

– Se chama – disse ela – desmancha-prazeres.

7

Voamos baixo sobre Kansas City. O piloto disse que a temperatura era de sete graus negativos, e lá estava eu com o meu blusão esporte de pano fino da Califórnia, camisa esporte e calças leves, meias de verão e buracos nos sapatos. Depois da aterrissagem, enquanto o avião manobrava na pista, todo mundo pegava seus sobretudos, luvas, chapéus, cachecóis. Depois que todos saíram, eu desci pela escada portátil. Lá estava Frenchy, encostado numa parede, esperando. Frenchy ensinava teatro e colecionava livros, os meus na maioria. "Bem-vindo a Cancer City, Chinaski!", disse ele, me oferecendo uma garrafa de tequila. Dei um bom gole e fui com ele até o estacionamento. Não tinha bagagem, só uma pasta cheia de poemas. O carro estava quentinho e agradável e fomos passando um pro outro a garrafa.

As estradas estavam cobertas de gelo.

– Difícil dirigir direito nessa porra desse gelo – disse o Frenchy. – A gente precisa saber o que está fazendo.

Abri a pasta e comecei a ler pro Frenchy um poema de amor que Lydia tinha me dado no aeroporto:

"...seu pau vermelho se dobrava como um..."

"...quando espremo suas espinhas, disparam balas de pus que nem esperma..."

– MERDA! – gritou Frenchy. O carro começou a dar um cavalo de pau. Frenchy manobrava a direção.

– Frenchy – disse eu, erguendo a garrafa de tequila e dando um gole –, a gente não vai sair dessa.

Rodopiamos pra fora da estrada e caímos numa vala de um metro que dividia as pistas. Passei a garrafa pra ele.

Saímos do carro e escalamos a vala. Sacudimos o dedão pros carros que passavam, rachando o que tinha sobrado na garrafa. Por fim, um carro parou. Um sujeito de uns 25 anos dirigia. Bêbado.

– Pra onde os amigos estão indo?

– Pruma leitura de poesia – disse Frenchy.

– Leitura de poesia?

– É, na Universidade.

– Tudo bem, entrem aí.

Era um vendedor de bebidas. O banco de trás do carro estava cheio de caixas de cerveja.

– Peguem uma cerveja – disse ele. – E me alcancem uma também.

Ele nos levou até lá. Fomos de carro até o centro do campus e estacionamos no gramado em frente ao auditório. Quinze minutos de atraso apenas. Saí do carro, vomitei, e entramos juntos. Tínhamos comprado meio litro de vodca no caminho pra me segurar durante a leitura.

Li durante uns vinte minutos, daí larguei os poemas.

– Essa merda está me entediando – eu disse. – Vamos conversar um pouco.

Acabei aos berros, a plateia berrando de volta pra mim. Nada má, aquela plateia. Estavam ali porque queriam. Meia hora depois, dois professores me tiraram dali.

– Arranjamos um quarto pra você, Chinaski – disse um deles. – No dormitório das mulheres.

– No dormitório das mulheres?

– Isso mesmo. Um quarto simpático.

Era verdade. Lá no terceiro andar. Um dos profes trouxe uma garrafinha de uísque. O outro me deu um cheque pela leitura, incluída a passagem de avião, e ficamos ali sentados, bebendo uísque e conversando. Saí do ar. Quando voltei a mim, todo mundo tinha ido embora e sobrara ainda metade da garrafinha. Fiquei sentado, bebendo e pensando, "ei, você é o Chinaski, Chinaski, o lendário. Você é alguém. Olha aí você no dormitório das mulheres. Tem centenas de mulheres nesse lugar, *centenas*."

Eu estava só de cueca e meias. Andei pelo corredor até a porta mais próxima. Bati.

– Ei, é o Henry Chinaski, o escritor imortal! Abre aí! Quero mostrar uma coisa!

Ouvi a risadinha das garotas.

– Tá legal – disse eu –, quantas tem aí dentro? Duas? Três? Não faz mal. Eu dou conta das três! Sem problema! Estão me ouvindo? Abre aí! Eu tenho uma coisa aqui, ENORME e vermelhona! Escute: vou bater na porta com ela.

Bati na porta com o punho fechado. Continuaram as risadinhas.

– E aí? Não vão deixar o Chinaski entrar, né? Tá bom: VÃO SE FODER!

Tentei a porta seguinte.

– Ei, garotas! Aqui está o melhor poeta dos últimos mil e oitocentos anos! Abram a porta! Vou mostrar uma coisa pra vocês! Carne gostosa pros vossos lábios vaginais!

Tentei outra porta.

Tentei todas as portas naquele andar e aí desci pela escada e bati em todas as portas do segundo andar e daí em todas as portas do primeiro. Carregava o uísque comigo; acabei me cansando. Parecia que tinham se passado horas desde que eu saíra do meu quarto. Fui bebendo no caminho de volta. Não dei sorte.

Esqueci onde ficava o meu quarto, em que andar. Por fim, tudo que eu queria era voltar pro meu quarto. Tentei todas as portas de novo, desta vez em silêncio, muito ciente das minhas cuecas e meias. Não dei sorte. "Os grandes homens são os mais solitários."

De volta ao terceiro andar, girei a maçaneta de uma porta e ela se abriu. Lá estava a minha pasta com os poemas... os copos vazios, cinzeiros cheios de bitucas... minha calça, minha camisa, meus sapatos, meu blusão. Visão maravilhosa. Fechei a porta, sentei na cama e matei o uísque.

Acordei. Luz do dia. Lugar estranho, limpo, com duas camas, cortinas, tevê, banheiro. Parecia quarto de motel. Me levantei, abri a porta. Tinha neve e gelo lá fora. Fechei a porta e olhei em volta. Não achava explicação. Não tinha ideia de onde eu estava. Me sentia deprimido, com uma ressaca terrível. Peguei o telefone e fiz um DDD pra Lydia em Los Angeles.

– Baby, eu não sei onde vim parar.

– Achei que você ia pra Kansas City...

– Eu fui. Mas agora não sei mais onde estou, entende? Eu abri a porta, olhei, e não vi nada além de estradas congeladas, gelo, neve!

– Onde você estava antes?

– A última coisa que me lembro é de estar num quarto no dormitório das mulheres.

– Bom, provavelmente você aprontou um tremendo cu de boi e eles te botaram num motel. Não se preocupe. Alguém vai aparecer pra tomar conta de você.

– Poxa vida, minha situação não te inspira a menor simpatia?

– Você aprontou algum cu de boi. Você sempre apronta algum cu de boi.

– O que cê quer dizer com isso?

– Você não passa de um bêbado de merda – disse Lydia. – Vai tomar um banho quente.

E desligou.

Fui pra cama e me estiquei. Era um bom quarto de motel, mas lhe faltava personalidade. Não tomei banho porra nenhuma. Pensei em ligar a tevê.

Acabei dormindo...

Bateram na porta. Dois reluzentes garotões universitários estavam ali, prontos pra me levar ao aeroporto. Sentei na beira da cama, enfiei meus sapatos.

– Vai dar tempo de tomar uns goles no bar do aeroporto antes de decolar? – perguntei.

– Claro, Mr. Chinaski – disse um deles –, tudo que o senhor quiser.

– Ok – eu disse. – Então vamos dar o fora daqui.

8

Voltei, fiz amor com Lydia um monte de vezes, tive uma briga com ela e parti do Aeroporto Internacional de Los Angeles, certa manhã, pra fazer uma leitura em Arkansas. Tive a sorte de não ter ninguém ao meu lado no banco. O comandante se anunciou, se ouvi corretamente, como Comandante Winehead. Quando a aeromoça passou por mim, eu pedi um drinque.

Tinha certeza de conhecer uma das aeromoças. Morava em Long Beach, tinha lido alguns dos meus livros e escrito uma carta com sua foto e número de telefone. Reconheci-a pela foto. Não tinha encontrado com ela ainda, mas andei lhe telefonando um par de vezes e, numa madrugada bêbada, acabamos aos berros ao telefone.

Ali estava ela, na minha frente, tentando me evitar, enquanto eu olhava sua bunda, suas coxas, seus peitos.

Almoçamos, vimos o Jogo da Semana; o vinho, depois do almoço, queimou minha garganta e eu pedi dois bloody marys.

Quando chegamos ao Arkansas fui transferido pruma geringonça de dois motores. Assim que as hélices se puseram a girar, as asas começaram a vibrar, chacoalhar. Parecia que iam cair. Decolamos e a aeromoça perguntou se alguém queria um drinque. Àquela altura todo mundo precisava de um.

Ela oscilava e bamboleava pra cima e pra baixo no corredor, vendendo as bebidas. Daí ela disse, bem alto:

– BEBAM LOGO! VAMOS ATERRISSAR!

Bebemos e aterrissamos. Quinze minutos depois estávamos no ar de novo. A aeromoça perguntou se alguém queria um drinque. Àquela altura todo mundo precisava de um. Daí ela disse, bem alto:

– BEBAM LOGO! VAMOS ATERRISSAR!

O professor Peter James e sua mulher, Selma, foram lá me buscar. Selma parecia uma estrelinha de cinema, só que com muito mais classe.

– Você está com ótima aparência – disse Pete.

– Sua mulher é que está com ótima aparência.

– Você ainda tem duas horas antes da leitura.

Pete foi dirigindo até a casa deles. Era uma casa de dois níveis, com o quarto de hóspedes no nível inferior. Me mostraram meu quarto lá embaixo.

– Você quer comer? – perguntou Pete.

– Não, tô achando que vou vomitar – respondi.

Antes da leitura, nas coxias, Pete encheu uma jarra de água com vodca e suco de laranja.

– Quem coordena a leitura é uma velha. Ela ia ficar puta dentro das calcinhas se soubesse que você vai ler bebendo. A velhota é simpática, mas é dessas que acham que poesia deve falar sobre crepúsculos e gaivotas em pleno voo.

Apareci e li. Só tinha lugar de pé. A sorte não me largava. Eles eram uma plateia como qualquer outra: não sabiam como reagir a alguns dos bons poemas, e, às vezes, riam nas horas erradas. Continuei lendo e bebendo da jarra.

– O que é isso que você tá bebendo?

– Isso? – disse eu. – É suco de laranja misturado com vida.

– Você tem namorada?

– Sou virgem.

– Por que você quis virar escritor?

– Próxima pergunta, por favor.

Li um pouco mais. Contei pra eles que eu tinha voado com o capitão Winehead e tinha visto o Jogo da Semana. Contei pra eles que quando eu estava em boa forma espiritual eu comia e ia lavar o prato imediatamente. Li mais alguns poemas. Fiquei lendo poemas até esvaziar a jarra de água. Então, disse pra eles que a leitura tinha acabado. Dei uns autógrafos e a gente foi pruma festa na casa de Pete.

Exibi minha dança índia, minha dança do ventre e a minha dança do Cu-Quebrado-No-Vento. É duro beber quando se dança. E é duro dançar quando se bebe. Pete sabia dar festas. Ele tinha alinhado sofás e cadeiras pra separar os dançarinos dos beberrões. Cada turma podia ficar na sua sem atrapalhar a outra.
Pete chegou em mim, deu uma olhada nas mulheres da sala, perguntou:
– Qual delas você quer?
– É assim tão fácil?
– É apenas hospitalidade sulista.

Tinha reparado numa, mais velha que as outras, com dentes protuberantes. Mas eles protuberavam perfeitamente, empurrando os lábios pra fora, como flor aberta de paixão. Quis minha boca naquela boca. Ela usava saia curta e a meia-calça revelava belas pernas que ficavam se cruzando e descruzando enquanto ela ria e bebia e puxava a saia pra baixo, mas não tinha jeito de não subir de novo. Me sentei do lado dela.
– Eu sou... – comecei a dizer.
– Eu sei quem é você. Estava na sua leitura.
– Obrigado. Eu gostaria de chupar a sua buceta. Fiquei muito bom nisso. Vou te deixar maluca.
– Que é que você acha do Allen Guinsberg?
– Olha, não muda de assunto. Quero sua boca, suas pernas, seu rabo.
– Tudo bem – ela disse.
– Te vejo logo. Me botaram no quarto lá embaixo.
Levantei, fui pegar outro drinque. Um rapaz de quase dois metros chegou em mim.
– Olhe aqui, Chinaski, eu não acredito nessa conversa toda de você morar na boca e conhecer todos aqueles traficantes, cafetões, putas, viciados, turfistas, lutadores e bêbados...

— Em parte é verdade.
— Conversa – disse ele, e se afastou. Um crítico literário.
Daí, veio aquela loira, de uns dezenove anos, com óculos sem aro e um sorriso. O sorriso nunca se desfazia.
— Quero trepar com você – disse ela. – Sua cara...
— Que tem a minha cara?
— É espetacular. Quero destruir sua cara com a minha buceta.
— Pode acontecer o contrário.
— Não aposte nisso.
— Você tem razão. Bucetas são indestrutíveis.

Voltei pro sofá e fiquei brincando com as pernas daquela uma de saia curta e lábios de flor úmida, chamada Lillian.

A festa acabou e eu fui pra baixo com Lilly. A gente se sentou, encostados nos travesseiros, bebendo vodca e batida de vodca. Tinha um rádio e o rádio tocava. Lilly me contou que tinha trabalhado anos pra sustentar o marido na faculdade, e aí, quando ele virou professor, se divorciou dela.

— Sacanagem – eu disse.
— Você já foi casado?
— Já.
— E aí?
— "Crueldade mental", de acordo com os termos do divórcio.
— Era verdade? – ela perguntou.
— Claro; dos dois lados.

Beijei Lilly. Era tão bom quanto imaginei que ia ser. A flor da boca estava aberta. A gente se grudou, eu chupei os dentes dela. Daí, nos apartamos.

— Eu acho que você – disse ela, me olhando com seus olhos grandes e belos – é um dos dois ou três melhores escritores atuais.

Desliguei rápido a luz de cabeceira. Beijei-a mais um pouco, fiquei bolinando seus peitos, seu corpo e aí entrei fundo nela. Eu estava bêbado, mas acho que fiz direito. Quer dizer, fiz direito num sentido; no outro... Cavalgava, cavalgava. Estava duro, mas não gozava. Por fim, rolei pro lado e adormeci.

De manhã, Lilly roncava, deitada de costas. Fui pro banheiro, mijei, escovei os dentes e lavei a cara. Daí, me arrastei de volta pra cama. Virei-a de frente pra mim e fiquei bolinando as partes dela. Fico sempre tarado de ressaca. Foder é a melhor cura pra ressaca. O hálito dela estava tão ruim que eu não quis mais a flor da boca. Montei nela. Ela deu um pequeno gemido. Pra mim estava muito bom. Acho que não cheguei a dar mais de vinte bimbadas antes de gozar.

Um tempo depois, ouvi-a levantando pra ir ao banheiro. Lillian. Quando ela voltou eu estava de costas pra ela e quase adormecido.

Depois de quinze minutos ela saiu da cama e começou a se vestir.

– Alguma coisa errada? – perguntei.

– Tenho que cair fora. Preciso levar as crianças pra escola.

Lillian fechou a porta e subiu correndo a escada.

Levantei, fui até o banheiro, e fiquei olhando um instante a minha cara no espelho.

Às dez da manhã subi pro café. Encontrei Pete e Selma. Selma estava ótima. Como é que a gente faz pra arranjar uma Selma? Os cachorrões desse mundo nunca terminam com uma Selma. Cachorros terminam com cachorros. Selma nos serviu o café da manhã. Era linda, e um homem a possuía, um professor universitário. Isso não era muito justo, afinal de contas. Delicados, educados, figurões. Educação era o novo deus, e os homens educados eram os novos senhores da Terra.

– Puta café da manhã delicioso – eu disse pra eles. – Brigadão.

– Que tal a Lilly? – perguntou Pete.

– Lilly é ótima.

– Você tem mais uma leitura hoje à noite, tá lembrado? Vai ser numa faculdade menor, mais conservadora.

– Tudo bem. Vou tomar cuidado.

– Que é que você vai ler?

– Coisas velhas, acho.

Acabamos nosso café, fomos pra sala da frente, nos sentamos. O telefone tocou, Pete atendeu, falou, daí se virou pra mim:

– Um cara do jornal local quer te entrevistar. O que eu digo pra ele?

– Diga que tudo bem.

Pete passou a resposta, daí voltou, pegou meu último livro e uma caneta.

– Achei que você gostaria de escrever alguma coisa aqui pra Lilly.

Abri o livro na folha de rosto.

"Querida Lilly", escrevi, "você será sempre parte da minha vida...

Henry Chinaski."

9

Lydia e eu estávamos sempre brigando. Ela adorava um flerte e isso me irritava. Quando a gente saía pra comer, eu tinha certeza de que ela ficava cruzando olhares com algum homem no restaurante. Quando meus amigos vinham me visitar e Lydia estava lá, eu percebia o papo dela se tornando íntimo e sexual. Ela costumava se sentar bem perto dos meus amigos, colando-se o máximo possível a eles. E eram as minhas bebedeiras que irritavam Lydia. Ela adorava sexo e os meus porres atrapalhavam nossas trepadas. "Ou você tá muito bêbado pro negócio à noite ou tá passando muito mal de manhã", ela dizia. Lydia ficava uma fera se eu bebesse uma única garrafa de cerveja na sua frente. A gente rompia pelo menos uma vez por semana – "pra sempre" –, mas acabava dando um jeito de voltar. Ela terminara de esculpir minha cabeça e me dera o troço de presente. Quando a gente rompia, eu botava a cabeça ao meu lado, no banco da frente do carro, tocava pra casa dela, e deixava o troço na soleira da sua porta. Daí, ia pruma cabina telefônica, ligava pra ela e dizia: "A porra da cabeça taí fora, na sua porta!" A cabeça ia e vinha o tempo todo...

A gente tinha acabado de romper mais uma vez e lá estava a cabeça na porta de Lydia. Então, caí na bebida – de novo um homem livre. Eu tinha um amigo, o Bobby, um carinha bem legal que trabalhava numa livraria pornô e fazia uns bicos como fotógrafo. Bobby andava encrencado consigo mesmo e com sua mulher, Valerie. Uma noite ele ligou e disse que estava trazendo Valerie pra dormir comigo. Gostei da ideia. Valerie tinha 22 anos e era absolutamente adorável, com seus longos cabelos loiros. Uns olhos azuis malucos e um lindo corpo. Como Lydia, ela também tinha passado um tempo num hospício. Um pouco depois do telefonema escutei o carro de Bobby parando na frente do condomínio. Valerie desceu. Lembrei de Bobby me contando que, ao apresentar Valerie a seus pais, eles fizeram um comentário sobre o vestido dela – que eles tinham gostado muito – e ela disse: "Ah é? E que tal o resto?". E suspendeu o vestido acima dos quadris. Estava sem calcinhas.

Valerie bateu na porta. Escutei Bobby arrancando. Fiz ela entrar. Estava uma delícia. Preparei dois *scotchs* com água. Nenhum de nós abriu a boca. Enxugamos os drinques, e eu preparei mais dois. Depois, eu disse: "Vamos prum bar". Entramos no meu carro. A Máquina Melequenta estava logo na esquina. Chegamos lá, pegamos uma mesa e pedimos bebidas. Sempre calados. Eu só ficava olhando praqueles olhos azuis malucos. A gente se sentou lado a lado, e eu dei um beijo nela. Sua boca estava fria e aberta. Beijei-a de novo e nossas pernas se comprimiram, por baixo da mesa. Bobby tinha uma grande mulher. Loucura dele jogá-la na mão dos outros.

Escolhemos o jantar. Nós dois pedimos filés e ficamos à espera, bebendo e beijando. O garçom disse:

– Apaixonados, hein! – e a gente riu.

Quando os filés chegaram, Valerie disse:

– Não quero comer o meu.

E eu:

– Também não quero o meu.

A gente ficou mais uma hora bebendo e daí resolveu voltar pra casa. Assim que eu estacionei na frente do prédio, vi uma mulher na entrada de carros. Era Lydia. Estava com um envelope na mão. Saí do carro com Valerie e Lydia nos encarou.

– Quem é essa? – perguntou Valerie.
– A mulher que eu amo – disse pra ela.
– Quem é a cadela? – gritou Lydia.

Valerie virou as costas e saiu correndo pela calçada. Podia ouvir os saltos altos quicando o pavimento.

– Vamos entrar – disse pra Lydia. Ela veio atrás de mim.
– Vim aqui pra te entregar essa carta e parece que cheguei na hora certa. Quem era ela?
– A mulher do Bobby. Somos apenas amigos.
– Você ia comer ela, não ia?
– Olhe aqui, eu disse pra ela que amava *você*.
– Você ia comer ela, não ia?
– Olhe aqui, baby...

De repente, ela me deu um empurrão. Eu estava de costas pra mesinha do café que ficava na frente do sofá. Caí sobre a mesa e me afundei no espaço entre a mesa e o sofá. Escutei a porta bater. Me levantei ouvindo o motor do carro de Lydia dar a partida. Daí, ela arrancou.

"Filha duma puta", pensei. "Num minuto tenho duas mulheres, no outro, nenhuma."

10

Tive uma surpresa na manhã seguinte quando April bateu na porta. April era aquela garota gorda que aparecera na festa da colagem, no meu apartamento. Eram onze horas. Ela entrou e sentou.

– Sempre admirei a sua obra – disse ela.

Peguei uma cerveja pra ela e uma pra mim.

– Deus é um anzol no céu – ela falou.
– *Tudo bem* – disse eu.

April pendia mais pro peso pesado, sem ser muito gorda. Tinha ancas largas, bunda grande e um cabelo que lhe escorria reto da cabeça. O tamanho dela tinha algo assim de... mastodôntico – como se ela pudesse enfrentar um gorila. Sua debilidade mental me atraía porque ela não fazia nenhum jogo. Só cruzava as pernas, me mostrando grossas coxas brancas.

— Plantei sementes de tomate no andar térreo do prédio onde eu moro — disse ela.

— Vou querer alguns quando crescerem — respondi.

— Nunca tirei licença de motorista — disse April. — Minha mãe mora em Nova Jersey.

— Minha mãe morreu.

Fui sentar ao lado dela no sofá. Agarrei-a e beijei-a. Enquanto a beijava ela me olhava direto nos olhos. Me separei.

— Vamos trepar — disse eu.

— Tô com uma infecção — disse April.

— Quê?

— É uma espécie de fungo. Nada sério.

— Será que pode passar pra mim?

— É um tipo de corrimento leitoso.

— Será que pode passar pra mim?

— Acho que não.

— Vamos trepar.

— Não sei se quero trepar.

— Vai ser legal. Vamos pro quarto.

April foi até o quarto e começou a tirar a roupa. Tirei a minha também. Entramos debaixo dos lençóis. Comecei a mexer nos negócios dela e a beijá-la. Comi ela. Era muito estranho. Era como se aquela buceta ficasse fugindo de um lado pro outro. Eu sabia que estava lá dentro, a sensação era de estar lá dentro, mas ia escorregando pro lado, o esquerdo. Continuei batalhando. Aquilo era excitante. Acabei e rolei pro lado.

Mais tarde, dei-lhe uma carona até o seu apartamento e subi com ela. Conversamos por um bom tempo, e aí eu fui embora, anotando antes o número do apartamento e o endereço. Passando pelo saguão do prédio, reconheci as caixas do correio. Tinha deixado muita correspondência ali quando eu era carteiro. Fui pro meu carro e me mandei.

11

Lydia tinha dois filhos: Tonto, um garoto de oito anos, e Lisa, a garotinha de cinco anos que interrompeu nossa primeira trepada. Estávamos todos à mesa, uma noite, jantando. As coisas andavam bem entre Lydia e eu. Costumava ficar pra jantar quase todas as noites, depois dormia com Lydia e voltava pra casa às onze da manhã, pra olhar a correspondência e escrever. As crianças dormiam no quarto ao lado, numa cama d'água. Lydia alugava a velha casinha de um ex-lutador de jiu-jítsu que vivia de imóveis. É óbvio que ele estava interessado em Lydia. Mas, tudo bem, a casinha era simpática.

– Tonto – disse eu, enquanto comíamos –, você tá sabendo que quando a sua mãe grita à noite não é porque eu estou batendo nela, né? Você sabe quem é que está *realmente* encrencado, né?

– É, eu sei.

– Então, por que você não entra lá pra me ajudar?

– Eu, hein! Conheço ela.

– Escuta aqui, Hank – disse Lydia –, não fica jogando os meus garotos contra mim.

– Ele é o cara mais feio do mundo – disse Lisa.

Gostava de Lisa. Ela ia ser ultragostosa algum dia. Uma gostosa com personalidade.

Depois do jantar, Lydia e eu fomos pro quarto e nos esticamos na cama. Lydia era vidrada em cravos e espinhas. Eu tinha uma pele horrível. Ela focou a lâmpada na minha cara e começou. Eu gostava daquilo. Me dava um formigamento e, às vezes, tesão também. Bem íntimo. Vez em quando, entre duas espremidas, Lydia me dava um beijo. Ela sempre começava pela minha cara, passando em seguida às costas e ao peito.

– Você me ama?

– Amo.

– Opa! Olha só esse aqui!

Era um cravo com uma longa cauda amarela.

– Simpático – eu disse.

Ela estava espichada em cima de mim. Parou de espremer e me olhou.

– Inda vou te botar na sua cova, seu pangaré balofo!

Caí na risada. Lydia me beijou.

– E eu vou te levar de volta pro hospício – disse pra ela.

– Vira, deixa eu espremer nas suas costas.

Virei de bruços. Ela espremeu na minha nuca.

– Uau, tem um ótimo aqui! Cuspiu pra fora! Me acertou no olho!

—Você devia usar máscara de mergulho.

—Vamos fazer um *Henryzinho*! Pensa nisso: um Henryzinho Chinaski!

—Vamos esperar um pouco.

— Eu quero um baby *agora*!

— Vamos esperar.

— Você só quer saber de dormir e comer e ficar largadão e trepar. A gente parece lesma. É o próprio amor de lesma.

— Eu gosto.

— Você costumava vir escrever aqui. Se ocupava. Trazia tinta e fazia os seus desenhos. Agora você vai pra casa e faz todas as coisas interessantes lá. Você só vem comer e dormir aqui, e daí vai embora logo de manhã. É chato, pô.

— Eu gosto.

— A gente não vai a uma festa há meses! Eu gosto de ver gente! Tô de saco cheio! Acho que vou enlouquecer de tanto saco cheio! Quero fazer coisas! Quero DANÇAR! Quero *viver*!

— Ai, meu saco.

— Você tá velho demais. Só quer saber de ficar sentado criticando tudo e todos. Nunca quer fazer nada. Nada é bastante bom pra você!

Dei um rolê na cama e me levantei. Comecei a botar a camisa.

— Que é que cê tá fazendo? – ela perguntou.

— Vou dar o fora daqui.

— Taí. Na hora que as coisas não correm mais do seu jeito, você pega e se manda porta afora. Nunca quer conversar sobre as coisas. Vai pra casa, se embriaga, e daí fica tão mal no dia seguinte que acha que vai morrer. Então me telefona!

— Vou dar o fora dessa porra.

— Mas, por quê?

— Não quero ficar onde não me querem. Não quero ficar onde não gostam de mim.

Lydia esperou. Então, disse:

— Tudo bem. Vem cá, deita aqui. A gente desliga a luz e fica quietinho junto.

Esperei um pouco. Disse:

— Bom, tá legal.

Tirei toda a roupa e me enfiei debaixo do cobertor e do lençol. Me encostei em Lydia, lado contra lado. Estávamos os dois deitados de costas. Ouvia os grilos. Era um bairro agradável aquele. Passaram-se uns minutos. Lydia disse:

– Vou ser muito importante.

Não falei nada. Mais uns minutos se passaram. Então, Lydia deu um salto da cama. Lançou as mãos pro teto e disse em voz bem alta:

– VOU SER MUITO IMPORTANTE! VOU SER REALMENTE MUITO IMPORTANTE! NINGUÉM SABE O QUANTO EU VOU SER IMPORTANTE!

– Tudo bem – falei.

Então ela disse, mais baixo:

– Você não tá entendendo. Eu vou ser muito importante. Eu tenho mais potencial do que você.

– Isso de potencial – disse eu – não quer dizer nada. Você tem que realizá-lo. Qualquer bebê abandonado numa caixa de sapato tem mais potencial do que eu.

– Mas eu VOU me realizar. EU VOU SER MESMO MUITO IMPORTANTE!

– Tá legal – disse eu. – Mas, enquanto isso, que tal voltar pra cama?

Lydia voltou pra cama. Não nos beijamos. Não ia ter sexo naquela noite. Me sentia chateado pra burro. Fiquei escutando os grilos. Não sei quanto tempo se passou. Estava quase dormindo quando Lydia, de repente, sentou tesa na cama. E gritou. Um grito alto.

– Que foi? – perguntei.

– Fica quieto.

Esperei. Lydia ficou sentada, sem se mover, por uns dez minutos. Daí, tombou de novo sobre o travesseiro.

– Eu vi Deus – disse ela. – Acabei de ver Deus.

– Escuta aqui, sua cadela, você quer me deixar maluco?

Me levantei e comecei a me vestir. Estava puto. Não conseguia achar minha cueca. "Foda-se", pensei. Deixei-a onde quer que estivesse. Já vestido, sentei numa cadeira pra enfiar os sapatos nos meus pés pelados.

– Que cê tá fazendo? – Lydia perguntou.

Não consegui responder. Fui pra sala. Meu casaco estava pendurado numa cadeira; apanhei e vesti o casaco. Lydia correu pra sala. Tinha posto seu robe azul e uma calcinha. Estava descalça. Lydia tinha tornozelos grossos. Costumava usar botas pra escondê-los.

– VOCÊ NÃO VAI EMBORA! – ela me gritou.

– Merda – eu disse –, vou me mandar daqui.

Ela pulou em cima de mim. Costumava me atacar quando eu estava bêbado. Agora eu estava sóbrio. Saltei de banda e ela caiu no chão, rolou, ficou de costas. Passei por cima dela no caminho pra porta. Ela espumava de raiva, rosnava, mordia os lábios. Uma leoa. Olhei-a no chão. Me sentia seguro vendo Lydia prostrada. Ao me ver sair, ela deu uma rosnada, cravou as unhas na manga do meu casaco, deu um puxão – e lá se foi a manga do meu casaco. Rasgou junto ao ombro.

– Deus do céu – disse eu –, olha só o que você fez no meu casaco novo! Acabei de comprar!

Abri a porta e saltei pra fora, com um braço nu.

Tinha acabado de destravar a porta do meu carro quando ouço atrás de mim passos de pés nus no asfalto. Pulei pra dentro e travei a porta. Dei a partida.

– Vou matar esse carro! – ela gritava. – Vou matar esse carro!

Seus punhos martelavam o capô, o teto, o para-brisa. Botei o carro em movimento bem devagar pra não machucá-la. Meu velho Mercury Comet 62 tinha caído aos pedaços, eu acabara de comprar um Volks 67. Mantinha-o encerado, lustroso. Tinha até um espanador no porta-luvas. Lydia continuava a esmurrar o carro. Quando me livrei dela, passei pra segunda. Olhei pelo retrovisor e a vi parada sob o luar, sozinha, imóvel dentro da calcinha e do *négligé*. Minhas tripas se retorceram. Me senti doente, inútil, triste. Estava apaixonado por ela.

12

Fui pra casa e comecei a beber. Cutuquei o rádio e achei música clássica. Peguei minha velha lanterna a óleo no armário. Apaguei as luzes e fiquei sentado brincando com ela, apagando, acendendo, observando a chama do pavio iluminá-la de novo. Também gostava de bombar a lanterna fazendo subir a pressão. Me entregava ao simples prazer de olhar pra ela. Bebia, olhava a lanterna, fumava um charuto.

Tocou o telefone. Era Lydia.

– Que cê tá fazendo? – perguntou.

– Tô por aqui.

– Tá por aí bebendo e ouvindo música sinfônica e brincando com a porra da lanterna a óleo!

– Isso.

– Você vai voltar?

– Não.

– Tudo bem, pode beber! Beba e passe mal! Você bem sabe que esse troço quase te matou uma vez. Se lembra do hospital?

– Nunca vou esquecer.

– Tá bom, beba, BEBA! SE MATE! TÔ CAGANDO!

Lydia desligou e eu também. Algo me dizia que a possibilidade da minha morte a preocupava menos que a sua próxima trepada. Mas, eu precisava dumas férias. Queria descanso. Lydia gostava de trepar pelo menos cinco vezes por semana. Eu preferia três. Levantei, fui até a mesa da cozinha, onde ficava minha máquina de escrever. Acendi a luz, sentei e escrevi uma carta de quatro páginas pra Lydia. Daí, fui ao banheiro, peguei uma gilete, voltei pra mesa e caprichei num drinque. Dei um talho no dedo anular da mão direita com a gilete. O sangue escorreu. Assinei a carta com sangue.

Fui até a caixa do correio, na esquina, e enfiei a carta.

O telefone tocou um monte de vezes. Sempre Lydia. Berrando coisas pra mim.

– Vou sair pra DANÇAR! Eu é que não vou ficar enfurnada aqui enquanto você bebe.

– Você fala como se beber fosse o mesmo que sair com outra mulher.

– É pior.

Desligou.

Continuei a beber. Nenhuma vontade de dormir. Logo bateu meia-noite; daí, uma, duas da madrugada. A lanterna queimava...

Às três e meia o telefone tocou. Lydia de novo.
– Cê inda tá bebendo?
– Claro.
– Seu filho da puta, nojento!
– Na verdade, quando você ligou eu tava acabando de tirar o celofane dessa garrafa de Cutty Sark. É linda que só vendo!

Bateu o telefone. Fiz outro drinque. Boa música no rádio. Me recostei. Me sentia bem.

A porta escancarou com estrondo e Lydia surgiu na sala. Ficou ali parada, bufando. A garrafa estava sobre a mesa da cozinha. Ela viu e apanhou a garrafa. Dei um pulo e agarrei Lydia. Eu bêbado e Lydia louca era uma parada de igual pra igual. Ela ergueu bem alto a garrafa, fora do meu alcance, e tentou sair pela porta com ela. Agarrei-lhe o braço que segurava a garrafa, tentando pegá-la de volta.

– SUA PUTA! VOCÊ NÃO TEM ESSE DIREITO! D'AQUI ESSA PORRA DESSA GARRAFA!

Ficamos brigando do lado de fora da porta. Tropeçamos nos degraus e fomos os dois pro chão. A garrafa se espatifou no cimento. Ela levantou e foi embora correndo. Ouvi o carro dando partida. Fiquei ali estatelado olhando a garrafa quebrada. Estava a uns trinta centímetros. Lydia se mandou. A lua ainda estava no céu. No fundo do que restava da garrafa tinha um nadinha de uísque. Deitado do jeito que eu estava, agarrei o caco e o levei à boca. Uma lasca pontiaguda de vidro quase me entrou no olho quando bebi. Me levantei e fui pra dentro. A sede dentro de mim era terrível. Fiquei catando garrafas de cerveja por toda parte e bebendo o que sobrava no fundo. Engoli numa delas uma borra de cinzas, pois costumava usar as garrafas vazias como cinzeiros. Eram 4h14 da madrugada. Sentei e fiquei olhando o relógio. Era que nem trabalhar na agência do correio de novo. O tempo era imóvel, e a existência uma coisa latejante e intolerável. Esperei. Esperei. Esperei. Esperei. Por fim, às seis da manhã, fui até a loja de bebidas da esquina. Um empregado abria as portas. Me deixou entrar. Comprei outra garrafa de Cutty Sark. Voltei pra casa, tranquei a porta e telefonei pra Lydia.

– Tô aqui tirando o celofane de outra garrafa de Cutty Sark. Vou preparar um drinque. E a casa de bebidas vai ficar aberta nas próximas vinte horas.

Desligou. Tomei uma dose, fui pro quarto, me estiquei na cama e adormeci sem tirar a roupa.

13

Uma semana depois, eu rodava pelo Hollywood Boulevard com Lydia. Um jornal semanal de variedades da Califórnia tinha me encomendado um artigo sobre a vida de escritor em Los Angeles. Tinha escrito o artigo e o estava levando no escritório do editor, pra ver o que ele achava. Paramos no estacionamento, na praça Mosley. Ali ficavam uns bangalôs caríssimos usados como escritórios por agentes musicais e empresários do show business em geral. Os aluguéis eram bem altos.

Entramos num dos bangalôs. Tinha uma bela garota atrás da escrivaninha, fina e reservada.

– Sou Chinaski – disse –, e aqui está o meu texto.

Joguei-o na mesa.

– Ah, Mr. Chinaski, sempre admirei muito o seu trabalho.

– Tem alguma coisa pra se beber aqui?

– Um momentinho só...

Ela subiu uma escada acarpetada e voltou com uma garrafa de um vinho tinto caro. Abriu a garrafa e pegou uns copos de um bar escondido num móvel. Como eu gostaria de ir pra cama com ela, pensei. Mas não tinha jeito. Alguém, na certa, ia regularmente pra cama com ela.

Sentamos e bebericamos nosso vinho.

– Logo daremos uma resposta sobre o seu artigo. Tenho certeza de que vamos ficar com ele. Mas... o senhor é muito diferente do que eu imaginava.

– Como assim?

– Sua voz é tão macia. O senhor parece tão simpático...

Lydia riu. Acabamos o vinho e partimos. No caminho pro carro ouvi uma voz: "Hank!".

Olhei em volta e vi Dee Dee Bronson num Mercedes novo. Fui até ela.

– Como é que estão as coisas, Dee Dee?

– Tudo ótimo. Saí da Capitol Records. Agora estou administrando aquele negócio ali – e apontou pro escritório de uma companhia de discos, superfamosa, com sede em Londres. Dee Dee costumava aparecer em casa com o namorado dela, no tempo em que eu e o cara assinávamos colunas num jornal independente de Los Angeles.

– Poxa, cê tá com tudo – eu disse.
– É, só que...
– O quê?
– Tá me faltando um homem. Um bom homem.
– Bom, me dá seu telefone que eu vou ver se arrumo um pra você.
– Legal.

Dee Dee rabiscou o número num pedaço de papel, que eu guardei na carteira. Lydia e eu fomos até o meu Volks e entramos.

– Você vai telefonar pra ela – disse Lydia. – Você vai usar aquele número.

Dei a partida e voltei pro Hollywood Boulevard.

– Você vai usar aquele número – disse ela. – Tenho certeza de que você vai usar aquele número.

– Para de me encher o saco! – falei.

Pelo jeito, ia ser mais uma noite daquelas...

14

Tivemos mais uma briga. Fui pra casa depois, mas não estava a fim de ficar sozinho por lá, bebendo. Tinha corrida de trote aquela noite. Peguei uma garrafa de uísque e me mandei pro hipódromo. Cheguei cedo, analisei o programa e escolhi os cavalos. Quando acabou o primeiro páreo a garrafa já tinha baixado pra menos da metade. Eu tomava muito café preto junto com o uísque, que descia fácil.

Ganhei três das quatro primeiras corridas. Depois, acertei um *betting*, o que me deixou com uma vantagem de uns 200 dólares lá pelo quinto páreo. Fui pro bar e passei pelo totalizador. Naquela noite, eles me deram o que eu chamaria de "uma boa totalização". Lydia ia ficar puta da vida se me visse embolsando toda aquela grana. Ela detestava que eu ganhasse nas corridas, especialmente quando ela estava perdendo.

Continuei bebendo e acertando. Ali pelo nono páreo eu já estava lucrando 950 dólares e completamente bebum. Enfiei a carteira no bolso e caminhei lentamente até o carro.

Fiquei sentado no carro, olhando os perdedores abandonarem o estacionamento. Fiquei ali sentado até o tráfego diminuir e, então, dei a partida. Atrás do hipódromo tinha um supermercado. Vi uma cabine telefônica iluminada num dos cantos do estacionamento e rodei até lá. Entrei na cabine e disquei o número de Lydia.

– Escuta aqui, sua cadela – eu disse –, fui ao trote hoje e ganhei 950 dólares. Sou um ganhador! Vou ser sempre um ganhador! Você não me merece, sua vaca! Você só fica fazendo jogo comigo! Bom, é o seguinte: acabou-se! Tô fora! É isso aí! Não preciso de você nem dos seus malditos jogos! Tá me entendendo? Sacou o meu recado? Ou será que a sua cabeça é mais grossa que os seus tornozelos?

– Hank...

– Hã?

– Aqui não é a Lydia, é a Bonnie. Tô de baby-sitter pra Lydia. Ela saiu hoje à noite.

Desliguei e voltei pro carro.

15

Lydia me ligou de manhã.

– Sempre que você ficar bêbado – disse ela – eu vou sair pra dançar. Eu fui no Guarda-Chuva Vermelho ontem à noite e tirei uns homens pra dançar comigo. Uma mulher tem o direito de fazer isso.

– Você é uma vaca.

– Ah é? Bom, pior que uma vaca só mesmo um babaca.

– Pior que um babaca só mesmo uma vaca babaca.

– Se você não quer mais saber da minha xoxota – disse ela –, vou dar ela pra outra pessoa.

– O direito é todo seu.

– Depois de dançar, fui ver Marvin. Queria o endereço da Francine, namorada dele, pra ir visitá-la. Aliás, você mesmo foi vê-la uma noite dessas – disse Lydia.

– Olha aqui, eu nunca trepei com ela. Tava só muito bêbado pra dirigir, depois duma festa. A gente nem se beijou. Ela me deixou dormir no sofá e eu fui pra casa de manhã cedo.

– De todo jeito, quando cheguei à casa do Marvin decidi não pedir mais o endereço da Francine.

Os pais de Marvin tinham grana. Ele tinha uma casa na praia. Marvin escrevia poesia, bem melhor que muitos. Gostava dele.

– Bom, tomara que você tenha se divertido – disse eu, desligando.

Mal acabara de desligar, o telefone tocou outra vez. Era Marvin.

– Adivinhe quem veio aqui ontem, bem tarde da noite. Lydia. Bateu na janela e eu deixei ela entrar. Fiquei com tesão.

– Ok, Marvin, tô sabendo. Você não tem culpa.

– Você não tá puto?

– Não com você.

– Então tá...

Botei a cabeça esculpida no meu carro e fui até a casa de Lydia. Deixei a cabeça no degrau da porta e nem apertei a campainha. Já ia indo embora, quando Lydia abriu a porta:

– Por que é que você tem que ser tão idiota?

Me virei:

– Você não é nada seletiva. Pra você, um homem é igual a outro homem. Não tô a fim de comer a sua merda.

– Nem eu vou comer a sua merda! – gritou, batendo a porta.

– Fui pro meu carro, dei a partida. Botei a primeira. Não andou. Tentei a segunda. Nada. Botei de novo a primeira. Verifiquei se estava desbrecado. Não andou. Botei marcha a ré. O carro andou pra trás. Brequei e botei a primeira de novo. Não andou. Ainda estava muito puto com Lydia. Pensei, bom, vou dirigindo essa porra de marcha a ré até em casa. Daí, imaginei os guardas me parando pra me perguntar que merda eu estava fazendo. Bem, senhores agentes da lei, tive uma briga com a minha garota e esse foi o único jeito de voltar pra casa.

Já não me sentia tão puto com Lydia. Desci do carro, fui até sua porta. Ela tinha recolhido a cabeça. Bati.

Lydia abriu a porta.

– Escuta – disse – não sabia que você era bruxa.

– Bruxa não, vaca. Cê não lembra?

– Você tem que me levar pra casa. Meu carro só anda pra trás. Aquela porra tá enfeitiçada.

– Cê tá falando sério?

– Vem cá, vou te mostrar.

Lydia me seguiu até o carro. O câmbio tava funcionando direito. Agora o carro só anda pra trás. Tava a ponto de voltar pra casa daquele jeito mesmo.

Entrei no carro.

– Olha só.

Liguei o motor, botei a primeira, soltei a embreagem. O carro deu um pulo pra frente. Botei a segunda. Foi indo em segunda, cada vez mais rápido. Botei a terceira. Foi indo numa boa. Dei meia-volta e estacionei do outro lado da rua. Lydia atravessou.

– Olha – disse eu –, você tem que me acreditar. Há um minuto o carro só andava pra trás. Agora tá legal. Juro por Deus.

– Acredito em você – disse ela. – Isso é coisa de Deus. Acredito nessas coisas.

– Isso deve significar alguma coisa.

– Claro que significa.

Saí do carro. Fomos pra casa dela.

– Tire a camisa e os sapatos – disse ela – e deite na cama. Quero primeiro espremer seus cravos.

16

O ex-lutador de jiu-jítsu que vivia de imóveis vendeu a casa de Lydia. Ela ia ter que se mudar, junto com Lisa, Tonto e o cachorro, Bituca. A maioria dos senhorios de Los Angeles pendurava a mesma placa: SÓ ADULTOS. Com duas crianças e um cachorro ia ser muito difícil. Só a boa-pinta de Lydia poderia ajudá-la. Era preciso achar um senhorio homem.

Rodei com eles a cidade toda. Inútil. Tentei ficar no carro, onde não pudessem me ver. Não adiantou. Enquanto rodávamos, Lydia berrou pela janela:

— Não tem *ninguém* nesta cidade que alugue uma casa pra uma mulher com dois filhos e um cachorro?

Nisso, surgiu uma vaga no meu condomínio. Vi o pessoal se mudando e fui logo falar com a senhora O'Keefe.

— Escute – disse –, minha namorada precisa de um lugar pra viver. Ela tem dois filhos e um cachorro, mas são bem-comportados. A senhora deixaria eles se mudarem pra cá?

— Já vi aquela mulher – disse a senhora O'Keefe. – Você nunca reparou nos olhos dela? Ela é louca.

— Eu sei que ela é louca. Mas eu gosto dela. Ela tem boas qualidades, tem mesmo.

— Ela é muito jovem pra você! O que faz você com uma moça daquela?

Eu ri.

O senhor O'Keefe apareceu atrás da mulher. Olhou-me através da porta de tela.

— Ele é vidrado em buceta, é isso que ele é. Muito simples: ele é vidrado em buceta.

— E então? – perguntei.

— Tá bom – disse a senhora O'Keefe. – Pode trazer ela...

Lydia alugou um furgão e eu fiz a mudança. Quase só tinha roupas e as cabeças que ela esculpia e uma grande máquina de lavar roupa.

— Eu não gosto da senhora O'Keefe – ela me disse. – O marido parece ser legal, mas eu não gosto dela.

— É uma católica das boas. E você precisa de um lugar pra morar.

— Eu não quero te ver bebendo com essa gente. Eles querem te destruir.

— Eu só pago 85 paus por mês de aluguel. Eles me tratam como um filho. Eu tenho que tomar uma cervejinha com eles de vez em quando.

— Filho! Ah! Você é quase tão velho quanto eles.

Umas três semanas se passaram. A manhã já ia alta, num sábado. Eu não tinha dormido com Lydia a noite anterior. Tomei um banho e uma cerveja, me vesti. Eu detestava fins de semana. Todo mundo nas ruas. Todo mundo jogando pingue-pongue ou cortando grama ou polindo o carro ou indo ao supermercado ou à praia ou ao parque. Multidões em toda parte. Segunda-feira era o meu dia preferido. Todo mundo de volta ao trabalho e fora de vista. Decidi ir às corridas, a despeito da multidão. Isso ia ajudar a matar o sábado. Comi um ovo cozido, tomei outra cerveja, saí e tranquei a porta.

Lydia estava lá fora, brincando com Bituca, o cachorro.
– Oi – disse ela.
– Oi – eu respondi. – Vou às corridas.
Lydia veio até mim.
– Escuta, você bem sabe o que as corridas te fazem.
Ela queria dizer que eu estava sempre muito cansado pra trepar depois das corridas.
– Você tava bêbado a noite passada – ela continuou. – Tava péssimo. Assustou Lisa. Tive que expulsar você.
– Vou às corridas.
– Tudo bem, vá em frente, vá às corridas. Mas não espere me encontrar aqui na volta.

Entrei no meu carro, que estava parado em frente ao jardim. Abri os vidros e dei a partida. Lydia estava parada na porta. Dei tchau pra ela e me mandei. Era um belo dia de verão. Fui em direção ao Hollywood Park. Eu tinha uma nova tática de jogo. Cada nova tática me levaria mais perto da fortuna. Era simplesmente uma questão de tempo.

Perdi 40 dólares e voltei pra casa. Parei meu carro na frente do jardim e desci. Estava chegando na minha porta quando vi o senhor O'Keefe vindo na minha direção.
– Ela foi embora!
– Quê?
– Sua garota. Se mudou.
Não falei nada.
– Alugou um furgão e carregou as coisas dela. Tava maluca. Sabe aquela baita máquina de lavar roupa?
– Sei.
– Bom, aquela coisa é pesada. Eu não conseguiria levantar sozinho. Pois ela nem deixou o garoto ajudar. Pegou ela mesma o troço e botou no furgão. Daí, arrebanhou as

crianças, o cachorro e foi embora. Ainda tinha uma semana de aluguel pago.

– Tudo bem, senhor O'Keefe. Obrigado.
– Você vem beber hoje à noite?
– Não sei.
– Dá um jeito.

Abri a porta e entrei. Tinha emprestado a ela um ar-condicionado. Estava em cima de uma cadeira. Em cima dele tinha um bilhete e uma calcinha azul. O bilhete estava escrito com garranchos selvagens:

"Seu puto, toma o seu ar-condicionado. Fui embora. Fui embora pra valer, seu filho da puta! Quando se sentir sozinho, pode usar essa calcinha pra bater punheta. Lydia." Fui até a geladeira e peguei uma cerveja. Bebi e voltei pro ar-condicionado. Peguei a calcinha e fiquei ali pensando se ia funcionar. Aí, soltei um "merda!" e joguei a calcinha no chão.

Peguei o telefone e disquei pra Dee Dee Bronson. Ela atendeu.

– Alô?
– Dee Dee – eu disse – é Hank...

17

Dee Dee tinha uma casa em Hollywood Hills. Dividia o lugar com uma amiga, Bianca, outra executiva. Bianca morava no andar de cima, Dee Dee no de baixo. Toquei a campainha. Eram oito e meia da noite quando Dee Dee abriu a porta. Dee Dee tinha uns quarenta anos, cabelo preto, curto, era judia, descolada, maluca. Tinha uma cabeça nova-iorquina, conhecia todos os nomes: os bons editores, os melhores poetas, os cartunistas mais talentosos, os bons revolucionários, qualquer um, todo mundo. Fumava maconha sem parar e agia como se estivesse na fase do paz & amor dos anos 60, época em que foi meio famosa e muito mais bonita.

Uma série de casos amorosos complicados deixou-a arrasada. Agora, lá estava eu à sua porta. Seu corpo ainda dava pro gasto. Ela era pequena, mas viçosa; muita garota gostaria de ter a sua estampa.

Entrei atrás dela.

– Quer dizer que Lydia caiu fora? – perguntou Dee Dee.

– Acho que ela foi pra Utah. Tá chegando a festa do 4 de julho em Cabeça de Mula. Ela nunca perde.

Sentei junto à mesa da cozinha enquanto Dee Dee abria uma garrafa de vinho tinto.

– Você tá com saudades?

– Porra, eu tô. Tenho vontade de chorar. Tremendo nó no peito. Acho que não saio mais dessa.

– Sai, sim. A gente vai te fazer superar Lydia. Isso passa.

– Você sabe o que eu tô sentindo, não sabe?

– Já aconteceu com a maioria das pessoas, algumas vezes pelo menos.

– Aquela vaca nunca ligou a mínima pra mim.

– Claro que sim. E ainda liga.

Decidi que era melhor estar ali, no casarão de Dee Dee em Hollywood Hills, do que sozinho em casa, me remoendo todo.

– Deve ser porque eu não sou legal com as damas – disse eu.

– Você é legal o bastante com as damas – disse Dee Dee. – Além de ser um puta escritor.

– Preferia ser legal com as damas.

Dee Dee acendia um cigarro. Esperei ela acender, me inclinei sobre a mesa, dei-lhe um beijo.

– Com você me sinto bem. Lydia estava sempre na ofensiva.

– Isso não significa o que você acha que significa.

– Mas pode se tornar muito desagradável.

– Nossa, só pode.

– Você já achou um namorado?

– Ainda não.

– Gosto desse lugar. Como é que você consegue manter tudo tão arrumado e limpo?

– A gente tem uma empregada.

– Ah é?

Você vai gostar dela. É grandona e preta e acaba o serviço rapidinho depois que eu saio. Aí, vai pra minha cama e fica vendo TV e comendo biscoito. Sempre encontro farelo de biscoito na cama, à noite. Vou pedir pra ela preparar o seu café, antes de sair amanhã de manhã.

– Legal.

– Não, peraí. Amanhã é domingo. Não trabalho aos domingos. Vamos comer fora. Conheço um lugar. Você vai gostar.

– Tudo bem.

– Sabe de uma coisa, eu acho que sempre estive apaixonada por você.

– Quê?

– Há anos. Sabe, quando eu ia te visitar, primeiro com Bernie, depois com Jack, eu já te desejava. Mas você nunca me deu bola. Você tava sempre mamando numa lata de cerveja, ou então obcecado por alguma coisa.

– Pura piração, eu acho. Típica piração de serviço postal. Desculpe eu não ter te dado bola.

– Você pode me dar agora.

Dee Dee serviu mais vinho. Bom vinho. Gostava dela. Era bom ter pra onde ir quando as coisas ficavam pretas. Me lembrei de outros tempos, quando as coisas ficavam pretas e eu não tinha pra onde ir. Talvez até tenha sido bom pra mim. Mas já passou. Agora não queria saber do que era ou não era bom pra mim. Só queria saber do que eu estava sentindo; queria parar de me sentir mal quando as coisas davam errado. Como ficar bem de novo?

– Não quero me aproveitar de você, Dee Dee – disse eu. – Nem sempre sou bom com as mulheres.

– Já disse que te amo.

– Não faça isso. Não me ame.

– Tá legal – disse ela –, não vou amar você. Vou quase amar. Tá bom assim?

– Melhor assim.

Acabamos nosso vinho e fomos pra cama.

18

No dia seguinte, Dee Dee me levou a Sunset Strip pra tomar café da manhã. O Mercedes era preto e brilhava no sol. Passamos por cartazes, boates, restaurantes da moda. Afundei no banco, fumando e tossindo. Pensei: "bem, as coisas já estiveram piores". Uma ou duas cenas passaram num relâmpago pela minha cabeça. Num inverno, em Atlanta, eu congelava de frio, era meia-noite, estava sem dinheiro, sem lugar pra dormir, subi a escadaria de uma igreja, na esperança de entrar lá dentro pra me aquecer. A porta da igreja estava fechada. Outra ocasião, em El Paso, eu estava dormindo num banco de jardim quando fui acordado de manhã por um guarda que batia nas solas dos meus sapatos com um cassetete. Continuava pensando em Lydia. Os bons momentos da nossa transa ficavam se agitando e me roendo feito ratos dentro do meu estômago.

Dee Dee estacionou na frente de um restaurante da moda. Tinha um terraço com mesas, cadeiras e pessoas comendo, conversando, bebendo café. Passamos por um homem negro de botas, jeans e uma corrente pesada de prata em torno do pescoço. Sobre a mesa, seu capacete, óculos e luvas de motociclista. O cara estava com uma garota loira magrelinha de macacão verde-claro que chupava o dedinho. O lugar estava cheio. Todo mundo parecia jovem, limpo, descontraído. Ninguém nos olhou. Conversavam baixinho.

Entramos, e um garoto fracote, de bunda mirrada dentro de umas calças prateadas superjustas, cinturão todo chapeado e blusa dourada brilhante, nos acomodou. Usava brinquinhos azuis nas orelhas furadas. Seu bigodinho fino parecia tingido de púrpura.

– Dee Dee – disse ele –, o que é que manda?

– Café da manhã, Donny.

– Um drinque, Donny – disse eu.

– Acho que ele tá precisando de um Golden Flower duplo, Donny.

Depois de pedir o café da manhã, Dee Dee falou:

– Vai demorar um pouco pra chegar. Eles preparam tudo na hora aqui.

– Não vá gastar muito, Dee Dee.

– Eu boto tudo como despesa da firma.

Ela pegou um livrinho preto.

– Bom, vamos ver. Quem é que eu tô levando pra tomar café da manhã? Elton John?

— Mas ele não tá na África...
— É verdade. Então, que tal Cat Stevens?
— Quem é esse?
— Você não conhece?
— Não.
— Bom, fui eu que descobri ele. Vamos dizer que você é o Cat Stevens.

Donny me trouxe o drinque e ficou conversando com Dee Dee. Eles pareciam conhecer as mesmas pessoas. Eu não conhecia ninguém. Custou pra eu me interessar pelo papo. Não ligava praquilo. Não gostava de Nova York. Não gostava de Hollywood. Não gostava de rock. Não gostava de nada. Vai ver, eu estava com medo. É isso: eu tinha medo. Eu queria ficar sozinho num quarto com a janela fechada. Fiquei curtindo essa ideia. Eu era um trambolho. Eu era um lunático. E Lydia tinha ido embora.

Acabei meu drinque, Dee Dee pediu outro. Começava a me sentir patrocinado, e isso era ótimo. Ajudava minha tristeza. Não tem nada pior que ficar duro e perder sua mulher. Nada pra beber, nenhum trampo, só as paredes, e você sentado ali, olhando pras paredes e pensando. Eu ficava desse jeito quando as mulheres me deixavam, mas elas também saíam feridas e debilitadas. Pelo menos é o que eu gostava de pensar.

Estava bom o café da manhã. Ovos, frutas variadas... abacaxi, pêssegos, peras... castanhas torradas. Bom café da manhã. A gente acabou e Dee Dee me pediu outro drinque. Lydia continuava na minha cabeça, mas Dee Dee estava sendo joia. Seu papo era empolgante e divertido. Ela conseguiu me fazer rir, coisa de que eu precisava. Minha risada estava presa dentro de mim, esperando ser cuspida pra fora: HAHAHAHAHA, oh meu Deus, oh minha HAHAHAHA. Era tão bom quando acontecia. Dee Dee sabia umas coisas da vida. Ela sabia que o que acontece pra um, acontece também pra maior parte da tribo. Nossas vidas não são tão diferentes, embora a gente goste de achar que são.

A dor é estranha. Um gato matando um passarinho, um acidente de carro, um incêndio... A dor chega, BANG, e aí está ela, instalada em você. É real. Aos olhos dos outros, parece que você está de bobeira. Um idiota, de repente. Não há cura pra dor, a menos que você conheça alguém capaz de entender seus sentimentos e saiba como ajudar.

Voltamos pro carro.

– Já sei onde te levar pra te dar um ânimo – disse Dee Dee. Nem respondi. Estava sendo cuidado como um inválido. E eu era.

Pedi pra Dee Dee parar num bar. Escolheu um da moda. O barman a cumprimentou.

– Isso aqui – disse ela quando entramos – é frequentado por um bando de roteiristas. E também por um pessoalzinho de teatro.

Detestei todos eles logo de cara, ali sentados posando de espertos e superiores. Um anulava o outro. A pior coisa prum escritor é conhecer outro escritor, e, pior ainda, conhecer uma penca de escritores. Um bando de moscas em cima da mesma merda.

– Vamos pegar uma mesa – falei. Lá estava eu, um escritor de 65 dólares por semana, sentado num salão com escritores de mil dólares por semana. "Lydia", pensei, "estou chegando lá. Você vai se arrepender. Um dia frequentarei restaurantes da moda e serei reconhecido. Eles vão reservar uma mesa especial pra mim nos fundos, perto da cozinha."

Vieram os drinques e Dee Dee olhou pra mim.

– Você tem uma bela cabeça. A melhor que já tive ao meu lado.

– É obra de Lydia. Eu acrescentei uns traços por minha conta.

Um rapaz bem moreno se levantou e veio até nossa mesa. Dee Dee nos apresentou. O rapaz era de Nova York, escrevia pro *Village Voice* e outros jornais nova-iorquinos. Ele e Dee Dee ficaram debulhando nomes por um tempo; daí, o cara lhe perguntou:

– O que é que o seu marido faz?

– Sou empresário de boxe – disse eu. – Tenho quatro bons lutadores mexicanos. Além de um garoto negro que é um verdadeiro dançarino. Quanto você pesa?

– Peso 72. Você já foi boxeador? Pela sua cara parece que você tomou umas boas.

— Tomei umas boas. A gente pode te botar com 61. Tô precisando de um peso ligeiro canhoto.

— Como é que você sabe que eu sou canhoto?

— Você tá segurando seu cigarro com a mão esquerda. Apareça no ginásio da Rua Principal. Segunda-feira de manhã. Vamos começar seu treinamento. Fora com os cigarros. Joga essa porra fora!

— Escuta, cara, eu sou escritor. Eu uso máquina de escrever. Cê nunca leu as minhas coisas?

— Eu só leio jornais populares: assassinatos, estupros, resultados de lutas, escândalos, quedas de avião e Ann Landers.

— Dee Dee — disse ele —, tenho que entrevistar o Rod Stewart daqui a meia hora. Preciso puxar — e saiu.

Dee Dee pediu outra rodada.

— Por que você não consegue nunca ser decente com as pessoas? — perguntou.

— Medo — respondi.

— Aqui estamos — ela disse, entrando com o carro no cemitério de Hollywood.

— Legal — disse eu —, legal mesmo. Andava esquecido da morte.

Rodamos por ali. A maioria dos túmulos ficava acima do solo. Pareciam casinhas, com pilares e degraus no frontispício. Cada uma tinha uma porta de ferro trancada. Dee Dee estacionou e pulamos fora. Ela tentou abrir uma das portas. Fiquei olhando sua bunda balançar enquanto ela mexia na porta. Pensei em Nietszche. Lá estávamos: um garanhão alemão com uma égua judia. A Pátria ia me adorar.

Voltamos pro Mercedes e Dee Dee foi estacionar na frente de um dos maiores jazigos. Estavam todos emparedados lá. Fileiras e mais fileiras. Alguns tinham vasinhos com flores, murchas quase todas. A maioria dos nichos não tinha flores. Alguns abrigavam marido e mulher, lado a lado. Às vezes um dos nichos estava vazio, à espera. Nesses casos, era sempre o marido que já tinha morrido.

Dee Dee me levou pela mão. Lá estava ele, quase nos fundos, Rodolfo Valentino. Morto em 1926. Não viveu muito. Decidi que eu ia viver até os oitenta. Imagine só ter oitenta anos e trepar com uma garota de dezoito. Se tem algum jeito de roubar no jogo da morte, o jeito é esse.

Dee Dee pescou uma flor de um vaso e guardou na bolsa. O de hábito: passar a mão no que não está preso a nada. Tudo pertence a todos. Saímos dali e Dee Dee falou:

– Quero sentar no banco do Tyrone Power. Ele era o meu favorito. Adorava ele!

Fomos lá sentar no banco do Tyrone, ao lado de sua cova. Daí, nos levantamos e fomos até o túmulo do Douglas Fairbanks Jr. Belo túmulo o dele. Tinha um tanque privativo com água. O tanque estava cheio de lírios-d'água e girinos. Subimos uns degraus e achamos um lugar pra sentar, atrás do túmulo. Dee Dee e eu sentamos. Notei uma rachadura na parede do túmulo, através da qual entravam e saiam umas formiguinhas vermelhas. Fiquei olhando as formiguinhas vermelhas um instante, daí peguei Dee Dee nos meus braços e beijei-a, um longo beijo gostoso. A gente ia ficar bons amigos.

19

Dee Dee tinha que buscar o filho no aeroporto. Ele vinha da Inglaterra em férias. Tinha dezessete anos, ela me disse, e seu pai era um ex-pianista de concerto. Mas o cara caiu na anfetamina e na coca, e, no final, acabou queimando os dedos num acidente. Não podia mais tocar piano. Tinham se divorciado há algum tempo.

O nome do garoto era Renny. Dee Dee tinha falado de mim pra ele, várias vezes, pelo telefone internacional. Chegamos ao aeroporto bem na hora do desembarque. Dee Dee e Renny se abraçaram. O garoto era alto, magro e muito pálido. Uma mecha de cabelo encobria-lhe um olho. Nos demos um aperto de mãos.

Fui pegar a bagagem enquanto Renny e Dee Dee papeavam. Ele a chamava de "mamãe". Quando entramos no carro, sentou no banco de trás e disse:

– Mamãe, você comprou a minha bicicleta?

– Já encomendei. Vamos apanhar amanhã.

– É uma bicicleta boa, mamãe? Quero uma de dez marchas com breque de mão e presilhas nos pedais.

– É uma boa bicicleta, Renny.
– Você tem certeza de que ela vai estar pronta?
Fomos pra casa de Dee Dee. Fiquei pra dormir. Renny tinha seu próprio quarto.

De manhã, sentamos todos à mesa, à espera da empregada. Dee Dee acabou levantando pra nos preparar o café. Renny perguntou:
– Mamãe, como é que se quebra um ovo?
Dee Dee me deu uma olhada. Sabia o que eu estava pensando. Fiquei quieto.
– Vem cá, Renny, que eu te ensino.
Renny foi até o fogão. Dee Dee pegou um ovo.
– Ta vendo? É só quebrar a casca contra a beirada da frigideira... assim... e deixar o ovo escorregar da casca pra frigideira... assim...
– Ah...
– É simples.
– E como é que você prepara ele?
– A gente frita o ovo. Na manteiga.
– Mamãe, eu não vou comer esse ovo.
– Por quê?
– Porque a gema estourou.
Dee Dee virou pra me olhar. Seus olhos diziam: "Hank, fique de bico calado...".

Um pouco depois, estávamos todos à mesa de novo pro café da manhã. A gente comia, e a empregada trabalhava na cozinha. Dee Dee falou pro Renny:
– Agora que a sua bicicleta está aí, quero que você vá me comprar meia dúzia de Coca-Cola. Quando voltar pra casa quero ter umas duas garrafas à mão pra tomar.
– Mas, mamãe, as cocas são pesadas! Não dá pra você mesma ir pegar?
– Renny, eu trabalho o dia inteiro e chego cansada. Você pega as cocas.
– Mas, mamãe, tem um morro. Eu vou ter que subir pedalando o morro.

– Não tem morro nenhum. Que morro?
– Bom, você não vê ele com seus olhos, mas ele tá lá...
– Renny, você vai pegar as cocas, tá entendendo?
Renny levantou, foi pro quarto e bateu a porta.
– Ele só está me testando – disse Dee Dee. – Quer ver se eu gosto dele de verdade.
– Deixa que eu pego as cocas – disse eu.
– Tudo bem, eu pego – disse Dee Dee. No fim, ninguém foi pegar as cocas...

Eu e Dee Dee estávamos na minha casa, uns dias mais tarde, pra apanhar a correspondência e dar uma olhada nas coisas, quando toca o telefone. Era Lydia.
– Oi – disse ela. – Estou em Utah.
– Recebi seu bilhete – disse eu.
– Como vão as coisas? – perguntou.
– Tá tudo bem.
– Utah é lindo no verão. Você tem que vir aqui. A gente vai acampar. As minhas irmãs estão todas aqui.
– Não vai dar pra ir agora.
– Por quê?
– É que... estou com Dee Dee.
– Dee Dee?
– É...
– Eu sabia que você ia acabar usando aquele número de telefone – disse ela. – Eu disse que você acabava usando aquele número!
Dee Dee estava de pé do meu lado.
– Por favor – disse ela –, diz pra Lydia esperar até setembro.
– Esquece ela – disse Lydia. – Pro inferno com ela. Vem cá me ver.
– Não posso largar tudo só porque você ligou. Além disso, vou ficar com Dee Dee até setembro.
– Setembro?
– É.
Lydia gritou. Um grito longo e estridente. Daí, bateu o telefone.

Depois disso, Dee Dee me manteve afastado de casa. Uma vez, quando fomos lá apanhar a correspondência, notei o fone fora do gancho. "Nunca mais me faça isso", disse a ela.

Dee Dee me levou a longos passeios pelo litoral. Viajamos pras montanhas. Fomos a cinemas, concertos de rock, igrejas, casas de amigos, jantares, almoços, shows de mágica, piqueniques e circos. Os amigos dela nos fotografaram juntos.

A viagem à Gatalina foi horrível. Começou no cais, onde esperávamos o hidroavião. Eu, completamente ressacado. Dee Dee me arranjou um Alka-Seltzer e um copo d'água. Mas a única coisa que ajudou foi a visão de uma garota sentada na nossa frente. Ela tinha um belo corpo, com suas lindas pernas saindo quase inteiramente da minissaia. Usava meias longas, ligas e uma calcinha cor-de-rosa sob a minissaia vermelha. Estava até de salto alto.

– Você tá olhando pra ela, não tá?
– Não consigo evitar.
– É uma piranha.
– Claro.

A piranha levantou e foi jogar fliperama, sacudindo a bunda enquanto manipulava a máquina. Depois, voltou a sentar, ainda mais exibida.

O hidroavião chegou vazio e nós fomos pro cais aguardar o embarque. Era vermelho-tinto, safra de 1936, com duas hélices, um piloto e uns oito ou dez lugares.

"Se eu não vomitar nesse troço", pensei, "vai ser um milagre."

A garota da minissaia não embarcou.

Por que será que toda vez que você encontra uma mulher daquelas, tem sempre outra mulher com você?

A gente entrou e se amarrou nos assentos.

– Ai – disse Dee Dee –, tô superexcitada! Vou lá na frente sentar do lado do piloto!
– Ok.

Decolamos, com Dee Dee sentada ao lado do piloto. Podia vê-la conversando com ele. Ela curtia pra valer a vida, ou pelo menos aparentava isso. Nos últimos tempos, toda aquela excitação e alegria diante da vida já não me tocavam tanto. Às vezes até me irritavam, embora, no geral, me deixassem raso de sentimentos. Nem chegava a me entediar.

Voamos e amerissamos; dura amerissagem; sobrevoamos baixo uns rochedos, ricocheteamos n'água provocando esguichos laterais. Parecia um barco de corrida. Enquanto o piloto manobrava em direção ao cais, Dee Dee voltou e me contou tudo sobre o hidroavião e o piloto e a conversa. Tinha um rombo no chão da cabina, e ela perguntou pro cara:

– Esse negócio é seguro?

O cara respondeu:

– Sabe Deus...

Dee Dee tinha arranjado um quarto de hotel bem na praia, no andar superior. Não tinha geladeira; ela arrumou um isopor pra eu botar minhas cervejas. Tinha uma tevê branco e preto e um banheiro. Classe.

Fomos dar uma volta na praia. Tinha dois tipos de turistas: ou muito jovens ou muito velhos. Os velhos andavam aos pares, homem e mulher, de sandálias, viseiras, chapéus de palha, shorts e camisas de cores espalhafatosas. Eram gordos e pálidos, com veias azuis salientes nas pernas, e suas caras inchadas e brancas sob o sol. Sobravam por todos os lados papas e pelancas pendentes das bochechas e debaixo dos queixos.

Os jovens eram magros e pareciam feitos de borracha mole. As garotas não tinham peitos nem bunda e os garotos tinham caras ternas e suaves e sorriam e coravam e gargalhavam. Todos pareciam contentes da vida, ginasianos e velhotes. Não tinham muito o que fazer, mas passeavam sob o sol e pareciam satisfeitos.

Dee Dee foi fazer compras. Ela se deliciava com as lojas, e comprava pulseiras de contas, cinzeiros, cachorros de brinquedo, cartões-postais, colares, figurinos, e parecia feliz com tudo. "Ai, *olha*!" Ela conversava com os lojistas. Pelo jeito, gostava deles. Prometeu a uma senhora que ia lhe escrever logo que voltasse a Los Angeles. Tinham um amigo em comum – um cara que tocava percussão numa banda de rock.

Dee Dee comprou uma gaiola com dois periquitos e voltamos ao hotel. Detonei uma cerveja e liguei a tevê. Poucos canais pegavam.

— Vamos dar mais uma volta – disse Dee Dee. – É tão adorável lá fora.

— Vou ficar por aqui e descansar – disse eu.

— Se importa se eu for sem você?

— Tudo bem.

Ela me beijou e saiu. Desliguei a tevê e abri outra cerveja. Nada a fazer nessa terra além de encher a cara. Fui até a janela. Lá embaixo, na praia, Dee Dee, sentada ao lado de um jovem, conversava animada, sorrindo e gesticulando muito. O jovem também sorria pra ela. Me sentia bem em não participar dessas coisas. Me alegrava não estar apaixonado e não estar de bem com o mundo. Gostava de me sentir estranho a tudo. As pessoas apaixonadas, em geral, se tornam impacientes, perigosas. Perdem o senso de perspectiva. Perdem o senso de humor. Ficam nervosas, tornam-se chatas, psicóticas. Podem virar assassinas.

Dee Dee ficou fora umas duas ou três horas. Vi um pouco de tevê e datilografei dois ou três poemas numa máquina portátil. Poemas de amor – sobre Lydia. Escondi-os na minha pasta. Bebi mais cerveja.

Daí, Dee Dee bateu e entrou.

Ai, que passeio mais *maravilhoso*! Primeiro eu fui no barco com assoalho de vidro. Dava pra ver tudo quanto é peixe no mar! Daí, descobri um barco que leva donos de barcos até os lugares onde estão ancorados. O carinha me deixou passear horas com ele por apenas um dólar! Ele tinha as costas bronzeadas e eu fiquei passando loção nele. Era uma loucura o que ele estava queimado. A gente ficava levando as pessoas pros barcos. Você precisava só ver os tipos! Velhos na maioria, velhos enrugados acompanhados de garotas. As garotas todas usavam botas e estavam bêbadas e dopadas e largadonas e ficavam murmurando coisas. Tinha também uns velhos com garotos, mas a maioria estava mesmo com garotas, às vezes duas ou três ou quatro garotas. Os barcos dos caras cheiravam a fumo, bebida e sacanagem. Verdadeira maravilha!

— Pelo jeito foi ótimo. Queria ter sua bossa pra descobrir gente interessante.

— Você pode ir amanhã. Dá pra passear o dia inteiro por um dólar.

– Eu passo.
– Escreveu hoje?
– Um pouco.
– Ficou bom?
– Só vai dar pra saber daqui a dezoito dias.

Dee Dee foi espiar os periquitos. Ficou falando com eles. Era uma boa mulher. Gostava dela. Realmente, se preocupava comigo, queria que eu me desse bem, que eu escrevesse bem, que eu trepasse bem, que eu parecesse bem. Eu percebia isso. Era legal. Talvez a gente pudesse voar pro Havaí qualquer dia. Abracei-a por trás e dei-lhe um longo beijo no lóbulo da orelha.

– Ai, Hank... – disse ela.

De volta a L.A., depois da nossa semana em Catalina, a gente estava na minha casa, certa noite – o que era raro. Era tarde já. Estávamos deitados na cama, pelados, quando o telefone tocou na sala.

Era Lydia.
– Hank?
– Alô?
– Onde é que você andou?
– Catalina.
– Com ela?
– É.
– Escuta, depois que você me falou dela eu fiquei pirada. Tive um caso. O cara era homossexual. Foi péssimo.
– Senti sua falta, Lydia.
– Quero voltar pra Los Angeles.
– Vai ser legal.
– Se eu voltar você larga ela?
– Ela é uma boa mulher, mas você voltando eu largo ela.
– Vou voltar. Te amo, meu velho.
– Te amo também.

Continuamos a conversa. Não sei quanto tempo durou. Depois de desligar, voltei pro quarto. Dee Dee parecia adormecida.

– Dee Dee? – perguntei. Levantei um braço dela. Caiu pesado. A carne parecia de borracha.

– Para com essa brincadeira, Dee Dee, eu sei que você não está dormindo.

Ela não se movia. Olhei do lado e vi que seu frasco de pílulas pra dormir estava vazio. Até há pouco estava cheio. Eu já tinha experimentado aquelas pílulas. Bastava uma pra te pôr a nocaute. Você se sentia como se estivesse enterrado fundo no chão.

– Você tomou as pílulas...

– Eu... não... me importo... cê vai voltar pra ela... não me... importo...

Corri pra cozinha, peguei a bacia de lavar louça, botei a bacia no chão, do lado da cama. Daí, puxei cabeça e ombros de Dee Dee pra beira da cama e enfiei meus dedos bem fundo na sua garganta. Ela vomitou. Suspendi sua cabeça um instante pra ela poder respirar, e repeti o processo diversas vezes. Dee Dee continuou a vomitar. A certa altura, ao suspender-lhe a cabeça, sua dentadura caiu na bacia. A parte de cima e a de baixo mergulharam no vômito.

– Ãããããã... meus dent... – disse ela. Ou tentou dizer.

– Não se preocupe com seus dentes.

Enfiei de novo meus dedos na sua garganta. Daí puxei-a pra trás.

– Num quel... – disse ela – que cê veja os meus dens...

– Eles tão legais, Dee Dee. Até que não são nada maus, os teus dentes.

– Ahnnnnn...

Ela acabou se recobrando o suficiente pra botar a dentadura de volta na boca.

– Me leva pra casa – disse ela. – Quero ir pra casa.

– Vou ficar com você. Não vou te deixar sozinha essa noite.

– Mas você vai acabar me deixando, né?

– Vamos botar a roupa – eu disse.

Valentino ficaria com as duas, Lydia e Dee Dee. Foi por isso que morreu tão cedo.

20

Lydia voltou e achou um apartamento legal no bairro de Burbank. Ela parecia mais ligada em mim agora do que antes da separação.

– Meu marido tinha um pau enorme, e nada mais. Não tinha personalidade, não tinha pique. Só um pau enorme, e achava que era tudo o que precisava ter. Deus meu, o que ele era chato! Você, sim, tem um alto pique... essa corrente elétrica que nunca se interrompe.

A gente estava junto na cama.

– E eu nem sabia que ele tinha um pau grande. O pau dele era o primeiro que eu tinha visto – ela me examinava de perto. – Eu achava que eram todos iguais.

– Lydia...

– Que é?

– Tenho que te contar uma coisa.

– O quê?

– Tenho que ver Dee Dee.

– *Ver Dee Dee*?!

– Pera aí, tenho um motivo.

– Você falou que tinha acabado.

– Acabou. Eu só não quero que fique uma coisa sacana, sabe? Quero explicar pra ela o que aconteceu. As pessoas são muito frias umas com as outras. Não quero voltar com ela, só quero tentar explicar o que aconteceu, pra ver se ela entende.

– Você quer é trepar com ela.

– Juro que eu não quero trepar com ela. Quase não queria quando a gente estava junto. Só quero explicar.

– Não gosto disso. Soa... fuc-fuc... pra mim.

– Me deixa ir. Por favor. Só quero limpar a área. Volto logo.

– Tá bom. Mas volta logo.

Entrei no fusca, fui até Fountain, andei uns quilômetros, daí segui pro norte até Bronson e fui direto pra zona onde os aluguéis são mais altos. Parei em frente, saltei do carro. Subi todos aqueles degraus e toquei a campainha. Bianca atendeu à porta. Lembrei de uma noite em que ela tinha atendido à porta pelada e eu a agarrei, e quando começamos a nos beijar Dee Dee apareceu e disse:

– Porra, que é que tá acontecendo aqui?

Dessa vez não foi assim. Bianca disse:

— O que você quer?

— Quero ver Dee Dee. Quero falar com ela.

— Ela tá doente. Doente mesmo. Acho que não devia ver ela, depois de tudo que você aprontou. Você realmente é um filho da puta de primeira.

— Só quero conversar um pouco com ela, explicar as coisas.

— Tá bom. Ela tá no quarto.

Segui pelo corredor até o quarto. Dee Dee estava só de calcinha na cama. Um braço cobria seus olhos. Seus peitos estavam ótimos. Tinha uma garrafa de uísque vazia a seu lado na cama, e uma vasilha no chão. A vasilha fedia a vômito e bebida.

— Dee Dee...

Levantou o braço.

— Quê?... Hank, você voltou?

— Não, pera aí, só vim conversar com você...

— Ai, Hank, que falta horrível eu sinto de você. Quase pirei, que dor horrível...

— Queria facilitar as coisas. Por isso vim aqui. Posso ser estúpido, mas não acredito em crueldade pura e simples.

— Você não sabe o que eu senti...

— Eu sei. Eu tava lá.

— Quer um drinque? — ela disse, apontando a garrafa.

Apanhei a garrafa vazia e larguei-a de novo, num gesto triste.

— Tem muita frieza nesse mundo — eu disse. — Se as pessoas pudessem pelo menos conversar sobre as coisas já ajudaria muito.

— Fica comigo, Hank. Não volta pra ela, por favor. Por favor! A vida me ensinou como ser uma boa mulher. Você sabe disso. Vou ser boa pra você — e isso vai ser bom pra você.

— É que a Lydia me pega de um jeito... Não sei explicar.

— Ela é uma galinha, uma impulsiva. Ela vai abandonar você, cedo ou tarde.

— Vai ver isso faz parte da atração que eu sinto por ela.

— Você quer uma puta. Isso é medo de amar.

— Acho que você tem razão.

– Me dá só um beijo. É demais pedir um beijo?
– Não.

Me deitei ao seu lado. Nos abraçamos. A boca de Dee Dee cheirava a vômito. Ela me beijou, nos beijamos, ela me apertou. Me separei do jeito mais delicado que pude.

– Hank – disse ela –, fique comigo! Não volte pra ela! Olhe, eu tenho belas pernas!

Dee Dee levantou uma perna pra me mostrar.

– Eu tenho belas canelas também! Olhe!

Me mostrou as canelas.

Eu estava sentado na beira da cama.

– Não posso ficar com você, Dee Dee...

Ela sentou na cama e começou a me esmurrar. Seus punhos eram duros como pedras. Me esmurrava com as duas mãos. Fiquei ali sentado, levando porradas. Me acertou na sobrancelha, no olho, na testa e nas faces. Até na garganta eu levei porrada.

– Ah, seu filho da puta! Filho da puta! Filho da puta! Filho da puta! TE ODEIO!

Agarrei seus pulsos.

– Tá legal, Dee Dee, agora chega.

Ela caiu pra trás na cama; eu levantei e saí pelo corredor e porta afora.

Quando voltei, encontrei Lydia sentada numa poltrona, de cara sombria.

– Faz tempo que você saiu. Olha aí, ela arranhou sua cara!

– Juro que não aconteceu nada.

– Tire a camisa. Quero ver suas costas!

– Que merda, Lydia.

– Tire a camisa e a camiseta.

Tirei ambas. Ela ficou atrás de mim.

– O que é esse arranhão nas suas costas?

– Que arranhão?

– Tem um comprido aqui... de unha de mulher.

– Só se foi você...

– Tá bom. Só tem um jeito de descobrir.

– Qual?
– Vamos pra cama.
– Legal!

Passei no teste. Depois fiquei pensando, como é que um homem pode testar a fidelidade de uma mulher? Não era justo...

21

Continuava a receber cartas de uma mulher que morava apenas a um quilômetro e meio de distância. Nicole, ela assinava. Dizia ter lido alguns de meus livros e gostado muito. Respondi a uma das cartas e ela me escreveu de volta, me convidando pra ir visitá-la. Uma tarde, sem dizer nada pra Lydia, entrei no fusca e fui até lá. Ela tinha um apartamento em cima de uma lavanderia a seco no Santa Monica Boulevard. A porta da frente dava pra rua e se via a escada através da vidraça. Toquei a campainha.

– Quem é? – disse uma voz de mulher pelo interfone.
– É o Chinaski – respondi. Soou uma campainha, a porta destravou, e eu entrei.

Nicole me esperava no topo da escada, me olhando lá de cima. Tinha uma cara elegante, quase trágica e usava um vestido verde longo. Parecia ter um belo corpo. Me olhava com seus grandes olhos castanhos. Tinha uma coleção de rugas em torno dos olhos, talvez de muita bebida ou muito choro.

– Você tá sozinha? – perguntei.
– Estou – ela sorriu. – Suba.

Subi. Era espaçoso o apartamento, com dois quartos e pouca mobília. Reparei numa pequena estante com livros e num engradado cheio de discos clássicos. Sentei no sofá. Ela sentou do meu lado.

– Acabei de ler *A vida de Picasso* – disse ela.

Tinha vários números do *New Yorker* sobre a mesa.

– Posso preparar um chá? – perguntou Nicole.
– Vou sair e comprar alguma coisa pra beber.
– Não precisa. Tenho bebida aqui.
– O quê?

– Serve um bom vinho tinto?
– Tomaria um pouco – disse eu.

Nicole levantou e foi até a cozinha. Fiquei observando seus movimentos. Sempre gostei de mulheres de vestido longo. Ela andava com graça. Parecia ter classe de montão. Voltou com dois copos e uma garrafa de vinho. Serviu-nos. Me ofereceu um Benson and Hedges. Acendi um.

– Você lê o *New Yorker*? – perguntou – Eles costumam publicar bons contos.

– Não acho.

– Que tem de errado com eles?

– Muito educados pro meu gosto.

– Bom, eu gosto.

– Grande merda! – disse eu.

Ficamos bebendo e fumando.

– Você gosta do meu apartamento?

– Gosto, é bem legal.

– Ele me lembra os lugares onde morei na Europa. Gosto do espaço, da luz.

– Europa, né...

– É, Grécia, Itália... mais a Grécia.

– E Paris?

– Claro, adoro Paris. Londres, não.

Daí, ficou me falando dela. Sua família vivera em Nova York. Seu pai era comunista, a mãe trabalhava de costureira prum patrão explorador. Era a melhor de todas as costureiras, a número um. Rude e bondosa. Nicole era autodidata, criou-se em Nova York, acabou encontrando um médico famoso com quem casou e viveu dez anos, até se divorciarem. Agora, só recebia 400 dólares de pensão por mês, e era difícil se virar com isso. Na verdade, ela não podia com aquele apartamento, mas gostava dele demais pra sair.

– Você escreve de uma maneira tão tosca – disse ela. – Parece uma marretada, só que dada com humor e ternura...

– É...

Descansei meu copo e olhei pra ela. Segurei seu queixo e dei-lhe o mais suave dos beijos.

Nicole continuou a falar. Me contou umas histórias bem interessantes, que eu acabei usando mais tarde em contos e poemas. Flagrei seus peitos quando ela se inclinou pra encher os copos. "Parece um filme", pensei, "uma porra dum filme." Achei engraçado. Era como se estivéssemos diante da câmera. Achei bom. Era melhor que corrida de cavalo e luta de boxe. Continuamos a beber. Nicole abriu outra garrafa. Ela continuava falando. Era gostoso escutá-la. Tudo que ela contava tinha sabedoria e graça. Nicole começava a me impressionar mais do que ela imaginava. Isso me preocupava, de certa maneira.

Fomos pra varanda do apê com nossos copos e ficamos olhando o trânsito da tarde. Ela falava sobre Huxley e Lawrence na Itália. Que merda! Disse pra ela que Knut Hamsun tinha sido o maior escritor do mundo. Ela me olhou espantada por eu conhecer o cara, e concordou. Nos beijamos na varanda; sentia o cheiro de escapamento dos carros lá embaixo. Era bom sentir seu corpo contra o meu. Sabia que a gente não ia trepar logo de cara. Sabia também que logo eu estaria de volta. Nicole sabia disso também.

22

A irmã de Lydia, Ângela, chegou de Utah pra ver a casa nova. Lydia dera entrada numa casinha, e as prestações mensais eram bem em conta. Foi uma ótima compra. O sujeito que vendeu a casa achava que ia morrer e fez um preço baixo. Tinha um quarto no andar de cima pras crianças, e um enorme quintal nos fundos, cheio de árvores e touceiras de bambu.

Ângela era a mais velha das irmãs, a mais sensível, a mais gostosa e também a mais bem realizada. Trabalhava com imóveis. Tínhamos que alojar Ângela. Mas, não havia espaço. Lydia sugeriu Marvin.

– Marvin? – perguntei.
– É, Marvin – disse Lydia.
– Tudo bem, vamos lá – disse eu.

Entramos todos na Coisa cor de laranja da Lydia. A Coisa. Era assim que a gente chamava seu carro. Parecia um tanque, muito velho e feio. Já era tarde da noite. Tínhamos ligado pro Marvin. Ele disse que não iria sair de casa.

Descemos até a praia e lá estava sua casinha debruçada sobre a areia.

— Poxa – disse Ângela –, que casa mais linda!
— Ele é muito rico – disse Lydia.
— E escreve bons poemas também – eu disse.

Fomos lá. Encontramos Marvin entre seus aquários de água marítima e suas pinturas. Ele pintava bem à beça. Prum cara rico, até que ele conseguiu sobreviver numa boa. Tinha se dado bem. Fiz as apresentações. Ângela deu um giro olhando as pinturas do Marvin. "Nossa, muito bonito." Ângela pintava também, mas não era muito boa.

Eu tinha trazido cerveja, além de uma garrafinha de uísque escondida no bolso do casaco, na qual eu bicava de vez em quando. Marvin também apresentou umas cervejas, e um flertezinho começou a rolar entre Ângela e ele. Marvin parecia um tanto ávido; Ângela estava mais inclinada a se divertir com ele. Ela topara a cara dele, mas não tanto que já quisesse logo trepar. Bebemos e conversamos. Marvin tinha um par de bongôs, um piano e maconha. Era uma casa boa e confortável aquela. "Numa casa como essa", pensei, "eu poderia escrever melhor; minha sorte mudaria muito." Dava pra ouvir o mar e nenhum vizinho reclamaria do barulho da máquina de escrever.

Continuei a bicar no uísque. Ficamos umas duas ou três horas, depois saímos. Lydia pegou o caminho de volta.

— Lydia – eu disse –, você trepou com o Marvin, não trepou?

— Que cê tá falando?

— Daquela vez que você foi lá sozinha, tarde da noite.

— Que porra, eu não quero ouvir falar nisso!

— Mas é verdade, você trepou com ele!

— Escute, se você continuar com isso eu não vou aguentar!

— Você trepou com ele.

Ângela parecia aterrorizada. Lydia entrou no acostamento, parou o carro e abriu a porta do meu lado.

— Sai! – disse ela.

Saí. O carro arrancou. Fui caminhando pelo acostamento. De vez em quando dava uns goles na garrafa. Andei uns cinco minutos, daí, a Coisa encostou do meu lado. Lydia abriu a porta.

– Entre.

Entrei.

– Não diga uma palavra.

– Você trepou com ele. Sei disso.

– Oh, Deus!

Lydia entrou de novo no acostamento, parou e abriu a porta.

– Sai!

Saí. Fiquei caminhando pelo acostamento. Daí, topei com um desvio que descia pruma rua deserta. Desci a rampa e entrei na rua. Tudo muito escuro. Olhei pelas janelas de algumas casas. Pelo visto, eu estava num bairro negro. Vi luzes numa esquina, mais à frente. Era uma lanchonete. Entrei lá. Um homem negro estava atrás do balcão. Não tinha mais ninguém por ali. Pedi café.

– Malditas mulheres – eu disse a ele.

– Quem entende elas? Minha garota me largou no meio da estrada. Quer um gole?

– Claro – ele disse.

Deu um bom gole e me devolveu a garrafa.

– Tem um telefone aí? – perguntei. – Eu pago.

– É chamada local?

– É.

– Não precisa pagar.

Ele tirou um telefone debaixo do balcão e o estendeu pra mim. Dei mais um gole e passei-lhe a garrafa. Ele deu outro gole.

Chamei a companhia de táxi, dei-lhes o endereço. Meu amigo tinha uma cara afável e inteligente. Às vezes você acha bondade no meio do inferno. Ficamos nos passando a garrafa enquanto eu esperava o táxi. Quando o táxi chegou, entrei atrás e dei ao chofer o endereço de Nicole.

23

Acabei saindo do ar. Devo ter consumido mais uísque do que imaginava. Não me lembro de ter chegado na casa de Nicole. Acordei de manhã com as costas encostadas em alguém, numa cama estranha. Olhei a parede na minha frente e vi uma enorme letra decorativa pendurada ali. Era um "N". "N" de Nicole. Me senti mal. Fui ao banheiro. Usei a escova de dente de Nicole e gargarejei. Lavei a cara, penteei o cabelo, caguei e mijei, lavei as mãos e bebi litros d'água na torneira da pia. Daí, voltei pra cama. Nicole levantou, fez a toalete, voltou pra cama. Ficou me encarando. Começamos a nos beijar e acariciar.

"Lydia, sou inocente à minha maneira", pensei. "Sou fiel a você à minha maneira."

Nada de sexo oral. Meu estômago estava muito revirado. Trepei com a ex-mulher do famoso doutor. A refinada viajante internacional. Ela tinha as irmãs Brontë na estante. Ambos gostávamos de Carson McCullers, *The Heart Is a Lonely Hunter*. Dei-lhe umas três ou quatro estocadas especialmente malévolas que a deixaram ofegante. Agora ela conhecia um escritor nos originais. Um escritor não muito conhecido, é claro, mas que conseguia pagar o aluguel, o que já era um assombro. Algum dia ela estaria num dos meus livros. Eu estava trepando com uma cadela refinada. Senti que ia gozar. Enfiei minha língua em sua boca, beijei-a e gozei. Rolei pro lado me sentindo meio imbecil. Abracei-a um pouco, até que ela se levantou pra ir ao banheiro. Ela devia trepar bem melhor na Grécia, imagino. A América é um lugarzinho de merda pra se trepar.

Depois disso, passei a frequentar Nicole de duas a três vezes por semana, sempre à tarde. Bebíamos vinho, conversávamos, e, vez por outra, íamos pra cama. Descobri que não estava muito interessado nela; era mais pra ter o que fazer. Lydia e eu tínhamos voltado no dia seguinte. Ela sempre me perguntava o que eu fazia às tardes.

– Vou ao supermercado – respondia.

E era verdade, eu sempre passava primeiro no supermercado.

– Nunca vi uma pessoa passar tanto tempo num supermercado – ela dizia.

Numa noite de bebedeira contei pra Lydia que eu conhecia uma certa Nicole. Disse onde Nicole morava, mas falei que "não tava acontecendo grande coisa". Por que diabo eu fui lhe dizer isso, até agora não sei. Quando se bebe, às vezes os pensamentos perdem a nitidez...

Uma tarde, eu vinha da loja de bebidas e já tinha quase chegado na porta de Nicole. Carregava uma dúzia de cervejas num pacote, mais uma garrafa de uísque. Eu tinha brigado outra vez com Lydia e decidira passar a noite na cama de Nicole. Caminhava, já um pouco bebum, quando ouvi alguém correndo atrás de mim. Me virei. Era Lydia.

– Ha! – ela disse. – Ha!

Ela arrancou o pacote das minhas mãos e foi tirando lá de dentro as garrafas de cerveja. Começou a espatifar as garrafas uma por uma na calçada. Elas estouravam com estrondo. O Santa Monica Boulevard é muito movimentado. O tráfego da tarde começava a engrossar. Tudo isso acontecia bem em frente à porta de Nicole. Daí, Lydia pegou a garrafa de uísque. Levantou-a no ar e gritou nos meus ouvidos:

– Ha! Você ia beber isso e depois ia TREPAR com ela!

E espatifou a garrafa no cimento.

A porta de Nicole estava aberta e Lydia disparou escada acima. Nicole aguardava no topo da escada. Lydia começou a espancar Nicole com a bolsa. A bolsa girava no ar, presa pela longa correia, e descia duro sobre Nicole.

– Ele é *meu* homem! Ele é *meu* homem! Você trate de ficar longe do *meu* homem!

Daí, Lydia desceu correndo, passou por mim e saiu pra rua.

– Deus do céu! – disse Nicole. – Quem é essa?

– Essa é Lydia. Me arranje uma vassoura e um saco de papel bem grande.

Fui pra calçada e comecei a varrer os cacos de vidro pra dentro do saco. "Aquela cadela foi longe demais dessa vez", pensei. "Vou comprar mais bebida. Vou passar a noite com Nicole; talvez mais de uma noite."

Eu estava agachado catando os cacos de vidro maiores quando escutei um ruído estranho atrás de mim. Dei uma olhada. Era Lydia, na Coisa. Ela subira na calçada com o carro e vinha pra cima de mim a uns cinquenta quilômetros por hora. Saltei pro lado, e o carro passou raspando por mim. Não me pegou por um triz. O carro foi até a esquina, saltou do meio-fio pra rua, seguiu reto, daí virou à direita na próxima esquina, e desapareceu.

Tornei a varrer o vidro espatifado. Juntei tudo num montinho. Daí, mexendo no saco de papel da loja, achei uma garrafa de cerveja intacta. Estava com ótima aparência. Eu estava precisando dela. Estava quase desatarraxando a tampinha da garrafa quando alguém a arrancou da minha mão. Lydia de novo. Ela foi até a porta de Nicole e atirou a garrafa. Atirou com tanta força que a garrafa atravessou o vidro como uma enorme bala, sem estilhaçá-lo. Ficou apenas um buraco redondo.

Lydia fugiu depressa e eu subi a escada. Nicole ainda estava lá em cima, parada.

— Pelo amor de Deus, Chinaski, vá embora antes que ela mate todo mundo!

Dei meia-volta e desci de novo a escada. Lydia estacionara o carro, com o motor ligado, rente à calçada. Abri a porta e entrei. Ela arrancou. Nenhum de nós abriu a boca.

24

Comecei a receber cartas de uma garota de Nova York. Mindy, ela se chamava. Dizia que tinha fuçado uns livros meus, mas a melhor coisa nas suas cartas é que ela nunca falava de literatura — exceto pra dizer que não era escritora. Escrevia sobre coisas em geral e sobre homens em particular. Mindy tinha 25 anos, escrevia à mão, com letra firme, era sensível e bem-humorada. Eu respondia às suas cartas e sempre me alegrava encontrar uma carta sua na minha caixa de correio. Muita gente se expressa melhor em cartas do que falando; alguns chegam a escrever cartas com muita arte e inventividade, mas quando tentam escrever poemas, contos ou romances tornam-se pretensiosos.

Um dia Mindy mandou fotografias. Era bem bonita, a julgar pelas fotos. Continuamos a nos corresponder por mais algumas semanas, e aí ela mencionou umas férias de duas semanas que ia ter em breve.

— Por que você não dá um pulo aqui? — sugeri.
— Legal — respondeu.

Passamos a nos falar por telefone. Por fim, ela me disse a data de sua chegada no aeroporto internacional de Los Angeles.

– Estarei lá – disse a ela –, nada vai me impedir.

25

Guardei a data na cabeça. Nunca foi problema arrumar briga com Lydia. Eu era um bicho do mato nato, e me bastava viver com uma só mulher, comer com ela, dormir com ela, andar pelas ruas com ela. Não queria saber de muito papo, nem de ficar indo a lugares – fora as corridas de cavalo e as lutas de boxe. Não entendia tevê. Me sentia idiota pagando pra entrar num cinema e ficar lá sentado com outras pessoas, partilhando suas emoções. Festas me davam ânsia de vômito. Me irritavam as boas maneiras, o jogo social, o flerte, os bêbados amadores, os pentelhos. Só que festa, dança e papo-furado energizavam Lydia. Ela se achava um tesão. Mas era um pouco óbvia demais. De modo que as nossas brigas corriam por conta do meu desejo de não ver ninguém versus o desejo dela de ver o maior número de pessoas possível.

Uns dias antes da chegada de Mindy eu deflagrei o troço. A gente estava junto na cama.

– Lydia, pelo amor de Deus, por que é que você tem que ser tão estúpida? Você não consegue entender que eu sou um bicho do mato? Tenho que ser desse jeito pra escrever.

– Como é que você vai entender as pessoas se você não encontra com elas?

– Já sei tudo sobre elas.

– Até nos restaurantes você fica de cabeça baixa pra não olhar ninguém.

– Pra quê? Pra sentir vontade de vomitar?

– Eu observo as pessoas – disse ela. – Eu estudo as pessoas.

– Grande merda!

– Você tem é medo de gente!

– Detesto gente.

– Como é que você pode ser um escritor? Você não observa as pessoas!

– Ok. Eu não olho pras pessoas, mas pago o aluguel com a minha escrita. É melhor que cuidar de ovelhas.

– Você nunca vai emplacar. Nunca vai se realizar. Você faz tudo errado.

– É em cima disso que a minha escrita se *realiza*.

– Se *realiza*? Quem é que conhece você? Você por acaso tem a fama de um Mailer? De um Capote?

– Esses aí não sabem escrever.

– Só *você* sabe! Só Chinaski sabe escrever!

– É o que eu acho.

– Cadê a sua fama? Em Nova York alguém ia reconhecer você?

– Escute aqui, tô cagando pra isso. Só quero continuar a escrever. Não preciso de badalos.

– Você aceitaria de bom grado toda a badalação que te oferecessem.

– Talvez.

– Você gosta de fingir que é famoso.

– Sempre fui desse jeito, mesmo antes de começar a escrever.

– Você é o famoso mais desconhecido que eu já vi.

– É que eu não sou ambicioso.

– Você é, mas morre de preguiça. Você quer as coisas de graça. Quando é que você escreve? Hein, quando? Você tá sempre na cama, ou bêbado, ou nas corridas de cavalo.

– Tô pouco ligando.

– E pro que é que você liga, então?

– Nada tem importância. O que é que tem importância?

– Ah, eu vou te dizer o que tem importância! – disse Lydia – Faz um tempão que a gente não vai a uma festa. Não tenho visto gente há um tempão. Eu GOSTO de gente! Minhas irmãs ADORAM festas. Elas rodariam dois mil quilômetros pra ir a uma festa. Foi assim que a gente foi criada em Utah! Não tem nada de errado com festas. É só gente DEIXANDO ROLAR e se divertindo. Você acha que se divertir conduz necessariamente a *trepar*! Deus meu! As pessoas são decentes! Você é que não sabe se divertir!

– Não gosto de gente – disse.

Lydia pulou da cama.

— Nossa, você me deixa doente!
— Tudo bem, então. Vou te dar espaço.
Joguei as pernas pra fora e comecei a botar os sapatos.
— "Espaço"? – perguntou Lydia. – Que é que você quer dizer com "espaço"?
— Quero dizer que eu vou dar no pé daqui!
— Ok. Mas escuta o seguinte: se você sair por essa porta nunca mais vai me ver!
— É muito justo – eu disse.
Me levantei, fui até a porta, abri a porta, fechei a porta, fui até o fusca. Liguei o motor e parti. Tinha arrumado espaço pra encontrar Mindy.

26

Fiquei sentado no aeroporto, esperando. Não se pode confiar em fotos. Não dá pra saber. Eu estava nervoso. Vontade de vomitar. Acendi um cigarro e tossi. Por que eu tinha que aprontar dessas? Não queria saber dela agora. E Mindy estava vindo lá de Nova York. Eu conhecia uma porção de mulheres. Pra que sempre mais mulheres? O que eu estava tentando fazer? Era excitante um caso novo, mas também dava um trabalhão. O primeiro beijo e a primeira trepada tinham uma certa dramaticidade. As pessoas são interessantes no início. Aos poucos, porém, todos os defeitos e loucuradas botam as manguinhas de fora, é inevitável. Começo a significar cada vez menos pras pessoas, e elas pra mim.

Eu era velho e feio. Velho e feio. Vai ver, é por isso que era tão bom meter nas garotas. Eu era o King Kong. Elas ternas e graciosas criaturas. Será que eu tentava brecar a minha descida para a morte? Será que eu pretendia evitar a velhice, o sentimento da velhice, pelo convívio com mulheres mais jovens? Eu só não queria envelhecer mal, pendurar as chuteiras, me dar por morto antes da morte chegar.

O avião de Mindy chegou e manobrou na pista. Me senti em perigo. As mulheres me conheciam por antecipação por causa dos meus livros. Eu me expunha neles. Por outro lado, eu nada sabia delas. O risco era todo meu. Eu podia ser morto. Eu podia ser capado. Chinaski sem as bolas. *Poemas de amor de um eunuco*.

Fiquei de pé à espera de Mindy. Os passageiros passaram pelo portão.

Opa, tomara que não seja aquela.

Ou aquela.

Especialmente aquela, tomara que não.

Aquela ali seria perfeito! Olha só que pernas, que bunda, que olhos...

Uma delas veio até mim. Tomara que seja ela. Era a melhor de todo o rebanho. Eu não teria tanta sorte. Ela chegou e sorriu.

– Sou Mindy.

– Que bom que você é a Mindy.

– Que bom que você é o Chinaski.

– Você tem bagagem pra pegar?

– Tenho. Me preparei pra uma longa estadia.

– Vamos esperar no bar.

Entramos no bar e achamos uma mesa. Mindy pediu vodca e tônica. Eu pedi vodca com 7-UP. Ah, já estava quase em sintonia. Acendi o cigarro dela. Ela era ótima. Quase virginal. Era difícil de acreditar. Miudinha, loira e construída com perfeição. Era mais do tipo natural que sofisticado. Achei fácil olhar nos olhos dela: azul-esverdeados. Dois brinquinhos nas orelhas. Salto alto. Eu tinha escrito a Mindy que salto alto me excitava.

– Bom – disse ela –, você tá com medo?

– Nem tanto agora. Gosto de você.

– Você é bem melhor que nas fotos – ela disse. – Não acho você nada feio.

– Brigado.

– Não que eu te ache bonito, pelo menos não do jeito que as pessoas consideram a beleza. Você tem uma cara boa. Mas os olhos – são lindos! Selvagens, loucos, como os de um animal espiando de uma floresta em chamas. Nossa, tô falando qualquer coisa. Não me dou bem com as palavras.

– Eu te acho linda – eu disse. – E muito legal. Me sinto bem do teu lado. Bebe aí. Vamos pedir outro. Você é a cara das suas cartas.

Tomamos o segundo drinque e descemos pra apanhar a bagagem. Me orgulhava por estar com Mindy. Ela andava com estilo. Tantas mulheres gostosas simplesmente se arrastam, como criaturas sobrecarregadas. Mindy fluía.

Continuava achando aquilo tudo bom demais. "Não dá pra acreditar", pensei.

Já em casa, Mindy tomou um banho e trocou de roupa. Reapareceu num vestido azul, leve. Tinha mudado de penteado, só um pouquinho. Sentamos no sofá com as vodcas.

– Bom – disse eu –, ainda tô amedrontado. Vou ficar um pouco bêbado.

– Sua casa é do jeito que eu achava que seria – ela disse.

Ela me olhava, sorrindo. Me aproximei, toquei de leve na sua nuca, puxei-a pra mim e dei-lhe um ligeiro beijinho.

O telefone tocou. Era Lydia.

– Que cê tá fazendo?

– Tô com uma pessoa.

– É mulher, né?

– Lydia, nossa história acabou – eu disse. – Você sabe disso.

– É UMA MULHER, NÃO É?

– É.

– Tudo bem.

– Então tá. Tchau.

– Tchau.

A voz de Lydia tinha se acalmado de repente. Me senti melhor. Sua violência me alarmava. Ela sempre reclamava que era eu o ciumento, e em geral era mesmo, mas quando as coisas se viravam contra mim eu simplesmente me aborrecia e me mandava. Lydia era diferente. Ela reagia. Ela era a Chefa da Torcida, no Jogo da Violência.

Mas, pelo seu tom de voz, eu sabia que ela tinha desistido. Não estava com raiva. Conhecia aquela voz.

– Era a minha ex – disse a Mindy.

– Acabou?

– Acabou.

– Ela ainda ama você?

– Acho que sim.

– Então não acabou.

– Acabou.

– Será que eu devo ficar aqui?

– Claro, por favor.

– Você não está só me usando, tá? Eu li todos aqueles poemas... pra Lydia.

– Eu *estava* apaixonado. E não estou usando você.

Mindy apertou seu corpo contra o meu e me beijou. Foi um longo beijo. Meu pau subiu. Eu andava tomando um montão de vitamina E nos últimos tempos. Eu tinha ideias próprias sobre sexo. Era um tarado obcecado e me masturbava todo o tempo. Eu transava com Lydia, depois voltava pra casa de manhã e me masturbava. A ideia de sexo como algo proibido me excitava pra além de qualquer entendimento. Sexo era um animal tentando se impor ao outro.

Nas punhetas, eu sentia que gozava na cara de todas as coisas decentes, branco esperma pingando sobre as cabeças e almas dos meus pais mortos. Se eu tivesse nascido mulher seria com certeza uma prostituta. Mas, como nasci homem, batalhava as mulheres, sem trégua; quanto mais fuleiras melhor. E, no entanto, as mulheres, as boas, me enchiam de medo, talvez por quererem a minha alma; e o que sobrara da minha eu queria manter guardado. Em princípio, eu batalhava mulheres fuleiras e prostitutas, porque eram mais intensas e mais barras-pesadas, e elas não faziam exigências pessoais. Nada se perdia quando elas partiam. Porém, ao mesmo tempo, eu tinha uma inclinação por mulheres decentes, as boas mulheres, a despeito do preço elevado que se tinha de pagar. De um jeito ou de outro, eu estava perdido. Um cara forte desistiria de ambas. Eu não era um cara forte. Então, continuava o combate com as mulheres, com a ideia de mulher.

Mindy e eu acabamos com a garrafa e fomos pra cama. Dei-lhe uns beijos, depois pedi desculpas e saí do ar. Estava muito bêbado pra desempenhar meu papel. Grande amante! Antes de adormecer, prometi a ela incríveis experiências pro futuro próximo. Seu corpo ficou apertadinho contra o meu.

Acordei mal de manhã. Olhei Mindy pelada, do meu lado. Mesmo agora, depois de toda a bebedeira, ela era um milagre. Jamais conhecera uma garota tão bela e ao mesmo tempo tão meiga e inteligente. Onde é que estavam os homens dela? Onde é que eles tinham falhado?

Fui ao banheiro e tentei me recompor. Escovei os dentes. Fiz a barba e passei loção pós-barba. Molhei e penteei meu cabelo. Peguei uma 7-UP na geladeira e bebi.

Voltei pra cama. Mindy estava quentinha. Parecia dormir. Gostei disso. Esfreguei meus lábios contra os dela, suavemente. Meu pau subiu. Senti seus seios contra o meu peito. Peguei um peito e chupei. Senti o bico endurecer. Mindy se remexeu. Escorreguei minha mão sobre sua barriga, e dali pra buceta. Comecei a bolinar sua buceta, devagarinho.

"É como abrir um botão de rosa", pensei. Isso faz sentido. Isso é bom. É como dois insetos num jardim se movendo lentamente, um em direção ao outro. O macho realiza sua mágica lenta. A fêmea vai se abrindo devagar. Gosto disso, gosto disso. Dois besouros. Mindy foi se abrindo, foi ficando molhada. Ela é linda. Daí, meti nela. Enfiei meu pau lá dentro, minha boca colada na dela.

27

Bebemos o dia todo e à noite eu tentei transar com Mindy de novo. Espanto e desapontamento foi o que senti ao perceber que ela tinha uma xoxota larga. Uma xoxota extralarga. Não tinha notado na noite anterior. Isso era uma tragédia. O maior pecado da mulher. Eu mexia e remexia. Ali deitada, Mindy parecia gostar. Pedia a Deus que estivesse gostando mesmo. Comecei a suar. Minhas costas doíam. Sentia tonturas, enjoo. Parecia que sua xoxota ficava maior. Não conseguia sentir nada. Era como meter num saco vazio de supermercado. Eu mal esbarrava nas laterais daquela buceta. Pura agonia: trabalho incessante sem recompensa. Eu estava fudido. Não queria magoá-la. Tentei desesperadamente gozar. Não era só a bebida. Eu desempenhava melhor que muita gente, quando bêbado. Ouvia meu coração. Sentia meu coração. Sentia ele no peito. Sentia ele na garganta. Sentia ele na cabeça. Não dava pra suportar. Rolei pro lado, arfando.

– Desculpe, Mindy. Por Deus, desculpe.

– Tudo bem, Hank – ela disse.

Fiquei de bruços. Meu suor fedia. Levantei e preparei dois drinques. Ficamos sentados lado a lado na cama, bebericando. Não entendia como tinha conseguido gozar da primeira vez. Eis um problema. Tanta beleza, tanta meiguice, tanta bondade, e eis um problema. Não tinha coragem de comentar com Mindy. Como dizer-lhe que ela tinha uma buceta larga? Vai ver, ninguém ainda lhe tinha dito isso.

– Vai ficar melhor quando eu não tiver bebido tanto – falei pra ela.

– Não se preocupe com isso, por favor, Hank.

– Ok.

Dormimos, ou melhor, fingimos dormir. No final, eu acabei dormindo...

28

Mindy ficou uma semana comigo. Apresentei-a aos meus amigos. Fizemos coisas juntos. Mas nada resolveu o problema. Não conseguia gozar. Ela não parecia se importar. Era estranho.

Ali pelas quinze para as onze, certa noite, Mindy bebia na sala, folheando uma revista. Eu estava na cama, só de cueca, bêbado, fumando, um copo sobre a cadeira, ao meu lado. Encarava o teto azul, sem nenhum sentimento ou pensamento.

Ouvi baterem na porta da frente.

Mindy disse:

– Atendo?

– Claro – eu disse –, vai ver quem é.

Ouvi Mindy abrir a porta. Daí, ouvi a voz de Lydia.

– Vim só inspecionar a concorrência.

"Legal", pensei. "Vou levantar e preparar uns drinques pras duas, e a gente vai ficar bebendo e conversando. Acho legal que as minhas mulheres se entendam entre elas."

Daí, ouvi Lydia dizer:

— Você é mesmo uma gracinha, né?

Então, ouvi Mindy gritar. E ouvi Lydia gritar. Ouvi pés se arrastando, grunhidos, corpos em queda. A mobília chacoalhava. Mindy gritou de novo – grito de quem está sob ataque. Lydia gritou – tigresa no ataque. Pulei da cama. Tinha que separá-las. Fui pra sala de cueca. Era uma cena muito louca, com puxões de cabelo, cusparadas, arranhões. Entrei no meio pra separá-las. Acabei tropeçando num dos meus sapatos largados no tapete e caí feio. Mindy escapou pela porta, perseguida por Lydia. Correram pelo pátio interno até a rua. Ouvi outro grito.

Minutos se passaram. Levantei do chão e fui fechar a porta. Mindy deve ter fugido, pois, de repente, Lydia voltou sozinha. Sentou-se numa cadeira perto da porta. Me olhou.

— Desculpe. Me mijei toda.

Era verdade. Tinha uma mancha escura no cavalo da sua calça, e uma perna estava ensopada.

— Tudo bem – disse eu.

Servi-lhe um drinque e ela ficou ali sentada segurando o copo. Eu não conseguia firmar o meu copo na mão. Ninguém falou nada.

Dali a pouco, bateram na porta. Fui atender, de cueca. Minha enorme pança, branca e flácida, transbordava do elástico da cueca.

Dois guardas estavam na porta.

— Olá – eu disse.

— Estamos checando uma denúncia de perturbação da paz.

— Foi só uma briga de família – respondi.

— Disseram que havia duas mulheres – falou o guarda mais próximo de mim.

— É o que acontece em geral – disse eu.

— Tudo bem – disse o primeiro guarda. – Só quero lhe fazer uma pergunta.

— Ok.

— Com qual das duas o senhor quer ficar?

— Fico com aquela ali – disse, apontando pra Lydia na cadeira, toda mijada.

– Tudo bem. O senhor tem certeza?

– Certeza.

Os guardas foram embora, e lá estava eu com Lydia de novo.

29

O telefone tocou na manhã seguinte. Lydia já tinha voltado pra casa. Era Bobby, o cara que morava no próximo quarteirão e trabalhava na livraria pornô.

– Mindy está aqui. Ela quer que você apareça pra conversar.

– Tudo bem.

Fui até lá com três garrafas de cerveja. Mindy estava de salto alto e um vestido preto transparente comprado no Frederick's. Parecia um vestido de boneca e dava pra ver a calcinha preta. Estava sem sutiã. Valerie não estava. Sentei, desatarraxei as tampinhas das cervejas e ofereci a eles.

– Você vai voltar com a Lydia, Hank? – Mindy perguntou.

– Desculpe, mas vou. Já voltei.

– Foi sórdido isso que aconteceu. Pensei que vocês tinham terminado.

– Eu também pensava. Essas coisas são muito estranhas.

– Todas as minhas roupas ficaram na sua casa. Vou ter que ir lá pra apanhar.

– Claro.

– Você tem certeza de que ela já foi embora?

– Tenho.

– Parece um touro, aquela mulher. Ela age como uma sapatona.

– Não acho que ela seja.

Mindy levantou pra ir ao banheiro. Bobby me olhou.

– Trepei com ela – disse ele. – Não bote a culpa nela. Ela não tinha mais pra onde ir.

– Não tô botando a culpa nela.

– Valerie levou ela no Frederick's pra lhe dar um ânimo. Compraram um vestido novo.

Mindy voltou do banheiro. Estivera chorando.

– Mindy – disse eu –, tenho que ir embora.
– Apareço mais tarde pra pegar minhas roupas.
Levantei e fui até a porta. Mindy me acompanhou.
– Me abrace – ela disse.
Abracei-a. Ela chorava.
– Você nunca vai me esquecer... *nunca*!

Voltei pra casa pensando se me tocava ou não o fato de Bobby ter trepado com Mindy. Bobby e Valerie andavam curtindo umas experiências estranhas. Não me importava a falta de bom senso deles. Chato era o jeito com que eles faziam tudo, sem demonstrar a menor emoção. Como quem boceja ou cozinha batatas.

30

Pra acalmar Lydia, eu concordei em ir pra Cabeça de Mula, em Utah. A irmã dela estava acampando nas montanhas. Na verdade, as irmãs possuíam quase toda a terra por ali. Herdaram do pai. Uma das irmãs, Glendoline, tinha armado uma barraca no mato. Ela andava escrevendo um romance, *A mulher selvagem das montanhas*. As outras irmãs estavam pra chegar a qualquer hora. Lydia e eu chegamos primeiro. A gente se acomodou numa barraquinha de campanha. Nos espremos lá dentro, na primeira noite, junto com os pernilongos. Foi terrível.

Na manhã seguinte, nos abancamos em torno da fogueira. Glendoline e Lydia prepararam o café da manhã. Eu tinha comprado 40 dólares de mantimentos, inclusive várias dúzias de cerveja. Tinha mergulhado as cervejas num riacho para refrescá-las. Acabamos o café da manhã. Ajudei com a louça e, em seguida, Glendoline começou a ler pra nós seu romance. Não era de todo ruim, mas faltavam-lhe profissionalismo e muito acabamento. Glendoline supunha que o leitor era tão fascinado pela sua vida quanto ela – o que é um erro crasso. Os outros erros crassos que ela cometia eram muito numerosos pra se comentar.

Fui até o riacho e voltei com três garrafas de cerveja. As garotas não quiseram. Eram anticervejistas declaradas. Ficamos comentando a novela de Glendoline. Considero suspeita qualquer pessoa que resolva ler sua novela pros outros. É o próprio beijo da morte.

A conversa rolou e as meninas cascateavam sobre homens, festas, dança e sexo. Glendoline tinha uma voz estridente, excitada, e um riso nervoso. Ria a toda hora. Era uma quarentona gorda e esculachada. Além disso, era simplesmente feia, igual a mim.

Glendoline deve ter falado uma hora inteira sem parar, só sobre sexo. Comecei a ficar tonto. Ela sacudia os braços no ar:

– EU SOU A MULHER SELVAGEM DAS MONTANHAS! OH, ONDE ESTÁ, ONDE ESTÁ O HOMEM, O VERDADEIRO HOMEM CORAJOSO QUE VIRÁ ME ARREBATAR?

"Bem, aqui é que ele não está, seguramente", pensei.

Olhei pra Lydia.

– Vamos dar uma volta.

– Não – disse ela –, quero ler esse livro.

O livro se chamava *Amor e orgasmo: um guia revolucionário para a satisfação sexual*.

– Tudo bem – eu disse. – Vou dar uma volta, então.

Fui até o riacho. Apanhei e abri mais uma cerveja, e fiquei ali sentado, bebendo. Eu estava encurralado nas montanhas e matas com duas malucas. O prazer delas era falar em trepada o tempo todo. Eu também gosto de trepar, mas não é a minha religião. Trepar tem muita coisa de ridículo e trágico. As pessoas parecem não saber direito como lidar com a coisa. Por isso, transformam o sexo num brinquedo. Um brinquedo que destrói gente.

"O mais importante é achar a mulher certa", pensei. "Mas, como?" Eu trazia um caderninho vermelho de anotações e uma caneta comigo. Rabisquei nele um poema meditativo. Daí, fui até o lago. O lugar se chamava Pasto do Vance. A maior parte pertencia às irmãs. Precisei dar uma cagada. Tirei as calças e me agachei entre os arbustos, junto com as moscas e pernilongos. Eu preferia os confortos da cidade, sem dúvida.

Tive de me limpar com folhas. Resolvi enfiar um pé no lago. Estava um gelo.

Seja homem, velho. Entre.

Minha pele era branco-marfim. Me senti muito velho, muito flácido. Fui entrando na água glacial. Fiquei com água pela cintura; daí, tomei fôlego e mergulhei. Fiquei inteiramente submerso. A lama do fundo se revolveu e entrou nos meus ouvidos, boca, cabelo. Fiquei em pé dentro da água barrenta, batendo os dentes.

Esperei um bom tempo até a lama se assentar e a água clarear. Daí, saí dali. Me vesti e dei a volta no lago. Quando cheguei do outro lado, ouvi um barulho de queda-d'água. Penetrei no mato, seguindo o barulho d'água. Tive que escalar uns rochedos e saltar uma vala. O som ficava cada vez mais próximo. Os pernilongos e mosquitos pululavam ao meu redor. Os pernilongos eram enormes, ferozes e vorazes, muito maiores que os da cidade. E sabiam reconhecer uma boa refeição, quando encontravam uma.

Fui abrindo caminho em meio à vegetação densa, e lá estava ela: a primeira cachoeira de verdade que eu vi na vida. A água despencava montanha abaixo e caía sobre uma formação rochosa. Era lindo. Não parava de fluir. Aquela água vinha de algum lugar. E corria pra algum lugar. Formava uns três ou quatro ribeirões que iam com certeza dar no lago.

Por fim, me cansei de ficar olhando e resolvi voltar. Resolvi também pegar um caminho diferente pra voltar, um atalho. Fui abrindo caminho pelo lado oposto do lago, e segui direto pro acampamento. Sabia mais ou menos onde ficava. Peguei de novo meu caderninho, parei, escrevi outro poema, menos meditativo, e prossegui. Fui andando. O acampamento não aparecia nunca. Andei mais um pouco. Olhei em volta, à procura do lago. Nem sinal. Já não sabia onde ficava o lago. De repente, me dei conta: eu estava PERDIDO. Aquelas cadelas taradas tinham me tirado do sério, e agora eu estava PERDIDO. Olhei ao redor. Via o telão de montanhas ao fundo e árvores e arbustos à minha volta. Não havia centro, ou ponto de partida, ou conexão entre as coisas. Senti medo, medo de verdade. Por que eu tinha deixado que elas me tirassem da minha cidade, da minha Los Angeles? Lá se podia chamar um táxi, se podia dar um telefonema. Havia soluções razoáveis para problemas razoáveis.

O pasto do Vance se estendia por quilômetros e quilômetros à minha volta. Joguei fora meu caderninho. Isso era jeito de um escritor morrer? Já podia ver escrito no jornal:

HENRY CHINASKI, POETA
MENOR, ENCONTRADO MORTO
NAS FLORESTAS DE UTAH

Henry Chinaski, antigo funcionário dos Correios que virou escritor, foi encontrado ontem à tarde, em estado de decomposição, pelo guarda florestal W. K. Brooks Jr. Foi encontrado também perto dos despojos um caderninho vermelho contendo certamente os últimos trabalhos de Mr. Chinaski.

Continuei andando. Logo me vi numa região pantanosa, toda alagada. Aqui e ali uma perna se afundava no lodo até o joelho, e eu tinha que puxá-la.

Topei com uma cerca de arame farpado. Percebi de cara que não adiantava nada subir na cerca. Sabia que não era a coisa correta a fazer, mas eu não via outra alternativa. Me empoleirei na cerca, armei as mãos em torno da boca, e gritei:

– LYDIA!

Sem resposta.

Tentei de novo:

– LYDIA!

Minha voz soava bem fúnebre. A voz de um covarde.

Me abalei dali. "Que bom seria", pensei, "reencontrar as irmãs, ouvi-las tagarelar e rir sobre sexo e homens e dança e festas. Que bom seria ouvir a voz de Glendoline. Que bom seria passar minha mão nos longos cabelos de Lydia. Eu a levaria de bom grado a todas as festas da cidade. Dançaria com todas as mulheres e faria deliciosas piadas sobre tudo e todos. Eu seria capaz de aturar toda aquela baboseira debiloide com um sorriso nos lábios. Podia me ouvir dizendo: 'Oba, que ótima música pra se dançar! Quem topa pra valer? Quem é que tá a fim de se sacudir um pouco?'"

Continuei atravessando o lodaçal. Por fim, pisei em terra seca. Cheguei a uma estrada. Era uma porcaria duma estrada velha, mas me pareceu ótima. Dava pra ver marcas de pneus e cascos. Tinha até fios suspensos nos postes que deviam levar eletricidade pra algum lugar. Tudo que eu tinha a fazer era seguir os fios. Fui andando pela estrada. O sol estava a pino, devia ser meio-dia. Fui andando, me sentindo um imbecil.

Cheguei numa porteira trancada, no meio da estrada. O que significava aquilo? Tinha uma passagem estreita do lado dela. Sem dúvida a porteira era pra impedir a passagem do gado. Mas, cadê o gado? Cadê o dono do gado? Talvez ele só aparecesse uma vez a cada seis meses.

O tampo da minha cabeça começou a doer. Passei a mão no lugar onde me acertaram uma porretada há trinta anos, na Filadélfia. Tinha ficado uma cicatriz. Agora, a cicatriz, cozida pelo sol, estava intumescida. Um chifrinho despontava ali. Arranquei um pedaço e joguei na estrada.

Andei mais uma hora, e aí decidi voltar. Isso significava refazer todo o caminho, mas eu achei que não havia outra opção. Tirei a camisa e enrolei a cabeça com ela. Parei uma vez ou outra pra gritar: "Lydia!" Ninguém respondeu.

Um tempo depois, eu estava de volta à porteira. Só tinha que dar a volta pra ultrapassá-la, mas agora tinha uma coisa no meio do caminho. A coisa estava ali, diante da porteira, a uns cinco metros de mim. Era uma pequena corça, ou cabra, ou sei lá o quê.

Avancei devagar em direção a ela. Não se mexeu. Será que ela ia me deixar passar? Não parecia estar com medo de mim. Deve ter notado o meu embaraço, a minha covardia. Fui me aproximando aos poucos. Ela não saía da frente. Tinha uns lindos olhos castanhos, enormes, mais bonitos que os de qualquer mulher que eu já vi. Não dava pra acreditar. Já estava a um metro dela, pronto pra ultrapassá-la, quando ela disparou. Fugiu pela estrada, e daí pro mato. Estava em ótima forma a bichinha; corria pra valer.

Avançando pela estrada, ouvi barulho de queda-d'água. Eu precisava de água. Não dá pra viver muito tempo sem água. Saí da estrada e segui na direção do barulho. Tive que subir um morrete recoberto de grama, e lá do topo avistei vários canos de cimento saindo de uma barragem; os canos despejavam água numa espécie de reservatório. Sentei na borda do reservatório, tirei meias e sapatos, arregacei as calças, e enfiei os pés dentro d'água. Daí, molhei a cabeça. Depois, bebi – não demais, nem muito rápido – do jeito que eu tinha visto no cinema.

Depois de me recobrar um pouco, notei um pontilhão que saía do reservatório. Percorri o pontilhão e topei com uma grande caixa de metal atarraxada nele. Estava trancada com um cadeado. Devia ter um telefone lá dentro! Eu poderia pedir ajuda!

Procurei em volta e achei uma pedra enorme. Comecei a martelar o cadeado com a pedra. Não dava certo. Que será que o Jack London faria? E o Hemingway, o que faria? E o Jean Genet?

Continuei a socar o cadeado com a pedra. Às vezes errava, e era a minha mão que acertava o cadeado ou a caixa de metal. A pele estropiada fazia o sangue jorrar. Então, me concentrei e lancei contra o cadeado um ataque final. Abriu. Desenganchei-o do fecho e abri a tampa da caixa. Não tinha telefone nenhum. Tinha só uma série de chaves elétricas e uns cabos grossos. Peguei num cabo, levei um tremendo choque. Daí, liguei uma chave. Ouvi estrondo de água. Três ou quatro comportas existentes no paredão de concreto da barragem liberaram jatos gigantescos de água. Liguei outra chave. Outras três ou quatro comportas se abriram, liberando milhões de litros d'água. Liguei uma terceira chave e toda a barragem se abriu. Fiquei parado observando a água jorrar. Talvez eu pudesse provocar uma inundação e os caubóis viriam a cavalo ou em toscas caminhonetes pra me resgatar. Já podia ler a manchete:

<blockquote>
HENRY CHINASKI, POETA MENOR,
INUNDA O INTERIOR DE UTAH
SÓ PRA SALVAR O SEU DELICADO
RABO DE LOS ANGELES
</blockquote>

Resolvi não fazer isso. Desliguei todas as chaves, fechei a caixa de metal, e pendurei o cadeado quebrado de volta no fecho.

Abandonei o reservatório, achei outra estrada mais adiante, e passei a segui-la. Essa estrada tinha jeito de ser mais usada do que a outra. Fui andando. Nunca me senti tão cansado. Mal podia enxergar. De repente, topei com uma garotinha de uns cinco anos que vinha na minha direção. Ela usava um vestidinho azul e sapatos brancos. Ficou amedrontada quando me viu. Tentei parecer simpático e amigável ao abordá-la.

– Ei, garotinha, não vá embora. Não vou machucar você. ESTOU PERDIDO! Cadê os seus pais? Me leve até seus pais!

A garotinha esticou um dedo. Olhei e vi um trailer e um carro estacionados mais à frente.

– EI, ESTOU PERDIDO! – eu gritava. – Deus meu, QUE BOM ENCONTRAR VOCÊS!

Lydia surgiu de trás do trailer. Seu cabelo se armara todo em caracóis ruivos.

– Vamos lá, garotão da cidade – disse ela. – Venha atrás. Vamos pra casa.

– Que alegria te encontrar, baby, me dá um beijo!

– Não. Vamos pra casa.

Lydia disparou, avançando uns dez metros à minha frente. Era difícil acompanhá-la.

– Perguntei praquela gente se eles tinham visto um tipo bem urbano por aí – ela disse. – Eles responderam que não.

– Lydia, eu te amo!

– Vam'bora! Como você é lerdo!

– Peraí, Lydia, peraí!

Ela saltou uma cerca de arame farpado. Não pude fazer o mesmo. Fiquei enganchado na cerca. Não podia me mexer. Me senti uma vaca presa numa armadilha.

– LYDIA!

Ela voltou com seus caracóis ruivos e me ajudou a me livrar das farpas.

– Segui seu rastro. Achei seu caderninho vermelho. Você se perdeu de propósito porque se sentiu rejeitado.

– Nada disso. Me perdi por ignorância e medo. Não sou uma pessoa íntegra; não passo de um ser urbano atrofiado. Sou apenas um merdinha ranzinza que não tem nada a oferecer a ninguém.

– Nossa! – disse ela – Então você acha que eu não sei?

Me livrou da última farpa. Engatei atrás dela. Lá estava eu de volta com Lydia outra vez.

31

Dali a uns três ou quatro dias eu ia voar pra Houston, onde faria leitura de poesia. Fui às corridas, bebi no hipódromo, e depois ainda fui a um bar no Hollywood Boulevard. Cheguei em casa entre nove e dez da noite. No caminho do quarto pro banheiro tropecei no fio do telefone. Na queda, dei uma batida na quina metálica da cama, afiada como faca. Ao me levantar, percebi que se abrira uma ferida profunda bem acima do meu tornozelo. O sangue escorria pro tapete e eu fui ao banheiro deixando um rastro de sangue atrás de mim. O sangue se espalhou pelos azulejos e eu deixava pegadas vermelhas por onde andava.

Bateram na porta; era o Bobby.

– Nossa Mãe, cara, que aconteceu?

– É a MORTE – eu disse. – Estou ferido de morte...

– Cara – disse ele –, é melhor você cuidar dessa perna.

Valerie bateu à porta. Fui abrir pra ela. Gritou quando me viu. Preparei drinques pra nós três. O telefone tocou. Era Lydia.

– Lydia, meu bem, estou ferido de morte!

– Mais uma de suas cenas dramáticas?

– Não, eu tô mesmo ferido de morte. Pergunte a Valerie.

Valerie pegou o fone.

– É verdade, ele fez um talho na perna. Tem sangue por toda parte e ele não quer tomar nenhuma providência. É melhor você vir...

Quando Lydia chegou eu estava sentado no sofá.

– Olhe, Lydia: MORTE!

Tinha umas veiazinhas saindo da ferida como fios de espaguete. Repuxei algumas. Peguei meu cigarro e espalhei cinza sobre a ferida.

– Sou HOMEM! Porra, sou HOMEM!

Lydia foi comprar água oxigenada pra passar na ferida. Foi legal. Jorrou espuma branca da ferida. Chiava e borbulhava. Lydia botou mais um pouco.

– É melhor ir prum hospital – disse Bobby.

– Não preciso de porra de hospital nenhum – disse eu.
– Vai sarar sozinho...

Na manhã seguinte a ferida estava horrível. Estava aberta ainda e começava a formar uma bela crosta. Fui até a farmácia pra comprar mais água oxigenada, bandagens e sal amargo. Enchi a banheira de água quente, misturei o sal amargo n'água, e entrei. Comecei a me imaginar com uma só perna. Tinha suas vantagens:

HENRY CHINASKI, SEM SOMBRA DE DÚVIDA,
É O MAIOR POETA PERNETA DO MUNDO

Bobby apareceu naquela tarde.
– Você sabe quanto custa amputar uma perna? 12 mil dólares.

Quando Bobby foi embora, telefonei pro meu médico.

Parti pra Houston com uma perna superenfaixada. Estava tomando antibiótico pra deter a infecção. Meu médico dissera que qualquer bebida anularia o efeito do antibiótico.

Comecei sóbrio a leitura, no museu de arte moderna. Depois de ler uns poemas, alguém na plateia perguntou:
– O que tá acontecendo que você não tá bêbado?
– Henry Chinaski já estaria bêbado a esta altura – eu falei.
– Eu sou o irmão dele, o Efram.

Li mais um poema e, daí, falei do antibiótico. Disse a eles também que era contra o regulamento do museu beber no recinto. Alguém da plateia veio com uma cerveja. E, as cervejas foram afluindo. Os poemas melhoraram bastante.

Teve uma festa com jantar num bar, mais tarde. Quase na minha frente, na mesa, estava a garota mais bonita que eu já vi na vida. Parecia a Katherine Hepburn jovem. Tinha uns 22 anos e simplesmente irradiava beleza. Comecei a fazer gracinhas, chamando-a de Katherine Hepburn. Ela parecia gostar. Eu não esperava que fosse acontecer nada. Ela estava com uma amiga. Na hora de sair, eu disse pra diretora do museu, Nana, em cuja casa eu estava hospedado:

– Vou sentir saudades dela. Ela é demais, não dá pra acreditar.

– Ela está indo pra casa com a gente.

– Não acredito...

Mas, lá estava ela, mais tarde, na cama comigo. Vestia uma camisola diáfana e penteava seus longos cabelos, sentada na beira da cama, sorrindo pra mim.

– Como é que você se chama? – perguntei.

– Laura – respondeu.

– Bom, olha aqui, Laura, eu vou chamar você de Katherine.

– Tudo bem – disse.

Seu cabelo era castanho-ruivo e muito longo. Era pequena, mas bem-proporcionada. Seu rosto era o que ela tinha de mais bonito.

– Posso te servir um drinque? – perguntei.

– Ah, não, eu não bebo. Não gosto.

Na verdade, ela me aterrorizava. Não conseguia entender o que ela estava fazendo ali comigo. Não parecia uma tiete. Fui pro banheiro, voltei e apaguei a luz. Podia senti-la ao meu lado na cama. Tomei-a nos braços, comecei a beijá-la. Não acreditava na minha sorte. Que direito tinha eu? Como é que uns livros de poesia podiam me valer isso? Não conseguia entender. Lógico que eu não ia rejeitar. Fiquei muito excitado. De repente, ela abocanhou meu pau. Fiquei olhando os movimentos lentos de sua cabeça e corpo sob o luar. Ela não era tão boa naquilo como outras mulheres, mas o mero fato de estar fazendo aquilo é que me fascinava. Quando estava pra gozar, afundei minhas mãos naquela cabeleira deslumbrante; o luar nos iluminava; gozei na boca de Katherine.

32

Lydia foi me esperar no aeroporto. Tarada, como sempre.

– Nossa mãe – ela disse –, que tesão! Andei me bolinando esses dias, mas não resolveu.

A gente seguia de carro pra minha casa.

– Lydia, minha perna ainda está péssima. Não sei se vou dar conta, com a perna assim.

– Quê?!
– É verdade. Não sei se vai dar pra trepar com a perna nesse estado.
– Pra que serve você, então?
– Bom, eu posso fritar uns ovos, fazer mágicas...
– Engraçadinho. Eu tô perguntando pra que serve você?
– A perna vai sarar. Senão, eles cortam ela. Um pouco de paciência.
– Se você não estivesse bêbado não teria caído e cortado a perna. Sempre a garrafa!
– Não é sempre a garrafa, Lydia. A gente trepa umas quatro vezes por semana. Pra minha idade é uma boa média.
– Às vezes, eu acho que você nem gosta muito disso.
– Lydia, sexo não é tudo na vida! Você é obcecada. Pelo amor de Deus, dá um tempo!
– Um tempo? Até sua perna melhorar? Como é que eu vou me virar enquanto isso?
– Eu jogo mexe-mexe com você.
Lydia deu um berro. O carro começou a balançar na rua.
– SEU FILHO DA PUTA! EU TE MATO!
Lydia atravessou a faixa amarela dupla, em alta velocidade, e seguiu na contramão. Buzinas soaram, carros desviavam de nós em cima da hora. Continuamos na contramão, tirando casquinha dos carros pela esquerda e pela direita. Daí, com um tranco na direção, Lydia botou o carro na mão certa de novo.
"Cadê a polícia?" pensei. "Por que cada vez que Lydia apronta dessas a polícia nunca aparece?"
– Tudo bem – disse ela. – Te levo pra casa – e ponto final. Chega. Vou vender minha casa e me mudar pra Fênix. Glendoline está morando em Fênix agora. Minhas irmãs já tinham me avisado que era mau negócio viver com um velho babaca como você.
A gente rodou o resto do caminho sem falar nada. Quando chegamos em casa, eu peguei minha mala, olhei pra Lydia e disse adeus. Ela chorava em silêncio. Sua cara estava inteira molhada. De repente, arrancou, em direção à Western Avenue. Entrei no condomínio. De volta de mais uma leitura...

Olhei a correspondência e telefonei pra Katherine, que vivia em Austin, no Texas. Ela pareceu realmente muito feliz com o meu telefonema, e eu achei legal ouvir aquele sotaque do Texas, aquela risada escandalosa. Gostaria que viesse me visitar, lhe disse; eu pagaria a passagem de avião, ida e volta. A gente iria às corridas de cavalo, a gente iria a Malibu, a gente... o que ela quisesse.

– Mas, Hank, você não tem namorada?

– Eu? Nenhuma. Sou um recluso.

– Mas, você sempre escreve sobre mulheres nos seus poemas.

– Aquilo é passado. Isso é presente.

– Mas, e a Lydia?

– Lydia?

– É, você me falou dela.

– Que foi que eu disse?

– Você me contou da surra que ela deu em outras duas mulheres. Você deixaria ela me bater? Sabe, eu não sou muito grande...

– Impossível. Ela mudou pra Fênix. Katherine, escute aqui, você é a mulher fantástica que eu estava procurando. Por favor, confie em mim.

– Vou ter que ajeitar umas coisas antes. Tenho que arranjar alguém pra ficar com o meu gato.

– Tudo bem. Mas, quero que você saiba que tá tudo limpo por aqui.

– Mas, Hank, não esqueça o que você me falou sobre as suas mulheres.

– Que foi que eu falei?

– Você disse: "Elas sempre voltam".

– Isso foi só papo de machão.

– Eu vou – disse ela. – Assim que eu der um jeito nas minhas coisas, eu faço uma reserva e ligo pra te avisar.

Lá no Texas, Katherine me contara sua vida. Eu era apenas o terceiro homem com quem ela tinha dormido. Antes, teve o seu marido, depois um ás do volante, alcoólatra, e eu. O ex-marido, Arnold, tinha alguma coisa que ver com show business e artes. Exatamente o quê, eu não sei. A toda hora ele assinava contratos com estrelas do rock, pintores e por aí afora. O negócio ia em frente, apesar de uma dívida de 60 mil dólares. Era dessas situações em que quanto mais você deve, melhor você está.

    Não sei o que aconteceu com o ás do volante. Deve ter acelerado e desaparecido, acho. Arnold caiu na coca. O pó mudou-o do dia pra noite. Katherine disse que nem ele mesmo se reconhecia mais. Era terrível. Corridas de ambulância pros hospitais, vez por outra. E, na manhã seguinte, ele aparecia no escritório, como se nada tivesse acontecido. Daí, Joana Dover entrou na história. Uma quase milionária, alta e imponente. Instruída e doida. Ela e Arnold começaram a transar negócios juntos. Joana Dover lidava com arte como outros negociantes lidam com o mercado de milho. Ela descobria artistas desconhecidos em início de carreira, adquiria barato a obra dos caras, e vendia caro depois, quando já estavam reconhecidos. Ela tinha olho clínico pro negócio. E um corpo esplendoroso de um metro e oitenta. Começou a entrar com tudo na vida de Arnold. Uma noite, Joana apareceu pra apanhar Arnold num vestido colante, caríssimo. Foi quando Katherine percebeu que Joana ia mesmo fundo nos negócios. A partir daí, ela passou a acompanhar Joana e Arnold, sempre que eles saíam juntos. Formavam um trio. Arnold não tinha muito pique erótico, por isso Katherine não se preocupava tanto com a história. Ela se preocupava mais com os negócios. Daí, Joana saiu de cena e Arnold afundou cada vez mais na cocaína. As corridas de ambulância se tornaram mais frequentes. Katherine acabou se divorciando dele. Mas, continuava a vê-lo. Ela ia levar café pro pessoal do escritório todas as manhãs, às dez e meia, e Arnold a incluía na folha de pagamento. Com isso, ela mantinha a casa. Ela e Arnold saíam pra jantar, de vez em quando, mas nada de sexo. Mesmo assim, ele precisava dela, e ela sentia vontade de protegê-lo. Katherine se ligava em comida natural, e as únicas carnes que comia eram de frango e peixe. Era uma bela mulher.

33

Um ou dois dias depois, lá pela uma da tarde, bateram na minha porta. Era um pintor, Monty Riff, foi o que disse. Também disse que eu costumava tomar uns porres com ele, quando eu morava na DeLongpre Avenue.

– Não me lembro de você – eu disse.
– Dee Dee costumava me levar lá.
– Ah, é? Entra aí, então.

Monty estava acompanhado de meia dúzia de cervejas e de uma mulher alta e imponente.

– Essa é a Joana Dover – ele disse, me apresentando a ela.
– Perdi sua leitura em Houston – disse ela.
– Laura Stanley me falou de você – eu disse.
– Você a conhece?
– Conheço. Mas, mudei o nome dela pra Katherine, por causa da Katherine Hepburn.
– Você a conhece bem?
– Muito bem.
– Muito?
– Ela está vindo me visitar amanhã ou depois.
– É mesmo?
– É.

Acabamos com as cervejas e eu saí pra comprar mais. Quando voltei, Monty tinha ido embora. Joana me disse que ele tinha um encontro. A gente começou a conversar sobre pintura e eu lhe mostrei alguns trabalhos meus. Ela deu uma espiada e resolveu comprar duas telas. "Quanto?", perguntou.

– Bom, 40 dólares pela pequena e 60 pela grande.

Joana preencheu um cheque de 100 dólares. Daí, disse:

– Quero que você venha morar comigo.
– Quê?! É meio súbito, não?
– Olhe que vale a pena. Tenho algum dinheiro. Só que não pergunte quanto. Pensei em vários motivos pra gente morar junto. Quer que eu diga?
– Não.

— Tem uma coisa: se a gente for morar junto, eu te levo pra Paris.

— Detesto viajar.

— Posso mostrar uma Paris que você vai adorar.

— Vou pensar no assunto.

Me aproximei e dei um beijo nela. Daí, dei outro beijo, esse um pouco mais longo.

— Porra – eu disse – vamos pra cama.

— Tudo bem – disse Joana Dover.

Tiramos a roupa, deitamos. Ela tinha um metro e oitenta. Minhas mulheres sempre foram baixinhas. Com Joana era estranho: tinha mulher sobrando por todo lado. A gente foi se excitando. Fiquei uns três minutos no sexo oral, daí comi ela. Era boa, boa mesmo. Nos lavamos, botamos as roupas, e aí ela me levou pra jantar em Malibu. Contou que morava em Galveston, no Texas. Me deu telefone e endereço e disse pra eu ir procurá-la. Falei que ia. Ela disse que tinha falado sério sobre Paris e o resto. Foi uma boa foda, e o jantar também estava ótimo.

34

No dia seguinte, Katherine me ligou. Disse que estava com a passagem e que aterrissaria em L.A. na sexta, às duas e meia da tarde.

— Katherine – disse eu –, tem uma coisa que eu preciso te contar.

— Hank, você não quer mais me ver?

— Quero te ver mais que qualquer pessoa no mundo.

— Então...

— É que... você conhece a Joana Dover, né?

— Joana Dover?

— É... aquela... você sabe... seu marido...

— Que tem ela, Hank?

— Bom, ela veio me ver.

— Você quer dizer que ela foi à sua casa?

— É.

— E aí?

– Conversamos. Ela comprou duas de minhas telas.
– Aconteceu mais alguma coisa?
– Aconteceu.
Silêncio no aparelho. Daí, ela disse:
– Hank, não sei mais se eu quero te ver agora.
– Entendo. Olha, por que você não pensa um pouco e me liga mais tarde? Desculpe, Katherine. Desculpe pelo que houve. É tudo que eu posso dizer.

Desligou. Não vai mais ligar, pensei. A melhor mulher que já tive e acabo estragando tudo. Mereço o fracasso, mereço morrer sozinho num hospício.

Fiquei ao lado do telefone. Li o jornal, a seção de esportes, a seção de economia, os quadrinhos. O telefone tocou. Era Katherine.

– Foda-se a Joana Dover! – e riu.
Nunca tinha ouvido Katherine xingar assim.
– Então, você vem?
– Vou. Sabe a que horas eu chego?
– Sei tudo. Estarei lá.

Nos despedimos. Katherine estava a caminho; eu ia passar pelo menos uma semana com aquele rosto, aquele corpo, aquele cabelo, aqueles olhos, aquela risada...

35

Saí do bar e fui checar o quadro de avisos. O avião estava no horário. Katherine estava no ar, a caminho dos meus braços. Sentei e esperei. Quase na minha frente tinha uma mulher muito bem tratada lendo um livro de bolso. A saia lhe chegava até o meio das coxas, deixando à mostra as pernas embrulhadas em nylon. Por que ela insistia em fazer isso? Eu fiquei espiando aquelas coxas por cima do meu jornal. Belas coxas. Quem será que andaria passando a mão naquelas coxas? Me senti imbecil espiando aquela cena, mas não conseguia evitar. Ela era bem-feita. Já foi garotinha, e algum dia estaria morta; mas, agora, estava me mostrando suas coxas. Sua galinha do caralho, eu lhe daria umas cem metidas, eu enfiaria na sua carne dezoito centímetros de vermelhão latejante! Ela cruzou as pernas e seu vestido subiu ainda mais. Espiou por cima do livro de bolso. Seus olhos encontraram os meus, que a observavam por cima do jornal. Sua expressão era de indiferença. Procurou na bolsa um tablete de chiclete, tirou o papel, botou o chiclete na boca. Um chiclete verde. Ficou mastigando o chiclete verde, e eu fiquei olhando sua boca. Ela não puxava a barra do vestido. Sabia que eu estava olhando. Eu não podia fazer nada. Puxei minha carteira e tirei duas notas de 50 dólares. Ela levantou a vista, viu as notas, voltou a baixar a vista. Daí, um gordo afofou-se do meu lado. Tinha uma cara muito vermelha e um baita narigão. Vestia um macacão, um macacão cáqui. O gordo peidou. A mulher puxou a barra do vestido e eu guardei as notas na carteira. Meu pau amoleceu; levantei pra ir ao bebedouro.

O avião de Katherine manobrava na pista e se dirigia pra rampa de desembarque. Fiquei esperando. Katherine, te adoro.

Katherine desceu pela rampa, perfeita, com seu cabelo castanho-ruivo, seu corpo esbelto, um vestido azul que lhe ressaltava as formas com o andar, sapatos brancos, tornozelos finos, juventude. Usava um chapéu branco, com a aba rebaixada. Debaixo da aba, seus olhos: grandes, castanhos, sorridentes. Ela tinha classe. Nunca ficaria exibindo o rabo numa sala de espera de aeroporto.

E ali estava eu, 93 quilos, sempre atrapalhado e confuso, pernas curtas, tronco de gorila, todo peito, sem pescoço, cabeça muito grande, olhos injetados, cabelos despenteados, um metro e oitenta de embriaguez, esperando por ela.

Katherine veio até mim, com seus longos cabelos castanho-ruivos, bem lavados. As mulheres do Texas são tão relax, tão naturais. Dei-lhe um beijo e perguntei da bagagem. Sugeri uma escala no bar. As garçonetes usavam uns vestidinhos curtos, vermelhos, que deixavam à mostra suas calcinhas franzidas. Os decotes dos vestidos eram bem acentuados pra lhes deixarem os peitos à mostra. Elas suavam pelo salário, suavam pelas gorjetas, mereciam cada centavo. Viviam nos subúrbios e detestavam os homens. Moravam com as mães e os irmãos e se apaixonavam por seus psicoterapeutas.

Acabamos nossos drinques e fomos pegar a bagagem de Katherine. Vários homens tentaram fisgar seu olhar, mas ela andava colada a mim, de braço comigo. São poucas as mulheres bonitas que se dispõem a deixar claro em público que pertencem a alguém. Conheci mulheres o suficiente pra saber disso. Eu as aceitava como elas eram, e era difícil e raro o meu amor sair da toca. Quando saía, era quase sempre um equívoco. Acontecia que eu me cansava de prender o amor e acabava deixando ele sair; ele precisava ir pra algum lugar. Daí, como de costume, começavam as encrencas.

Em casa, Katherine abriu a mala, tirou um par de luvas de borracha. E riu.

– Que é isso? – perguntei.

– Darlene, minha melhor amiga, me viu pondo isso na mala e disse: "Que diabo cê tá fazendo?". E eu disse: "Nunca fui à casa do Hank, mas sei que antes de poder cozinhar e viver e dormir lá vou ter que limpar tudo".

Então, Katherine deixou de lado aquela adorável risada texana. Entrou no banheiro, botou jeans e uma blusa cor de laranja, saiu descalça e foi pra cozinha com suas luvas de borracha.

Fui pro banheiro e troquei de roupa também. Resolvi que, se Lydia aparecesse, eu não a deixaria tocar em Katherine. Lydia? Onde andaria? Que estaria fazendo?

Fiz uma prece aos deuses que olhavam por mim: por favor, mantenham Lydia a distância. Deixem ela chupar as pistolas dos caubóis e dançar até as três da manhã – mas, por favor, mantenham ela a distância...

Quando saí, encontrei Katherine de joelhos e esfregando dois anos de gordura acumulada no chão da minha cozinha.

– Katherine – disse eu –, vamos pra cidade. Vamos jantar. Isso não é jeito de começar.

– Tudo bem, Hank; quero acabar esse chão primeiro. Daí a gente vai.

Fiquei sentado, esperando. Daí, ela acabou e me encontrou sentado numa cadeira, esperando. Ela se inclinou e me beijou, rindo:

– Você é mesmo um velho sórdido!

Foi pro quarto. Eu estava apaixonado de novo. Estava encrencado...

36

Depois do jantar, voltamos pra casa e ficamos conversando. Ela era viciada em comida natural e não comia carne que não fosse de frango ou peixe. Se via que funcionava pra ela.

– Hank – disse ela –, amanhã vou limpar seu banheiro.
– Tudo bem – falei, com o copo na boca.
– E preciso fazer meus exercícios, todos os dias. Será que não vai te atrapalhar?
– Não vai não.
– Você vai ser capaz de escrever comigo zanzando por aqui?
– Não tem problema.
– Posso sair pra dar umas voltas.
– Não, sozinha não, especialmente nesse lugar.
– Não quero interferir na sua escrita.
– Não consigo parar de escrever, não se preocupe. É uma forma de loucura.

Katherine se aproximou e sentou ao meu lado no sofá. Ela mais parecia menina que mulher. Botei de lado meu drinque e beijei-a; um beijo longo e lento. Seus lábios eram frescos e macios. Fiquei ligado nos seus longos cabelos castanho-ruivos. Me separei dela e fui pegar outro drinque. Ela me deixava confuso. Eu estava acostumado com marafonas escrotas e bêbadas.

Conversamos ainda uma hora.

– Vamos dormir – eu disse –, estou pregado.
– Legal. Vou me aprontar antes – disse ela.

Fiquei bebendo. Precisava beber mais. Ela era simplesmente demais!

– Hank – disse ela –, já estou na cama.
– Tudo bem.

Fui pro banheiro e me despi. Escovei os dentes, lavei cara e mãos. "Ela veio lá do Texas", pensei, "veio de avião só pra me ver, e agora estava na minha cama, me esperando."

Eu não tinha pijama. Fui pra cama. Ela estava de camisola.

— Hank — disse ela —, a gente tem seis dias de segurança pra transar; depois, vamos ter que dar um jeito.

Juntei-me a ela na cama. A pequena menina-mulher estava a postos. Puxei-a pra mim. A sorte estava do meu lado de novo, os deuses me sorriam. Os beijos foram ficando mais intensos. Botei a mão dela no meu pau e aí tirei sua camisola. Comecei a brincar com sua buceta. Katherine com buceta? O clitóris despontou e eu o bolinei com delicadeza. Por fim, cobri-a. Meu pau entrou até a metade. Era superapertada. Fiquei enfiando um pouco, depois afundei. O resto do pau desapareceu lá dentro. Era a glória. Ela me prendeu. Me mexi, mas ela continuava me prendendo. Tentei me controlar. Parei de bombar e dei um tempo, pra me acalmar. Beijei-a, separando seus lábios com a língua e chupando seu lábio superior. Vi seu cabelão espalhado no travesseiro. Daí, desisti de me preocupar em lhe dar prazer, e simplesmente fodi-a. Metia como animal. Era que nem um assassinato. Pouco me importava; meu pau tinha enlouquecido. Todo aquele cabelo, aquela cara jovem e bela. Era como estuprar a Virgem Maria. Gozei. Gozei dentro dela, agonizando, sentindo meu esperma inundá-la; ela estava indefesa, e eu soltava minha gala bem no fundo das profundezas de Katherine — corpo e alma — sem parar, sem parar...

Mais tarde, dormimos. Quer dizer, ela dormiu. Eu fiquei abraçadinho com ela. Pela primeira vez eu pensava em casamento. Sabia que seus defeitos ainda não tinham vindo à tona. O começo de uma relação era sempre a parte mais fácil. Depois, o lado oculto ia se revelando, sem cessar. Mesmo assim, eu pensava em casamento. Imaginava uma casa, um cachorro e um gato, compras no supermercado. Os bagos de Henry Chinaski estavam amolecendo. E eu nem ligava.

Por fim, adormeci. Quando acordei, de manhã, Katherine estava sentada na beira da cama, escovando aqueles quilômetros de cabelo castanho-ruivo. Seus olhos escuros me olharam quando acordei.

— Alô, Katherine — eu disse. — Você quer casar comigo?
— Por favor, não — ela disse. — Não gosto desse papo.
— Estou falando sério.

– Que merda, Hank!
– Que foi?
– Eu disse: que merda! E se você continuar falando nisso eu pego o primeiro avião e vou embora.
– Tudo bem.
– Hank?
– Hum.

Olhei pra Katherine. Ela continuava a escovar seus longos cabelos. Seus olhões me olharam. Sorria. Disse:
– É só sexo, Hank, só sexo!

E caiu na risada. Não era uma risada sarcástica, era pura alegria. Ela continuava a escovar o cabelo; passei um braço na sua cintura e recostei minha cabeça em sua perna. Eu não tinha certeza de nada.

37

Costumava levar minhas mulheres às lutas de boxe e às corridas de cavalo. Naquela quinta à noite fui com Katherine ao boxe no estádio Olympic. Ela nunca tinha visto uma luta de perto. Chegamos lá antes da primeira luta e sentamos na boca do ringue. Eu bebia cerveja, fumava e esperava.

– É engraçado – disse a ela –, as pessoas chegam aqui e ficam esperando os dois homens subirem lá no ringue pra se massacrarem.

– É horrível mesmo.

– Esse lugar foi construído há muito tempo – eu disse, enquanto ela examinava com os olhos a velha arena. – Só têm duas toaletes, uma pras mulheres, outra pros homens, e são muito pequenas. É melhor você ir antes ou depois do intervalo.

– Tudo bem.

A maioria do público do Olympic era de latinos e trabalhadores brancos pobres, mais algumas estrelas de cinema e outras celebridades. Tinha bons lutadores mexicanos que brigavam com paixão. As lutas ruins ficavam a cargo dos brancos e negros, sobretudo os pesos pesados.

Era estranho estar ali com Katherine. As relações humanas são estranhas. Quer dizer, você passa um tempo com uma pessoa, comendo, dormindo, vivendo e amando, conversando com ela, indo aos lugares – e, um dia, tudo acaba.

Daí, você passa um tempo sem ninguém, até que aparece outra mulher, e aí você come com ela, trepa com ela, e tudo parece tão normal, como se você estivesse o tempo todo esperando exatamente por ela, e ela por você. Nunca achei correto estar sozinho; às vezes, era até bom, mas nunca achei correto.

A primeira luta foi bem boa, muito sangue e coragem. Assistir a lutas de boxe ensina alguma coisa sobre o ato de escrever; a mesma coisa acontece com as corridas de cavalo. A lição não é muito clara, mas eu sinto que me ajuda. Isso é que é importante: a lição nunca é clara. Lição sem palavras, como uma casa se incendiando, um terremoto, uma inundação ou uma mulher saindo do carro e mostrando as pernas. Eu não sei do que os outros escritores precisam, nem me interessa. Não os leio mesmo. Sou prisioneiro dos meus hábitos, dos meus preconceitos. Não é mau ser burro, se a ignorância for sua de fato. Eu sabia que um dia ainda iria escrever sobre Katherine e que ia ser difícil. É fácil escrever sobre putas, mas escrever sobre uma boa mulher é muito mais difícil.

A segunda luta foi boa também. A galera berrava e urrava e se empapuçava de cerveja. Eles tinham fugido provisoriamente das fábricas, armazéns, matadouros, postos de gasolina, e estariam de volta ao cativeiro no dia seguinte. Mas, agora, estavam fora, embriagados com a liberdade. Não estavam pensando na pobreza nem na escravidão. Nem na humilhação do seguro-desemprego e das cotas alimentares. Nós, os do lado de cá, estaremos bem até o dia que os pobres descobrirem como fazer bombas atômicas no porão de casa.

Todas as lutas foram boas. Me levantei pra ir ao banheiro. Quando voltei, Katherine estava muito quieta. Parecia assistir a um espetáculo de balé ou a um concerto. Tão delicada e, no entanto, que foda maravilhosa...

Continuei bebendo. Katherine pegava na minha mão quando a luta ficava muito violenta. A galera adorava nocautes. Eles berravam quando um dos lutadores estava a ponto de beijar a lona. Eram eles que disparavam aqueles golpes.

Na certa, estavam esmurrando seus patrões e esposas. Quem sabe? Quem se importa? Mais cerveja.

Sugeri que saíssemos antes do final. Já vira o suficiente.

– Tudo bem – disse ela.

Subimos pelo corredor estreito, através do ar azul de fumaça. Ninguém assobiou ou fez gestos obscenos. Minha cara amassada e riscada de cicatrizes inspirava respeito.

Voltamos até o estacionamento, debaixo da autoestrada. O fusca 67 não estava lá. O modelo 67 foi o último bom Volks – e a moçada sabia disso.

– Hepburn, roubaram a porra do meu carro.

– Ah, Hank, não acredito!

– Sumiu. Estava aqui – apontei. – Agora sumiu.

– Hank, o que a gente vai fazer?

– Bom, vamos tomar um táxi. Tô me sentindo mal à beça.

– Por que será que as pessoas fazem isso?

– É o jeito de eles se virarem.

Fomos até uma cafeteria e eu liguei pedindo um táxi. Tomamos café com rosquinhas. Enquanto a gente assistia às lutas, eles arrombaram o carro e fizeram ligação direta. Eu costumava dizer: "Leve minha mulher, mas deixe meu carro em paz". Eu jamais mataria um homem que tivesse me levado a mulher; mas seria capaz de matar o cara que roubou meu carro.

O táxi chegou. Em casa, por sorte, tinha cerveja e um pouco de vodca. Perdi a esperança de ficar sóbrio o bastante pra poder trepar. Katherine percebeu isso. Eu ficava andando de lá pra cá, falando do meu fusca 67 azul. O último bom modelo. Eu não podia nem chamar a polícia. Estava bêbado demais. Ia ter que esperar até de manhã, até a hora do almoço.

– Hepburn – disse a ela –, não é sua culpa, não foi você quem roubou ele!

– Tomara tivesse sido eu. Você estaria com ele agora.

Fiquei imaginando dois ou três garotos correndo com o meu baby azul pela Estrada Costeira, puxando fumo, dando risadas, desmontando ele. Daí, pensei em todos os ferros-velhos de Santa Fe Avenue. Montes de para-choques, para-brisas, maçanetas, limpadores de para-brisas, peças de motor, pneus, rodas, capôs, capotas, bancos, macacos, pedais de breque, rádios, pistões, válvulas, carburadores, camisas de pistão, engrenagens, eixos – meu carrinho logo se transformaria numa pilha de peças avulsas.

Naquela noite eu dormi agarrado a Katherine, mas meu coração estava frio e triste.

38

Por sorte meu carro tinha um seguro que me garantia um carro de aluguel. Fui com Katherine às corridas de cavalo nesse carro. Sentamos na arquibancada descoberta, em Hollywood Park, perto da curva da grande reta. Katherine não queria apostar, mas eu a levei lá dentro para lhe mostrar o totalizador e os guichês de aposta.

Apostei 5 dólares na cabeça, num cavalo de arranque rápido que pagava 7 por 2. Esse era o meu tipo ideal de cavalo; se é pra perder, pelo menos que seja entre os primeiros. Você vai ganhando a corrida até alguém te derrotar. O cavalo ficou embolado no bloco da frente, mas disparou no final. Pagou 9,40 dólares. Eu já estava lucrando 17,50 dólares.

Na corrida seguinte, Katherine ficou sentada, e eu fui apostar. Quando voltei, ela me apontou um sujeito sentado duas fileiras abaixo da gente.

– Tá vendo aquele homem lá?

– Tô.

– Ele me contou que ganhou 2 mil dólares ontem e já está com um lucro acumulado de 25 mil.

– E você ainda diz que não quer apostar? Todo mundo pode ganhar, quem sabe...

– Ah, não. Não entendo nada desse negócio.

– É simples: o Estado e o hipódromo ficam com 12 centavos de cada dólar apostado. Eles chamam isso de um *take*. Pra eles não importa quem seja o ganhador. A parte deles é extraída do fundo mútuo.

Na segunda corrida, meu cavalo, um favorito a 8 por 5, chegou em segundo. Um azarão ganhou por um focinho, na reta de chegada. Pagou 45,80 por dólar.

O homem duas fileiras abaixo se virou pra Katherine:
– Ganhei! – disse ele. – Tinha apostado 10 na cabeça.
– Ôôôô – fez Katherine –, que legal.

Me preparei pra terceira corrida, reservada para potros e capões de dois anos sem vitórias. A cinco minutos do fechamento das apostas verifiquei o totalizador e fui jogar. Ao me afastar, vi que o homem duas fileiras abaixo conversava com Katherine. Todos os dias tinha pelo menos uma dúzia como ele nas corridas. Ficavam contando vantagem pras mulheres bonitas, na esperança de levá-las pra cama. Talvez nem chegassem a pensar nisso; talvez não soubessem direito o que queriam. Viviam aturdidos, baratinados, na lona. Quem seria capaz de odiá-los? Grandes ganhadores! Estavam sempre apostando no guichê de 2 dólares, com o salto do sapato gasto e as roupas sujas. Estavam mais por baixo que todo mundo.

Apostei no favorito. Chegou na ponta e pagou 4 dólares. Não era muito, mas eu tinha apostado 10 na cabeça. O homem de baixo virou-se para Katherine e disse:

– Acertei. Tinha 100 na cabeça!

Katherine não respondeu. Começava a se dar conta do truque. Ganhadores não ficam abrindo o bico. Têm medo de serem assassinados no estacionamento.

Depois da quarta corrida, cujo ganhador pagou 22,80, o cara se virou de novo e disse a Katherine:

– Acertei esse também. 10 na cabeça.

Ela me disse:

– Olha só a cara dele, Hank. É amarela. Você reparou nos olhos dele? É doente, coitado.

– É doente de sonho. Todos nós somos doentes de sonho, por isso estamos aqui.

– Hank, vambora.

– Tudo bem.

Naquela noite ela bebeu meia garrafa de vinho tinto, de bom vinho tinto, e ficou quieta e triste. Sabia que ela estava me identificando com a turma das corridas e das lutas de boxe – e era verdade. Eu andava com eles, eu era um deles. Katherine sabia que tinha alguma coisa fora do lugar em mim. Eu era uma soma de todos os erros: bebia, era preguiçoso, não tinha um deus, ideias, ideais, nem me preocupava com política. Eu estava ancorado no nada, uma espécie de não ser. E aceitava isso. Eu estava longe de ser uma pessoa interessante. Não queria ser uma pessoa interessante; dava muito trabalho. Eu queria mesmo era um espaço sossegado e obscuro pra viver a minha solidão. Por outro lado, de porre, eu abria o berreiro, pirava, queria tudo e não conseguia nada. Um tipo de comportamento não se casava com o outro. Pouco me importava.

A trepada foi ótima naquela noite, mas essa foi a noite em que perdi Katherine. Não havia nada que eu pudesse fazer. Rolei pro lado e me limpei com os lençóis. Ela foi ao banheiro. Um helicóptero da polícia sobrevoava nossas cabeças, patrulhando Hollywood.

39

Na noite seguinte, apareceram Bobby e Valerie. Eles tinham acabado de mudar pro meu condomínio e moravam do outro lado do pátio interno. Bobby vestia sua camisa de malha apertada. Tudo caía perfeitamente em Bobby. Suas calças, sempre alinhadas e do comprimento certo; sapatos combinando com o resto; cabelo na moda. Valerie também andava na moda, mas era menos intencional. As pessoas chamavam o casal de "Baby-Dois". Valerie era legal, quando sozinha; era inteligente, superenergética e muito sincera. Bobby também ficava mais humano quando ele e eu estávamos a sós. Bastava, porém, ter mulher nova por perto pra ele se tornar chato e óbvio. Sua atenção e sua conversa se dirigiam pra mulher, o tempo todo, como se a mera presença dela fosse algo de interessante e maravilhoso. Só que seu papo ficava previsível, chato. Me perguntava como Katherine iria se virar com ele.

Sentaram todos. Eu estava numa cadeira perto da janela; no sofá, estavam Bobby e Katherine nas pontas, e Valerie no meio. Bobby começou. Inclinado pra frente, falava com Katherine, como se Valerie não existisse.

– Você gosta de Los Angeles? – perguntou.
– É legal. – Katherine respondeu.
– Você vai ficar muito tempo por aqui?

– Um pouco mais.
– Você é do Texas, né?
– Sou.
– Seus pais são do Texas?
– São.
– A tevê por lá é boa?
– Mesma coisa que aqui.
– Tenho um tio no Texas.
– Ah é...
– É. Ele mora em Dallas.

Katherine se calou. Daí, ela disse:
– Com licença, eu vou fazer um sanduíche. Alguém quer alguma coisa?

Dissemos que não. Katherine levantou e foi pra cozinha. Bobby levantou e foi atrás dela. Não dava pra ouvir direito suas palavras, mas pareciam novas perguntas. Valerie ficou encarando o chão. Katherine e Bobby ficaram um bom tempo na cozinha. De repente, Valerie levantou a cabeça e começou a conversar comigo. Falava rápido, ansiosa.

– Valerie – eu a interrompi –, a gente não precisa conversar. A gente não tem que conversar.

Ela abaixou a cabeça de novo.

Daí, eu disse:
– Ó, vocês aí, quanto tempo! Cês tão encerando o chão, por acaso?

Bobby riu e começou a sapatear no chão da cozinha.

Por fim, Katherine apareceu, seguida de Bobby. Veio me mostrar seu sanduíche: manteiga de amendoim com trigo moído, fatias de banana e sementes de gergelim.

– Tá com boa cara – eu lhe disse.

Sentou e começou a comer o sanduíche. Ficamos em silêncio. Continuamos em silêncio. Então, Bobby disse:
– Bom, acho melhor a gente ir andando...

Saíram. Quando a porta fechou, Katherine me olhou e disse:
– Não fique pensando coisas, Hank. Ele só estava tentando me impressionar.

– Ele faz isso com todas as mulheres, desde que o conheço.

O telefone tocou. Era Bobby.

– Ei, cara, o que você fez com a minha mulher?

– Que houve?

– Ela tá aqui sentada, completamente deprimida, sem falar nada!

– Não fiz nada com a sua mulher.

– Não entendo!

– Boa noite, Bobby.

Desliguei.

– Era o Bobby. A mulher dele tá deprimida.

– É mesmo?

– É o que parece.

– Você tem certeza de que não quer um sanduíche?

– Você me faz um igualzinho ao seu?

– Claro!

– Então, eu quero.

40

Katherine ficou mais uns quatro ou cinco dias. Já estava no seu período fértil do mês e era arriscado trepar. Eu detestava camisinha. Ela comprou uma espuma anticoncepcional. Nesse meio-tempo, a polícia achou meu fusca. Fomos buscá-lo. Estava intacto e em boa forma, exceto pela bateria arriada. Mandei rebocá-lo até uma oficina de Hollywood, onde botaram ele em ordem. Depois de um último adeus na cama, levei Katherine ao aeroporto no Volks azul, chapa TRV 469.

Não foi um dia feliz pra mim. Ficamos sentados sem falar, quase. Daí, ouvimos a chamada para o voo e nos beijamos.

– Ei, tá todo mundo vendo essa bela jovem beijando esse velho senhor.

– Tô pouco me importando.

Katherine me beijou de novo.

– Você vai perder o voo – disse.

– Venha me ver, Hank. Tenho uma bela casa e vivo sozinha. Venha me ver.

– Eu vou.

– Escreva!

– Escrevo...

Katherine entrou no túnel de embarque e desapareceu.

Voltei pro estacionamento, entrei no Volks, pensando: "pelo menos tenho *isto*. Que diabo, ainda não perdi tudo".

Dei a partida.

41

Naquela noite, comecei a beber. Não ia ser fácil sem Katherine. Achei uns troços que ela tinha esquecido – brincos, pulseiras.

"Tenho que voltar à máquina de escrever", pensei. "Arte exige disciplina. Qualquer cretino pode paquerar uma mulher." Bebia, pensando nisso.

Às 2h10 da manhã tocou o telefone. Eu bebia minha última cerveja.

– Alô?

– Alô. – Voz de mulher, de garota.

– Pois não...

– Você é o Henry Chinaski?

– Sou.

– Minha amiga adora o seu texto. É aniversário dela e eu prometi que telefonaria pra você. Ficamos espantadas de te achar na lista telefônica.

– É, eu estou lá.

– Bom, é aniversário dela, e eu pensei que seria legal se a gente pudesse dar um pulo aí pra ver você.

– Tudo bem.

– Falei pra Arlene que você deve viver cercado de mulheres por todos os lados.

– Sou um recluso.

– Então, você acha que tudo bem se a gente aparecer?

Dei a elas o endereço e as indicações.

– Só tem uma coisa: eu tô sem cerveja. – disse eu.

– A gente leva cerveja. Meu nome é Tammie.

– Já passa de duas horas.

– A gente dá um jeito. Um bom decote faz milagres.

Elas chegaram em vinte minutos; com os decotes, mas sem a cerveja.

– Aquele filho da puta! – disse Arlene – Ele sempre fiou pra gente. Dessa vez resolveu regular...

– Foda-se – disse Tammie.

As duas sentaram e disseram suas idades.

– Tenho 32 – disse Arlene.

– Tenho 23 – disse Tammie.

– Somem as duas idades – disse eu –, e chegarão à minha.

O cabelo de Arlene era longo e moreno. Ficou sentada na cadeira perto da janela, se penteando, se olhando num grande espelho de prata conversando. Era óbvio que ela tinha tomado bolinha. Tammie tinha um corpo quase perfeito, longos cabelos ruivos, naturais. Ela também estava baratinada, mas não tanto quanto Arlene.

– Por 100 dólares você pode se divertir com a gente – falou Tammie.

– Eu passo.

Tammie era durona, como muitas mulheres da sua idade. Tinha cara de tubarão. Não fui com a cara dela, desde o início.

Elas foram embora lá pelas três horas e meia, e eu fui pra cama, sozinho.

42

Duas madrugadas depois, às quatro horas, alguém bate na porta.

– Quem é?

– É uma putinha de cabelos fogaréu.

Deixei Tammie entrar. Ela sentou e eu abri um par de cervejas.

– Tenho mau hálito por causa de dois dentes podres. Não vai dar procê me beijar.

– Tudo bem.

Ficamos conversando. Quer dizer, eu fiquei escutando. Tammie viajava de anfetamina. Eu escutava e olhava seus longos cabelos ruivos e, quando ela se distraía, ficava avaliando seu corpo. Estava pulando pra fora do vestido, aquele corpo. Ela falava sem parar. Não a toquei.

Às seis da manhã, Tammie me deu seu endereço e número de telefone.

– Tenho que ir – ela disse.

– Vou te levar até o carro.

Era um Camaro vermelho, totalmente fudido. A frente toda amassada, uma lateral aberta como lata de sardinha, sem janelas. Dentro, tinha trapos e camisas e caixas de Kleenex e jornais e pacotes vazios de leite e garrafas de Coca-Cola e arame e corda e guardanapos de papel e revistas e copos de papel e sapatos e canudinhos de plástico dobrados. Esse monte de coisas ultrapassava o nível dos assentos, cobria os assentos. Só tinha algum espaço no banco do motorista.

Tammie botou a cabeça pela janela e nos beijamos.

Daí, arrancou; na esquina já devia estar a uns noventa por hora. Pisou no freio e a traseira do Camaro ficou balançando pra cima e pra baixo, pra cima e pra baixo. Voltei pra dentro.

Fui pra cama pensando naquele cabelo ruivo. Nunca conhecera uma ruiva de verdade. Era puro fogo.

"Que nem luz celestial", pensei.

Pensando bem, ela já não me parecia tão durona...

43

Telefonei pra ela. Era uma da manhã. Fui lá.

Tammie vivia num pequeno bangalô, nos fundos de uma casa.

Abriu a porta pra mim.

– Fale baixo. Não vá acordar Dancy. É a minha filha. Tem seis anos, tá dormindo no quarto.

Eu vinha com meia dúzia de cervejas. Tammie foi pôr as garrafas na geladeira e voltou com duas.

– Minha filha não pode ver nada. Ainda estou com aqueles dois dentes arruinados que me dão mau hálito. Não podemos beijar.

– Tudo bem.

A porta do quarto estava fechada.

– Olhe – disse ela –, tenho que tomar uma vitamina. Vou ter que abaixar a calça e enfiar o negócio em mim. Vira pro outro lado.

– Tudo bem.

Vi quando ela botou um líquido dentro de uma seringa. Olhei pro outro lado.

– Tenho que enfiar tudo – ela disse.

Quando acabou, ela ligou um radinho vermelho.

– Legal esse lugar – eu disse.

– Estou com o aluguel atrasado há um mês.

– Ah é...

– Mas tudo bem. O senhorio mora na casa da frente, eu consigo dar um jeito.

– Bom.

– Ele é casado, o safado. E adivinhe o que aconteceu?

– O quê?

– Outro dia, a mulher dele tinha ido não sei aonde, e o safado me chamou lá. Fui lá, sentei, e adivinhe o que aconteceu?

– Ele tirou o negócio pra fora.

– Não. Passou uns filmes de sacanagem. Achou que aquela porcaria ia me excitar.

– E não excitou?

Eu disse:

– Mr. Miller, tenho que ir agora. Tenho que pegar Dancy na escola.

Tammie me deu uma bolinha. Ficamos falando sem parar. E bebendo cerveja.

Às seis da manhã, Tammie abriu o sofá onde a gente estava sentado. Tinha um cobertor. Tiramos os sapatos e entramos de roupa debaixo do cobertor. Segurei-a por trás, com a cara afundada naqueles cabelos ruivos. Fiquei de pau duro. Enfiei nela, por trás, entre as roupas. Ouvi seus dedos agarrando e se afundando nas bordas do sofá.

– Tenho que ir embora. – disse pra Tammie.

– Escuta, eu só tenho que dar café da manhã pra Dancy e levar ela na escola. Tudo bem se ela te encontrar. Dá um tempo aqui até eu voltar.

– Já tô indo – eu disse.

Voltei dirigindo pra casa, bêbado. O sol já estava alto, doloroso e amarelo...

44

Eu dormia há anos num colchão lazarento, com um monte de molas soltas me cutucando. Naquela tarde, acordei, arranquei ele da cama, arrastei pra fora, e larguei no depósito de lixo o maldito colchão.

Voltei pro apartamento e deixei a porta aberta.
Eram duas horas da tarde. Calor.
Tammie entrou e sentou no sofá.
– Tenho que sair – disse a ela. – Vou comprar um colchão novo.
– Um colchão? Bom, então eu vou embora...
– Não, Tammie. Fica aí. Tô de volta em quinze minutos. Toma uma cerveja.
– Tudo bem – disse ela.

Tinha uma loja de colchões recondicionados a uns três quarteirões dali, na Western. Estacionei em frente à loja e entrei.
– Pessoal! Tô precisando de um colchão... URGENTE!
– Pra que tipo de cama?
– De casal.
– Temos esse aqui, por 35 dólares.
– Vou levar.
– Dá pra botar no seu carro?
– Tenho um Volks.
– Tudo bem. A gente entrega. Qual o endereço?

Tammie ainda estava lá quando voltei.
– Cadê o colchão?
– Está chegando. Toma outra cerveja. Cê tem uma bola?
Me deu a bolinha. A luz se infiltrava nos seus cabelos ruivos. Tammie tinha sido eleita *Miss Sunny Bunny* da Feira da Laranja, em 1973. Já fazia quatro anos isso, mas ela ainda estava em plena forma. Era toda cheinha e gostosa nos lugares certos.
O homem da entrega estava na porta com o colchão.

– Deixa eu te ajudar.

O homem da entrega era uma boa alma. Me ajudou a botar o colchão na cama. Daí, viu Tammie sentada no sofá. Deu um sorrisinho.

– Oi – disse para ela.

– Muito obrigado, hein – eu disse pra ele. Dei-lhe 3 dólares, e ele saiu.

Voltei pro quarto e olhei pro colchão. Tammie foi atrás. O colchão estava embrulhado em celofane. Comecei a rasgar o celofane. Tammie ajudou.

– Olha ele, que bonito! – ela disse.

– É bem bonito.

Era reluzente e colorido. Rosas, galhos, folhas, vinhas coleantes. Parecia o Jardim do Éden, e por apenas 35 dólares.

Tammie olhou pra ele.

– Esse colchão tá me dando tesão. Quero batizar ele. Quero ser a primeira mulher a te comer nesse colchão.

– Fico só imaginando quem vai ser a segunda...

Tammie foi ao banheiro. Silêncio. Daí, ouvi o chuveiro. Botei lençóis e fronhas limpos, tirei a roupa e caí na cama. Tammie voltou, jovem e molhada. Cintilava. Seus pentelhos eram da mesma cor que seu cabelo: vermelhos, que nem fogo.

Ela ficou posando pro espelho e chupou o estômago. Aqueles peitões se precipitaram pro espelho. Podia vê-la de frente e de ré, ao mesmo tempo.

Veio vindo e se enfiou sob os lençóis.

Devagarinho, começou a bolinação.

A coisa esquentou, todo aquele cabelo ruivo nos travesseiros, e lá fora as sirenes uivando e os cães latindo.

45

Tammie apareceu naquela noite. Parecia estar louca de anfetamina.

– Quero champanhe – ela disse.

– Tudo bem – respondi.

Dei a ela uma nota de 20.

– Volto logo – ela disse da porta.

O telefone tocou. Era Lydia.

– Só queria saber como é que andam as coisas...

– As coisas vão bem.

– Aqui, nem tanto. Estou grávida.

– Quê?

– E nem sei quem é o pai.

– Não diga...

– Você sabe o Dutch, o cara que anda pelo bar onde estou trabalhando agora?

– Sei, o velho Carequinha.

– Pois é, ele é um cara legal. Tá apaixonado por mim. Me traz flores e bombons. Quer casar comigo. Tem sido muito legal o Dutch. Uma noite eu fui pra casa com ele. Aconteceu.

– Tudo bem.

– Daí, apareceu o Barney. É casado, mas gosto dele. De todos os caras lá do bar, ele era o único que nunca tinha me cantado. Isso me fascinava. Bom, você sabe que eu tô tentando vender minha casa. Então, ele apareceu lá uma tarde. Só deu uma passada. Disse que queria ver a casa prum amigo dele. Fiz ele entrar. Bom, ele chegou bem na hora certa. Os garotos estavam na escola; então deixei ele ir em frente... Daí, uma noite, um desconhecido chegou no bar, tarde da noite. Me pediu pra ir pra casa com ele. Eu disse que não. Ele disse que só queria ficar sentado no meu carro comigo, conversando. Eu disse "tudo bem". Fomos pro carro e ficamos conversando. Daí, queimamos um fumo. Então, ele me beijou. Foi esse beijo que me ligou. Se ele não tivesse me beijado, eu não teria... Agora, estou grávida e não sei de quem. Vou ter que esperar pra ver com a cara de quem a criança vai nascer.

– Tudo bem, Lydia. Muita sorte pra você.

– Brigada.

Desliguei. Passou um minuto, o telefone tocou outra vez. Era Lydia.

– Ah – ela disse –, fiquei imaginando como é que *você* tá se virando.

– O de sempre, Lydia, cavalos e porres.

– Então, tá tudo bem com você?

– Não muito.

– Que foi?
– Bom, eu mandei essa mulher comprar champanhe...
– Mulher?
– Bom, na verdade é uma garota...
– Garota?
– Mandei que comprasse champanhe e dei a ela uma nota de 20 dólares. Ainda não voltou. Acho que me levou no bico.
– Chinaski, não quero ouvir falar sobre as suas mulheres. Tá entendendo?
– Tudo bem.
Lydia desligou. Bateram na porta. Era Tammie. Tinha voltado com a champanhe e o troco.

46

Era meio-dia, no dia seguinte, quando tocou o telefone. Era Lydia de novo.
– E aí, ela voltou com o champanhe?
– Quem?
– A sua puta.
– Sim, voltou...
– E aí, que aconteceu?
– A gente bebeu o champanhe. Boa bebida.
– E aí, que aconteceu?
– Ora, você sabe, porra...
Ouvi um longo gemido insano, como de uma lontra baleada, na neve do Ártico, sangrando solitária até a morte...
Ela desligou.

Dormi boa parte da tarde, e, à noite, fui às corridas de charrete, o popular trote.
Perdi 32 paus, entrei no Volks e voltei pra casa. Estacionei, entrei no condomínio e enfiei a chave na fechadura. As luzes estavam todas acesas. Olhei em volta. Gavetas jogadas no chão, junto com as cobertas da cama. Não havia livros na estante, nem os vinte e poucos que eu escrevi. Minha máquina de escrever tinha sumido, minha torradeira tinha sumido, meu rádio tinha sumido, minhas pinturas tinham sumido.

Lydia, pensei.

A única coisa que ela deixou foi a tevê, pois sabe que eu nunca vejo tevê.

Saí pra rua e vi o carro de Lydia, sem ela.

– Lydia – falei. – Ei, baby!

Andei pra cima e pra baixo, e aí vi seus pés despontando de trás de uma árvore, ao lado do muro de um prédio. Fui até a árvore e disse:

– Que diabo você tá fazendo?

Lydia ficou ali parada. Estava com duas sacolas cheias de livros meus e um portfólio com as minhas pinturas.

– Escuta, você vai ter que devolver meus livros e minhas pinturas. São meus.

Lydia saiu de trás da árvore aos berros. Pegou as pinturas e começou a rasgá-las. Jogava os pedacinhos pro ar e, quando caíam no chão, tripudiava sobre eles. Ela usava suas botas de caubói. Então, pegou meus livros e começou a atirá-los em todas as direções: na rua, no jardim do prédio, em toda parte.

– Olha aqui suas pinturas! Olha aqui seus livros! E NÃO ME FALE MAIS DAS SUAS MULHERES! NÃO ME FALE MAIS DAS SUAS MULHERES!

Depois, Lydia correu pra minha casa com um livro na mão, meu último livro, *Obras Seletas de Henry Chinaski*. Gritou:

– Quer dizer que você quer seus livros de volta? Quer mesmo? Aqui estão seus malditos livros! E NÃO ME FALE MAIS DAS SUAS MULHERES!

Começou a estilhaçar todos os vidros da minha porta da frente. Com as *Obras Seletas de Henry Chinaski*, ela estilhaçava vidro por vidro e gritava:

– Quer seus livros de volta? Aqui estão seus malditos livros! E NÃO ME FALE MAIS DAS SUAS MULHERES! NÃO QUERO MAIS OUVIR FALAR DAS SUAS MULHERES!

Fiquei ali parado, vendo ela quebrar os vidros aos berros.

"Onde foi parar a polícia?", eu pensava. "Onde?"

Lydia saiu correndo pelo corredor do condomínio, virou à esquerda no depósito de lixo e saiu pra rua. Fui atrás. Escondidos por um arbusto, estavam minha máquina de escrever, meu rádio, minha torradeira.

Lydia pegou a máquina de escrever e foi com ela pro meio da rua. Era uma máquina velha e pesadona. Lydia levantou a máquina no ar, com as duas mãos, e arremessou-a no chão. O cilindro e outros componentes espirraram pra fora. Apanhou de novo a máquina, ergueu-a no ar, e berrou:

– NÃO ME FALE MAIS DAS SUAS MULHERES! – E atirou a máquina de novo no chão.

Depois, foi pro carro e arrancou.

Quinze segundos mais tarde, chegava a polícia.

– É um Volks cor de laranja. Chama-se A Coisa, parece um tanque. Não me lembro do número da chapa, mas as letras são HZY, igual a *HAZY*, entendeu?

– Endereço?

Dei a eles o endereço dela...

Não deu outra: trouxeram Lydia de volta. Ouvi seus gemidos no banco de trás do carro da polícia.

– FICA AÍ! – disse um dos guardas, saindo do carro.

Ele me acompanhou até em casa. Entrou, pisando em cacos de vidro. Por algum motivo, examinou o teto e os frisos com uma lanterna.

– O senhor quer registrar queixa? – perguntou o guarda.

– Não. Ela tem filhos. Não quero que perca os garotos. O ex-marido está tentando tomar as crianças dela. Mas, *por favor*, digam a ela que isso não é coisa que se faça.

– Ok – disse ele. – Agora, assine aqui.

Ele escreveu num caderninho que eu, Henry Chinaski, não iria registrar queixa contra Lydia Vance. Assinei e ele saiu.

Fechei o que tinha sobrado da porta e fui pra cama dormir.

Uma hora depois, o telefone tocou. Era Lydia. Tinha voltado pra casa.

– SEU FILHO DA PUTA, SE VOCÊ ME FALAR DE NOVO DAS SUAS MULHERES, EU VOLTO AÍ E FAÇO TUDO OUTRA VEZ!

E desligou.

47

Duas noites mais tarde, fui à casa de Tammie, no Condomínio Rústico. Bati. Luzes apagadas. Parecia vazia. Olhei na caixa do correio. Tinha umas cartas lá. Escrevi um bilhete: "Tammie, tentei ligar pra você. Vim até aqui, você não estava. Tudo bem com você? Me liga... Hank".

Na manhã seguinte, às onze, passei lá de novo. Seu carro não estava lá na frente. Meu bilhete ainda estava pregado na porta. Mesmo assim, toquei a campainha. As cartas ainda estavam na caixa do correio. Deixei um bilhete na caixa do correio: "Tammie, onde é que você foi parar? Me procure... Hank".

Dei uma volta de carro no quarteirão, à procura do Camaro vermelho esculhambado.

Voltei lá naquela noite. Chovia. Meus bilhetes estavam molhados. Tinha mais correspondência na caixa. Deixei pra ela um livro meu, de poemas, com dedicatória e voltei pro Volks. Havia uma cruz de malta pendurada no retrovisor. Tirei de lá, fui até a porta da frente da casa dela e a pendurei na maçaneta.

Eu não sabia onde moravam seus amigos, sua mãe, ou seus amantes.

Voltei pra casa e escrevi alguns poemas de amor.

48

Me encontrava com um anarquista de Beverly Hills, o Ben Solvenag, que estava escrevendo a minha biografia, quando ouvi os passos no pátio interno do condomínio. Conhecia o som – rápido, frenético e sexy – daqueles pezinhos delicados. Eu morava quase nos fundos do condomínio. Minha porta estava aberta. Tammie entrou.

Caímos nos braços um do outro, aos beijos e carícias.

Ben Solvenag disse até logo e foi embora.

– Aqueles filhos da puta confiscaram todos os meus troços, tudo! Não deu pra pagar o aluguel! Filhos da puta, escrotos!

– Vou até lá dar um chute no saco deles. Vamos pegar suas coisas de volta.

– Não, eles têm armas! Todos os tipos de armas!

– Opa.

– Minha filha ficou com a minha mãe.

– Que tal uma bebida?

– Claro.

– O quê?

– Champanhe extrasseco.

– Ok.

A porta continuava aberta e o sol da tarde refletia em seus cabelos – tão longos, tão ruivos, que ardiam em chamas.

– Posso tomar um banho? – ela perguntou.

– É claro que sim.

– Me espere – ela disse.

Pela manhã, conversamos sobre suas finanças. Ela aguardava algum dinheiro: a pensão da filha, mais um seguro-desemprego.

– Tem uma vaga nos fundos, bem em cima de mim.

– Quanto é?

– São 105 dólares, incluída a metade das contas.

– Bom, isso posso segurar. Será que eles aceitam crianças? *Uma* criança?

– Vão aceitar. Dou um jeito. Conheço o administrador.

No domingo ela se mudou. Ficou bem sobre a minha cabeça. Podia espiar minha cozinha, onde eu costumava trabalhar.

49

Naquela terça à noite a gente estava lá em casa, bebendo. Tammie, eu e o seu irmão, Jay. O telefone tocou. Era Bobby.

– Louie e a mulher estão aqui. Ela gostaria de te encontrar.

Louie era o antigo morador do atual apartamento de Tammie. Tocava em conjuntos de jazz, em pequenas boates. Andava sem sorte, mas era um cara interessante.

– Acho que eu vou deixar pra lá, Bobby.

– Louie vai ficar chateado se você não der um pulo aqui.
– Ok, Bobby, mas vou levar uns amigos.

Fomos lá, "muito prazer", "como vai" etc. Daí, Bobby apresentou uma cerveja barata pra gente. Tinha um som tocando alto.
– Li seu conto no *Knight* – disse Louie. – Achei estranho. Você nunca trepou com mulher morta, né?
– É que às vezes elas parecem mortas.
– Sei o que você quer dizer.
– Detesto essa música – disse Tammie.
– Como é que vai o trabalho, Louie?
– Bom, a gente montou um conjunto novo, agora. Se durar algum tempo, é capaz de dar certo.
– Acho que eu vou chupar o pau de alguém – disse Tammie. – Acho que eu vou chupar o pau do Bobby. Acho que eu vou chupar o pau do Louie. Acho que eu vou chupar o pau do meu irmão!

Tammie estava com um vestido longo que, ao mesmo tempo, parecia um traje de gala e uma camisola.

Valerie, a mulher de Bobby, estava trabalhando. Ela trabalhava duas noites por semana como garçonete. Louie, sua mulher, Paula e mais o Bobby já estavam bebendo há algum tempo.

Louie tomou mais um gole de cerveja barata e começou a passar mal. Levantou e saiu correndo pela porta da frente. Tammie foi atrás dele. Depois de um instante, os dois voltaram juntos.
– Vamos dar o fora daqui – Louie disse a Paula.
– Tudo bem – disse ela.

Levantaram e saíram.

Bobby foi buscar mais cerveja. Jay e eu conversávamos sobre alguma coisa. Então, ouvi Bobby dizer:
– A culpa não é minha! Cara, não tenho culpa!

Olhei e vi: Tammie, com a cabeça recostada no colo do Bobby, segurava o saco dele; depois, segurou o pau. Ficou segurando o pau do Bobby, olhando fixo pra mim, o tempo todo.

Tomei um gole de cerveja, larguei o copo, levantei e saí.

50

Vi o Bobby na rua, no dia seguinte, quando ia comprar o jornal.

– Louie telefonou – disse ele – me contando tudo o que aconteceu.

– Ah, é?

– Ele correu pra fora, pra vomitar, e Tammie agarrou o pau dele quando ele vomitava, e disse pra ele: "Vamos lá pra cima que eu chupo o teu pau. Depois a gente enfia a sua pica num ovo de páscoa". Aí, ele disse pra ela: "Não". E ela disse pra ele: "Qual é o problema? Você não é homem? Não consegue segurar o porre? Vamos lá em cima que eu chupo o seu pau".

Fui até a esquina e comprei o jornal. Voltei pra casa e olhei os resultados das corridas de cavalo, li sobre esfaqueamentos, estupros, assassinatos.

Bateram à porta. Abri. Era Tammie. Chegou e sentou.

– Escute – disse ela –, desculpe se eu te magoei agindo daquele jeito. Sinto muito – mas só por ter magoado você. O resto sou eu mesma.

– Tudo bem – eu disse –, mas você magoou a Paula também quando saiu por aquela porta atrás do Louie. Eles vivem juntos, você sabe disso.

– Que merda! – ela gritou na minha cara – NUNCA VI ESSA PAULA MAIS GORDA NA VIDA!

51

Naquela noite, levei Tammie ao trote. Subimos pra segunda arquibancada e nos sentamos. Trouxe o programa pra ela olhar. No trote, as classificações das corridas anteriores aparecem no programa.

– Escute – disse ela –, tomei umas bolas. E quando eu tomo bola fico aérea às vezes e me perco. Fique de olho em mim.

– Tudo bem. Vou apostar. Quer uma grana pra apostar também?

– Não.

– Então, tá. Já volto.

Fui até o guichê e apostei 5 na cabeça, no número 7.

Quando voltei, Tammie não estava mais lá. "Deve ter ido ao banheiro", pensei.

Fiquei vendo a corrida. O 7 entrou na ponta e pagou 5 por 1. Ganhei 25 dólares.

Tammie ainda não tinha chegado. Os cavalos se apresentaram pra próxima corrida. Resolvi não apostar. Achei melhor procurar Tammie.

Primeiro, fui olhar na arquibancada de cima; depois, fui à tribuna de honra, passei por todos os corredores, pelos vendedores, pelo bar. Não consegui encontrá-la.

A segunda corrida já começara, e todos correram pra assistir. Ouvi os gritos dos apostadores na hora da reta final, quando ia pro térreo. Procurei aquele corpo maravilhoso e aquele cabelo ruivo por toda parte. Nada.

Fui até o ambulatório de emergência. Tinha um cara sentado lá, fumando um charuto. Perguntei pra ele:

– Tem alguma garota ruiva aí dentro? Talvez tenha desmaiado... ela anda doente.

– Não tem nenhuma ruiva aqui, não senhor.

Meus pés se cansaram. Voltei pra segunda arquibancada e comecei a pensar na próxima corrida.

No final da oitava corrida, eu já tinha ganhado 132 doláres. Ia apostar cinquentão no número 4, na próxima. Fui fazer a aposta e vi Tammie parada na porta de entrada da sala de manutenção. Lá estava ela, entre um servente negro, com uma vassoura, e um outro homem negro muito bem-vestido, com pinta de cafetão de cinema. Tammie sorriu e acenou pra mim.

Fui até ela.

– Estava te procurando. Achei que pudesse ter tido uma overdose.

– Não, tá tudo certo, tô legal.

– Então tá bom. Boa noite, Ruivinha...

Me virei e fui pro guichê de aposta. Ouvi ela correndo atrás de mim.

– Ei, onde é que você vai, hein?

– Vou botar uma grana no número 4.

Botei. O 4 perdeu por um triz. Acabaram as corridas. Tammie e eu fomos juntos pro estacionamento. Seu quadril ia esbarrando em mim no caminho.

—Você me deixou preocupado – eu disse.

Achamos o carro e entramos. Tammie fumou uns seis ou sete cigarros na volta. Fumava um pouco e logo apagava no cinzeiro do carro. Ligou o rádio. Ficava abaixando e aumentando o som, mudando de estação, estalando os dedos no ritmo da música.

Quando chegamos ao condomínio, ela correu pra casa dela e fechou a porta.

52

A mulher do Bobby trabalhava duas noites por semana, e quando ela não estava, ele grudava no telefone. Eu sabia que nas terças e quintas ele estava sozinho.

Era uma terça à noite quando o telefone tocou. Era o Bobby.

– Cara, se importa se eu baixar aí com umas cervejas?
– Tudo bem, Bobby.

Eu estava sentado numa cadeira, em diagonal com Tammie, que estava num canto do sofá. Abri uma cerveja pra ele. Bobby sentou e ficou falando com ela. A conversa era tão debiloide que eu desliguei. Porém, pescava uns fragmentos de vez em quando.

– De manhã – Bobby dizia –, eu tomo um banho frio. Aí, acordo pra valer.

– Eu também tomo um chuveiro frio de manhã – disse Tammie.

– Eu tomo um banho frio, e me enxugo com a toalha – continuou Bobby. – Daí, eu leio uma revista, ou qualquer coisa. Então, me sinto pronto pra encarar o dia.

– Eu só tomo a ducha fria, mas não me enxugo, não – disse Tammie. – Deixo as gotinhas ficarem onde estão.

– Às vezes, eu tomo um banho quente à beça. A água fica tão quente que eu tenho que afundar dentro da banheira bem devagarinho.

Então, Bobby levantou pra mostrar como ele afundava no seu banho quente à beça.

A conversa passou pra cinema e televisão. Os dois pareciam adorar cinema e televisão.

Falaram umas duas ou três horas, sem parar.

Daí, Bobby levantou.

– Bom – disse ele –, tenho que ir.

– Ah, não vai não, por favor, Bobby – disse Tammie.

– Não, eu preciso ir mesmo.

Valerie já devia ter chegado em casa do trabalho.

53

Na quinta à noite, Bobby ligou outra vez.

– Ô, cara, que tá fazendo?

– Nada de especial.

– Se importa se eu aparecer aí com umas cervejas?

– Eu preferia não ter visitas hoje, viu.

– Ah, que é isso, cara! Só umas cervejinhas, e eu logo vou embora.

– Não, prefiro não.

– ORA, VÁ SE FODER ENTÃO! – ele gritou.

Desliguei e fui pra sala.

– Quem era? – perguntou Tammie.

– Era só uma pessoa que queria vir aqui.

– Era o Bobby, não era?

– Era.

– Você trata ele tão mal. Ele se sente sozinho quando a mulher sai pro trabalho. Que diabo acontece com você?

Tammie correu pro quarto, num ímpeto, e começou a discar. Eu tinha acabado de comprar pra ela meia garrafa de champanhe. Ela ainda não tinha aberto. Escondi-a no armário de serviço.

– Bobby – disse ela pelo telefone –, é Tammie. Você acabou de ligar? Cadê sua mulher? Escuta, vou já praí.

Desligou e saiu do quarto.

– Cadê o champanhe?

– Porra nenhuma – eu disse. – Você não vai levar o champanhe pra tomar com ele, não senhora.

– Quero aquele champanhe. Cadê?

– Ele que te compre um.

Tammie apanhou um maço de cigarros na mesa e disparou porta afora.

Peguei o champanhe, tirei a rolha e servi um copo. Eu não escrevia mais poemas de amor. Na verdade, eu não escrevia mais nada. Não estava a fim de escrever nada.

O champanhe desceu fácil. Bebi um copo atrás do outro.

Tirei os sapatos e fui de mansinho até a casa do Bobby. Olhei através da persiana. Estavam sentados bem juntinhos, no sofá, conversando.

Voltei. Acabei o champanhe e passei pra cerveja.

Tocou o telefone. Era Bobby.

– Escute – disse ele –, por que você não desce pra tomar uma cerveja comigo e com a Tammie?

Desliguei.

Bebi mais um pouco de cerveja, fumei dois charutos baratos. Fui ficando cada vez mais bêbado. Desci pro apartamento do Bobby. Bati. Ele abriu a porta.

Tammie, sentada numa extremidade do sofá, cheirava pó, com uma colherinha de plástico do McDonald's. Bobby botou uma cerveja na minha mão.

– O problema – disse ele – é que você é inseguro. Te falta confiança.

Fiquei mamando na cerveja.

– Tem razão, o Bobby tem razão – disse Tammie.

– Alguma coisa dentro de mim me machuca.

– É só insegurança – disse Bobby. – Muito simples.

Eu tinha dois números de telefone de Joana Dover. Tentei o de Galveston. Ela atendeu.

– Sou eu, o Hank.

– Você parece bêbado.

– Tô bêbado. Quero ir aí te ver.

– Quando?

– Amanhã.

– Tudo bem.

– Você vai me pegar no aeroporto?

— Claro, baby.
— Vou fazer uma reserva e te chamo de novo.

Peguei o voo 707, pro dia seguinte, às 12h45. Telefonei avisando Joana Dover. Ela disse que estaria lá.

Tocou o telefone. Era Lydia.
— Achei que eu devia dizer que vendi a casa – disse ela. – Estou de mudança pra Fênix. Vou embora amanhã de manhã.
— Tudo bem, Lydia. Boa sorte.
— Fiz um aborto. Quase morri, foi péssimo. Perdi tanto sangue... Não quis te incomodar com essa história.
— Tá melhor agora?
— Tô bem. Só quero dar o fora desta cidade. Estou cheia desta cidade.
Dissemos adeus.

Abri outra cerveja. A porta da frente se abriu e Tammie entrou. Entrou trançando pernas e me olhando.
— Valerie já chegou? – perguntei. – Você conseguiu curar a solidão do Bobby?
Tammie continuou zanzando em círculos. Estava ótima no seu vestido longo, tivesse ou não trepado com Bobby.
— Dá o fora daqui – eu disse.
Ela deu mais uma volta, saiu, foi pro apartamento dela.
Eu não conseguia dormir. Por sorte, ainda tinha mais cerveja. Continuei bebendo. A última garrafa acabou às quatro e meia da madrugada. Fiquei esperando até as seis; então, saí pra comprar mais.
O tempo passava lento. Fiquei andando de um lado para o outro. Não me sentia bem, mas comecei a cantar. Cantava e andava – do banheiro pro quarto, daí pra sala, pra cozinha etc., sempre cantarolando.
Olhei o relógio: onze e quinze. O aeroporto ficava a uma hora de distância. Eu já estava vestido. Usava sapatos sem meias. Peguei os óculos de leitura e botei no bolso da camisa. Saí de casa sem bagagem.
O Volks estava logo em frente. Entrei. A luz do sol brilhava demais. Descansei um pouco a cabeça no volante.

Ouvi uma voz vinda do condomínio: "Onde é que ele pensa que vai desse jeito?".

Dei a partida, liguei o rádio e fui embora. Era difícil manter a reta. Meu carro cruzava a toda hora a faixa dupla amarela e passava pra contramão. Eles buzinavam e eu voltava pra minha mão.

Cheguei ao aeroporto. Tinha ainda quinze minutos de folga. Eu tinha passado faróis vermelhos, sinais de parada, tinha ultrapassado tranquilamente os limites de velocidade durante todo o percurso. Eu tinha catorze minutos. O estacionamento estava lotado. Não conseguia achar vaga. Vi, então, uma vaga na frente de um elevador, grande o bastante prum Volks. Tinha uma placa vermelha: NÃO ESTACIONE. Estacionei. Quando estava trancando o carro, meus óculos escorregaram do bolso e se espatifaram no chão.

Corri pro balcão de reservas da companhia. Fazia calor. O suor me cobria o corpo todo.

– Reserva para Henry Chinaski...

O funcionário preencheu o bilhete e eu paguei em dinheiro.

– Não é por nada – disse o funcionário –, mas eu li os seus livros.

Passei pela vistoria. Soou o alarme. Tinha muita moeda nos meus bolsos, mais sete chaves e um canivete. Botei tudo numa bandeja e passei de novo.

Cinco minutos. Portão 42.

Todo mundo tinha embarcado. Subi. Três minutos. Achei minha poltrona, me afivelei nela. O comandante do voo falava pelo intercomunicador.

Manobramos na pista e logo estávamos no ar. Fizemos uma grande curva sobre o oceano.

54

Fui o último a sair do avião, e lá estava Joana Dover.

– Deus meu! – ela disse, rindo – Você tá péssimo!

– Joana, vamos tomar um bloody mary enquanto esperamos pela minha bagagem. Ah, merda, eu tô sem bagagem. Mas, vamos tomar um bloody mary assim mesmo.

Entramos no bar, sentamos.

– Você nunca vai chegar a Paris desse jeito.

– Eu não morro de amor pelos franceses. Nasci na Alemanha, sacumé?

– Tomara que você goste de lá de casa. É simples. Tem dois andares e muito espaço.

– Enquanto a gente estiver na mesma cama...

– Eu tenho tintas.

– Tintas?

– É, se você quiser pintar...

– Merda... quer dizer, obrigado. Estou interrompendo alguma coisa?

– Não. Tinha um mecânico de oficina, mas já caiu fora. Não aguentou o pique.

– Seja boazinha comigo, Joana. Chupar e trepar não é tudo na vida.

– Por isso eu providenciei as tintas. Pra quando você estiver descansando.

– Você é uma grande mulher... e não estou me referindo ao seu metro e oitenta.

– E você acha que eu não sei?

Gostei da casa dela. Tinha telas de nylon em todas as janelas e portas. As janelas ficavam abertas, eram amplas. Não tinha tapetes no chão. Dois banheiros, mobília velha e um monte de mesas por toda parte, grandes e pequenas. Era simples e conveniente.

– Tome um banho – disse Joana.

Eu ri.

– Essa é toda a roupa que eu trouxe, a que estou usando.

– A gente arruma outras amanhã. Depois do banho, vamos sair e comer uma bela refeição com frutos do mar. Conheço um lugar ótimo.

– Tem bebida lá?

– Seu cretino.

Tomei banho de banheira.

Rodamos um bom tempo. Nunca soube que Galveston era uma ilha.

— Os contrabandistas de drogas andaram atacando barcos camaroeiros por esses dias. Eles matam todo mundo a bordo e usam o barco pra carregar a muamba. Por isso o camarão anda tão caro; a pesca se tornou uma ocupação perigosa. E a sua "ocupação", como vai?

— Não tenho escrito. Acho que isso acabou pra mim.

— Há quanto tempo você não escreve?

— Faz uns seis ou sete dias.

— Este é o lugar...

Joana manobrou no estacionamento. Ela dirigia muito rápido, mas não fazia isso de propósito pra infringir a lei. Ela dirigia rápido como quem se vale de um direito seu. Tinha uma diferença, e eu gostava disso.

Pegamos uma mesa longe do movimento. Era fresco, calmo e escurinho lá dentro. Gostei do lugar. Pedi lagosta. Joana pediu um negócio estranho. Pediu em francês. Era muito sofisticada, viajada. Não costumo valorizar cultura, mas ajuda a conseguir um emprego e a entender um menu – ajuda mais no menu que no emprego, aliás. Sempre me senti inferior aos garçons. Melhorei de vida muito tarde e com pouco cacife. Os garçons leem Truman Capote. Eu só leio os resultados das corridas de cavalo.

O jantar estava bom, e lá no mar estavam os barcos camaroeiros, os patrulhas e os piratas. A lagosta se deu bem com a minha boca, e eu a ajudei a descer com um bom vinho. Boa-praça, a lagosta. Sempre gostei de você na sua casca vermelho-rosa, perigosa e lenta.

De volta à casa de Joana, tomamos uma garrafa de um delicioso vinho tinto. Ficamos relaxando no escuro, vendo os carros passarem na rua lá em baixo. Ficamos em silêncio. Então Joana falou.

— Hank?

— Oi.

— Foi alguma mulher que fez você vir aqui?

— Foi.

— Tudo acabado com ela?

— Gostaria que estivesse. Mas, se eu disser que não...

— Quer dizer que você não sabe?
— Na verdade, não.
— Acho que ninguém sabe, nunca.
— Acho que não.
— É por isso que essas coisas fedem tanto.
— Fedem mesmo.
— Vamos trepar.
— Bebi demais.
— Vamos pra cama.
— Quero beber mais um pouco.
— Você não vai conseguir nem...
— Eu sei. Espero que você me deixe ficar uns quatro ou cinco dias.
— Vai depender da *sua performance* – ela disse.
— É muito justo.

Quando acabamos o vinho, eu mal podia me arrastar até a cama. Quando Joana saiu do banheiro, eu já estava roncando.

55

Acordei, usei a escova de dentes de Joana, bebi dois copos d'água, lavei cara e mãos e voltei pra cama. Joana se virou e a minha boca encontrou a dela. Meu pau começou a subir. Botei a mão dela no meu pau. Agarrei seu cabelo, puxei sua cabeça pra baixo, beijei-a com selvageria. Fiquei bolinando aquela buceta. Brinquei com seu clitóris, um pouquinho. Ela estava bem molhada. Enfiei o negócio. Fiquei lá dentro. Ela começou a reagir. Fiquei segurando o gozo por um bom tempo. Depois, não deu mais pra segurar. Eu estava coberto de suor e meu coração batia tão forte que podia escutá-lo.

— Não estou em muito boa forma – disse a ela.
— Eu gostei. Vamos fumar unzinho.

Ela apresentou um charro já enrolado. Ficamos passando um pro outro.

— Joana – disse a ela –, ainda estou com sono. Acho que dormiria mais uma hora.

— Claro. Vamos acabar com esse baseado primeiro.

Matamos o charro e nos esticamos na cama de novo. Dormi.

56

Naquela noite, depois do jantar, Joana apareceu com mescalina.

– Você já experimentou esse bagulho?

– Nunca.

– Quer provar?

– Tudo bem.

Joana deixara tintas, pincéis e papel espalhados sobre a mesa. Lembrei que ela era colecionadora de arte. E que tinha comprado umas pinturas minhas. Estávamos bebendo cerveja há um tempo, mas ainda estávamos sóbrios.

– Esse negócio é forte à beça – disse ela.

– O que acontece?

– Te dá uma embriaguez estranha. Pode ser que você passe mal. Quando se vomita, a gente fica ainda mais doida, mas eu prefiro não vomitar. Por isso, tomo um pouco de bicarbonato junto. Acho que o principal efeito da mescalina é provocar terror.

– Eu já sinto isso bastante, sem ajuda de nada.

Comecei a pintar. Joana ligou o som. Música estranha, mas legal. Olhei em volta e não vi Joana. Não liguei. Pintei um homem que tinha acabado de cometer suicídio. Estava pendurado por uma corda amarrada numa trave do teto. Usei muito amarelo, e o cadáver ficou luminoso e bonito. Daí, alguma coisa falou:

– Hank...

Foi bem atrás de mim. Dei um pulo da cadeira:

– OH, JESUS CRISTO! JESUS CRISTO! OH, JESUS CRISTO!

Meus braços, ombros e costas estavam recobertos de minúsculas bolhas congeladas. Eu tinha espasmos e tremia. Olhei em volta. Vi Joana parada ali.

– Não faça mais isso! – disse a ela. – Nunca mais se esgueire pelas minhas costas desse jeito, senão mato você!

– Hank, só vim pegar meus cigarros...
– Dá uma olhada nessa pintura.
– É ótima! Gosto muito!
– Deve ser a mescalina, eu acho.
– É, deve ser.
– Tudo bem. Me dá uma fumacinha, madame.

Joana riu e acendeu dois cigarros.

Comecei a pintar de novo. Dessa vez foi pra valer: fiz um lobo verde, enorme, trepando com uma ruiva; seus cabelos vermelhos caíam pra trás, enquanto o lobo lhe enfiava o nabo entre as pernas abertas. Ela estava indefesa e submissa. O lobo metia, e lá no alto a noite ardia. Era ao relento, e havia estrelas de pontas longas e uma lua que os observava. Era tudo quente, quente, e cheio de cores.

– Hank...

Dei um pulo. Me virei. Era Joana atrás de mim. Agarrei-a pela garganta.

– Já disse, porra, pra você não se esgueirar...

57

Fiquei lá cinco dias e cinco noites. Daí, não conseguia mais levantar o bicho. Joana me levou ao aeroporto. Ela tinha comprado para mim uma sacola de viagem e umas roupas. Eu detestava o aeroporto de Dallas-Fort Worth. Era o mais desumano dos aeroportos americanos.

A viagem pra Los Angeles não teve incidentes. Desembarquei pensando no Volks. Peguei o elevador até o estacionamento e não encontrei o carro. Imaginei que tivesse sido guinchado. Então, dei uma volta e lá estava ele. Só tinham posto um cartão de estacionamento no para-brisa.

Voltei pra casa. O apartamento estava do mesmo jeito: garrafas e lixo por todo canto. Tive de fazer uma pequena limpeza. Se vissem aquilo poderiam me processar.

Bateram à porta. Abri. Era Tammie.

– Oi – disse ela.
– Olá.
– Você devia estar morrendo de pressa quando saiu. Todas as portas estavam destrancadas. A porta dos fundos,

completamente aberta. Escuta, promete não contar nada se eu disser uma coisa?

– Vai em frente.

– Arlene veio aqui e fez um DDD no seu telefone.

– Tudo bem.

– Tentei impedir, mas não deu. Ela tava de barato. Bolinha.

– Tudo bem.

– Por onde você andou?

– Galveston.

– Por que você saiu voando assim? Cê é doido mesmo.

– Vou embora de novo no sábado.

– Sábado? Que dia é hoje?

– Quinta.

– Onde cê vai?

– Nova York.

– Pra quê?

– Para uma leitura. Mandaram a passagem há duas semanas. Eu tenho uma porcentagem na renda.

– Ah, me leva com você! Eu deixo a Dancy com a minha mãe. Quero ir!

– Não tenho condições de levar você. Acabaria com a minha grana. Eu andei tendo umas despesas pesadas nos últimos tempos.

– Vou ser legal com você! Vou ser superlegal! Não vou sair nunca do seu lado! Eu morri de saudades de você.

– Não vai dar, Tammie.

Ela abriu a geladeira e pegou uma cerveja.

– Você tá cagando montes pra mim. Esses poemas de amor não foram pra valer.

– Eram pra valer quando eu escrevi.

Tocou o telefone. Era o meu editor.

– Onde cê andou?

– Galveston, pesquisando.

– Ouvi dizer que você vai fazer uma leitura em Nova York nesse sábado.

– É, e Tammie também quer ir, a minha garota.

– Você vai levar ela?

– Não, não tenho condições.

– Quanto é?
– São 316 dólares, ida e volta.
– Você quer mesmo levar ela?
– Acho que sim.
– Então tá; vai em frente. Te mando um cheque.
– Tá falando sério?
– Tô.
– Nem sei o que dizer.
– Esquece. Não vá fazer como Dylan Thomas, hein!
– Não se preocupe. Sou imune à bajulação.

Nos despedimos. Tammie mamava a sua cerveja.

– Tudo bem – disse a ela. – Você tem dois ou três dias pra fazer as malas.
– Quer dizer que eu também vou?
– Vai, meu editor tá pagando sua passagem.

Tammie deu um pulo e me agarrou. Me beijou, agarrou meu saco, pegou no meu pau.

– Você é o velhinho mais gracinha que existe!

Nova York. Depois de Dallas, Houston, Charleston e Atlanta, era o pior lugar que eu conhecia. Tammie grudou em mim e o meu pau subiu. Joana Dover não tinha me exaurido por completo...

58

Nosso voo saía de Los Angeles às três e meia da tarde naquele sábado. Às duas eu subi e bati na porta de Tammie. Não estava lá. Voltei pra casa e esperei. Tocou o telefone. Era Tammie.

– Escuta – eu disse –, é bom a gente ir andando. Estão me esperando no aeroporto Kennedy. Onde cê tá?
– Arranjei uma receita, mas me faltam 6 dólares. Quero comprar uns Quaaludes.
– Onde cê tá?
– Um pouco pra baixo do Santa Monica Boulevard com a Western, um quarteirão mais ou menos. É uma farmácia Coruja. Não tem erro.

Desliguei, entrei no Volks, estacionei um quarteirão pra baixo do cruzamento do Santa Monica Boulevard com a Western. Dei uma volta a pé por ali. Não tinha farmácia nenhuma.

Entrei de novo no Volks e saí à cata do Camaro vermelho dela. Acabei encontrando, cinco quadras mais abaixo. Parei e entrei. Tammie estava sentada numa cadeira. Dancy correu pra me fazer careta.

– Não dá pra levar a menina – eu disse.

– Eu sei. A gente a deixa na minha mãe.

– Sua mãe? Fica a quase cinco quilômetros, do outro lado da cidade.

– Fica no caminho do aeroporto.

– Não, fica na outra direção.

– Cê tem 6 dólares?

Dei a ela o dinheiro.

– Pego você em casa. Já está arrumada?

– Já, tô pronta.

Voltei pra casa e esperei. Daí, ouvi as duas.

– Manhê! – dizia Dancy – Quero um bimbalalão!

Elas subiam a escada. Esperei que descessem. Não desceram. Subi. Tammie estava pronta. De joelhos, não parava de abrir e fechar o zíper da bolsa.

– Olha – disse eu –, vou levando suas coisas pro carro. Ela tinha duas sacolas de loja e mais três vestidos em cabides. Fora a bolsa.

Levei as sacolas e os vestidos pra baixo e botei tudo no Volks. Quando voltei, ela ainda abria e fechava o tal zíper.

– Tammie, vam'bora.

– Pera um minuto.

Continuou ali ajoelhada, correndo o zíper pra frente e pra trás.

– Manhê – disse Dancy –, quero um bimbalalão.

– Vambora, Tammie, vambora.

– Tá bom, vamos.

Apanhei a bolsa e elas vieram atrás de mim.

Segui o Camaro até a casa da mãe dela. Entramos. Tammie começou a abrir todas as gavetas da penteadeira da mãe. Remexia numa gaveta, recomeçava na próxima.

– Tammie, o avião já vai decolar.

– Que nada, tem tempo. Detesto esperar no aeroporto.

– Que cê vai fazer com a Dancy?
– Vou deixar ela aqui até minha mãe chegar do trabalho.
Dancy resmungou. Percebeu tudo, resmungou, as lágrimas lhe escorrendo. Então cerrou os punhos e gritou:
– QUERO UM BIMBALALÃO!
– Escute, Tammie, tô esperando no carro.
Saí e fiquei esperando. Esperei cinco minutos, aí voltei lá. Tammie continuava a revirar gavetas.
– Tammie, por favor, vambora!
– Tudo bem.
Ela virou pra Dancy:
– Olha, você fica aqui até a vovó chegar. Deixa a porta trancada e não abre pra ninguém. Só pra vovó!
Dancy resmungou de novo. E gritou:
– ODEIO VOCÊ!
Entramos no Volks. Liguei o motor. Ela abriu a porta e saiu.
– PRECISO PEGAR UM TROÇO NO MEU CARRO!
Tammie foi até o Camaro.
– Que merda! Travei a porta e não tenho a chave! Você tem um pé de cabra?
– Não! – eu gritei. – Não tenho pé de cabra nenhum!
– Já volto!
Tammie correu de volta pro apartamento da mãe. Ouvi a porta se abrindo. Dancy resmungou, gritou. Depois ouvi a porta batendo; Tammie voltou com um pé de cabra. Começou a forçar a porta do Camaro.
Fui até o carro dela. Tammie revirava a tremenda bagunça que havia no banco de trás – roupas, sacos e copos de papel, jornais, garrafas de cerveja, caixas de papelão vazias. Então, achou o que procurava: a Polaroid que eu lhe dera no seu aniversário.
Enquanto eu chispava com o Volks, como se estivesse nas 500 Milhas, Tammie se debruçou em mim.
– Você me ama de verdade?
– Amo.
– Quando a gente chegar em Nova York eu vou comer você como nunca!
– Sério?

– Claro.

Ela agarrou meu pau e ficou encostada em mim.

Minha primeira e única ruiva. Que sorte a minha...

59

Subimos a longa rampa de embarque. Eu carregava os vestidos e as sacolas dela.

Da escada rolante, Tammie viu a máquina de seguro de voo.

– Por favor – eu disse –, a gente só tem cinco minutos pra embarcar.

– Quero que Dancy receba o dinheiro, caso...

– Tudo bem.

– Você tem umas moedas aí?

Dei-lhe as moedas. Ela as enfiou na máquina, que cuspiu um cartão automaticamente.

– Cê tem uma caneta?

Tammie preencheu o cartão e colocou num envelope. Daí, ficou tentando enfiar o envelope na ranhura da máquina.

– Esse troço não entra!

– A gente vai perder o avião.

Continuou tentando enfiar o envelope na máquina. O envelope foi se rasgando e amassando todo.

– Vou ficar maluco – disse a ela –, não aguento mais. Ela ainda tentou mais umas vezes. Não ia. Me olhou.

– Ok, vambora.

Subimos a escada rolante com os vestidos e as sacolas.

Achamos o portão de embarque. Pegamos duas poltronas na traseira do avião. Afivelamos os cintos de segurança.

– Viu – disse ela –, não disse que dava tempo?

Olhei o relógio. O avião começou a se mover...

60

A gente já estava no ar há vinte minutos quando ela tirou um espelho da bolsa e começou a se maquiar, sobretudo os olhos. Passava uma escovinha nos cílios e pestanas. Durante essa operação, mantinha os olhos e a boca escancarados. Fiquei com tesão só de olhar pra ela.

Sua boca tão plena e aberta e redonda enquanto ela maquiava os olhos... Pedi dois drinques.

Tammie bebeu; depois, continuou no espelho.

Um rapaz sentado a nossa direita começou a se bolinar. Tammie continuava a se olhar no espelho, com a boca aberta. Aquela boca tinha jeito de chupar com muita competência.

Uma hora de maquiagem. Daí, ela deixou de lado espelho e escovinha, encostou em mim e dormiu.

Tinha uma mulher sentada a nossa esquerda. De uns quarenta e tantos anos. Tammie dormia aconchegada em mim.

A mulher me olhou.

– Quantos anos ela tem? – me perguntou a mulher.

De repente, silêncio no jato. Todo mundo em volta escutando.

– Tem 23.

– Ela tem cara de 17.

– Tem 23.

– Ela ficou duas horas se maquiando, pra agora pegar no sono...

– Foi só uma hora.

– Vocês estão indo pra Nova York? – perguntou a senhora.

– Estamos.

– Ela é sua filha?

– Não, eu não sou nem pai, nem avô dela. Não tenho nenhum parentesco com ela. É só minha namorada, e a gente tá indo pra Nova York.

Dava pra ler a manchete estampada em seus olhos:

MONSTRO DO LESTE DE HOLLYWOOD DOPA
GAROTA DE 17, VAI COM
ELA PRA NOVA YORK, ONDE
A SUBMETE A ABUSOS SEXUAIS,
VENDENDO DEPOIS SEU CORPO
A DIVERSOS VAGABUNDOS.

A senhora parou de perguntar. Se esticou em sua poltrona e fechou os olhos. Sua cabeça pendeu pro meu lado. Estava quase no meu colo. Eu abraçava Tammie e contemplava seu rosto. Será que ela se importaria se eu esmagasse seus lábios com um beijo louco? Fiquei de pau duro outra vez.

Já íamos aterrissar. Tammie parecia desfalecida. Fiquei preocupado. Afivelei seu cinto.

– Tammie, Nova York! Vamos aterrissar! Tammie, acorda!

Sem resposta.

Overdose?

Tomei seu pulso. Não dava pra sentir nada.

Olhei praqueles peitões. Nenhum sinal de respiração. Levantei e fui atrás de uma aeromoça.

– Por favor, volte para a sua poltrona, senhor. Estamos prestes a aterrissar.

– Olha, eu tô preocupado. Minha garota não quer acordar.

– O senhor acha que ela morreu? – ela sussurrou.

– Não sei – sussurrei de volta.

– Está bem, senhor. Assim que aterrissarmos eu vou lá ver.

O avião iniciou a descida. Fui ao banheiro e molhei umas toalhas de papel. Voltei, sentei do lado de Tammie e esfreguei as toalhas molhadas na sua cara. Estragou toda a maquiagem. Tammie não deu sinal de vida.

– Acorda, sua puta!

Enfiei-lhe as toalhas entre os peitos. Nada. Nenhum movimento. Desisti.

Ia ter de dar um jeito de despachar seu corpo. Ia ter de explicar pra mãe dela. A velha ia me odiar.

Aterrissamos. As pessoas se levantaram e permaneceram em fila, esperando pra sair. Fiquei sentado. Sacudi, belisquei Tammie.

– Estamos em Nova York, Ruivinha. A maçã podre. Vambora. Corta essa.

A aeromoça veio e sacudiu Tammie.

– Que aconteceu, meu bem?

Tammie começou a reagir. Se mexeu. Seus olhos se abriram. Efeito de uma voz diferente. Ninguém dá ouvidos a uma voz conhecida. As vozes conhecidas se tornam parte da pessoa, como as unhas.

Tammie tirou o espelho e ajeitou o cabelo. A aeromoça deu-lhe uns tapinhas nos ombros. Levantei e tirei os vestidos do compartimento suspenso. As sacolas de compras também estavam lá. Tammie continuava a se pentear diante do espelho.

– Tammie, chegamos em Nova York. Vamos andando.

Se aprumou rapidinho. Eu segurava as duas sacolas, mais os vestidos. Ela passou pela saída rebolando. Fui atrás.

61

Nosso homem estava à espera. Gary Benson. Era poeta também, além de motorista de táxi. Era muito gordo, mas pelo menos não tinha jeito de poeta, não tinha jeito de North Beach ou de East Village ou de professor de inglês, o que me ajudava a enfrentar o calor de 42 graus. Apanhamos a bagagem e entramos em seu carro particular, ele nos explicando que era quase inútil ter um carro em Nova York. Por isso tinha tantos táxis na cidade. Saímos do aeroporto, Gary guiando e falando o tempo todo. Os motoristas de Nova York eram exatamente como Nova York: ninguém dava uma deixa. Cagavam pros outros. Ninguém era capaz de compaixão ou cortesia: para-choque contra para-choque, eles iam em frente. Era compreensível: se alguém fizesse uma gentileza causaria um engarrafamento, uma bagunça, um assassinato. O trânsito fluía incessante, como cagalhões no esgoto. Era maravilhoso apreciar aquilo. Não se via um motorista zangado; eles simplesmente se conformavam com os fatos.

Gary adorava falar de negócios.

– Se você topar, eu gostaria de fazer uma entrevista com você para um programa de rádio.

– Tudo bem, Gary. Quem sabe amanhã, depois da leitura.

– A gente tá indo ver o coordenador da leitura, agora. Ele já organizou tudo. Vai mostrar onde vocês vão ficar e tudo mais. Se chama Marshall Benchly. Não comente com ninguém, mas eu não vou com a cara dele.

Apanhamos Marshall Benchly na frente de um edifício com fachada de granito. Nem estacionamos. Ele pulou pra dentro do carro e Gary prosseguiu. Benchly tinha cara de poeta, um poeta com renda familiar que nunca trabalhou pra viver. Tava na cara. Era afetado e maneiroso, um dandy.

– Vamos acomodar vocês – disse ele.

Declamou orgulhoso uma longa lista de personalidades que passaram pelo meu hotel. Alguns dos nomes eu conhecia, outros não.

Gary parou em frente ao Chelsea Hotel. Descemos. Gary disse:

– A gente se vê hoje na leitura. E amanhã também.

Entramos com Marshall e fomos ao balcão da recepção. O Chelsea não era lá grande coisa; por isso, talvez, todo o seu charme.

Marshall se virou pra mim e me estendeu as chaves.

– Quarto 1.010, antigo quarto de Janis Joplin.

– Brigado.

– Grandes artistas já ficaram no 1.010.

Nos levou até o elevadorzinho.

– A leitura é às oito. Passo pra apanhar você às sete e meia. Esgotamos a lotação há duas semanas. Andamos vendendo também uns lugares em pé, mas é preciso ter cuidado por causa do corpo de bombeiros.

– Marshall, onde fica a loja de bebidas mais próxima?

– Desce e vira à direita.

Nos despedimos de Marshall e entramos no elevador.

62

Muito calor naquela noite. A leitura ia acontecer na igreja de São Marcos. Tammie e eu estávamos numa sala usada como camarim. Tammie achou um espelho de corpo inteiro encostado na parede e começou a se pentear. Marshall me levou pros fundos da igreja. Tinha um cemitério lá. Pequenos túmulos de cimento descansavam na terra. Marshall me apontava as inscrições nos túmulos. Sempre fico nervoso antes de uma leitura; me sinto tenso e infeliz. Quase sempre vomito. Foi o que fiz. Vomitei sobre um dos túmulos.

— Você acabou de vomitar em cima do Peter Stuyvesant* — disse Marshall.

Voltei pro camarim. Tammie continuava a se mirar no espelho. Inspecionava cara e corpo, mas o que mais a preocupava era o cabelo. Fazia um coque, se avaliava e soltava-o de novo.

Marshall apareceu na porta.

— Vamos lá. Estão esperando!

— Tammie ainda não está pronta — eu lhe disse.

Ela, então, prendeu de novo o cabelo no alto e se olhou. Soltou o cabelo. Se aproximou do espelho, contemplou seus olhos.

Marshall bateu e entrou.

— Vamos, Chinaski!

— Vamos logo, Tammie.

— Tudo bem.

Saí de braço com Tammie. Começaram a aplaudir. A velha picaretagem do Chinaski funcionava de novo. Tammie se misturou à multidão e eu comecei a ler. Eu tinha um monte de cervejas à mão num isopor. Ia ler novos e velhos poemas. Não podia falhar. Eu tinha São Marcos ao meu lado.

63

Voltamos pro 1.010. Meu cheque no bolso. Avisei que a gente não queria ser incomodado. Tammie e eu ficamos bebendo. Eu tinha lido uns cinco ou seis poemas sobre ela.

— Eles sabiam quem eu era — disse ela. — De vez em quando, eu dava umas risadinhas. Era meio desconcertante.

Eles logo a reconheceram. O sexo faiscava nela. Até as baratas, as formigas e os pernilongos queriam trepar com ela.

Bateram na porta. Duas pessoas deslizaram pra dentro, um poeta e sua mulher. O poeta se chamava Morse Jenkins, era de Vermont. Sua mulher, Sadie Everet. Ele trouxe quatro garrafas de cerveja.

O cara usava sandálias e jeans surrados; bracelete turquesa; uma corrente em volta do pescoço; barba; cabelo

---

* Peter Stuyvesant: fundador de Nova York. (N.T.)

comprido; blusa laranja. Falava, falava. E andava de lá pra cá no quarto.

Tem um problema com os escritores. Se o livro de um escritor foi publicado e vendeu um montão de cópias, o cara se acha um grande escritor. Se o livro de um escritor foi publicado e vendeu um número razoável de cópias, o cara se acha um grande escritor. Se o livro de um escritor foi publicado e vendeu muito poucas cópias, o cara se acha um grande escritor. Se o livro de um escritor nunca foi publicado e o cara não tem dinheiro suficiente pra publicá-lo por si mesmo, aí é que ele se acha de fato um grande escritor. Mas a verdade é que há muito pouca grandeza. Quase inexistente. Invisível. Pode estar certo de que os piores escritores são os que têm mais autoconfiança e se põem menos em dúvida. De qualquer jeito, é melhor evitar os escritores; é o que sempre tentei fazer, mas é quase impossível. Eles sonham com uma espécie de irmandade, de união. Nada disso tem coisa alguma a ver com escrever, nada disso ajuda na máquina.

– Eu fui *sparring* do Cassius Clay antes de ele virar Muhammad Ali – disse Morse, gingando, dançando, soltando *jabs*. – Ele era bom à beça, mas eu dei muito trabalho pra ele.

Morse ficou esmurrando sua sombra pelo quarto.

– Olha as minhas pernas! – disse ele. – Tenho ótimas pernas!

– As pernas do Hank são melhores que as suas – disse Tammie.

Concordei com ela, pois sempre fui pernudo.

Morse sentou. Apontou uma garrafa de cerveja na direção de Sadie.

– Ela trabalha de enfermeira. Me sustenta. Mas eu vou acontecer algum dia. Eles vão ouvir falar de mim!

Morse jamais precisaria de um microfone nas suas leituras.

Me olhou.

– Chinaski, você é um dos dois ou três maiores poetas vivos. Você chegou lá. Seu verso é forte, cara. Mas eu tô chegando lá também! Deixa eu ler meus troços. Sadie, passa meus poemas.

— Não – disse eu –, não tô a fim de escutar nada.

— Qualé, cara? Por que não?

— Muita poesia para uma noite só, Morse. Só quero me esticar e esvaziar a cabeça.

— Bom, tudo bem... Escute, você nunca respondeu às minhas cartas.

— Não foi por esnobismo, Morse. Eu recebo 75 cartas por mês. Se fosse responder a cada uma delas, não ia fazer outra coisa.

— Aposto que você responde às mulheres!

— Depende...

— Tudo bem, não sou rancoroso. Ainda gosto das suas coisas. Talvez eu nunca fique famoso, embora ache que ficarei. Você ainda vai se alegrar de ter me conhecido. Vamos Sadie, vam'bora...

Acompanhei os dois até a porta. Morse agarrou minha mão, sem sacudi-la. Nem sequer nos olhamos direito.

— Você é um velhinho legal – disse ele.

— Obrigado, Morse...

Então, foram embora.

64

Na manhã seguinte, Tammie achou uma receita na bolsa.

— Vou ver se alguma farmácia aceita isso – disse ela. – Dá uma olhada.

Papel amassado, tinta borrada.

— Que houve com essa receita?

— Bom, você conhece o meu irmão, né? Ele é ligadão em bolinha.

— Conheço bem o seu irmão. Me deve 20 paus.

— Bom, ele queria me arrancar das mãos a receita. Tentou me estrangular. Botei a receita na boca e engoli. Quer dizer, fingi que engoli. Ele ficou sem saber. Foi daquela vez que eu telefonei a você, pedindo pra ir lá segurar as pontas. Ele, então, se mandou, lembra? A receita continuava na minha boca. Acabei não usando ela. Vou tentar aqui; vale a pena.

— Tudo bem.

Pegamos o elevador, saímos pra rua. Estava uns quarenta graus. Eu me arrastava. Tammie foi andando na frente e eu fui atrás, tentando segui-la. Ela andava de um extremo ao outro da calçada.

– Vamos lá! – disse ela – Força!

Ela tinha tomado um troço qualquer, hipnóticos, parecia. Estava zonza. Parou numa banca de jornal e ficou olhando uma revista. Acho que era *Variety*. Ficou ali plantada. Fiquei do lado dela. Uma chateação. Ela só encarava a revista.

– Escuta aqui, minha filha, ou compra essa porcaria ou cai fora! – disse o cara da banca de jornal.

Tammie se afastou.

– Meu Deus, como Nova York é horrível! Eu só queria ver se tinha saído alguma coisa sobre a leitura.

Tammie zanzava na calçada. Fosse em Hollywood, os carros subiriam no meio-fio, os crioulos lhe passariam cantadas, todo mundo chegaria nela, paquerando, bajulando. Nova York era diferente: gente esgotada, deprimida; desprezavam carne humana.

Entramos num bairro negro. Ficaram olhando a gente passar: a ruiva de cabelos longos, chapada, e o velhão de barba grisalha atrás, de saco cheio. Eu olhava os caras de relance, ali sentados nos degraus das soleiras. Tinham boas caras. Gostei deles. Gostava mais deles que dela.

Fui seguindo Tammie pela rua. Passamos por uma loja de móveis. Tinha uma cadeira de escritório toda estropiada na calçada em frente. Tammie parou pra admirar a cadeira. Parecia hipnotizada. Não desgrudava o olho dela. Encostou o dedo na cadeira. Minutos se passaram. Daí, ela sentou na cadeira.

– Escute – disse a ela –, vou voltar pro hotel. Você, faça o que quiser. Tammie nem levantou a vista. Ficou alisando os braços da cadeira. Estava num mundo só dela. Voltei pro Chelsea.

Comprei umas cervejas e subi pro meu quarto. Tirei a roupa, tomei um banho, juntei um par de travesseiros na cabeceira da cama e fiquei mamando a cerveja. As leituras me exauriam. Chupavam minha alma. Acabei com uma cerveja, abri outra. As leituras me rendiam uma buceta de vez em quando. Os astros de rock papavam bucetas; os lutadores de boxe papavam bucetas; os grandes toureiros papavam virgens. Pensando bem, só os toureiros mereciam o que papavam.

Bateram à porta. Abri num puxão. Era Tammie. Entrou.

– Fui cair naquele judeu filho da puta. Queria 12 paus pra aviar a receita! Custa só 6 paus na Califórnia. Falei pra ele que eu só tinha 6. Ele não quis saber. Judeuzinho escroto do Harlem! Tem cerveja?

Tammie pegou a cerveja e foi sentar a cavalo no parapeito da janela. Uma perna pra fora, a outra pra dentro; com a mão segurava a vidraça levantada.

– Quero ver a estátua da Liberdade. Quero ver Coney Island – disse ela.

Peguei outra cerveja.

– Ai, tá tão gostoso aqui fora! Agradável, fresquinho.

Tammie se inclinou pra fora da janela, olhando a paisagem.

Então deu um grito.

A mão se soltou da vidraça. Seu corpo foi despencando; se aprumou depois. De algum modo ela conseguira se segurar. Entrou, sentou, aturdida.

– Por pouco, hein – disse a ela. – Ia dar um bom poema. Já perdi mulher de todo jeito, mas esse ia ser inédito.

Tammie foi pra cama. Se esticou de cara pra baixo. Ainda estava chocada. Daí, rolou pra fora da cama e se estendeu de costas no chão. Agarrei-a pelos cabelos e dei-lhe um beijo selvagem.

– Ôô... que cê tá fazen...

Lembrei que ela me prometera uma grande trepada. Virei-a de bruços, levantei seu vestido, tirei sua calcinha. Me inclinei sobre ela, tentando embocar na sua buceta. Cutuquei, cutuquei – e entrei. Enfiei fundo. Ela tava no papo. Dava uns gemidinhos. Então, tocou o telefone. Levantei, fui atender. Era Gary Benson.

– Tô indo praí com o gravador. Vou entrevistar você pra rádio.

– Quando?

– Daqui a uns quarenta minutos.

Desliguei e voltei pra Tammie. Ainda tava de pau duro. Agarrei seus cabelos, lasquei-lhe outro beijo violento. Seus olhos, fechados; sua boca, morta. Montei nela de novo. Lá fora o sol se punha e todo mundo se sentava nas escadas de incêndio pra apanhar sombra e brisa. O povo de Nova York estava ali sentado, tomando cerveja e refrigerantes gelados. Eles iam tocando o barco e fumando seus cigarros. Só estarem vivos já era uma vitória. Eles decoravam as escadas de incêndio com plantas. Se viravam com o que tinham à mão.

Fui direto ao âmago dela. Que nem um cachorrão. Os cachorros é que entendem do assunto. Era bom estar fora do Correio. Sacudi, surrei seu corpo. Ela tentava falar com a voz embargada pelas bolinhas. "Hank...", ela dizia.

Gozei, por fim, e fiquei dentro dela. Os dois empapados de suor. Rolei pro lado, levantei, tirei a roupa, fui pro chuveiro. Mais uma foda com essa ruiva 32 anos mais nova que eu. Me sentia bem no chuveiro. Pretendia viver até os oitenta e, então, trepar com uma garota de dezoito. O ar-condicionado não funcionava, mas o chuveiro era ótimo. Me sentia bem demais. Estava pronto pra ser entrevistado pra rádio.

65

De volta a L.A., tive quase uma semana de sossego. Mas, um dia, o telefone tocou. Era o dono de uma boate de Manhattan Beach, o Marty Seavers. Eu já tinha feito umas leituras lá, um par de vezes. A boate se chamava Smack-Hi.

– Chinaski, quero você para uma leitura na próxima quinta-feira. Dá pra tirar uns 450 dólares.

– Tudo bem.

Alguns grupos de rock tocavam lá. Era uma plateia diferente da turma das faculdades. Eram tão mal-humorados quanto eu, e a gente ficava se xingando entre os poemas. Preferia assim.

– Chinaski – disse Marty –, se você ainda acha que tem problemas com as mulheres, deixe só eu contar uma coisa. Essa com quem eu tô agora tem um jeito todo especial pra arrombar janelas e telas. Ela me aparece no meio do sono, às três ou quatro da madrugada. Me sacode. Me prega cada susto, só pra me dizer: "Eu queria ter certeza de que você tá dormindo sozinho". Pode?

— Morte e transfiguração.

— Uma noite dessas, tô aqui no meu canto e ouço baterem na porta. Sei que é ela. Abro a porta, não tem ninguém. São onze da noite e eu tô de cueca. Estou bêbado, ressabiado. Saio pra rua de cueca. Tinha dado de aniversário pra ela uns 400 paus em roupas. Encontro as roupas amontoadas sobre a capota do meu carro, pegando fogo! Vou tirar aquilo dali e topo com ela pulando de trás de uma moita, aos berros. Os vizinhos vêm olhar, e eu ali de cueca, queimando as mãos pra varrer a fogueira de roupas de cima da capota.

— Parece das minhas.

— Então ouve essa. Duas noites depois, às três da madrugada, tô eu aqui, de volta da boate, bêbado e de cueca de novo. Batem à porta. É a batida dela. Abro e não vejo ninguém. Vou ver meu carro; tinha mais roupa ensopada de gasolina, pegando fogo. Dessa vez, sobre o capô. Daí, ela sai não sei de onde e começa a gritar. Os vizinhos vão olhar. Lá estou eu de cueca tentando apagar o incêndio em cima do meu capô.

— Fantástico. Gostaria que tivesse acontecido comigo.

— Você devia só ver como ficou o meu carro novo: todo cheio de bolhas na capota e no capô.

— Onde ela foi parar?

— Fizemos as pazes. Ela vem aqui logo mais. Posso contar com você pra leitura?

— Claro.

— Você atrai mais gente que os grupos de rock. Nunca vi nada parecido. Por mim, você ia lá toda quinta e sábado à noite.

— Não ia funcionar, Marty. Canções você pode ficar repetindo, mas com poesia é diferente; eles querem coisa nova.

Marty riu e desligou.

66

Fui com Tammie. Chegamos lá antes da hora e entramos num bar, do outro lado da rua. Sentamos numa mesa.

– Vê se não bebe muito, Hank. Você começa a enrolar a língua e pular versos quando tá de porre. Cê sabe disso.

– Finalmente – disse eu –, você tá dizendo coisa com coisa.

– Você tem medo da plateia, não tem?

– Tenho, mas não é medo do palco. Eu sei que eles me veem como um degenerado exibicionista. Querem me ver comendo minha merda. Faço isso pra pagar a conta da luz e apostar nos cavalos. Não me preocupo com justificações.

– Quero um *stinger* – disse Tammie.

Pedi pra garçonete o *stinger* e uma cerveja.

– Vou me comportar direito – disse ela. – Não se preocupe.

Tammie virou o *stinger* numa só talagada.

– Dá a impressão que eles não botam nada nesses *stingers*. Quero outro.

Veio outro *stinger* e outra cerveja.

– Pô, não tem nada nesse drinque. Vou pedir outro.

Tammie matou cinco *stingers* em quarenta minutos.

Batemos na porta dos fundos do Smack-Hi. Um dos guarda-costas do Marty abriu pra gente. Marty contratava esses tipos hipertireoidais pra manter a lei e a ordem quando os adolescentes histéricos, os malucos cabeludos, os cheiradores de cola, os viajantes de ácido, os maconheiros, os alcoólatras – todos os miseráveis, os cães danados, os angustiados e os vigaristas – saíam da linha.

Eu já estava pra vomitar – e vomitei. Dessa vez, numa lata de lixo. Da vez passada, foi bem na porta do escritório do Marty. Ele gostou da alteração.

67

– Cê bebe alguma coisa? – perguntou Marty.

– Cerveja – respondi.

– E eu um *stinger* – disse Tammie.

– Arranje um lugar pra ela na boca do palco – pedi pro Marty.

– Tudo bem. A gente arranja um lugar pra ela. Estamos lotados. Já dispensamos mais de 150 pessoas na porta, e olha que ainda falta meia hora para você começar.

– Quero apresentar o Chinaski à plateia – disse Tammie.

– Tudo bem pra você? – me perguntou Marty.

– Tudo bem.

Tinha um garoto tocando guitarra, o Dinky Summers. Dava pra ouvir a turma espinafrando o cara. Oito anos atrás ele tinha ganhado um disco de ouro, e nada mais acontecera desde então.

Marty falou com alguém pelo interfone: "Escute, esse cara é mesmo tão ruim quanto parece?".

Uma voz de mulher respondeu do outro lado: "Ele é péssimo".

Marty desligou.

– Queremos Chinaski! – gritavam.

– Tudo bem – a gente ouviu o Dinky dizer –, Chinaski vem aí.

E continuou a cantar. Estava todo mundo bêbado. Vaiavam, assobiavam. Dinky não parava de cantar. Acabou a apresentação e saiu do palco. Tem dias que é melhor não sair da cama. Dinky devia estar pensando nisso.

Bateram à porta. Era Dinky, de tênis vermelho, branco e azul, camiseta branca, calça de cotelê grosso e chapéu de feltro marrom. O chapéu se afundava numa massa de caracóis loiros. O peito da camiseta anunciava: "Deus é amor".

Dinky olhou pra gente.

– Tava tão ruim assim? Quero saber. Eu tava assim tão ruim?

Ninguém respondeu.

Dinky olhou pra mim.

– Hank, eu tava assim tão mal?

– A turma tá de porre. Tá o maior carnaval lá dentro.

– Eu quero saber se eu tava ou não uma merda.

– Toma um drinque.

– Tenho que achar minha garota – disse Dinky. – Ela ficou lá sozinha.

– Olha – eu disse pro Marty –, vamos acabar logo com isso.

– Legal – disse ele –, vai em frente.

– Vou apresentá-lo – disse Tammie.

Entrei no palco com ela. Logo que nos viram, começaram a gritar e xingar. Garrafas caíram das mesas. Estourou uma briga. Os caras do Correio não iam acreditar.

Tammie foi até o microfone.

– Senhoras e senhores – disse ela –, Henry Chinaski não poderia se apresentar nesta noite se...

Silêncio geral.

Daí, ela disse:

– Senhoras e senhores, Henry Chinaski!

Fui pra frente. Muita gozação. Ainda não tinha aberto a boca. Peguei o microfone.

– Olá, eu sou o Chinaski...

O lugar tremeu nas bases. Não precisei fazer nada. Eles faziam tudo. Mas era preciso cuidado. Bêbados do jeito que estavam, poderiam detectar no ato qualquer palavra ou gesto falso. Não se pode subestimar uma plateia. Eles tinham pagado pra entrar; pagavam pra beber; queriam algo em troca, e se você não lhes desse, eles lhe jogariam no meio do mar.

Tinha uma geladeira no palco. Abri. Devia ter umas quarenta garrafas de cerveja dentro. Peguei uma, girei a tampinha de metal, dei um gole. Precisava beber.

Daí, um sujeito gritou:

– Ei, Chinaski a gente aqui tem que pagar pra beber!

Era um gordo na primeira fila, com uniforme de carteiro.

Fui até a geladeira e tirei uma cerveja. Dei pra ele a cerveja. Daí, voltei pra geladeira, peguei um punhado de cervejas e distribuí pras pessoas da primeira fila.

– Ei, e a gente? – gritou alguém nos fundos.

Peguei uma garrafa e lancei pro ar. Atirei mais algumas lá pra trás. Eles eram bons: pegavam todas. Daí, uma escapou da minha mão, foi pro alto, e se esborrachou no chão. Resolvi parar. Podia acabar processado por fratura de crânio.

Restavam vinte garrafas.

– Bom, agora o resto é meu.

– Você vai ler a noite toda?

— Vou beber a noite toda...

Palmas, gozações, arrotos...

— SEU MONTE DE PORRA DE MERDA! — alguém gritou.

— Muito agradecido, titia — respondi.

Sentei, ajustei o microfone, e comecei a ler o primeiro poema. Sossegaram. Eu estava na arena a sós com o touro, agora. Senti um certo pavor. Mas eu tinha escrito os poemas. E ia ler pra eles. Resolvi começar de leve, com um poema de gozação. Quando acabei, as paredes chacoalhavam. Quatro ou cinco pessoas quebravam o pau durante os aplausos. Ia dar certo. Tudo que eu tinha a fazer era me aguentar ali.

Não se pode subestimá-los nem lamber-lhes o saco. É preciso descobrir o meio-termo.

Li mais uns poemas, bebi mais cerveja. Ia ficando cada vez mais de porre. Lia com dificuldade. Pulava versos, deixava as folhas caírem no chão. Daí, parei — fiquei só bebendo.

— Isso é que é bom — disse a eles. — Vocês pagam pra me ver beber.

Fiz um esforço e li mais alguns poemas pra eles. Por fim, arrematei com uns bem sujos.

— É isso aí — falei.

Gritaram pedindo mais.

Os caras dos matadouros, os caras da Sears Roebuck, todos os caras de todos os armazéns em que eu trabalhei jamais acreditariam naquilo.

No escritório tinha mais bebida e vários charros gordos como um dedo rolando. Marty falou pelo interfone com a portaria.

Tammie encarou Marty.

— Não vou com a sua cara — disse ela. — Não gosto dos seus olhos. Não mesmo.

— Não se preocupe com os olhos dele — eu disse a ela. — Vamos só pegar a grana e cair fora.

Marty preencheu o cheque e passou pra mim.

— Aqui está: 200 dólares...

— 200 dólares! — Tammie gritou. — Seu filho da puta, lazarento!

Olhei o cheque.

– Ele tá só brincando – disse a ela –, fique calma.

Nem me ouviu.

– 200 – ela disse a Marty –, seu...

– Tammie – disse eu –, são 400...

– Endossa o cheque que eu pago em dinheiro – disse Marty.

– Enchi a cara lá dentro – disse Tammie. – Perguntei pro cara ao meu lado: "Posso me encostar em você?". Ele falou: "Tudo bem".

Endossei o cheque e Marty me deu um pacote de notas. Botei tudo no bolso.

– Escuta, Marty, acho que a gente já vai indo.

– Detesto seus olhos – Tammie disse pro Marty.

– Por que você não fica mais um pouco pra conversar? – ele me perguntou.

– Não, a gente tem que ir.

Tammie levantou.

– Vou ao toalete.

E saiu.

Marty e eu ficamos lá. Passaram-se dez minutos. Marty levantou e disse:

– Peraí, já volto.

Fiquei esperando, cinco, dez minutos. Então, saí do escritório pela porta dos fundos. Fui até o estacionamento e sentei no meu fusca. Quinze minutos escorreram, 20, 25...

"Vou lhe dar mais cinco minutos, depois me mando", pensei.

Nisso, vi Marty e Tammie saindo pela porta dos fundos.

Marty apontou pra mim:

– Lá está ele.

Tammie veio pro carro, com a roupa toda desarrumada e amassada. Se aninhou no banco de trás e dormiu.

Me perdi duas ou três vezes na estrada. Por fim, parei na frente do condomínio. Acordei Tammie. Ela saiu, subiu correndo as escadas, foi pra casa dela, bateu a porta.

68

Era meia-noite e meia, quarta-feira, e eu me sentia mal. Estômago embrulhado, mas ainda assim dava pra virar umas cervejas. Tammie estava comigo; parecia gostar de estar lá. Dancy tinha ficado com a avó.

Mesmo doente, eu estava curtindo a noite – duas pessoas juntas, nada mais.

Bateram na porta. Abri. Era o irmão de Tammie, o Jay, com outro rapaz, um porto-riquenho baixinho, o Filbert. Sentaram e eu ofereci uma cerveja pra cada um.

– Vamos ver um filme de sacanagem – disse Jay.

Filbert não dizia nada. Tinha um bigodinho negro muito bem aparado na cara quase sem expressão. Nenhuma vibração partia dele. Me despertava adjetivos como *vazio*, *marmóreo*, *morto*.

– Por que tão calado, Filbert? – perguntou-lhe Tammie.

Não abriu a boca.

Levantei, fui vomitar na pia da cozinha. Voltei, sentei. Abri outra cerveja. Odiava quando as cervejas não me paravam no estômago. É que eu tinha enchido a cara muitos dias seguidos. Precisava de um descanso. E de mais bebida. Só cerveja. Dei um longo gole, esperando que não voltasse.

A cerveja não quis ficar. Fui pro banheiro. Tammie bateu na porta.

– Hank, tudo bem com você?

Lavei a boca e abri a porta.

– Tô mal, só isso.

– Quer que eu me livre deles?

– Boa.

Ela foi falar com eles.

– Escutem aqui, e se a gente fosse pra minha casa?

Não esperava por essa.

Ou Tammie esqueceu ou não quis pagar a conta da luz, o fato é que eles ficaram lá, à luz de velas. Ela levou pra cima uma garrafa de margarita que a gente tinha comprado juntos naquele dia.

Fiquei bebendo sozinho. O estômago começou a aceitar a cerveja.

Podia ouvi-los conversando.

Depois, o irmão de Tammie foi embora. Vi quando ele passou sob o luar, em direção ao carro...

Tammie e Filbert ficaram lá, sozinhos, à luz de velas.

Fiquei bebendo com as luzes apagadas. Olhei em volta. Tammie esquecera os sapatos. Peguei os sapatos e subi a escada. Sua porta estava aberta; ouvi sua voz, conversando com Filbert:

– O que eu queria te dizer é que...

Ela me ouviu subir os degraus.

– Henry, é você?

Do meio da escada, atirei os sapatos na direção da sua porta. Caíram do lado de fora.

– Você esqueceu os sapatos – eu disse.

– Legal! Deus lhe pague – ela disse.

Aí pelas dez e meia da manhã seguinte, Tammie bateu na porta. Abri.

– Sua putinha de merda.

– Para com isso – ela disse.

– Quer uma cerveja?

– Tudo bem.

Ela sentou.

– Bom, a gente tomou a garrafa de margarita. Daí, o meu irmão se mandou. Filbert era superlegal. Quase não falava. "Como cê vai voltar pra casa?" perguntei a ele. "Cê tá de carro?" Ele disse que não. Ficou ali me olhando, e aí eu disse pra ele: "Bom, eu tô de carro, levo você". Então, eu levei ele pra casa. E já que estava lá, fui pra cama com ele. Eu tava completamente bêbada, mas ele nem me tocou. Ele disse que tinha que trabalhar logo cedo de manhã. – Tammie riu. – Uma hora, no meio da noite, ele tentou chegar em mim. Eu enfiei a cabeça embaixo do travesseiro e fiquei rindo. Ele desistiu. Depois que saiu, fui pegar a Dancy na casa da minha mãe e levei ela pra escola. E agora tô aqui...

No dia seguinte, Tammie tomou umas bolas. Excitantes. Entrava e saía do meu apê sem parar. Por fim, me disse:

– Volto à noite. Vejo você à noite!

– Esquece. Fica na sua.

– Qualé? Tem um monte de homem que adoraria me ver hoje à noite.

Tammie escancarou a porta e saiu. Uma gata prenhe dormia na soleira.

– Cai fora daqui, Ruivinha!

Agarrei a gata prenhe e joguei nela. Errei por um dedo. A gata caiu em cima de umas plantas.

Na noite seguinte, Tammie se encheu de anfetamina. Eu, bêbado. Tammie e Dancy ficaram berrando coisas pra mim lá de cima, pela janela.

– Vai tomá suco de punheta, seu porrinha!

– É isso mesmo, vai tomá suco de punheta, seu porrinha! HAHAHA!

– Mamões! – respondi – Sua mãe tem dois supermamões!

– Vai comê cocô de rato, seu porrinha!

– Porrinha! Porrinha! Porrinha! HAHAHA!

– Ó, suas cabeças de goiaba – respondi –, venham aqui lamber o algodão do meu umbigo, venham!

– Seu... – continuou Tammie.

De repente, tiros de revólver. Foi na rua, ou nos fundos do condomínio, ou atrás do apartamento vizinho. Bem perto. Era um lugar de gente pobre, aquele. Muita prostituição, drogas e, às vezes, assassinato.

Dancy começou a gritar pela janela:

– Hank! Hank! Sobe aqui! Hank! Hank! Hank! CORRE, HANK!

Subi correndo. Tammie estava esticada na cama, com aqueles gloriosos cabelos vermelhos espalhados sobre os travesseiros. Me viu.

– Me acertaram – ela disse em tom débil. – Me acertaram.

Apontou prum ponto do jeans. Ela não estava mais brincando. Estava apavorada.

Tinha uma mancha vermelha ali, mas estava seca. Botei a mão na mancha seca. Ela não tinha nada, fora a zoeira da anfetamina.

– Escute – disse a ela –, cê tá bem, não se preocupe...

Eu ia saindo, quando vi Bobby subindo a escada.

– Tammie, Tammie, que foi que aconteceu? Cê tá bem?

Bobby deve ter se vestido às pressas pra sair, o que explicava sua demora em chegar lá.

No que ele passou apressado por mim, eu lhe disse, num repente:

– Nossa, cara, você tá sempre atravessando a minha vida.

Ele entrou no apartamento de Tammie, junto com o vizinho do lado, um vendedor de carro usado, doido de carteirinha.

Tammie apareceu uns dias mais tarde com um envelope.

– Hank, a síndica acabou de me presentear com uma notificação de despejo.

Me mostrou o papel.

Li com atenção.

– Parece que é pra valer, eu disse.

– Falei que eu pagaria os aluguéis atrasados, mas ela disse: "A gente te quer fora daqui, Tammie!".

– Você não devia ter atrasado tanto o aluguel.

– Olhe, eu tenho grana. Só não gosto de pagar.

Tammie vivia completamente do avesso. O carro não estava em seu nome, a placa tinha vencido há muito, e ela não tinha habilitação. Deixava-o estacionado vários dias em zonas amarelas, zonas vermelhas, zonas brancas, zonas reservadas... E quando a polícia a flagrava bêbada, louca ou sem documento, Tammie passava uma cantada neles e ia embora.

Sempre rasgava os tíquetes de estacionamento.

– Vou arranjar o número de telefone do proprietário. – O dono do apartamento dela nunca aparece. – Eles não podem me chutar assim daqui. Cê tem o número dele?

– Não.

Aí, o Irv, que dirigia um puteiro e trabalhava também de leão de chácara na casa de massagens anexa, passou por nós. Tinha 1 metro e 83, e ainda por cima fazia um curso de artes. Era mais bem-dotado de cabeça que as primeiras três mil pessoas que você cruzasse na rua.

Tammie correu até ele:

– Irv! Irv!

Ele parou e virou. Tammie sacudiu os peitos pra ele.

– Irv, cê tem o número de telefone do proprietário?

– Não tenho, não.

– Irv, preciso desse número. Me dá o número que te dou uma bela chupada!

– Não tenho o número.

Ele foi até a porta e enfiou a chave na fechadura.

– Poxa, Irv, me dá o número que eu te chupo. Prometo!

– Tá falando sério? – ele perguntou, hesitante, olhando pra ela.

Então, abriu a porta, entrou, fechou-a.

Tammie correu pra outra porta e bateu. Richard abriu, com cautela, mantendo a corrente presa. Era careca, vivia sozinho, era religioso, tinha uns 45 anos e assistia tevê o tempo todo. Era limpo e coradinho como uma mulher. Vivia reclamando do barulho no meu apartamento; dizia que atrapalhava o sono. A síndica falou pra ele se mudar. Ele me detestava. Agora, lá estava uma das minhas mulheres à sua porta. Ele não soltava a corrente.

– O que você quer? – ele sussurrou.

– Meu bem, eu quero o número do telefone do proprietário... Você mora aqui faz tempo, não faz? Sei que você tem o número. Preciso dele.

– Vai embora – ele disse.

– Meu bem, vou ser legal com você... te dou um beijão, um superbeijão legal em você!

– Meretriz! – ele disse. – Rameira!

Richard bateu a porta.

Tammie veio até mim.

– Hank?

– Hum.

– O que é rameira? Sei o que é romeira, mas rameira... O que é rameira?

– Rameira é puta, querida.

– Quê?! Aquele filho de uma puta...

Tammie continuou a bater nas portas dos apartamentos. Ou não estavam ou não quiseram abrir. Ela voltou.

– Não é justo! Por que é que eles querem me expulsar daqui? Quê que eu fiz?

– Não sei. Pensa um pouco. Talvez tenha algum motivo.

– Não me lembro de nada.

– Vem morar comigo.

– Você não aguentaria a menina.

– É verdade.

Os dias foram passando. O proprietário continuava invisível; não queria saber de papo com os inquilinos. A síndica insistia no despejo. Até o Bobby começou a aparecer menos; ficava em sua casa, jantando diante da tevê, fumando sua maconha, ouvindo seu som.

– Ô cara – ele me disse –, sabe que eu não topo muito a sua patroa? Ela tá esculhambando com a nossa amizade, cara!

– Então tá, Bobby...

Fui até o mercado e arranjei umas caixas de papelão vazias. Daí, Cathy, a irmã de Tammie, pirou em Denver – depois de um pé na bunda do amante – e Tammie teve de ir lá, com Dancy, pra dar uma força. Levei as duas pra estação. Botei elas no trem.

69

O telefone tocou naquela noite. Era Mercedes. Tinha conhecido ela numa leitura de poesia em Venice Beach. Ela tinha uns 28 anos, corpo interessante, ótimas pernas. Loira, de um metro e sessenta e poucos, olhos azuis. O cabelo era longo e ligeiramente ondulado. Fumava o tempo todo. Sua conversa era chata, seu riso estridente e falso quase sempre.

Tinha ido pra casa dela depois da leitura. Ela morava em frente ao deque, num apartamento. Toquei piano, ela bongô. Apresentou um garrafão de Montanha Vermelha. E uns cigarros. Fiquei muito bêbado pra ir embora. Dormi lá, me mandei de manhã.

– Olha – disse Mercedes –, eu trabalho perto da sua casa agora. Quem sabe eu poderia dar uma passada aí pra ver você.

– Tudo bem.

Desliguei. O telefone tocou de novo. Era Tammie.

– Escuta, resolvi mudar daí. Volto daqui a dois dias. Busca o vestido amarelo no apartamento, aquele que você gosta, e os sapatos verdes. O resto é merda. Pode deixar lá.

– Ok.

– Tô completamente dura. Nem pra comida a gente tem dinheiro.

– Mando 40 paus pelo telex, amanhã de manhã.

– Você é um doce...

Desliguei. Quinze minutos depois Mercedes apareceu. Vestia uma minissaia bem curta, sandálias e uma blusa barriga de fora. E brinquinhos azuis.

– Quer maconha? – perguntou.

– Claro.

Ela tirou o fumo e as sedas da bolsa e começou a enrolar uns baseados. Abri uma cerveja e ficamos no sofá, fumando e bebendo.

Não falamos muito. Fiquei bolinando as pernas dela. Bebemos e fumamos por um bom tempo.

Por fim, tiramos a roupa e fomos pra cama. Primeiro Mercedes, depois eu. Nos beijamos. Fiquei sassaricando aquela buceta. Ela pegou no meu pau. Montei nela. Ela mesma meteu meu pau lá dentro. Era bem apertadinha. Fiquei brincando um pouco. Colocava e tirava, colocava e tirava, só a cabeça. Daí, devagarinho, enfiei até o cabo. Sem pressa. Meti com força umas quatro ou cinco vezes. Ela gemia, com a cabeça apoiada no travesseiro. "Ãããiiii..." Maneirei e fiquei só bimbando de leve.

Noite abafada, os dois suando muito. Mercedes estava doida de cerveja e maconha. Resolvi que o final seria esplendoroso. Ia mostrar-lhe umas coisinhas.

Continuei chacoalhando. Mais cinco minutos. Mais dez. Não conseguia gozar. Comecei a fraquejar. Fiquei mole.

Mercedes não gostou:

– Continua! – pediu. – Ah, continua, baby!

Não deu mesmo. Rolei pro lado.

O calor estava insuportável. Enxuguei o suor com o lençol. Podia ouvir meu coração bombando. Soava triste. No que Mercedes estaria pensando?

A vida me fugia, meu pau murchava.

Mercedes virou seu rosto pra mim. Beijei-a. Beijar é mais íntimo que trepar. Por isso eu odiava saber que as minhas mulheres andavam beijando outros homens. Preferia que só trepassem com eles.

Continuei beijando Mercedes. E, já que beijar era tão importante pra mim, tesei de novo. Montei nela, sôfrego, aos beijos, como se vivesse minha última hora na terra.

Meu pau deslizou pra dentro dela.

Agora, eu sabia que ia dar certo. O milagre seria refeito.

Ia gozar na buceta daquela cadela. Ia inundá-la com meu sumo e nada que ela fizesse poderia me deter.

Era minha. Eu era um exército conquistador, um estuprador, o senhor dela. Eu era a morte.

Ela estava indefesa. Sacudia a cabeça, me agarrava, arfava, gemia...

– Ah, hum, han, uuuuuaaauuu, ãiiiiiii... ôôôôô... ahrrrr...

Meu pau gramava.

Dei um urro estranho e gozei.

Dali a cinco minutos ela roncava. Eu também.

De manhã, tomamos banho, nos vestimos.

– Vamos sair prum café da manhã – disse a ela.

– Tudo bem – respondeu. – Não é por nada não, mas a gente trepou ontem à noite?

– *Meu Deus*! Vai dizer que não lembra? A gente deve ter ficado uns cinquenta minutos trepando!

Não dava pra acreditar. Mercedes não parecia convencida.

Fomos num lugar ali perto. Pedi ovos com bacon, café, torradas de centeio. Mercedes pediu panquecas, presunto e café.

A garçonete trouxe a comida. Comi um pedaço de ovo. Mercedes colocou xarope nas panquecas.

— É verdade – disse ela –, acho que você me comeu mesmo. Tô sentindo o esperma escorrer pelas minhas coxas.

Resolvi nunca mais vê-la de novo.

70

Fui até o apê de Tammie com as caixas de papelão. Primeiro, peguei as coisas que ela pediu. Depois, achei outras: mais vestidos, blusas, sapatos, um ferro de passar, um secador de cabelo, as roupas da Dancy, louça, talheres, um álbum fotográfico. Tinha também uma pesada cadeira de palhinha. Levei tudo pra minha casa. Eram oito ou dez caixas cheias de bagulhos. Empilhei-as contra a parede da sala.

No dia seguinte, fui apanhar Tammie e Dancy na estação.

— Você tá ótimo – disse Tammie.

— Obrigado – respondi.

— A gente vai morar com a minha mãe. Pode deixar a gente lá. Não vou conseguir evitar aquele despejo. Além disso, quem vai querer ficar onde não é desejado?

— Tammie, já tirei quase todas as suas coisas de lá. Estão dentro de caixas de papelão na minha casa.

— Tudo bem. Posso deixar lá por um tempo?

— Claro.

A mãe de Tammie foi pra Denver, pra ver a outra filha, e, na mesma noite, eu fui lá encher a cara. Tammie tinha tomado bolinha. Eu não quis. Dei cabo da meia dúzia de cervejas que tinha levado, e disse a ela:

— Tammie, não sei o que você tanto vê no Bobby. Ele é um zero à esquerda.

De pernas cruzadas, ela balançava o pé.

— Ele acha aquela conversinha dele muito charmosa – eu disse.

Ela continuou balançando o pé.

— Cinema, tevê, maconha, quadrinhos, fotos de sacanagem, esse é todo o combustível dele.

Tammie balançava o pé com mais energia.

– Você gosta dele mesmo?

Continuava balançando o pé.

– Sua putinha! – disse eu.

Fui embora, batendo a porta, e entrei no Volks. Disparei pelo trânsito, costurando todo mundo, massacrando meu câmbio e embreagem.

Voltei pra casa e comecei a socar as caixas repletas de coisas no meu carro, junto com discos, cobertores e brinquedos. Não cabia muita coisa dentro do Volks, é claro.

Voei pra casa de Tammie. Estacionei em fila dupla, liguei o pisca alerta. Tirei as caixas do carro, empilhei-as na soleira da sua porta. Botei cobertores e brinquedos por cima, toquei a campainha e me mandei.

Quando voltei com a segunda remessa, a primeira tinha sumido. Fiz outra pilha, toquei a campainha e zarpei feito um míssil.

Quando voltei com a terceira remessa, a segunda não estava mais lá. Empilhei tudo na porta, toquei a campainha, me mandei de novo pela madrugada.

De volta pra casa, tomei uma vodca com água e olhei pro que restara. Tinha a cadeira pesada de palhinha e o secador de haste. Eu só aguentava fazer mais uma viagem. Ou levava o secador ou a cadeira. Não caberiam os dois no Volks.

Escolhi a cadeira. Eram quatro horas. Tinha estacionado em fila dupla em frente de casa, com o pisca-alerta ligado. Acabei a vodca. Eu ia ficando cada vez mais bêbado e fraco. Peguei a cadeira de palhinha, pesada pra burro, e fui até o carro. Larguei-a no chão e abri a porta do lado oposto ao do motorista. Enfiei a cadeira e tentei fechar a porta. Tinha um pedaço dela pra fora. Tentei tirar a cadeira do carro. Estava entalada. Tentei enfiar mais pra dentro, xingando já. Uma perna da cadeira quebrou o vidro do para-brisa e ficou apontando pro céu. Nem assim a porta fechava. Estava longe de fechar. Tentei forçar mais a cadeira contra o para-brisa, pra ver se fechava a porta. Nem se mexeu. Estava presa. Tentei puxar pra fora. Não consegui. Caí no desespero, chacoalhando com raiva a maldita cadeira. Se a polícia aparecesse, eu estaria perdido. Depois de um tempo, entreguei os pontos. Sentei ao volante. Não tinha lugar pra estacionar na rua. Levei o carro até o estacionamento de uma pizzaria, ali perto, com a porta da direita abanando. Larguei o carro lá com a luz do teto ligada. Não tinha jeito de desligá-la. O para-brisa estilhaçado, a cadeira apontando pra lua; que cena indecente, maluca. Cheirava a crime e assassinato. Meu lindo carrinho.

Voltei pra casa. Tomei mais uma vodca com água e liguei pra Tammie.

— Olha, baby, tô numa sinuca. Sua cadeira entalou no meu para-brisa; não consigo tirar ela de lá, nem fechar a porta do carro. O para-brisa estilhaçou. O que eu faço? Me ajuda, pelo amor de Deus!

— Você acaba dando um jeito, Hank.

E desligou.

Disquei de novo.

Desligou. Quando liguei de novo só dava ocupado. Bzzzz, bzzzz, bzzzz...

Me estiquei na cama. O telefone tocou.

— Tammie...

— Hank, é a Valerie. Acabei de chegar em casa. Só queria dizer que eu vi seu carro estacionado na pizzaria, com a porta aberta.

— Obrigado, Valerie, mas é que não consegui fechar a porta. Tem uma cadeira de palhinha entalada no para-brisa.

— Ah, é? Não tinha reparado.

— Obrigado por ter ligado, foi legal da sua parte.

Caí no sono. Foi um sono preocupado. Guinchariam meu carro e me multariam.

Acordei às seis e vinte e me vesti, fui até a pizzaria. O carro ainda estava lá. O sol começava a nascer.

Agarrei a cadeira que continuava entalada. Enfureci e me atraquei com a cadeira, xingando o tempo todo. Quanto mais impossível parecia a tarefa, mais louco eu ficava. De repente, ouvi um barulho de madeira quebrando. Eu estava inspirado, energetizado. Um pedaço de madeira saiu na minha mão. Olhei pra ele e atirei-o na rua. Voltei à carga. Mais um pedaço se quebrou. Meus dias na fábrica, meus dias descarregando caminhões, meus dias levantando caixas de peixe congelado, meus dias carregando gado assassinado nas costas estavam me valendo naquela hora. Sempre fui forte, embora preguiçoso. Agora, começava a quebrar em pedacinhos aquela cadeira. Por fim, arranquei ela do carro. Estraçalhei ela no chão. Ficou em pedacinhos. Aí, peguei os pedacinhos e joguei no jardim de alguém.

Entrei no Volks e achei uma vaga perto do meu condomínio. Tudo que eu tinha a fazer agora era fuçar num ferro-velho da Santa Fe Avenue e comprar um outro para-brisa. Isso podia esperar. Voltei pra casa, bebi dois copos de água gelada e fui pra cama.

71

Uns quatro ou cinco dias se passaram. O telefone tocou. Era Tammie.

– Que cê quer? – perguntei.

– Escuta, Hank. Sabe aquele pontilhão que você tem que atravessar pra chegar na casa da minha mãe?

– Sei.

– Bom, eles fizeram um mercado das pulgas ali do lado agora. Fui lá e vi uma máquina de escrever. Só custa 20 paus e tá em bom estado. Por favor, Hank, compra ela pra mim.

– Que cê vai fazer com uma máquina de escrever?

– Bom, eu nunca disse, mas sempre quis ser escritora.

– Tammie...

– Só mais essa vez, Hank, por favor. Vou ficar sua amiga pro resto da vida.

– Não.

– Hank...

– Ô merda, tá bom, tá legal.

– Encontro você no pontilhão daqui quinze minutos. Quero ir logo, antes que alguém compre a máquina. Achei outro apartamento, e o Filbert, e o meu irmão, vão me ajudar na mudança...

Tammie não apareceu no pontilhão em quinze minutos. Nem em 25 minutos. Entrei no Volks e fui pra casa da mãe dela. Filbert estava botando as caixas de papelão no carro de Tammie. Ele não me viu. Parei um quarteirão abaixo.

Tammie saiu e viu meu carro. Filbert entrou no carro dele. Ele tinha um Volks também, amarelo. Tammie acenou pra ele e disse:

– Vejo você depois!

Então veio na minha direção. Estava quase chegando, quando resolveu deitar no meio da rua. Ficou ali deitada. Esperei. Daí, levantou, veio até o meu carro, entrou.

Arranquei. Filbert estava parado, dentro do carro. Dei-lhe um aceno, quando passamos por ele. Não respondeu. Tinha os olhos tristes. Era só o começo pra ele.

– Sabe – disse Tammie –, eu tô com o Filbert agora.

Dei uma gargalhada. Escapou.

– Vamos logo. Já podem ter comprado a máquina.

– Por que você não pede pro Filbert comprar a porra da máquina?

– Se você não quer comprar, é só parar o carro que eu vou embora!

Parei o carro e abri a porta.

– Escuta aqui, seu filho da puta, você disse que ia comprar aquela máquina! Ou você compra ou eu começo a gritar e quebrar todos os seus vidros!

– Tudo bem, a máquina é sua.

Chegamos. A máquina ainda estava lá.

– Essa máquina passou a vida inteira num asilo de loucos – nos disse a mulher.

– Então, ela está indo pra pessoa certa – repliquei.

Dei os 20 paus pra mulher e nos mandamos. Filbert tinha sumido.

– Você não quer entrar um pouco? – Tammie perguntou.

– Não, tenho que ir embora.

Ela conseguiu carregar a máquina sozinha. Era portátil.

72

Enchi a cara sem parar na semana seguinte. Bebi dia e noite e escrevi uns 25 ou 30 poemas macambúzios sobre amor perdido.

Numa noite de sexta, o telefone tocou. Era Mercedes.

— Casei — disse ela — com o Little Jack. Você o conheceu naquela festa de Venice, lembra? É um cara legal e tem dinheiro. Estamos mudando pro Vale.

— Legal, Mercedes. Boa sorte pra você.

— Mas é que eu tô com saudade de beber e conversar com você. E se eu fosse aí agora?

— Tudo bem.

Em quinze minutos ela estava lá, enrolando charros e bebendo minha cerveja.

— O Little Jack é um cara bem legal. A gente se sente feliz juntos.

Eu sorvia a minha cerveja.

— Eu não quero trepar — disse ela. — Me enchi de fazer abortos. Tô realmente cheia de fazer abortos.

— A gente dá um jeito.

— Só quero fumar, beber, conversar.

— Isso não basta pra mim.

— Vocês homens só querem saber de trepar.

— Eu acho legal.

— Bom, não posso trepar, não quero trepar.

— Relaxa.

Sentamos no sofá. Não beijamos. Mercedes não era boa de papo. Era bem pouco interessante. Mas tinha ótimas pernas, um belo rabo, todo aquele cabelo — e juventude. Conheci mulheres interessantes na vida; Mercedes, de fato, não estava no topo da lista.

A cerveja escorria e os charros rolavam. Mercedes ainda trabalhava no Instituto de Hollywood de Relações Humanas. Seu carro andava dando problemas. Little Jack tinha um pau meio grosso. Ela andava lendo *Grapefruit* da Yoko Ono. Estava cansada de abortar. O Vale era legal, mas ela sentia falta de Venice. Sentia falta de andar de bicicleta no deque. Pois é.

Não sei quanto tempo conversamos, ou melhor, ela conversou; só muito mais tarde ela me disse que estava muito bêbada pra voltar pra casa.

— Tira a roupa e vai pra cama — disse a ela.

— Mas, nada de trepar, hein! — ela disse.

– Não vou encostar na sua buceta.

Tirou a roupa e foi pra cama. Tirei a minha também e fui pro banheiro. Ela me viu saindo com um pote de vaselina.

– Que cê vai fazer?

– Fique fria, baby, fique fria.

Besuntei meu pau com vaselina. Desliguei a luz e fui para a cama.

– Vira – eu disse.

Passei um braço por baixo dela e fiquei bolinando um peito; estiquei um pouco mais o braço, e peguei o outro peito. Era bom sentir minha cara naquele cabelo. Tesei e enfiei no cu dela. Agarrei-a pela cintura e trouxe sua bunda pra junto de mim. Completamente duro, meu pau deslizava pra dentro dela. "Úúúúúúúúiiii..." ela fez.

Comecei a função. Enterrava cada vez mais fundo. Suas nádegas eram grandes e macias. Comecei a suar, enquanto bimbava. Achatei seu corpo na cama e entrei mais fundo. Cada vez mais apertado. Cheguei no fim do cólon. Ela gritou.

– Cala a boca, porra!

Ela era superapertada. Consegui enfiar ainda mais fundo. Ela tinha contrações inacreditáveis. No meio da foda, senti um repelão terrível no lombo, uma dor de fogo, horrível. Mas, continuei. Estava rachando ela ao meio, a começar da base da espinha. Eu urrava como um louco. Gozei.

Fiquei estendido em cima dela. A dor no lombo era de matar. Ela chorava.

– Porra – disse a ela –, que foi? Nem encostei na sua buceta.

Rolei pro lado.

De manhã, Mercedes quase não disse nada. Se vestiu e saiu pro trabalho.

Bom, pensei, lá se vai mais uma.

73

Diminuí um pouco a bebida na semana seguinte. Fui às corridas pegar ar fresco, sol e andar bastante. À noite, fiquei bebendo e tentando adivinhar como é que eu ainda estava vivo, como é que o esquema funcionava. Pensei em Katherine, em Lydia, em Tammie.

Não me sentia muito bem.

Naquela sexta à noite, o telefone tocou. Era Mercedes.

– Hank, queria dar um pulo aí. Só pra conversar, beber e dar umas bolas. Nada mais.

– Se quiser, venha.

Em meia hora ela estava lá. Foi surpresa vê-la tão bonita. Nunca tinha visto uma mini tão curta como a dela. Que pernas... Beijei-a, contente. Ela se afastou de mim.

– Fiquei sem poder andar por dois dias, depois daquela vez. Vê se não arrebenta o meu cuzinho de novo, hein.

– Ok, juro por Deus que não.

Foi o de sempre. Ficamos no sofá ouvindo rádio, conversando, bebendo cerveja, fumando. Dei-lhe vários beijos. Não conseguia parar. Ela parecia gostar, embora repetisse que não podia. O Little Jack tinha amor por ela, e amor significa muito nesse mundo.

– Claro... – eu disse.

– Você não me ama.

– Você é uma mulher casada.

– Eu não amo o Little Jack, mas gosto muito dele e ele me ama.

– Que legal...

– Você já esteve apaixonado?

– Quatro vezes.

– Que aconteceu? Onde estão elas nesta noite?

– Uma morreu. As outras três estão com outros homens.

Conversamos muito naquela noite e fumamos muitos charros. Lá pelas duas da manhã Mercedes disse:

– Tô muito doida pra dirigir.

– Tira a roupa e vai pra cama.

– Tudo bem. Mas, eu tenho uma ideia.

– Qual é?

– Quero ver você chacoalhando essa coisa! Quero ver esguichar!

– Tudo bem. É justo. Negócio fechado.

Mercedes tirou a roupa e foi pra cama. Tirei a minha e fiquei de pé do lado da cama.

– Senta aí pra ver melhor – eu disse.

Mercedes sentou na beira da cama. Cuspi na palma da mão e comecei a esfregar meu pau.

– Olha! – disse ela – Tá crescendo!

– Hum hum.

– Tá ficando grande!

– Hum hum.

– Olha! – É vermelho arroxeado, com veias salientes! Lateja! É horroroso!

– É.

Batia punheta, com o pau bem na frente da cara dela. Ela ficou olhando. Quando estava pra gozar, parei.

– Ah... – disse ela.

– Escuta, tive uma ideia melhor.

– Qual?

– Bate você.

– Tudo bem.

Ela começou.

– Tá certo?

– Com mais força. E cospe na palma da mão. Esfrega quase todo ele, quase todo, não fica só na cabeça.

– Tudo bem. Meu Deus, dá só uma olhada! Quero ver ele esguichar o suco!

– Continua, Mercedes! Não para! AI, MEU DEUS!

Estava quase gozando. Tirei a mão dela do meu pau.

– Ora, por que... – disse Mercedes.

Ela se inclinou e botou ele na boca. Chupava e esfregava ele; lambia toda a extensão do meu pau.

– Isso mesmo, sua cadela!

Daí, ela tirou meu pau da boca.

– Vai em frente! Continua! Deixa eu acabar!

– Não!

Joguei ela de costas na cama e caí por cima. Dei-lhe beijos selvagens. Enfiei-lhe o mangalho. Enfiei com violência. Bimbava, bimbava. Gemi e gozei. A geleia entrou fundo dentro dela.

74

Tive que ir a Illinois para uma leitura na universidade. Detesto leituras. Mas ajudam no aluguel e, talvez, a vender livros. Me tiram de Hollywood-Leste, me lançam pro ar junto com homens de negócios e aeromoças e drinques gelados e guardanapinhos e amendoins pra neutralizar o hálito.

Quem ia me apanhar era o poeta William Keesing, com quem eu me correspondia desde 1966. Vi sua obra pela primeira vez nas páginas de *Bull*, revista editada por Doug Fazzick, um dos primeiros produtos, talvez o líder, da chamada revolução do mimeógrafo. Nenhum de nós era literato, no sentido estrito: Fazzick trabalhava numa plantação de borracha, Keesing tinha sido fuzileiro naval na Coreia, resolveu dar um tempo depois, e era sustentado pela mulher, Cecília. Eu trabalhava onze horas por dia como funcionário do Correio. Por essa época, Marvin apareceu em cena com seus estranhos poemas sobre demônios. Marvin Woodman era o maior escritor demonológico da América. Talvez da Espanha e do Peru também. Eu gostava de escrever cartas na época. Escrevia cartas de quatro, cinco páginas a todo mundo. Coloria doidamente as páginas e envelopes com lápis. Foi aí que eu comecei a me corresponder com William Keesing, ex-fuzileiro, ex-presidiário, drogadito chegado em codeína.

Agora, anos depois, William Keesing tinha arrumado um emprego temporário de professor na universidade. Conseguira tirar um ou dois diplomas, entre suas prisões e internamentos por causa das drogas. Preveni de que aquele era um emprego perigoso pra quem quer escrever. Mas pelo menos ele dava bastante Chinaski pros seus alunos.

Keesing e sua mulher me esperavam no aeroporto. Trazia minha bagagem na mão, por isso fomos direto pro carro.

– Meu Deus – disse Keesing –, nunca vi ninguém sair de um avião com essa estampa.

Eu estava com o casaco do meu pai, já morto, e que era muito folgado pra mim. Minhas calças eram muito compridas, as barras cobriam os sapatos, o que até era bom, pois minhas meias não se combinavam, e os saltos estavam completamente gastos. Detestava barbeiros; por isso, cortava eu mesmo meu cabelo, quando não arranjava nenhuma mulher pra fazer isso por mim. Não tinha paciência pra fazer a barba, nem gostava de barbas longas; assim, a cada duas ou três semanas eu dava umas tesouradas nela. Minha vista era ruim, mas eu só usava óculos pra ler. Eu tinha dentes próprios, embora não fossem muitos. De tanto beber, minha cara e meu nariz ficaram vermelhos, e a luz doía nos meus olhos, o que me obrigava a enxergar através de frestas mínimas. Eu podia ser personagem de *bas-fond* e cortiços de qualquer lugar do mundo.

Fomos embora.

– A gente esperava alguém muito diferente – disse Cecília.

– Ah, é...

– Quer dizer, a sua voz é tão macia e você parece tão simpático. Bill achava que você ia sair do avião bêbado, xingando todo mundo, passando cantadas nas mulheres...

– Eu nunca forço a minha vulgaridade. Deixo que busque seus próprios meios de expressão.

– A sua leitura vai ser amanhã à noite – disse Bill.

– Legal. Hoje à noite, então, a gente se diverte e se esquece da vida.

Fomos indo.

Naquela noite, Keesing se revelou tão interessante quanto suas cartas e poemas. Ele teve o bom senso de evitar literatura na conversa; só uma vez ou outra. Falamos de outras coisas. Eu não dava muita sorte com a maioria dos poetas, mesmo quando seus poemas e cartas eram bons. Meu encontro com Douglas Fazzick, por exemplo, deixou muito a desejar. O melhor era ficar longe dos outros escritores e fazer meu trabalho, ou simplesmente não fazer nada.

Cecília foi dormir cedo. Ela tinha de trabalhar de manhã.

– Cecília quer se divorciar de mim – disse Bill. – Não a culpo. Só que se encheu das minhas drogas, do meu vômito e de tudo mais. Ela aguentou isso durante anos. Agora não segura mais. Não consigo nem trepar direito. Ela tá andando com um garoto agora. Não posso culpá-la. Me mudei prum quarto de pensão. A gente pode dormir lá, se você quiser, ou então você fica aqui, ou os dois ficamos aqui, dá no mesmo pra mim.

Keesing engoliu duas pílulas.

– Vamos ficar os dois aqui – eu disse.

– Você bebe uma coisa que preste.

– Não tenho nada melhor a fazer.

– Você deve ter um estômago de ferro.

– Nem tanto. Já me abriram a barriga uma vez. Eles disseram que quando aqueles buracos cicatrizam, ficam mais resistentes que a melhor das soldas.

– Quanto tempo você acha que vai viver? – ele perguntou.

– Tenho tudo planejado. Vou morrer no ano 2000, com oitenta anos.

– Estranho – disse Keesing –, esse vai ser o ano da minha morte. 2000. Sonhei com isso. E também com o dia e a hora da minha morte. O ano é o 2000, sem dúvida.

– É um número redondo, simpático. Gosto dele.

Bebemos por mais uma ou duas horas. Fiquei no quarto de hóspedes. Keesing ficou no sofá. Pelo jeito, Cecília queria mesmo largá-lo.

Me levantei às dez e meia na manhã seguinte. Tinham sobrado umas cervejas. Consegui botar uma pra dentro. Já estava na segunda quando Keesing apareceu.

– Deus do céu, como é que você consegue? Você levanta novo em folha como um garoto de dezoito anos.

– Eu também tenho umas péssimas manhãs. Só que essa não é uma delas.

– Tenho que dar uma aula de inglês a uma hora da tarde. Preciso ficar limpa.

– Toma água.

– Preciso forrar o bucho.

– Come dois ovos quentes com pimenta do reino ou páprica.

– Cozinho dois pra você também?

– Legal, obrigado.

Tocou o telefone. Era Cecília. Bill conversou um pouco e desligou.

– Tem um furacão se aproximando. Um dos maiores da história local. Pode passar por aqui.

– Sempre acontece alguma coisa quando tenho uma leitura.

Vi que estava escurecendo.

– Talvez eles suspendam a aula. Difícil dizer. Melhor eu comer.

Bill botou os ovos no fogo.

– Não entendo – disse ele. – Você nem parece de ressaca.

– Fico de ressaca todas as manhãs. É normal. Já estou adaptado.

– Você ainda escreve uns troços legais, mesmo com toda essa bebedeira.

– Não vamos falar disso. Deve ser por causa da variedade de xoxotas que eu como. Não deixe cozinhar muito esses ovos.

Fui ao banheiro e dei uma cagada. Prisão de ventre nunca esteve entre os meus problemas. Já estava saindo, quando ouvi Bill gritar:

– Chinaski!

Ele estava no quintal, vomitando. Voltou.

Pobre rapaz, estava realmente mal.

– Tome um bicarbonato. Cê tem um Valium?

– Não.

– Então tome o bicarbonato, espera uns dez minutos, e bebe uma cerveja morna. Coloque-a no copo agora, pra ir arejando.

– Tenho benzedrina.

– Tome, então.

Estava escurecendo mais. Quinze minutos depois da benzedrina, Bill tomou um banho. Depois disso, parecia melhor. Comeu um sanduíche de pasta de amendoim com fatias de banana. Ia ficar legal.

– Você ainda ama a sua patroa, né? – eu perguntei.

– Nossa, amo muito.

— Sei que não ajuda muito, mas tente se dar conta de que isso acontece com todo mundo, pelo menos uma vez.

— Não ajuda nada.

— O melhor é esquecer de tudo, quando uma mulher se volta contra você. Elas podem te amar um tempo; mas um dia dá um click, e, então, veem você morrendo atropelado na sarjeta e ainda cospem em cima.

— Cecília é uma mulher maravilhosa.

Ficava cada vez mais escuro.

— Vamos tomar uma cerveja – eu disse.

Ficamos bebendo cerveja. Escureceu muito, e começou a soprar um vento forte. Não falamos muito. Eu estava contente por a gente ter se encontrado. Era um cara direto, sem truques idiotas. Vai ver é porque ele andava cansado. Nunca teve muita sorte com seus poemas nos Estados Unidos. Na Austrália, era adorado. Talvez um dia o descobrissem aqui; talvez não. Talvez só no ano 2000. Ele era um cara durão, empedernido, aguentava todas; sabia das coisas. Gostava dele.

Ficamos quietos, bebendo. O telefone tocou. Era Cecília de novo. Parece que o furacão já tinha passado; ou melhor, passou ao largo. Bill ia dar a sua aula. Eu ia pra leitura à noite. Um rufião. Tudo estava dando certo. Estávamos todos cheios de coisa pra fazer.

Lá pelo meio-dia e meia, Bill botou seus cadernos e suas coisas numa pequena mochila e foi de bicicleta pra universidade.

Cecília chegou em casa no meio da tarde.

— O Bill saiu daqui bem?

— Saiu de bicicleta. Parecia legal.

— Legal como? Tomou algum bagulho?

— Parecia legal. Até comeu e tudo.

— Eu ainda amo ele, Hank. Só que não dá mais pra segurar as pontas.

— Claro.

— Você não sabe o quanto significa pra ele a sua presença aqui. Ele costumava ler as suas cartas pra mim.

— Bem sujas, né?

– Não, divertidas. Você fazia a gente rir muito.
– Vamos trepar, Cecília.
– Hank, agora você tá fazendo seu número.
– Você é uma coisinha deliciosa. Me deixa botar aí dentro.
– Você tá bêbado, Hank.
– Tem razão. Esquece.

75

Naquela noite, fiz outra péssima leitura. Não me importava. Nem eles se importavam. Se o John Cage podia ganhar mil dólares pra comer uma maçã, eu não ia recusar 500 dólares, mais a passagem aérea, pra bancar o pentelho.

Quando acabou, foi o de sempre. As garotas vieram com seus corpos tesudos e seus olhos vaga-lumes e me pediram pra autografar alguns de meus livros. Eu bem que gostaria de trepar com cinco delas numa só noite e depois expulsá-las pra sempre do meu mundo.

Vieram uns professores com aquele sorrisinho que diz: "Você é um idiota". Eles se sentiam melhores assim, é como se agora tivessem alguma chance na máquina de escrever.

Peguei o cheque e me mandei. Ia ter uma pequena e *seleta* reunião na casa de Cecília. Isso fazia parte do contrato implícito. Quanto mais mulheres, melhor; mas eu sabia que na Cecília minhas chances eram mínimas. E não deu outra: de manhã, lá estava eu na cama, sozinho.

Bill estava mal de novo naquela manhã. Tinha de dar outra aula à uma da tarde, e antes de sair me disse:
– Cecília vai te levar ao aeroporto. Tenho que ir agora. Nada de despedidas dramáticas.
– Tudo bem.

Bill botou sua mochila nas costas e foi andando com a bicicleta até a porta.

76

Já fazia uma semana e meia que eu estava em L.A. Era noite. O telefone tocou. Era Cecília, soluçando.

– Hank, Bill morreu. Você é o primeiro que eu estou avisando.

– Nossa, Cecília, nem sei o que dizer.

– Fiquei tão contente que você veio nos ver. Bill não falou de outra coisa, depois que você foi embora. Você nem imagina o que a sua visita representou pra ele.

– Que aconteceu?

– Começou a reclamar que estava se sentindo muito mal, levamos ele pro hospital, duas horas depois estava morto. Sei que as pessoas vão achar que foi overdose, mas não foi. Mesmo me divorciando dele, eu o amava.

– Acredito em você.

– Não queria incomodar você com isso tudo.

– Tudo bem, Bill entenderia. Só não sei o que dizer pra te ajudar. Tô meio chocado. Ligo mais tarde pra ver se você está bem.

– Liga mesmo?

– Claro.

Esse é o problema com a bebida, pensava, enquanto enchia o copo. Se acontece uma coisa ruim, você bebe pra esquecer; se acontece uma coisa boa, você bebe pra comemorar; se não acontece nada, você bebe pra que aconteça alguma coisa.

Embora doente e infeliz, Bill não tinha cara de quem iria morrer. Muita gente morria assim, e mesmo sabendo que a morte existe, mesmo pensando nisso quase todo dia, era duro quando acontecia uma morte inesperada, quer dizer, quando a pessoa era um ser humano excepcional, adorável. Era muito duro, e não ajudava nada saber que muita gente também morria, gente boa, má, ou desconhecida.

Telefonei pra Cecília naquela mesma noite, na noite seguinte, e mais uma vez depois; então, parei.

77

Passou um mês, R. A. Dwight, o editor da Dogbite Press (Editora Mordida de Cachorro), me escreveu pedindo um prefácio para uma antologia de poemas de Keesing. Por causa de sua morte, Keesing teria finalmente algum reconhecimento fora da Austrália.

Então, Cecília ligou.

– Hank, vou a São Francisco pra ver R. A. Dwight. Vou levar algumas fotos do Bill e coisas inéditas. Eu e o Dwight vamos resolver o que publicar. Mas, antes, eu queria passar um dia ou dois em L.A. Dá pra você me apanhar no aeroporto?

– Claro, você pode ficar aqui em casa, Cecília.

– Muito obrigada.

Ela me disse a hora de sua chegada e eu comecei a limpar o banheiro. Passei um escovão na banheira, troquei lençóis e fronhas da cama.

Cecília chegou no voo das dez da manhã, e foi duro pra mim estar lá, mas ela estava bonita, embora um tanto pesadinha. Era robusta, baixinha, um tipo do meio oeste, atarracada. Os homens olhavam pra ela. Tinha um rebolado especial que parecia meio forçado. Não deixava de ser sexy, porém.

Esperamos no bar até a hora de pegar a bagagem. Cecília não bebeu nada, fora um suco de laranja.

– Eu adoro aeroportos e os passageiros. Você não acha isso tudo adorável?

– Não.

– As pessoas parecem tão interessantes.

– Eles só têm mais dinheiro do que as pessoas que viajam de trem ou ônibus.

– A gente passou pelo Grand Canyon na vinda.

– É, fica no seu caminho.

– Estas garçonetes usam umas minissaias tão curtas! Olha, dá pra ver as calcinhas.

– Elas ganham boas gorjetas. Moram todas em condomínios e andam de M.G.

— As pessoas no avião eram tão gentis. O homem do meu lado se ofereceu pra me pagar um drinque.

— Vamos pegar sua bagagem.

— O R.A. me ligou dizendo que recebeu o seu prefácio pra antologia de poemas do Bill. Leu algumas partes pelo telefone. Que lindo! Queria agradecer.

— Esquece.

— Não sei como retribuir.

— Você tem certeza de que não quer beber nada?

— Dificilmente eu bebo. Talvez mais tarde.

— O que você prefere? Vou comprar alguma coisa no caminho de casa. Quero que você se sinta confortável e numa boa.

— Tenho certeza de que o Bill está vendo a gente agora e se sentindo feliz.

— Você acha?

— Acho!

Pegamos a bagagem e fomos pro estacionamento.

78

Naquela noite eu consegui empurrar uns dois ou três drinques pra dentro de Cecília. Ela relaxou e cruzou despreocupada as pernas, deixando ver um belo e grosso pedaço de coxa. Forte. Uma verdadeira vaca! Seios de vaca, olhos de vaca. Tipo de mulher que aguentava o tranco. Keesing teve um bom olho.

Ela era contra a matança de animais, não comia carne. Acho que é porque ela já tinha carne o suficiente.

Tudo era maravilhoso – ela me disse –, a gente tinha muita beleza à disposição no mundo, era só ir lá e pegar, estava tudo à mão.

— Você tem razão, Cecília – disse eu. – Toma mais um.

— Eu fico zonza.

Não tem nada de mal ficar um pouco tonta.

Cecília cruzou as pernas de novo e suas coxas cintilaram. A saia subia cada vez mais.

Bill, você já não tem o que fazer com esse material. Você foi um bom poeta, Bill, mas que diabo, você deixou pra trás bem mais que a sua poesia. E o seu texto nunca teve pernas e coxas como essas.

Cecília tomou outro drinque e aí parou. Eu fui em frente.

De onde vinham todas as mulheres? A fonte era inesgotável. Cada uma delas era única, diferente. Tinham xoxotas diferentes, peitos diferentes e davam beijos diferentes; mas nenhum homem conseguiria sorvê-las todas. Elas eram muitas, cruzando suas pernas, botando os homens malucos. Que loucura!

– Quero ir à praia. Você me leva à praia, Hank? – perguntou Cecília.

– Agora à noite?

– Não, não agora. Mas, qualquer hora, antes deu ir embora.

– Tudo bem.

Cecília ficou falando sobre como os índios americanos foram vilipendiados. Depois, falou sobre as coisas que escrevia e que nunca mostrou a ninguém, fora o Bill. Tinha um caderno de anotações. Bill a encorajava e dava sugestões. Ela o ajudava a ir levando a universidade. O ex-fuzileiro naval que havia nele ajudava também. E tinha sempre a codeína que ele não largava. Ela ameaçou várias vezes abandoná-lo, mas não adiantou. Agora...

– Bebe só mais esse, Cecília; – disse eu – ajuda a esquecer.

Servi um bem reforçado pra ela.

– Nossa, jamais conseguiria beber isso tudo!

– Cruza as pernas mais alto, deixa eu ver mais...

– Bill nunca me falou desse jeito.

Continuei bebendo. Cecília continuou falando. Depois de um tempo, parei de ouvir. Meia-noite chegou e partiu.

– Escuta, Cecília, vamos pra cama. Tô chumbado.

Fui pro quarto, tirei a roupa e entrei debaixo das cobertas. Ouvi Cecília indo pro banheiro. Apaguei a luz do quarto. Ela veio logo e eu senti ela se ajeitando ao meu lado na cama.

– Boa noite, Cecília – eu disse.

Puxei-a pra junto de mim. Estava nua. "Meu Deus", pensei. Nos beijamos. Ela era boa de beijo. Demos um beijo longo e tesudo.

– Cecília?

– Hum?
– Outra hora eu te como.
Virei pro outro lado e peguei no sono.

79

Bobby e Valerie apareceram e eu fiz as apresentações.

– Valerie e eu vamos tirar umas férias e alugamos um lugar na praia, em Manhattan Beach – disse Bobby. – Por que vocês não vêm também? Poderíamos rachar o aluguel. Tem dois quartos.

– Não, Bobby, acho que não.

– Ah, Hank, por favor! – disse Cecília – Eu adoro o mar! Hank, se a gente for com eles eu até bebo com você. Prometo!

– Tudo bem, Cecília.

– Legal – disse Bobby. – Vamos sair essa noite. A gente passa pra apanhar vocês lá pelas seis da tarde. Vamos jantar juntos.

– Vai ser ótimo! – disse Cecília.

– É sempre engraçado comer com o Hank – disse Valerie. Da última vez, a gente foi num restaurante chique e ele foi logo falando pro maître: "Quero salada de repolho e batata frita aqui pros meus amigos! Uma porção dupla de cada. E nada de botar água nos drinques, hein, senão eu boto você de cueca!".

– Não vejo a hora! – disse Cecília.

Às duas da tarde Cecília quis dar um passeio. Fomos andando pelo condomínio, em direção à porta. Ela reparou nas asas-de-papagaio. Foi até o canteiro e enfiou a cara nas flores, acariciando-as com os dedos.

– Olha, que lindas!

– Estão morrendo, Cecília. Você não vê como elas estão enrugadas? O smog tá matando elas.

Fomos andando ao longo das palmeiras.

– Tem pássaros por todos os lados! Centenas de pássaros, Hank!

– E dúzias de gatos.

Fomos pra Manhattan Beach com Bobby e Valerie, nos instalamos no apartamento de frente pro mar e saímos pra comer. O jantar foi bom. Cecília tomou um drinque junto com a comida e explicou tudo sobre o seu vegetarianismo. Foi de sopa, salada e iogurte; nós traçamos filés, fritas, pão francês e salada. Bobby e Valerie roubaram os vidros de sal e pimenta, duas facas de carne e a gorjeta que eu deixei pro garçom.

Paramos pra comprar bebidas, gelo e cigarros e voltamos pro apartamento. Aquele único drinque deixou Cecília zonza e tagarela, e ela nos explicou que os animais têm alma também. Ninguém contestou suas opiniões. A gente sabia que era possível. O que a gente não tinha certeza é se nós tínhamos uma.

80

A gente continuou bebendo. Cecília tomou só mais um e parou.

– Quero ir lá fora ver a lua e as estrelas – disse ela. – Está uma noite linda.

– Tudo bem, Cecília.

Ela foi até a borda da piscina e sentou numa espreguiçadeira.

– Não admira que Bill tenha morrido – eu disse. – Ele murchou. Não dá folga, essa mulher.

– Ela falou a mesma coisa sobre você no jantar, quando você foi no banheiro – disse Valerie. – Ela disse: "Os poemas do Hank são tão cheios de paixão, mas como pessoa ele não é nada daquilo!".

– Nem sempre eu e Deus apostamos no mesmo cavalo.

– Você já comeu ela? – perguntou Bobby.

– Não.

– Como era o Keesing?

– Era legal. Só queria saber como ele aguentava ficar com ela. Talvez a codeína e as pílulas ajudassem. Ou quem sabe ela era uma supermãe e uma superenfermeira pra ele.

– Bom, foda-se – disse Bobby. – Vamos beber.

– Pode crer. Se eu tivesse que escolher entre beber e trepar, acho que eu ia ter que parar de trepar.

– Trepar pode causar problemas – disse Valerie.

– Quando a minha mulher sai pra trepar com alguém, eu boto pijama, entro debaixo das cobertas e caio no sono – disse Bobby.

– Ele é supertranquilo – disse Valerie.

– Ninguém sabe direito como usar o sexo, o que fazer com ele – disse eu. – Pra maioria das pessoas, sexo é um brinquedo: é só dar corda e deixar rolar.

– E o amor? – perguntou Valerie.

– O amor é bom pros que aguentam a sobrecarga psíquica. É como tentar carregar uma lata de lixo abarrotada nas costas, nadando contra a correnteza num rio de mijo.

– Ah, não é assim tão mau!

– O amor é só uma forma de preconceito. E eu já tenho muitos outros preconceitos.

Valerie foi até a janela.

– Tá todo mundo se divertindo, mergulhando na piscina, e ela fica lá olhando pra lua.

– O velho dela acabou de morrer – disse Bobby. – Dá um tempo pra ela.

Peguei minha garrafa e fui pro meu quarto. Fiquei só de cueca e deitei na cama. Nada estava em sintonia, nunca. As pessoas vão se agarrando às cegas a tudo que existe: comunismo, comida natural, zen, surf, balé, hipnotismo, encontros grupais, orgias, ciclismo, ervas, catolicismo, halterofilismo, viagens, retiros, vegetarianismo, Índia, pintura, literatura, escultura, música, carros, mochila, ioga, cópula, jogo, bebida, andar por aí, iogurte congelado, Beethoven, Bach, Buda, Cristo, heroína, suco de cenoura, suicídio, roupas feitas à mão, voos a jato, Nova York, e aí tudo se evapora, se rompe em pedaços. As pessoas têm de achar o que fazer enquanto esperam a morte. Acho legal ter uma escolha.

Eu tinha feito minha escolha. Ergui a garrafa de vodca e dei um vasto gole. Alguma coisa aqueles russos sabiam.

A porta abriu e Cecília entrou. Ela estava ótima no seu corpo bem-plantado e poderoso. A maioria das mulheres americanas ou é muito magra ou não tem nenhum tônus. Quando manuseadas com força bruta, alguma coisa se quebra nelas;

viram neuróticas e seus homens se tornam fanáticos por esportes, ou alcoólatras ou obcecados por carros. Os noruegueses, os islandeses, os finlandeses é que sabem como uma mulher deve ser construída: grandes e sólidas, bunda grande, quadris largos, coxas brancas e roliças, cabeças grandes, largas bocas, tetas enormes, muito cabelo, olhos grandes, narinas abertas, e lá no meio – grande o bastante e apertado o bastante.

– Oi, Cecília. Vem pra cama.

– Estava linda a noite lá fora.

– Imagino. Vem cá me dizer um oi.

Ela entrou no banheiro. Eu apaguei a luz do quarto.

Logo depois ela saiu. Senti-a entrando na cama. Estava escuro, mas passava um pouco de luz pelas cortinas. Estendi-lhe a garrafa, ela deu um golinho e me devolveu. A gente estava com as costas apoiadas nos travesseiros e na cabeceira. Nossas coxas encostadas.

– Hank, a lua era só uma lasquinha no céu. Mas as estrelas estavam tão brilhantes e maravilhosas. Faz a gente pensar, não faz?

– Faz.

– Algumas estrelas já morreram há milhões de anos-luz e a gente ainda vê elas.

Puxei a cabeça de Cecília pra perto de mim. Sua boca se abriu. Estava molhada, gostosa.

– Cecília, vamos trepar.

– Não quero.

De certa forma, eu também não queria. Aliás, foi por isso que perguntei.

– Você não quer? Então, por que me beija desse jeito?

– Acho que as pessoas têm que deixar o tempo correr pra se conhecerem.

– Às vezes não se tem tanto tempo assim.

– Não quero mesmo.

Saí da cama. Fui, de cueca, bater na porta de Bobby e Valerie.

– Que foi? – perguntou Bobby.

– Ela não quer trepar comigo.

– E daí?

– Vamos dar uma nadada.
– É tarde. A piscina tá fechada.
– Fechada? Ela tá cheia d'água, não tá?
– É, mas as luzes estão apagadas.
– Não tem importância. Ela não quer saber de trepar comigo.
– Você nem tem calção de banho.
– Tô de cueca.
– Tudo bem, espera um minuto.

Bobby e Valerie apareceram lindamente vestidos com roupas de banho novinhas e bem-ajustadas. Bobby me passou um baseado, do colombiano, e eu dei um tapa.

– O que houve com a Cecília?
– Química cristã.

Fomos pra piscina. Era verdade, as luzes estavam apagadas. Bobby e Valerie mergulharam na piscina, um atrás do outro. Fiquei sentado na borda, com as pernas dentro d'água. Mamava na garrafa de vodca.

Bobby e Valerie emergiram juntos. Bobby veio nadando até a borda e me puxou pela canela.

– Vamos lá, seu cabeça de bosta! Mostra que tem culhões! Mergulha!

Dei mais um gole na vodca, botei a garrafa de lado. Não mergulhei. Deslizei com cuidado pela borda da piscina. Daí, me soltei. Era estranho dentro da água escura. Fui afundando devagar. Eu tinha um metro e oitenta e pouco e pesava 93 quilos. Esperei tocar o fundo pra dar um impulso pra cima. Mas, onde estava o fundo? Lá estava, e eu já quase sem oxigênio. Dei um impulso. Fui subindo lentamente. Por fim, irrompi na superfície da água.

– Morte a todas as putas que fecham as pernas pra mim! – gritei.

Uma porta se abriu e um homem saiu correndo de um apartamento térreo. Era o zelador.

– Ei, é proibido nadar a essa hora da noite! Não viram que as luzes estão apagadas?

Fui chapinhando n'água até onde ele estava, me segurei na borda da piscina e o encarei.

– Escuta aqui, seu filho da puta, eu bebo dois barris de cerveja por dia e sou lutador profissional. Sou uma alma delicada por natureza. Só que eu quero nadar com as luzes ACESAS! AGORA MESMO! Só vou te pedir uma vez!

E saí chapinhando n'água.

As luzes se acenderam. A piscina ficou toda iluminada, num passe de mágica. Fui chapinhando até a garrafa de vodca, e dei um bom gole. A garrafa estava quase vazia. Vi Bobby e Valerie debaixo d'água nadando em círculos, um atrás do outro. Faziam bem aquilo, com leveza e graça. Era esquisito que todo mundo fosse mais jovem que eu.

Saímos da piscina. Fui até a porta do zelador com a minha cueca molhada e bati. Ele abriu a porta. Gostei dele.

– Ô, meu chapa, pode apagar as luzes agora. Já enchi de nadar. Você é legal, baby, você é legal.

Voltamos pro nosso apartamento.

– Bebe um drinque com a gente – disse Bobby. – Sei que você tá triste.

Entrei e tomei dois drinques. Valerie disse:

– Ô, Hank, você e as suas mulheres! Não dá pra comer todas elas, cê não sabia disso?

– Vitória ou morte!

– Vai dormir que passa, Hank.

– Boa noite, turma, e obrigado...

Voltei ao meu quarto. Cecília roncava, esticada de costas na cama. RRRooonnnfff, rrrooonnnfff, rrrooonnnfff.

Ela me pareceu *gorda*. Tirei a cueca molhada, deitei na cama. Sacudi ela.

– Cecília, você tá RONCANDO!

– Hummm... ahnnn... desculpe...

– Ok, Cecília. Isso parece casamento. Dou um jeito em você de manhã, quando estiver mais disposto.

81

Acordei com um ruído. O dia começava a clarear. Cecília andava pelo quarto, vestindo-se.

Olhei meu relógio.

– São cinco da madrugada. Que cê tá fazendo?
– Quero ver o nascer do sol. Adoro ver o sol nascendo!
– Não admira que você não beba.
– Volto logo. A gente pode tomar café da manhã juntos.
– Há quarenta anos eu não consigo tomar café da manhã.
– Vou ver o sol nascer, Hank.

Achei uma garrafa fechada de cerveja. Estava morna. Abri, bebi, voltei a dormir.

Às dez e meia da manhã bateram na porta.
– Pode entrar...
Eram Bobby, Valerie e Cecília.
– Acabamos de tomar juntos o café da manhã – disse Bobby.
– A Cecília agora quer tirar os sapatos e caminhar pela praia – disse Valerie.
– Nunca tinha visto o oceano Pacífico, Hank. É tão bonito!
– Vou botar a roupa.

Fomos andar pela praia. Cecília estava feliz. Quando as ondas vinham e molhavam seus pés, ela gritava.

– Vocês aí, vão em frente – eu disse. – Eu vou procurar um bar.
– Vou com você – disse Bobby.
– Eu fico tomando conta da Cecília – disse Valerie.

Entramos no primeiro bar. Só tinha duas banquetas vazias. Sentamos. Bobby do lado de um macho; eu do lado de uma fêmea. Bobby e eu pedimos os drinques.

A mulher ao meu lado tinha uns 26, 27 anos. Devia estar preocupada com alguma coisa – os olhos e a boca pareciam cansados – mas era bem vistosa, a despeito disso. Seu cabelo era negro e bem cuidado. Estava de saia e tinha belas pernas. Tinha uma alma de topázio, o que se podia ver através de seus olhos. Encostei minha perna na dela. Ela não se mexeu. Sequei meu copo.

– Me paga um drinque? – pedi a ela.

Ela acenou com a cabeça pro barman. Ele veio atendê-la.

– Vodca com 7-UP pro cavalheiro.

– Obrigado.

– Babette.

– Obrigado, Babette. Meu nome é Henry Chinaski, alcoólatra escritor.

– Nunca ouvi falar de você.

– Não tem importância.

– Tenho uma loja perto da praia. Bijuterias e porcarias mais porcarias.

– Estamos quites. Eu também escrevo um monte de porcarias.

– Se você escreve assim tão mal, por que não desiste?

– Tenho que comer, morar, me vestir. Me paga outro drinque.

Roçamos nossas pernas.

– Sou um rato – disse a ela. – Tenho prisão de ventre e não consigo mais levantar o pau.

– Não me interessa o estado das suas tripas. Mas, quer dizer então que você é um rato e não consegue mais levantar o pau...

– Qual o número do seu telefone?

Babette procurou uma caneta na bolsa.

Nisso, Cecília e Valerie entraram.

– Ah – disse Valerie –, lá estão os filhos da mãe! Não disse? O bar mais próximo!

Babette apeou da banqueta. Saiu do bar. Vi pela persiana da janela quando ela passou. Andava pelo deque com todo aquele corpo. Era magrelinha, esbelta. Foi rebolando ao sabor do vento e desapareceu.

82

Cecília sentou e ficou olhando a gente beber. Sentia que eu lhe causava repulsa. Eu comia carne. Eu não tinha deus. Eu gostava de trepar. A natureza não me interessava. Nunca votei. Gostava de guerras. O espaço sideral me entediava. *Baseball* me entediava. História me entediava. Zoológicos me entediavam.

– Hank – disse ela –, vou lá fora um pouco.
– Que tem lá fora?
– Quero ver as pessoas nadando na piscina. Gosto de ver gente se divertindo.

Cecília levantou e foi lá fora.
Valerie riu. Bobby riu.

– Tudo bem, já sei que eu nunca vou ver o que ela tem dentro da calcinha.
– E você queria? – perguntou Bobby.
– Não é tanto o meu pique sexual que ficou combalido; foi o meu ego.
– E não esqueça da sua idade – disse Bobby.
– Não tem nada pior que um velho porco chauvinista – disse eu.

Bebemos em silêncio.

Mais ou menos uma hora mais tarde, Cecília voltou.
– Hank, quero ir embora.
– Pra onde?
– Pro aeroporto. Quero voltar pra São Francisco. Toda a minha bagagem está comigo.
– Por mim, tudo bem. Mas a gente veio no carro de Bobby e Valerie. Talvez eles não queiram ir embora já.
– A gente leva ela até L.A. – disse Bobby.

Pagamos a conta, entramos no carro, com Bobby na direção, Valerie do seu lado, Cecília e eu no banco de trás. Cecília ia encostada na porta, o mais longe possível de mim.

Bobby ligou o rádio. A música chegou em ondas ao banco de trás. Bob Dylan.

Valerie me passou um charro. Dei uma bola, e ofereci a Cecília. Ela só fez se encolher mais ainda. Apertei um dos joelhos dela. Ela tirou minha mão.

– Ei, como vão indo vocês dois aí atrás? – perguntou Bobby.

– Puro amor – respondi.

Rodamos por uma hora.

– Aí está o aeroporto – disse Bobby.

– Você ainda tem duas horas – eu disse pra Cecília. – Podemos ir pra minha casa e esperar lá.

– Tudo bem – disse ela –, quero ir agora.

– Mas o que você vai ficar fazendo nessas duas horas no aeroporto? – perguntei.

– Bem, eu gosto de aeroportos.

Paramos em frente ao terminal. Saltei do carro, peguei sua bagagem. Cecília me deu um beijo na cara. Deixei ela ir sozinha.

83

Tinha topado fazer uma leitura lá no norte. À tarde, antes da leitura, eu estava num apartamento do Holiday Inn bebendo com Joe Washington, o organizador, e o poeta local, Duddley Barry, mais o seu namorado, Paul. Duddley tinha saído do banheiro anunciando que era gay. Era nervoso, gordo e ambicioso. Ficava andando de lá pra cá.

– Vai ser boa a sua leitura?

– Sei lá.

– Você consegue arrastar multidões. Deus do céu, como consegue? A fila tá dando a volta no quarteirão.

– Eles gostam de ver sangue – respondi.

Duddley agarrou as nádegas de Paul.

– Vou te atarraxar, baby! Depois é você que me atarraxa, tá?

Joe Washington estava de pé na janela.

– Ei, olha lá! O William Burroughs vem vindo! Ele tá num apartamento aqui do lado. A leitura dele vai ser amanhã à noite.

Fui até a janela. Era mesmo o Burroughs. Dei-lhe as costas, fui abrir uma cerveja. A gente estava no segundo andar.

Burroughs vinha subindo a escada. Passou pela minha janela, abriu sua porta e entrou.

– Você quer ir lá vê-lo? – perguntou Joe.

– Não.

– Vou falar um minutinho com ele.

– Tudo bem.

Duddley e Paul brincavam de se passar a mão na bunda. Duddley gargalhava; Paul dava risinhos e corava.

– Por que vocês não se trancam pra fazer isso?

– Ele não é uma gracinha? – perguntou Duddley. – Eu adoro garotinhos!

– Eu tô mais interessado nas fêmeas.

– Você não sabe o que está perdendo.

– Não é meu departamento.

– O Jack Mitchell tá andando agora com *travestis*. Ele escreve poemas sobre os caras.

– Pelo menos eles parecem mulheres.

– Alguns ganham delas.

Fiquei quieto, bebendo.

Joe Washington voltou.

– Eu disse ao Burroughs que você estava no apartamento ao lado. Disse pra ele: "Burroughs, o Henry Chinaski está no apartamento ao lado". Ele disse: "É mesmo?". Perguntei se ele não queria te encontrar. Ele disse: "Não".

– Devia ter geladeira nesse lugar – eu disse. – A porra da cerveja tá ficando morna.

Saí pra procurar uma máquina de gelo. Passando pelo apartamento do Burroughs, vi ele sentado numa cadeira do lado da janela. Me olhou indiferente.

Achei a máquina, peguei o gelo, voltei, enchi de gelo o tanque de lavar e meti as cervejas ali dentro.

– Você não vai ficar muito chumbado, né? – disse Joe. – Sua voz começa a ficar pastosa...

– Eles estão pouco ligando. Só querem me ver na cruz.

– 500 dólares por uma hora de trabalho? – perguntou Duddley. – Você chama isso de cruz?

– É.

– Você é mesmo um Cristo!

Duddley e Paul saíram, e eu fui com Joe a uma das cafeterias do hotel pra comer e beber. Pegamos uma mesa. Não demorou muito, estranhos começaram a se juntar à nossa mesa. Só homens. Que merda. Tinha umas garotas bem bonitas no lugar, mas elas só olhavam e sorriam. Algumas não olhavam, nem sorriam. Imaginei que essas deviam me detestar por causa das minhas atitudes em relação às mulheres. Ora, vão se foder.

Jack Mitchell estava lá, e Mike Tufts, ambos poetas. Nenhum deles trabalhava pra viver, embora não ganhassem nada com poesia. Viviam de força de vontade e esmolas. Mitchell era de fato um bom poeta, mas sem sorte. Merecia coisa melhor. Daí, Blast Grimly, o cantor, veio até nós. Blast estava sempre bêbado. Nunca o vira sóbrio. Tinha umas pessoas na mesa que eu não conhecia.

– Mr. Chinaski?

Era uma coisinha graciosa num vestidinho verde.

– Pois não?

– O senhor poderia autografar este livro?

Era um dos meus primeiros livros de poesia, escrito quando eu ainda trabalhava no correio: *Eu e aquilo correndo em volta do meu quarto*. Assinei, fiz um desenho e devolvi o livro.

– Ai, muito obrigada!

Foi embora. Aqueles filhos da mãe ali em torno tinham me empatado qualquer possibilidade de ação.

Logo tinha umas quatro ou cinco canecas de cerveja sobre a mesa. Pedi um sanduíche. Ficamos bebendo umas duas ou três horas. Então voltei pro apartamento. Acabei com as cervejas do tanque e fui dormir.

Não lembro muita coisa da leitura. Só sei que acordei sozinho na cama, na manhã seguinte. Joe Washington bateu na porta às onze horas.

– Ô, cara, foi uma das suas melhores leituras!

– É mesmo? Cê não tá me sacaneando?

– Não, você esteve ótimo. Olha aqui seu cheque.

– Brigado, Joe.

— Tem certeza de que não quer encontrar o Burroughs?
— Certeza.
— A leitura dele é hoje à noite. Você vai ficar pra assistir?
— Tenho que voltar pra L.A., Joe.
— Você já viu alguma leitura dele?
— Joe, quero tomar um banho e me mandar daqui. Cê vai me levar ao aeroporto?
— Claro.

Quando saímos, Burroughs estava sentado do lado da janela. Ele não deu nenhuma demonstração de ter-me visto. Dei uma espiada nele e segui em frente, com meu cheque no bolso. Estava louco pra ir às corridas...

84

Há vários meses eu me correspondia com uma dama de São Francisco. Chamava-se Liza Weston e sobrevivia dando lições de dança, moderna e clássica, na sua própria academia. Tinha 32 anos, foi casada uma vez e escrevia longas cartas à máquina, sem erros, em papel cor-de-rosa. Escrevia bem, com inteligência e muito pouco exagero. Gostava de suas cartas e costumava respondê-las. Liza não tocava em literatura, nem nas assim chamadas grandes questões. Me escrevia sobre pequenos fatos do cotidiano, mas fazia isso com brilho e humor. Então, um dia, ela escreveu avisando que vinha a Los Angeles pra comprar trajes de dança e perguntando se eu gostaria de vê-la. "Mas é claro", respondi, "pode ficar na minha casa"; acrescentei que, devido à nossa diferença de idade, ela teria de dormir no sofá, e eu na cama. "Telefono quando chegar", ela escreveu.

Três ou quatro dias mais tarde o telefone tocou. Era Liza.
— Estou na cidade –, ela disse.
— Você tá no aeroporto? Vou buscar você.
— Pego um táxi.
— É caro.
— É mais fácil assim.
— O que você costuma beber?
— Não bebo muito; portanto, qualquer coisa que você tiver...

Fiquei esperando por ela. Sempre me sentia incômodo nessas situações. Quando elas por fim apareciam, eu quase não queria que tivesse acontecido. Liza tinha mencionado que era bonita, mas eu não tinha visto nenhuma foto dela. Uma vez, casei com uma mulher que eu nunca tinha visto. Nos conhecemos pelo correio. Ela também tinha me escrito cartas inteligentes, mas nossos dois anos e meio de casamento foram um desastre. As pessoas em geral são muito melhores por carta que em carne e osso. Elas se parecem muito com os poetas.

Fiquei andando pelo quarto. Daí, ouvi passos na entrada do condomínio. Fui espiar pela persiana. Nada mal. Cabelo escuro, bem aprumada num vestido que lhe vinha até as canelas. Andava com graça, alçando alto a cabeça. Boca normal, nariz legal. Gostava de mulheres de vestido; me lembrava de eras passadas. Ela carregava uma pequena mala. Bateu. Abri a porta.

– Entre.

Liza botou a mala no chão.

– Sente.

Ela usava bem pouca maquiagem. Era bonita. Cabelos curtos, cortados com estilo. Fiz uma vodca com 7-UP pra ela e uma pra mim. Parecia calma. Havia um toque de sofrimento em seu rosto. Ela tinha passado por um ou dois períodos difíceis na vida. Eu também.

– Vou comprar uns trajes de balé amanhã. Tem uma loja muito especial em L.A.

– Gosto desse vestido que você está usando. Uma mulher coberta por inteiro fica muito mais excitante, eu acho. Claro que é difícil avaliar o corpo, mas dá pra ter uma ideia.

– Você é do jeito que eu achava que era. Você não tem nenhum medo.

– Obrigado.

– Você parece quase tímido.

– Tô só no meu terceiro drinque.

– O que acontece depois do quarto?

– Nada de mais. Fico esperando pelo quinto.

Saí pra comprar o jornal. Quando voltei, Liza tinha arregaçado a saia acima do joelho. Bela visão. Ela tinha uns joelhos legais e boas pernas. A claridade do dia avançava na noite. Pelas suas cartas eu sabia que ela era viciada em comida natural, como Cecília. Só que ela não tinha nada a ver com Cecília. Sentei na outra ponta do sofá e fiquei jogando olhares praquelas pernas. Sempre fui ligado em perna.

– Belas pernas as suas – disse a ela.

– Você gosta?

Ela levantou mais um pouco a saia. Era de enlouquecer. Aquele monte de perna gostosa saindo de todo aquele pano. Era tão melhor que uma minissaia.

Um drinque depois, eu me aproximei de Liza.

– Você tem que ir lá visitar minha academia – disse ela.

– Não consigo dançar.

– Consegue. Ensino você.

– De graça?

– Claro. Prum homão como você, até que seus pés são bem leves. Vejo pelo seu jeito de andar que você daria um ótimo dançarino.

– Negócio fechado. Vou dormir no seu sofá.

– Meu apartamento é legal, mas eu só tenho uma cama d'água.

– Tudo bem.

– Mas você vai ter que me deixar cozinhar pra você. Boa comida.

– Acho que tudo bem.

Olhei aquelas pernas. Empalmei um dos joelhos. Beijei-a. Ela me deu um beijo de mulher solitária.

– Você me acha atraente? – perguntou.

– Acho, claro. Mas o que eu gosto mais é do seu estilo. Você tem uma certa altivez.

– Você é um cara bem aprumado, Chinaski.

– Tenho que ser. Estou com quase 60 anos.

– Você parece mais ter 40, Hank.

– Você é bem aprumada também, Liza.

– Tenho que ser. Tô com 32.

– Ainda bem que você não tem 22.

– E ainda bem que você não tem 32.

– Ainda bem que essa noite ficou alegre – eu disse.

Nós dois demos um gole nos drinques.

– O que você pensa das mulheres? – ela perguntou.

– Não sou um pensador. Cada mulher é diferente. Basicamente, elas parecem combinar o que há de melhor e o que há de pior – duas coisas mágicas e terríveis. Fico contente que elas existam, de qualquer jeito.

– Como é que você as trata?

– Elas são melhores comigo do que eu com elas.

– E você acha isso justo?

– Não é justo, mas é como as coisas são.

– Você até que é honesto.

– Nem tanto.

– Depois de comprar as roupas, amanhã, vou experimentar todas pra você escolher a melhor.

– Legal. Mas eu gosto dos tipos longos. Classe é classe.

– Vou comprar de todos os tipos.

– Eu só compro roupa quando as minhas já estão caindo aos pedaços.

– Seus gastos são de outra natureza.

– Liza, eu vou pra cama depois desse drinque. Tudo bem?

– Claro.

Arrumei a cama dela no chão.

– Você acha que tem cobertor suficiente?

– Tem sim.

– O travesseiro tá legal?

– Deve estar ótimo.

Acabei meu drinque, fui passar o ferrolho na porta.

– Não estou trancando você aqui... fique tranquila.

– Eu estou...

Fui pro quarto, apaguei a luz, tirei a roupa, entrei debaixo das cobertas.

– Tá vendo – disse alto pra ela –, eu nem estuprei você nem nada.

– Ah – disse ela –, eu preferia que você tivesse...

Eu não acreditava muito naquilo. Mas era bom de ouvir. Tinha sido uma boa jogada. Liza ia ficar pra dormir.

Quando acordei, ouvi-a no banheiro. Será que eu deveria ter forçado a barra? Como saber o que fazer? Em geral, pensava eu, é melhor esperar, se você tem algum sentimento pela pessoa. Se você a detesta logo de cara, o melhor é já ir trepando; senão, era melhor esperar, depois trepar e deixar pra detestá-la mais tarde.

Liza saiu do banheiro num vestido vermelho de comprimento médio. Caía bem nela. Ela era esbelta e elegante. Ficou arrumando o cabelo diante do espelho do meu quarto.

– Hank, eu vou comprar as roupas agora. Fique na cama. Você deve estar ressacado demais depois daquela bebedeira.

– Ué, por quê? A gente bebeu a mesma coisa.

– Ouvi você surrupiando bebida na cozinha. Por que você fez aquilo?

– Medo, eu acho.

– Você? Com medo? Achei que você era o grande durão, o grande fodedor, o grande bebedor.

– Você se sentiu abandonada?

– Não.

– Eu estava com medo. Minha arte é meu medo. É daí que eu me projeto.

– Vou comprar as roupas, Hank.

– Você tá chateada. Eu deixei você na mão.

– Nada disso. Volto já.

– Onde fica essa loja?

– Na rua 87.

– Rua 87? Nossa mãe, lá é o *Watts*!

– Eles têm as melhores roupas da costa leste.

– Mas é uma zona negra!

– Você é contra os negros?

– Sou contra tudo.

– Vou de táxi. Estou de volta em três horas.

– Essa é a sua ideia de vingança?

– Já disse que volto. Estou deixando as minhas coisas.

– Você não vai voltar nunca.

– Vou voltar. Sei me virar, não se preocupe.

– Tudo bem, mas olha aqui... não pega táxi, não.

Levantei, procurei as chaves do meu carro nos bolsos do jeans.

— Tá, leva o meu Volks. Placa TRV 469, tá logo aí em frente. Cuidado com a embreagem, a segunda arranha um pouco, sobretudo quando você passa da terceira...

Ela pegou as chaves, eu voltei pra cama, me cobri com o lençol. Liza se inclinou sobre mim. Agarrei-a, beijei-a no pescoço. Eu tava com mau hálito.

— Anime-se – disse ela. – Tenha confiança. A gente vai comemorar hoje à noite. Vai ter um desfile de modas.

— Mal posso esperar.

— Espere.

— A chave prateada abre o carro do lado do motorista. A chave dourada é da ignição...

Lá se foi ela, no seu vestido vermelho de comprimento médio. Ouvi a porta fechando. Olhei em volta. Sua mala ainda estava lá. E tinha um par de sapatos dela no tapete.

85

Era uma e meia da tarde quando eu acordei. Tomei um banho, me vesti, olhei a correspondência. Carta de um rapaz de Glendale: "Caro Mr. Chinaski: sou um jovem escritor, e acho que dos bons, mas sou sempre recusado pelos editores. Como se faz pra vencer nesse jogo? Qual o segredo? Quem a gente deve conhecer? Eu admiro muito o seu trabalho e gostaria de ir aí pra conversar com o senhor, com uma dúzia de cervejas. Gostaria também de ler para o senhor algumas coisas minhas...".

O pobre idiota não tinha buceta. Joguei a carta no cesto.

Mais ou menos uma hora depois, Liza voltou.

— Nossa, achei as roupas mais incríveis!

Ela trazia uma braçada de vestidos. Foi pro quarto. Depois de algum tempo, saiu. Vestia um longo de gola alta e dava giros na minha frente. O vestido se ajustava muito bem à sua bunda. Era dourado e preto; os sapatos eram pretos. Executava uma dança sutil.

— Você gosta?

— Ah, muito... – fiquei sentado, olhando.

Liza voltou pro quarto. Daí, saiu de verde e vermelho com respingos prateados. Era um duas peças que lhe deixava de fora o umbigo. Desfilava na minha frente, me olhando de um jeito especial. Não era um olhar tímido nem sexy, era perfeito.

Não me lembro de quantos vestidos ela mostrou, mas o último caía-lhe muito bem. Aderia ao seu corpo e tinha dois rasgos laterais; quando andava, saía primeiro uma perna, depois a outra. O vestido era preto e comprido na frente; brilhava.

Ela desfilava pela sala; eu levantei e agarrei-a. Dei-lhe um beijo violento, me debruçando sobre ela. Ia beijando e puxando pra cima seu vestido. Levantei bem alto a parte de trás e vi sua calcinha: amarela. Levantei a parte da frente do vestido e espremi meu pau contra seu corpo. Sua língua se insinuou pra dentro da minha boca; estava fria como se tivesse acabado de beber água gelada. Fui empurrando ela pro quarto, joguei-a na cama e dei-lhe o maior malho. Tirei sua calcinha e as minhas calças. Deixei a imaginação rolar. Fiquei por cima dela, com suas pernas em volta do meu pescoço. Abri suas pernas, avancei, e enfiei-lhe o troço. Fiquei brincando um pouco, em ritmos diferentes; depois dei-lhe golpes raivosos, golpes amorosos, golpes provocadores, golpes brutais. Tirava, de vez em quando; punha de novo. Por fim, perdi o controle, dei as últimas bimbadas, gozei, me afundei do seu lado. Liza continuava a me beijar. Não sabia se ela tinha ou não gozado. Eu tinha.

Fomos jantar num restaurante francês, que servia também boa comida americana a preços razoáveis. Estava sempre lotado, o que nos dava a chance de esperar no bar. Dei o nome de Lancelote Alegramor e quando me chamaram, 45 minutos mais tarde, eu ainda estava sóbrio o bastante pra reconhecê-lo.

Pedimos uma garrafa de vinho. Resolvemos esperar um pouco mais pelo jantar. Não tem jeito melhor de beber do que numa mesinha com toalha branca e uma linda mulher.

– Você trepa – Liza me disse – com o entusiasmo de um homem que trepa pela primeira vez, mas, ao mesmo tempo, você trepa com bastante criatividade.

– Você se importa se eu escrever isso na minha manga?
– Claro.
– Sou capaz de usar qualquer hora.

– Tudo que eu peço é que você não use a mim. Não quero ser apenas mais uma de suas mulheres.

Não respondi.

– Minha irmã te odeia – ela disse. – Ela falou que você só iria me usar.

– Onde foi parar a sua classe, Liza? Você tá falando como qualquer uma.

A gente nem chegou a jantar. De volta pra casa, bebemos mais um pouco. Eu gostava à beça dela. Comecei a insultá-la um bocadinho, de farra. Ela parecia atônita. Seus olhos se encheram d'água. Foi pro banheiro, ficou lá uns dez minutos, e saiu.

– Minha irmã tinha razão. Você é um filho da mãe!

– Vamos pra cama, Liza.

Nos preparamos pra cama. Logo que deitamos, eu pulei em cima dela. Sem as preliminares, ficava muito mais difícil de enfiar, mas acabei conseguindo. Comecei a chacoalhar. Chacoalhava, chacoalhava. Era uma dessas noites quentes. Foi como um pesadelo recorrente. Comecei a suar. Cavalgava, bombava, mas nada acontecia, não tinha jeito de eu gozar. Cavalgava, bombava. Por fim, rolei pro lado.

– Desculpe, baby, bebi demais.

Liza suavemente escorregou sua cabeça do meu peito pra minha barriga, e daí pra baixo; pegou o negócio, começou a lamber, lamber, lamber; daí, botou ele na boca e mandou ver...

Fui de avião pra São Francisco com Liza. Ela morava num apartamento no alto de uma ladeira íngreme. Era legal. A primeira coisa que eu precisava fazer era cagar. Fui pro banheiro e sentei. Vinhas verdes decoravam o lugar. Que belo penico. Gostei dele. Quando saí, Liza me fez sentar nuns almofadões, botou Mozart no som, e me serviu de vinho branco geladinho. Era hora do jantar, e ela ficou na cozinha preparando a comida. Vez por outra, vinha encher meu copo. Sempre gostei mais de estar na casa das mulheres do que de elas estarem na minha. Uma vez na casa delas eu sempre poderia ir embora.

Me chamou pra jantar. Tinha salada, chá gelado e guisado de galinha. Tudo muito bom. Eu era um péssimo cozinheiro.

Só conseguia fritar bifes, embora fizesse também um bom picadinho de filé, sobretudo quando bêbado. Eu gostava de inventar algo com meus picadinhos de filé. Botava de tudo dentro, e às vezes até dava certo.

Depois do jantar fomos dar uma volta no Fisherman's Wharf. Liza dirigia com extremo cuidado. Me deixava nervoso. Parava em cada cruzamento, olhava pros dois lados. Mesmo se não vinha ninguém, ela continuava parada.

– Porra, Liza, vamos logo. Não vem vindo ninguém.

Só então ela seguia em frente. Era assim que acontecia com as pessoas. Com o passar do tempo, as excentricidades delas vinham à tona. Às vezes era engraçado – no início.

Caminhamos pelo cais. Daí, fomos sentar na areia. A praia não era lá essas coisas.

Ela me disse que há algum tempo estava sem namorado. O papo dos homens, as coisas a que eles davam importância, ela achava tudo um absurdo.

– Com as mulheres é a mesma coisa – eu disse a ela. – Quando perguntaram ao Richard Burton qual a primeira coisa que ele esperava de uma mulher, ele respondeu: "Que ela tenha mais de trinta anos".

Escureceu e a gente voltou ao apartamento. Liza trouxe o vinho; ficamos nas almofadas. Ela tinha levantado as persianas e a gente ficou olhando pra noite. Começamos a beijar. Daí, bebemos. E beijamos mais um pouco.

– Quando é que você volta a trabalhar? – perguntei-lhe.

– Você já quer me ver trabalhando?

– Não, mas você tem que viver, né?

– É, mas você também não tá trabalhando.

– De certa forma, estou.

– Quer dizer que você só vive pra escrever depois?

– Não, eu só existo. Daí, mais tarde, eu tento me lembrar de umas coisas e coloco-as no papel.

– Eu só trabalho na academia três noites por semana.

– Dá pra fechar as contas só com isso?

– Até agora tem dado.

Nossos beijos foram ficando mais e mais envolvente. Ela não bebia tanto quanto eu. Fomos pra cama d'água, tiramos a roupa, e começamos. Eu já tinha ouvido falar desse negócio de trepar em cama d'água. Diziam que era ótimo. Eu achei complicado. A água chacoalhava debaixo da gente. Enquanto eu bimbava, a água dançava de um lado pro outro. Em vez de trazê-la pra mim, a cama parecia afastá-la de mim. Talvez me faltasse prática. Parti pra selvageria costumeira, agarrando seus cabelos, e golpeando-a lá embaixo como se fosse um estupro. Ela gostava, pelo menos é o que parecia. Dava gemidos de delícia. Fiquei brutalizando ela um pouco mais, daí, de repente, pareceu que ela gozou, com todos os sons apropriados. Isso me excitou, e eu gozei logo depois dela.

Nos limpamos e voltamos pras almofadas e pro vinho. Liza pegou no sono com a cabeça no meu colo. Fiquei ali sentado mais ou menos uma hora. Então, me estiquei de costas sobre as almofadas, e ali passamos a noite.

No dia seguinte, Liza me levou à academia de dança. Compramos uns sanduíches num lugar ali em frente e levamos tudo, junto com as bebidas, pra academia e comemos. Era um amplo salão no segundo andar. Só tinha o assoalho vazio, um equipamento de som, umas cadeiras e cordas que pendiam do alto, presas no teto. Não sabia pra que servia aquilo tudo.

– Quer que eu te ensine a dançar? – perguntou.
– Acho que não tô muito a fim – disse eu.

Nos dias e noites seguintes foi a mesma coisa. Nada mal, mas nada maravilhoso. Aprendi a me virar melhor na cama d'água, mas ainda preferia uma cama normal pra trepar.

Fiquei mais uns três ou quatro dias e voei de volta para L.A.

Continuamos a nos corresponder.

Um mês depois, ela estava de novo em L.A. Dessa vez, quando abri a porta, encontrei-a de calças largas. Parecia diferente. Nem eu mesmo sabia dizer o porquê, mas ela parecia diferente. Achei meio chato ficar a sós com ela. Por isso, levei-a às corridas, ao cinema, ao boxe – tudo que eu costumava fazer junto com as mulheres de quem eu gostava. Mas faltava alguma coisa. A gente continuava a fazer sexo, porém já não era tão excitante. Me sentia como se estivéssemos casados.

Depois de cinco dias, Liza estava sentada no sofá, lendo jornal, quando me disse:

– Hank, não tá funcionando, né?

– Não.

– Que aconteceu de errado?

– Não sei.

– Vou embora. Não quero mais ficar aqui.

– Relaxa. Não tá assim *tão* ruim.

– Não consigo entender.

Não respondi.

– Hank, me leva até o prédio do Movimento Feminista. Você sabe onde fica?

– Sei, fica no bairro de Westlake, onde era antes a escola de arte.

– Como você sabe?

– Levei lá uma mulher, uma vez.

– Seu filho da mãe.

– Calminha...

– Tenho uma amiga que trabalha lá. Não sei onde ela mora e não consigo achar na lista. Mas sei que ela trabalha no prédio do Movimento Feminista. Vou ficar uns dois dias com ela. Não quero voltar pra São Francisco me sentindo desse jeito...

Liza juntou suas coisas e botou na mala. Entramos no carro e rodamos até o bairro de Westlake. Tinha levado Lydia lá uma vez, quando ela participou de uma exposição de arte feminina com as suas esculturas.

Estacionei em frente.

– Vou esperar pra ver se a sua amiga está aí.

– Não, tudo bem. Pode ir.

– Vou esperar.

Esperei. Liza apareceu, acenou. Acenei de volta, liguei o motor e me mandei.

86

Uma semana depois, lá estava eu, à tarde, em casa de cueca. Alguém bateu de leve na porta.

— Pera um pouco — eu disse.

Vesti o roupão e fui abrir.

— Eu e ela, nós duas, somos alemãs. A gente leu seus livros.

Uma parecia ter 19, a outra 22, talvez.

Tinham saído dois ou três livros meus na Alemanha, em edições limitadas. Eu nasci na Alemanha em 1920, em Andernach. A casa em que vivi na infância tinha virado um bordel. Eu não falava alemão. Mas elas falavam inglês.

— Entrem.

Sentaram no sofá.

— Sou Hilda — disse a de 19.

— Eu sou Gertrude — disse a de 22.

— Sou Hank.

— A gente acha seus livros muito tristes e muito engraçados — disse Gertrude.

— Obrigado.

Fui à cozinha e preparei três vodcas com 7-UP. Enchi os copos.

— Estamos indo pra Nova York. Aí, a gente achou que poderia dar uma passadinha aqui — disse Gertrude.

Estiveram no México, pelo que contaram. Falavam bem inglês. Gertrude era a mais massuda, quase balofa; era toda peitos e bunda. Hilda era magrinha, parecia tensa... com prisão de ventre, estranha. Mas atraente.

Dando um gole, cruzei as pernas. Meu roupão se abriu.

— Ah — disse Gertrude —, que belas pernas você tem!

— É verdade — disse Hilda.

— Eu sei — falei.

As garotas me acompanhavam direitinho na bebida. Fui preparar mais três. Quando sentei, tomei cuidado pro roupão não abrir.

— Vocês podem ficar aqui alguns dias, se quiserem descansar.

Não responderam.

— Ou, então, não precisam ficar — disse eu. — Tudo bem. Podemos também só conversar um pouco. Não quero pressionar vocês.

– Aposto que você conhece um monte de mulher – disse Hilda. – A gente leu seus livros.

– Eu escrevo ficção.

– Que é ficção?

– Ficção é a vida melhorada.

– Quer dizer que você mente? – perguntou Gertrude.

– Um pouco. Não muito.

– Você tem namorada? – perguntou Hilda.

– Não. Agora não.

– A gente vai ficar – disse Gertrude.

– Só tem uma cama.

– Tudo bem.

– Só mais uma coisa...

– Eu é que vou dormir no meio.

– Tudo bem.

Continuei preparando drinques e logo acabou a bebida. Telefonei pra loja.

– Eu quero...

– Pera aí, amigo – disse o cara –, a gente só começa a entregar a domicílio depois das seis.

– Ah, é? Eu faço você engolir 200 dólares toda semana...

– Quem é?

– Chinaski.

– Ah, Chinaski... Quê é que o senhor manda?

Disse pro cara o que eu queria.

– Você sabe como chegar aqui? – perguntei em seguida.

– Mas, claro...

Ele chegou em oito minutos. Era um australiano gordo que vivia suado. Peguei as duas caixas de papelão e larguei-as numa cadeira.

– Alô, senhoritas – disse o australiano gordo.

Elas não responderam.

– Quanto é a conta, Arbuckle?

– Bom, deu 17,94 dólares.

Dei-lhe uma nota de 20. Ele começou a cavocar os bolsos pra fazer o troco.

– Você é capaz de um truque melhor, cara. Guarde o troco pra comprar uma casa nova.

– Obrigado, senhor!
Daí, ele se aproximou conspirador e sussurrou:
– Meu Deus, como é que o senhor consegue?
– Datilografando – eu disse.
– Datilografando?
– É, cerca de dezoito palavras por minuto.
Empurrei-o pra fora e fechei a porta.

Naquela noite fui pra cama com elas, eu no meio. Estávamos todos bêbados e eu comecei agarrando e beijando e acariciando uma delas; depois, me virei e ataquei a outra. Ia de uma pra outra, era muito interessante. Depois, me concentrei numa só por um bom tempo, e aí me virei pra outra. Cada uma esperava pacientemente pela sua vez. Fiquei confuso. Gertrude era mais tesuda; Hilda mais jovem. Eu encoxava, montava nelas, mas não enfiava. Por fim, me decidi por Gertrude. Mas eu não conseguia transar. Estava muito bêbado. Gertrude e eu caímos no sono, ela segurando meu pau, eu apertando os peitos dela com as duas mãos. Meu pau amoleceu, seus peitos continuaram firmes.

No dia seguinte fez muito calor e caímos de novo na bebedeira. Telefonei pedindo comida. Liguei o ventilador. Não se conversou muito. Aquelas alemãs sabiam apreciar uma bebida. Daí, as duas foram lá fora e sentaram no sofá velho que tinha na soleira da porta; Hilda de shortinho e sutiã, Gertrude de combinação cor-de-rosa apertada, sem sutiã nem calcinha. Max, o carteiro, apareceu. Gertrude pegou a correspondência pra mim. O pobre Max quase desmaiou. Dava pra ver a inveja e a perplexidade nos seus olhos. Mas ele tinha a segurança de um emprego...

Lá pelas duas da tarde, Hilda anunciou que ia dar uma volta. Gertrude e eu fomos pra dentro. Finalmente *aconteceu*. Fomos pra cama e começamos com as preliminares. Depois de um tempo, fomos direto ao assunto. Cobri-a e o troço entrou. Só que entrou completamente pra esquerda, como se tivesse uma curva lá dentro. Só conseguia me lembrar de uma outra mulher daquele jeito – mas aquela tinha sido legal. Daí, comecei a pensar: "ela tá me enganando, vai ver nem entrei pra valer". Então, tirei e enfiei de novo. O troço entrou e fez a curva súbita pra esquerda outra vez. Que merda. Ou ela tinha uma xoxota estroncha ou eu não a estava penetrando. Me convenci de que a xoxota dela era estroncha mesmo. Bombei, bimbei, sempre com o negócio fazendo curva pra esquerda.

Batalhei sem descanso. Tive a impressão de estar cutucando um osso. Era chocante. Desisti e rolei pro lado.

– Desculpe – eu disse –, tô meio sem pique hoje.

Gertrude não respondeu.

Levantamos os dois e nos vestimos. Fomos pra sala e ficamos esperando por Hilda. A gente bebia enquanto esperava. Hilda estava demorando pra chegar. Demorou muito, muito tempo. Por fim, apareceu.

– Alô – disse eu.

– Quem são todos esses negros que andam por aí? – ela perguntou.

– Não sei quem são eles.

– Disseram que eu podia ganhar 2 mil dólares por semana.

– Fazendo o quê?

– Não disseram.

As alemãzinhas ficaram mais uns dois ou três dias. Continuei a foder aquela curva pra esquerda da Gertrude, mesmo sóbrio. Hilda me disse que estava usando tampax, portanto não tinha jeito.

Por fim, juntaram suas coisas e eu as levei de carro. Tinham grandes sacos de lona que carregavam nos ombros. Hippies alemãs. Fui seguindo as indicações que elas me davam. Vire aqui, vire ali. Fomos subindo cada vez mais as colinas de Hollywood. Estávamos em território rico, tinha esquecido que certas pessoas vivem no bem-bom, enquanto a maior parte do resto comia a própria merda de café da manhã. Quem vive onde eu vivia acaba achando que todo lugar no mundo é a mesma porcaria.

– É aqui – disse Gertrude.

O Volks parou na entrada de uma longa via particular cheia de curvas. Lá em cima, em algum lugar, devia ter uma daquelas casas que possuem tudo, dentro e fora, tudo a que esse tipo de gente tem direito.

– É melhor você deixar a gente subir a pé – disse Gertrude.

– Claro – eu disse.

Elas pularam do carro. Fiz a meia-volta. Elas me acenaram da entrada, com seus sacos de lona dependurados nos ombros. Respondi aos acenos. Daí, me mandei, em ponto morto, deslizando montanha abaixo.

87

Tinham me pedido pra fazer uma leitura numa boate famosa, *The Lancer*, no Hollywood Boulevard. Topei duas noites de leitura. Eu viria logo depois de um conjunto de rock, *O grande estupro*, a cada noite. O labirinto do show business começava a me sugar. Eu tinha ganhado uns convites e liguei pra Tammie perguntando se ela queria ir. Ela disse que sim e, então, na primeira noite, levei-a comigo. Eles ficaram de arranjar um lugar pra ela na frente. Ficamos no bar esperando pela hora do meu número. Tammie tinha um número parecido com o meu. Ficou logo bêbada, andando de lá pra cá no bar, falando com as pessoas.

Quando chegou a hora, Tammie despencava por cima das mesas. Encontrei seu irmão e lhe disse:

– Pelo amor de Deus, tira ela daqui, tá?

Ele carregou Tammie pra dentro da noite. Eu também estava bêbado e, mais tarde, esqueci que tinha pedido pra tirarem ela dali.

Não foi uma boa leitura. A plateia era estritamente fixada em rock. Perdiam versos, significados. Um pouco era culpa minha. Às vezes, eu dava sorte com patotas de rock, mas não foi o caso daquela noite. Fiquei perturbado com a ausência de Tammie, acho. Quando voltei pra casa, liguei pra ela. Atendeu a mãe.

– Sua filha é um LIXO! – eu disse pra mulher.

– Hank, não fale assim.

E desligou.

Na noite seguinte, fui sozinho. Fiquei bebendo numa mesa do bar. Uma mulher mais velha, de porte digno, se apresentou. Ensinava literatura inglesa e estava com uma de suas pupilas, uma gordinha chamada Nancy Freeze. Nancy parecia estar no cio. Queriam saber se eu responderia a algumas questões pro curso.

– Manda.
– Quem é seu autor favorito?
– Fante.
– Quem?
– John F - a - n - t - e. *Pergunte ao Pó*, *Espere a primavera, Bandini*.
– Onde a gente pode achar esses livros?
– Achei-os na biblioteca central, na cidade. Quinta com Olive, não é isso?
– Por que você gosta dele?
– Emoção total. Um homem muito valente.
– Quem mais?
– Céline.
– Quem?
– Eles estriparam o cara, ele ria e fazia os caras rirem também. Um homem muito valente.
– Você acredita em valentia?
– Gosto de ver a valentia em tudo: pássaros, répteis, humanos.
– Por quê?
– Por quê? Me faz sentir bem. É uma questão de estilo diante da falta total de sorte.
– E Hemingway?
– Não.
– Por quê?
– Muito duro, muito sério. Bom escritor, sentenças bem construídas. Mas, pra ele, a vida era sempre guerra total. Nunca deixava rolar, nunca dançava.

Fecharam seus cadernos e desapareceram. Mau. Queria ter dito a elas que as minhas verdadeiras influências foram Gable, Cagney, Bogart e Errol Flynn.

Logo depois, não sei como, eu estava sentado com três belas mulheres, Sara, Cassie e Debra. Sara tinha 32 anos, rapariga de classe, estilosa e sentimental. Seu cabelo era ruivo-aloirado e lhe descia reto; tinha olhos selvagens, ligeiramente insanos. Ela arcava também com uma sobrecarga de compaixão bastante sincera que devia lhe custar caro. Debra era judia, com grandes olhos castanhos e uma boca generosa, carregada de batom vermelho-sangue. Sua boca faiscava e acenava pra mim. Ela devia ter algo entre 30 e 35 anos e lembrava minha mãe em 1935, embora a velha tivesse sido muito mais bonita. Cassie era alta, de longos cabelos loiros, muito jovem, ricamente vestida, na moda, descolada, *in*, ansiosa, linda. Sentada do meu lado, apertava minha mão e esfregava sua coxa na minha. Notei que sua mão era muito maior que a minha. Embora sendo um baita homão, sempre me atrapalhou o fato de ter mãos pequenas. Nas brigas de bar da minha juventude, na Filadélfia, eu logo descobri a importância do tamanho das mãos. Era espantoso eu ter conseguido ganhar trinta por cento das minhas brigas. Cassie sentiu que levava vantagem sobre as outras duas; eu não tinha certeza de nada, mas deixava rolar.

Então, começou a leitura e eu tive mais sorte nessa noite. Era a mesma patota, mas minha cabeça trabalhava a meu favor. A turma foi ficando cada vez mais animada, mais doida, mais entusiasmada. Algumas vezes são eles os animadores; outras, é você. Em geral, é você. É como subir no ringue: você precisa sentir que deve à plateia alguma coisa, ou então é melhor nem estar ali. Rebolei, lancei *jabs* e cruzados e, no último round, eu mandei ver de verdade, pondo a nocaute o árbitro. Desempenho é desempenho. Devido ao meu fracasso na noite anterior, o meu sucesso de agora devia lhes parecer muito estranho. Eu, pelo menos, achei muito estranho.

Cassie esperava no bar. Sara me passou um bilhetinho de amor com seu número de telefone. Debra não foi tão criativa – só escreveu o número do telefone. Era estranho; por um momento, pensei em Katherine; daí, ofereci um drinque pra Cassie. Nunca mais vi Katherine. Minha garotinha do Texas, a mais bela entre as beldades. Tchau, Katherine.

– Olha, Cassie, dá pra você me levar pra casa? Tô muito bêbado pra dirigir. Se me pegarem mais uma vez bêbado, eu tô frito.

– Tudo bem, eu te levo pra casa. Mas, e o carro?

– Foda-se. Fica aí.

Fomos embora no seu M.G. Parecia um filme. Eu esperava a qualquer momento que ela me largasse na primeira esquina. Ela teria uns 25 anos. Falava e dirigia. Trabalhava para uma companhia de discos, adorava o serviço, não tinha de estar lá antes de dez e meia da manhã, e saía às três da tarde:

– Nada mau – disse ela –, e eu ainda curto o que faço. Tenho poder de empregar e demitir, agito muito. Até agora não tive que despedir ninguém. Eles são boa gente. Já produzimos grandes discos...

Chegamos em casa. Abri uma vodca. Os cabelos de Cassie chegavam-lhe até quase a bunda. Sempre fui vidrado em cabelo e perna.

– Você leu muito bem hoje – disse ela. – Você era uma pessoa totalmente diferente da noite passada. Não sei como explicar, mas quando está dando o melhor de si você tem tanta... humanidade. A maioria dos poetas não passa de merdinhas pedantes.

– Também não gosto deles.

– Nem eles de você.

Bebemos um pouco mais e fomos pra cama. Ela tinha um corpo incrível, glorioso. Estilo *Playboy*. Só que desgraçadamente eu estava bêbado. Fiquei de pau duro, porém. Bombei, bombei, agarrando seus longos cabelos; tirei de dentro, esfreguei minhas mãos no bicho; estava excitado, mas não consegui acabar. Rolei pro lado, disse boa noite pra Cassie e dormi um sono culpado.

Acordei envergonhado de manhã. Tinha certeza de que jamais veria Cassie de novo. Nos vestimos. Era umas dez horas. Fomos pro M.G. e entramos. Eu não falava nada, nem ela. Me sentia idiota e não tinha o que dizer. Voltamos pro *Lancer*. Lá estava o meu Volks azul.

Obrigado por tudo, Cassie. Pense com simpatia no Chinaski.

Não respondeu. Dei-lhe um beijo no rosto e saí do carro. Ela arrancou no seu M.G. Afinal de contas, era o que Lydia sempre dizia. "Se quiser beber, beba; se quiser foder, jogue fora a garrafa."

Meu problema é que eu queria fazer as duas coisas.

88

Por isso, me surpreendi quando o telefone tocou umas noites mais tarde e era Cassie.

– Que cê tá fazendo, Hank?
– Nada de especial...
– Por que você não dá um pulo aqui?
– Gostaria...

Me deu o endereço; ficava em Westwood ou West L.A.

– Tenho muita bebida – disse ela. – Não precisa trazer nada.
– Talvez eu não devesse beber nada...
– Tudo bem.
– Se você servir, eu bebo; se não, eu não bebo.
– Não se preocupe com isso – ela disse.

Me vesti, pulei pra dentro do Volks e toquei pra casa dela. A quantos intervalos um homem tem direito na luta pela vida? Os deuses estavam sendo bondosos comigo ultimamente. Seria um teste? Um ardil? Primeiro, vamos cevar o Chinaski, depois rachamos ele em dois. Sabia que isso poderia acontecer. Eu ia levando. Já tinha ido um bom par de vezes à lona e não dispunha de mais de dois rounds pela frente...

O apartamento de Cassie era no segundo andar. Ela parecia contente por me ver. Um cachorrão preto pulou em mim. Era enorme, desengonçado e macho. Apoiava as patas nos meus ombros e me lambia a cara. Empurrei-o. Ficou ali abanando o rabo, gemendo, pedindo atenção. Tinha longos pelos pretos e parecia ser mestiço. Não tinha mais tamanho.

– Esse é o Elton – disse Cassie.

Ela foi pegar o vinho na geladeira.

– Isso é o que você devia sempre beber. Tenho de monte.

Ela estava num vestido todo verde e superjusto. Parecia uma cobra. Seus sapatos eram cravejados de pedras verdes, e mais uma vez eu reparei como era comprido o seu cabelo; e não apenas comprido, mas cheio também – massa de cabelos. Chegava-lhe pelo menos até o rabo. Tinha grandes olhos azul-esverdeados, às vezes mais azuis que verdes, às vezes o contrário, dependendo da luz. Vi dois livros meus na estante, dos melhores.

Cassie sentou, abriu o vinho e serviu dois copos.

– Naquela vez que a gente se encontrou, senti um toque, um contato entre nós. Não queria deixar escapar – disse ela.

– Eu gostei muito – disse eu.

– Quer uma bolinha?

– Tudo bem – disse eu.

Ela trouxe duas. Cápsulas negras. O que há de melhor. Mandei a minha com vinho.

– Conheço o melhor traficante da cidade. Ele nunca me deixa na mão – ela disse.

– Legal.

– Você já se ligou em algum barato? – ela perguntou.

– Tentei coca uns tempos, mas não conseguia segurar a baixa. Ficava com medo de ir à cozinha, no dia seguinte, por causa de uma faca de açougueiro que tinha lá. Além disso, 50 ou 75 paus por dia são demais pro meu bolso.

– Eu tenho um pouco de pó.

– Eu passo.

Ela serviu mais vinho.

Não sei o porquê, mas cada nova mulher sempre parece a primeira, como se eu nunca tivesse estado com nenhuma antes, ou quase. Beijei Cassie. Enquanto beijava, minha mão passeava ao longo do seu cabelo.

– Quer música?

– Não precisa, não.

– Você conhece a Dee Dee Bronson, né? – perguntou Cassie.

– Conheço. A gente se separou.

– Sabe o que aconteceu com ela?

– Não.

– Primeiro, ela perdeu o emprego. Depois, foi ao México e conheceu um toureiro aposentado. O toureiro fez gato e sapato com ela e ainda rapou suas economias, uns 7 mil dólares.

– Pobre Dee Dee: saiu de mim pra cair nessa.

Cassie levantou. Observei-a atravessando a sala. Sua bunda tremulava dentro do vestido verde apertado. Voltou com sedinhas e maconha. Fez um charro.

– Daí, ela teve um acidente de carro.

– Era péssima no volante. Você conhece bem ela?

– Não. Mas a gente sabe de tudo no *métier*.

– É... só ir vivendo até morrer já dá muito trabalho – disse eu.

Cassie me passou o charro.

– Sua vida parece tranquila – disse ela.

– É mesmo?

– Quer dizer, você não bota banca, não tenta me impressionar como os outros homens. E você é engraçado sem querer.

– Gostei do seu corpo e do seu cabelo – eu disse –, e dos seus lábios e dos seus olhos e do seu vinho e da sua casa e do seu charro. Mas não sou tranquilo.

– Você escreve bastante sobre mulheres.

– Eu sei. Fico imaginando sobre o que vou escrever depois disso.

– Pode ser que continue nessa.

– Nada é eterno.

– Me passa o charro.

– Claro, Cassie.

Ela deu um tapa, e aí a gente se beijou. Puxei sua cabeça pra trás, pelos cabelos. Forcei caminho entre seus lábios. Longo beijo. Daí, soltei-a.

– Você gosta mesmo disso, né? – ela perguntou.

– Pra mim, beijar é mais íntimo e sexual que trepar.

– Acho que você tem razão – disse ela.

Fumamos e bebemos por várias horas, e fomos pra cama. Beijamos e nos bolinamos. Foi legal, fiquei teso, dei-lhe umas boas bimbadas, mas depois de dez minutos percebi que eu não ia acabar. Muito álcool de novo. Comecei a suar e pregar. Dei mais umas bimbadas, daí rolei pro lado.

– Desculpe, Cassie...

Vi a sua cabeça escorregando pro meu pênis. Estava duro ainda. Começou a lamber. Fiquei observando Cassie lamber meu pau. O luar entrava pela janela e eu podia vê-la claramente. Deu umas mordiscadas na ponta da minha pica. De repente, começou a chupar o negócio pra valer, escorregando a língua por toda a extensão do meu pau enquanto chupava. Era uma glória.

Apanhei seus cabelos com a mão direita e os levantei bem alto; todo aquele cabelão, bem acima da sua cabeça. Ela não parava de chupar. Demorou um bom tempo, mas finalmente eu senti que ia gozar. Ela sentiu também e redobrou esforços. Comecei a gemer, e podia ouvir o cachorro gemendo junto comigo ao lado da cama. Gostei daquilo. Segurei o mais que pude pra prolongar o prazer. Daí, sempre segurando e acariciando seu cabelo, explodi na sua boca.

Quando acordei, na manhã seguinte, Cassie se vestia.

– Tudo bem – disse ela –, pode ficar. Só não se esquece de trancar a porta quando você sair.

– Tudo bem.

Depois que ela saiu, tomei um banho. Daí, achei uma cerveja na geladeira, bebi, me vesti, disse tchau pro Elton, fui pro Volks e voltei pra casa.

89

Três ou quatro dias mais tarde, achei o bilhete de Debra e liguei. Ela disse: "Vem cá". Me deu as indicações pra chegar a Playa Del Rey e lá fui eu. Era uma pequena casa alugada com uma área na frente. Entrei com o carro nessa área, desci, fui bater na porta; depois, apertei a campainha. Era uma dessas campainhas ding-dong. Debra abriu a porta. Estava do jeito que eu me lembrava dela: boca enorme borrada de batom, cabelos curtos, brincos cintilantes, perfume, e, quase sempre, aquele sorriso selvagem.

– Ah, entra, Henry!

Entrei. Tinha um cara lá, um homossexual óbvio; portanto, fora do páreo.

– Esse é Larry, meu vizinho. Ele mora na casa dos fundos.

Apertamos as mãos e sentamos.

– Tem alguma coisa pra beber? – perguntei.

– Ora, *Henry*!

– Posso ir comprar qualquer coisa. Já teria comprado; só não sabia o que você prefere.

– Ora, eu tenho bebida.

Debra foi pra cozinha.

– Tudo bem? – perguntei a Larry.

– Não andei muito bem, mas agora vou melhor. Estou praticando auto-hipnose. Tá sendo uma maravilha pra mim.

– Você bebe alguma coisa, Larry? – perguntou Debra da cozinha.

– Não, obrigado...

Debra voltou com dois copos de vinho tinto. Sua casa era superdecorada. Tinha coisa por todo lado. Era um atravancamento de luxo. Saía um rock de pequenas caixas de som espalhadas pelos quatro cantos.

– Larry tá fazendo auto-hipnose.

– É, ele me disse.

– Você não imagina como eu tô dormindo melhor, como eu tô me relacionando melhor com as pessoas – disse Larry.

– Você acha que todo mundo deveria experimentar? – perguntou Debra.

– Bom, isso é difícil de dizer. Só sei que funciona pra mim.

– Vou dar uma festa das bruxas, Henry. Vai vir todo mundo. Por que você não aparece? Que fantasia você acha que ficava bem pra ele, Larry?

Os dois me olharam.

– Bom, eu não sei... – disse Larry – não sei mesmo. Quem sabe de... ah, não... acho que não...

Soou o ding-dong da campainha, Debra foi abrir. Era outro homossexual, este sem camisa. Estava com uma máscara de lobo, que tinha uma linguona pendurada na boca. Tinha um jeito ranzinza, deprimido.

– Vincent, esse é o Henry. Henry, esse é o Vincent...

Vincent me ignorou. Ficou ali parado com a sua língua de borracha.

– Tive um péssimo dia no trabalho. Não aguento mais aquilo. Acho que vou sair.

– Mas, Vincent, o que você iria fazer? – Debra lhe perguntou.

– Não sei. Eu posso fazer um monte de coisas. Não tenho que engolir a merda deles!

– Você vem pra festa, né Vincent?

– Claro, há dias que eu tô me preparando.

– Você já decorou a sua fala na peça?

– Decorei. Mas, dessa vez, eu acho que a gente devia apresentar a peça antes das brincadeiras. Da última vez, tava todo mundo tão chumbado antes da apresentação que ninguém deu o devido valor.

– Tudo bem, Vincent, vamos fazer como você falou.

Isto posto, Vincent e sua língua deram meia-volta e saíram pela porta.

Larry levantou.

– Bom, vou indo agora. Prazer te conhecer – me disse ele.

– Tudo bem, Larry.

Apertamos as mãos e Larry saiu pela cozinha e porta dos fundos, pra sua casa.

– Larry tem sido uma mão na roda pra mim, é ótimo vizinho. Gostei de ver que você tratou ele bem.

– Ele é legal. De todo jeito, estava aqui primeiro que eu.

– A gente não faz sexo.

– Nem a gente.

– Você me entendeu.

– Vou comprar qualquer coisa pra gente beber.

– Henry, tenho um monte de bebida. Sabia que você ia vir.

Debra encheu de novo nossos copos. Olhei pra ela. Era jovem, mas parecia ter saído direto dos anos trinta. Usava uma saia preta que terminava um palmo abaixo do joelho; sapatos pretos de salto alto, uma blusa branca de colarinho alto, colar, brincos, batom, muito *rouge*, perfume. Era bem-feitinha, com belos peitos e nádegas que balançavam com o seu andar. Não parava de acender cigarros, tinha bitucas manchadas de batom por todo canto. Eu achava que tinha voltado pra infância. Nem usava meia-calça; dava uns repuxões, de vez em quando, nas meias de nylon, mostrando joelhos e coxas. Era o tipo de garota que os nossos pais adoravam.

Me falou do seu trabalho. Tinha alguma coisa a ver com transcrições de julgamentos e advogados. Ficava maluca com aquilo, mas ganhava bem.

– Tem vez que eu fico muito mal-humorada, mas consigo superar a crise e eles me perdoam. Você nem imagina o que são esses malditos advogados! Querem tudo imediatamente, sem se preocupar com o tempo que demora pra conseguir as coisas.

– Advogados e médicos são os indivíduos mais mimados e mais bem pagos da nossa sociedade. O próximo da lista é o mecânico da esquina. Depois, você pode botar o dentista.

Debra cruzou as pernas e sua saia enrugou um pouco.

– Você tem lindas pernas, Debra. E sabe como se vestir. Você me faz lembrar das garotas do tempo da minha mãe. Aquilo sim é que eram mulheres.

– Você é um grande poeta, Henry.

– Você sabe do que eu estou falando. Vale especialmente pra L.A. Não faz muito tempo, eu voltei de viagem, e sabe como foi que eu me senti mesmo de volta?

– Não... como?

– Foi quando eu vi a primeira mulher passando na rua. Ela estava com uma saia tão curta que dava pra ver o cavalo da calcinha.

E na frente da calcinha – desculpe – dava pra ver os pentelhos da buceta. Aí eu soube que estava de volta a L.A.

– Onde você estava? Em Mam Street?

– Que nada! Era Beverly com Fairfax.

– Tá gostando do vinho?

– Tô, e da sua casa também. Eu poderia até mudar pra cá.

– Meu senhorio é ciumento.

– Tem mais alguém que ficaria com ciúmes?

– Não.

– Por quê?

– Trabalho duro, e quando chego à noite em casa só quero saber de relaxar. Gosto de ficar decorando este lugar. Minha amiga – uma que trabalha pra mim – e eu vamos percorrer uns antiquários amanhã de manhã. Você não quer vir junto?

– Eu vou estar aqui de manhã?

Debra não respondeu. Me serviu de mais vinho e sentou do meu lado no sofá. Me inclinei sobre ela e dei-lhe um beijo. No mesmo ato, puxei pra cima a saia dela e dei uma espiada naquela perna de nylon. Parecia ótima. Quando acabamos de beijar, ela puxou a saia pra baixo de novo, mas eu já tinha memorizado a perna. Ela levantou e foi pro banheiro. Ouvi a descarga. Passou um tempo. Ela provavelmente estava botando mais batom. Tirei o lenço e limpei a boca. O lenço ficou borrado de vermelho. Eu conseguia, por fim, o que os garotos do meu tempo de ginásio sempre conseguiam; os meninos dourados, ricos, bonitos, bem-vestidos, com seus carros novos. Eu vivia esculhambado e só tinha uma bicicleta quebrada.

Debra voltou. Sentou e acendeu um cigarro.

– Vamos trepar – disse eu.

Debra foi pro quarto. Tinha uma garrafa de vinho pela metade na mesa de centro. Enchi o copo e acendi um cigarro dela. Ela tirou o rock. Ficou melhor.

Silêncio. Enchi de novo o copo. Será que eu devia mudar mesmo? Onde eu ia pôr a máquina de escrever?

– Henry?

– Quê?

– Onde cê tá?

– Já vou. Só quero acabar esse copo.

– Tudo bem.

Acabei com o que sobrara na garrafa. Lá estava eu em Playa Del Rey. Me despi, amontoando as roupas de qualquer jeito no sofá. Nunca fui elegante. Minhas camisas eram todas desbotadas, encolhidas, surradas e já tinham cinco ou seis anos. Minhas calças, a mesma coisa. Detestava as grandes lojas, detestava os vendedores, eles se faziam de superiores, pareciam conhecer o sentido da vida, tinham uma segurança que me faltava. Meus sapatos eram sempre velhos e estropiados, e eu detestava lojas de sapatos também. Nunca comprava nada novo, a menos que as minhas coisas já estivessem completamente inutilizadas – automóveis inclusive. Não era questão de economia, é que eu não tolerava ser um comprador na dependência dos vendedores, aqueles caras tão altivos e superiores. Além disso, eu perdia tempo, um tempo em que eu poderia muito bem estar de papo pro ar, bebendo.

Fui pro quarto, só de cueca. Eu estava consciente da minha pança pendendo sobre a cueca. Mas não fazia nenhum esforço para encolher. Abaixei a cueca do lado da cama e, pé ante pé, saí dela. De repente, me deu vontade de beber mais. Entrei para debaixo das cobertas. Me virei pra Debra. Abracei-a. Nos apertamos. Ela estava de boca aberta. Beijei-a. Sua boca parecia uma buceta molhada. Ela estava no ponto. Senti isso. Não ia precisar de preliminares. Nos beijamos; sua língua ficou cutucando a minha, dentro da minha boca. Segurei-a entre meus dentes. Daí, cobri Debra e enfiei lá dentro.

Acho que foi o jeito de ela virar a cabeça pro lado enquanto eu metia. O fato é que fiquei doidão. Aquela cabeça virada socando o travesseiro, cada vez que eu metia... De vez em quando, enquanto bimbava, eu virava sua cabeça pra mim e aplicava um beijo naquela boca vermelho-sangue. Finalmente, eu dava certo. Eu estava trepando com todas as mulheres e garotas que eu contemplara longamente nas calçadas de Los Angeles, em 1937, o último ano ruim pra valer da depressão, quando uma buceta custava 2 paus e ninguém tinha grana (ou esperança). Tive de esperar um bom tempo pela minha vez. Batalhei, gramei. Eu estava no meio de uma foda vermelha, tesuda e vã! Agarrei a cabeça de Debra mais uma vez, e mergulhei de novo naqueles lábios batonados, ao mesmo tempo que esguichava dentro dela, dentro do diafragma dela.

90

O dia seguinte era sábado; Debra preparou o café da manhã.
– Você vai à caça de antiguidades com a gente hoje?
– Tudo bem.
– Tá de ressaca? – ela perguntou.
– Nem tanto.

Ficamos um tempo comendo em silêncio; daí, ela disse:
— Gostei da sua leitura no *Lancer*. Você estava bêbado, mas saiu legal.
— Às vezes não sai.
— Quando você vai ler de novo?
— Uma pessoa do Canadá andou me ligando; estão tentando levantar fundos.
— Canadá! Posso ir com você?
— Vamos ver.
— Você vai ficar aqui hoje à noite?
— Você quer que eu fique?
— Quero.
— Então eu fico.
— Ótimo...

Acabamos o café e eu fui ao banheiro, enquanto Debra lavava os pratos. Dei a descarga, me limpei, dei a descarga de novo, lavei as mãos, saí. Debra trabalhava na pia. Agarrei-a por trás.
— Pode usar minha escova de dentes se você quiser — disse ela.
— Tá tão ruim o meu hálito?
— Não, tá bom.
— Como a peste, né?
— Tome um banho também...
— Isso também...?
— Pare com isso — disse ela, tentando se desembaraçar de mim. — Tessie vem daqui a uma hora. Dá tempo de tirar a craca.

Fui abrir o chuveiro. Tinha uma foto de um homem na parede do banheiro — moreno, cabelo comprido, boa-pinta padronizada, deixando transparecer a idiotice costumeira. Seus dentes brancos me sorriam. Escovei o que restava dos meus dentes desbotados. Debra tinha deixado escapar que seu ex-marido era um covarde.

Debra entrou no chuveiro depois de mim. Me servi de vinho num copinho e fui sentar numa cadeira do lado da janela da frente. De repente, lembrei que eu não tinha enviado a pensão da criança pra minha ex-mulher. "Bom", pensei, "faço isso na segunda-feira."

Me sentia em paz em Playa Del Rey. Era bom sair do cortiço sujo e apinhado de gente em que eu morava. Não tinha sombra; o sol nos fustigava sem piedade. Éramos todos dementes, de um jeito ou de outro. Até os cachorros e os gatos eram dementes, mais os pássaros e os garotos jornaleiros e as putas.

Pra gente de Hollywood-Leste, as privadas nunca funcionavam direito, e os encanadores de carregação que o senhorio arrumava não eram capazes de consertá-las. A gente tinha de deixar as caixas-d'água abertas e acionar a descarga com as mãos. As torneiras pingavam, as baratas pululavam, os cachorros cagavam em toda parte e os buracos nas telas deixavam entrar as moscas e todo tipo de insetos estranhos com asas.

O ding-dong soou e eu levantei pra abrir a porta. Era Tessie: quarentona com cara de galinha, ruiva tingida.

– Você é o Henry, né?
– Sou. Debra tá no banho. Sente-se, por favor.

Ela vestia uma saia vermelha curta. Boas coxas. As canelas e barrigas das pernas não eram nada más também. Tinha cara de quem adorava foder.

Fui até o banheiro e bati na porta.
– Debra, a Tessie tá aqui...

O primeiro antiquário ficava a uma ou duas quadras do mar. Fomos até lá no Volks. Dei uma olhada nas coisas com elas. Tudo custava em torno de 800, 1.500 dólares... relógios velhos, cadeiras velhas, mesas velhas. Os preços eram inacreditáveis. Dois ou três vendedores montavam guarda, esfregando as mãos. Era evidente que eles trabalhavam por um salário mais comissão. O dono, por certo, arrumava os artigos por quase nada na Europa ou nas Montanhas Ozark. Me enchi de olhar etiquetas com preços exorbitantes. Disse às meninas que eu esperaria no carro.

Achei um bar do outro lado da rua, entrei, sentei. Pedi uma cerveja. O bar estava cheio de rapazes, a maioria com menos de 25 anos. Eram loiros e esbeltos, ou morenos e esbeltos, vestindo calças e camisas impecáveis. Eram impassíveis e não tinham cara de nada. Não havia mulheres. Tinha um grande aparelho de televisão, sem som. Ninguém assistia. Ninguém falava. Acabei a cerveja e fui embora.

Achei uma loja de bebidas e comprei um pacote de meia dúzia de latas de cerveja. Voltei pro carro e fiquei lá sentado. Boa cerveja.

O carro estava parado no estacionamento nos fundos do antiquário.

O trânsito da rua à minha esquerda estava congestionado e eu fiquei observando as pessoas esperando pacientemente dentro dos carros. Quase sempre tinha um homem e uma mulher, olhando reto pra frente, sem falar. Para todos, era uma questão de esperar, e nada mais. Esperar, esperar – pelo hospital, pelo médico, pelo encanador, pelo hospício, pela cadeia, até pela morte do papa. O sinal vermelho logo ficava verde. Os cidadãos do mundo comiam sua comida e assistiam suas tevês e se preocupavam com seus empregos, ou com a falta de, enquanto esperavam.

Pensei em Debra e Tessie. Na verdade, eu não gostava de Debra, mas lá estava eu, entrando na vida dela. Me senti um *voyeur*.

Fiquei ali, bebendo minha cerveja. Estava na última lata, quando elas finalmente apareceram.

– Henry! – disse Debra – Achei uma mesinha com tampo de mármore por apenas 200 dólares!

– É realmente *fabulosa*! – disse Tessie.

Entraram no carro. Debra pressionou sua perna contra a minha.

– Você se chateou com tudo isso? – ela perguntou.

Liguei o carro, rodei até uma loja de bebidas, comprei três ou quatro garrafas de vinho e cigarros.

"Essa cadela da Tessie com a sua saia vermelha curta e meias de nylon...", pensei comigo, ao pagar o homem da loja de bebidas. "Aposto que ela já liquidou com pelo menos uma dúzia de bons homens, sem nem sequer pensar no caso. Descobri que o problema dela era *não* pensar. Ela não gostava de pensar. E tudo bem, já que não havia regras nem leis contra isso. Mas, quando ela chegasse aos cinquenta, dali a poucos anos, então ia começar a pensar! Ia virar uma mulher amarga dentro de um supermercado, de óculos escuros na cara balofa e infeliz, atropelando as canelas das pessoas na fila da caixa, com seu carrinho de compras cheio de ricota, chips, costelas de porco, cebolas e meia garrafa de Jim Beam."

Voltei pro carro; voltamos pra casa de Debra. As garotas sentaram. Abri um garrafa e enchi três copos.

– Henry – disse Debra –, vou chamar Larry. Ele vai me levar de caminhonete pra eu apanhar a mesa. Essa você não precisa aguentar, fique sossegado.

– Tá.

– Tessie te faz companhia.

– Tudo bem.

– Tratem de se comportar, hein, crianças!

Larry veio pela porta dos fundos e saiu com Debra pela da frente. Esquentou a caminhonete e se foram.

– Bom, cá estamos, a sós.

– Pode crer – disse Tessie, imóvel, olhando pra frente.

Acabei meu copo e fui ao banheiro dar uma mijada. Quando saí, Tessie ainda estava sentada quietinha no sofá.

Passei por trás do sofá. Quando cheguei nela, peguei seu queixo e puxei ele pra trás. Ela ficou de cara pra cima. Me inclinei e esmaguei minha boca contra a sua. Ela tinha uma baita cabeçona. Trazia os olhos borrados de maquiagem roxa e cheirava a suco de frutas passado – de abricó. Correntinhas de prata pendiam-lhe das orelhas, e na extremidade de cada correntinha tinha uma bola. Bem simbólico. Enquanto beijávamos, eu enfiei a mão por dentro da sua blusa. Empalmei um peito e fiquei girando ele. Sem sutiã. Daí, me endireitei e tirei a mão. Dei a volta no sofá e sentei do lado dela. Enchi dois copos.

– Prum filho da puta assim velho e horroroso, até que você tem culhões, hein...

– Que tal uma rapidinha, antes da Debra voltar?

– Não.

– Não precisa me odiar por causa disso; só tô tentando animar a festa.

— Acho que você passou dos limites. O que você acabou de fazer foi grosseiro e óbvio demais.

— Acho que eu careço de imaginação.

— E você é escritor?

— Eu escrevo. Mas, em geral, só tiro fotografias.

— Acho que você trepa com as mulheres só pra poder escrever sobre as trepadas depois.

— Não sei, não.

— Acho que sim.

— Ok, ok, esquece. Vamos beber.

Tessie virou o copo, descansou o cigarro. Me olhou, piscando seus longos cílios postiços. Tinha uma enorme boca de batom, como Debra. Só que a boca de Debra era mais escura e não cintilava tanto. A de Tessie era vermelho-brilhante de lábios cintilantes. Ficou de boca aberta, lambendo o lábio inferior. De repente, me agarrou. Aquela boca se abriu sobre a minha. Era excitante. Me senti estuprado. Comecei a ficar de pau duro. Enquanto ela me beijava, minha mão entrou por dentro da saia e ficou alisando sua perna esquerda. O beijo continuou.

— Vem cá – disse eu, depois do beijo.

Puxei-a pela mão pro quarto de Debra. Joguei-a na cama. Tinha uma colcha. Tirei sapatos e calça, daí tirei os sapatos dela. Dei-lhe um longo beijo, levantei a saia dela acima dos quadris. Não usava meia-calça. Só meias de nylon e calcinha cor-de-rosa. Tessie estava de olhos fechados. Nas vizinhanças, tocava uma música sinfônica. Pincelei aquela buceta com um dedo. Logo ficou úmida e começou a se abrir. Enfiei o dedo. Daí, tirei o dedo e sissiriquei o clitóris. Ela tava legal, molhadinha. Montei nela. Dei-lhe uns trancos rápidos, selvagens; depois, fui degavar; daí, meti de novo. Olhei praquela cara simplória e depravada. Me excitou pra valer. Caí matando.

Então, Tessie me empurrou.

— Sai!

— Quê? Quê?!

— Tô ouvindo a caminhonete! Vou ser despedida! Vou perder o emprego!

— Não! Não, sua PUTA!

Enfiei sem piedade, esmagando meus lábios contra aquela horrível boca cintilante e gozei lá dentro, gostoso. Pulei fora da cama. Tessie apanhou a calcinha e sapatos e correu pro banheiro. Me limpei com o lenço, arrumei a colcha, afofei os travesseiros. No que eu fechei o zíper, a porta se abriu. Fui pra sala.

— Henry, dá pra você ajudar o Larry a carregar a mesa? É pesada.

— Claro.

— Cadê a Tessie?

— Acho que tá no banheiro.

Fui atrás de Debra até a caminhonete. Fizemos a mesa escorregar pra fora da carroceria, agarramos e levamos pra dentro. Quando entramos, Tessie estava sentada no sofá com um cigarro.

— Não vão deixar a mercadoria cair, rapazes! – disse ela.

— Não tem perigo!

Botamos a mesa no quarto de Debra, do lado da cama. Tinha outra mesa lá, que ela removeu antes. Daí, ficamos em volta apreciando a mesa.

— Ai, Henry... só 200... cê gosta?

— É legal, Debra, poxa, é bem legal.

Fui pro banheiro. Lavei a cara, penteei o cabelo. Abaixei calça e cueca e lavei as partes, sem ruído. Daí, mijei, dei a descarga, saí.

— Quer um vinho, Larry? – perguntei.

— Não, não; obrigado...

— Obrigada pela ajuda, Larry – disse Debra.

Larry saiu pela porta do fundo.

— Nossa, eu tô tão excitada! – disse Debra.

Tessie ficou bebendo e conversando com a gente durante uns dez ou quinze minutos; daí, falou:

— Tenho que ir.

— Se quiser, pode ficar – disse Debra.

— Não, não. Tenho que ir. Preciso arrumar meu apartamento, que tá uma bagunça.

— Arrumar o apartamento? Hoje? Com dois amigos tão legais aqui pra beber com você? – perguntou Debra.

– É que eu fico aqui só pensando naquela bagunça e não consigo relaxar. Não leve a mal.

– Tudo bem, Tessie, então vai. A gente perdoa.

– Então tá, querida...

Se beijaram na porta, e Tessie foi embora. Debra me levou pela mão pro quarto. Ficamos olhando a mesa de mármore.

– O que você acha de verdade dela, Henry?

– Bom, uma vez eu perdi 200 paus no jóquei e nem sequer tinha nada pra mostrar depois... portanto, eu acho legal.

– Ela vai ficar aqui do nosso lado essa noite.

– Quem sabe não era melhor eu ficar aí de pé e você ir pra cama com a mesa?

– Ciumento!

– Lógico.

Debra foi pra cozinha e voltou com uns trapos e um líquido de limpeza. Começou a aplicar o líquido na mesa.

– Tá vendo? Tem um jeito especial de tratar o mármore que acentua os veios.

Tirei a roupa e fiquei sentado de cueca na beira da cama. Me reclinei nos travesseiros encostados na cabeceira. Em seguida, fiquei sentado.

– Puxa, Debra, tô amassando toda a sua colcha.

– Tudo bem.

Fui pegar dois drinques, dei um pra Debra. Fiquei observando ela trabalhar na mesa. Aí, ela olhou pra mim:

– Sabe, você tem as pernas mais bonitas que já vi num homem.

– Nada mau pra um cara velho, hein, garota?

– Nada mau mesmo.

Ficou polindo a mesa um pouco mais, e desistiu.

– Como é que foi com a Tessie?

– Ela é legal. Gostei bastante dela.

– Ela trabalha bem, viu.

– Não podia imaginar isso.

– Me senti mal por ela ter ido embora. Acho que ela só quis dar privacidade pra gente. Tenho que ligar pra ela.

– Por que não?

Debra pegou o telefone. Ficou um bom tempo falando com Tessie. Começou a escurecer. E o jantar? O telefone estava no meio da cama e ela, sentada sobre as pernas. Tinha uma bela bunda. Debra deu uma risada e disse tchau. Olhou pra mim.

– Tessie disse que você é doce.

Fui buscar mais bebidas. Quando voltei, a grande televisão em cores estava ligada. Ficamos sentados lado a lado na cama assistindo à tevê, com as costas apoiadas na parede, bebendo.

– Henry – ela perguntou –, que cê vai fazer no Dia de Ação de Graças?

– Nada.

– Por que você não vem passar comigo? Vou fazer um peru. Uns dois ou três amigos vão aparecer.

– Interessante...

Debra se inclinou pra frente e com um peteleco desligou o aparelho. Parecia muito feliz. Apagou a luz. Foi pro banheiro e voltou envolta numa espécie de gaze. Veio pro meu lado na cama. Nos espremos. Meu pau subiu. Sua língua entrava e saía da minha boca. Era uma língua longa e cálida. Fui lá pra baixo. Enfiei minha língua por entre seus pentelhos. Daí, esfreguei-lhe um pouco meu nariz. Ela reagia às carícias. Subi de novo, montei e enfiei nela o negócio.

...Batalhei, batalhei. Tentei imaginar Tessie naquela sainha vermelha. Não adiantou. Tessie tinha me esvaziado. Continuei a bombar.

– Desculpe, baby, bebi demais. Olha, sente o meu coração!

Ela botou a mão no meu peito.

– Nossa, tá batendo mesmo – disse.

– Ainda estou convidado pro Dia de Ação de Graças?

– Claro, meu pobrezinho, por favor, não se preocupe.

Dei-lhe um beijo de boa noite, rolei pro lado e tentei dormir.

91

Na manhã seguinte, depois que Debra saiu, tomei banho e tentei assistir televisão. Fiquei zanzando pelado até perceber que poderiam me ver da rua, pelas janelas da frente. Tomei, então, um copo de suco de *grapefruit* e me vesti. Por fim, só me restava voltar pra casa. Devia ter correspondência lá, uma carta de alguém, talvez. Verifiquei se todas as portas estavam trancadas, fui até o Volks, dei a partida e voltei pra Los Angeles.

No caminho, lembrei de Sara, a terceira garota que eu tinha encontrado na leitura, no Lancer. Guardara o telefone dela na carteira. Cheguei em casa, dei uma cagada e liguei pra ela.

– Alô – disse eu –, aqui é o Chinaski, Henry Chinaski...

– Sim, eu me lembro de você.

– Que cê tá fazendo? Achei que eu poderia passar aí pra te ver...

– Vou ter que ficar no meu restaurante, hoje. Por que você não vem me encontrar?

– É um lugar de comida natural, né?

– É. Vem, que eu te faço um belo sanduíche natural.

– Ah, é?

– Fecho às quatro. Por que você não chega aqui um pouco antes?

– Tudo bem. Como é que eu chego aí?

– Pega uma caneta que eu explico.

Anotei as indicações.

– Te vejo às três e meia – eu disse.

Lá pelas duas e meia, entrei no Volks. No meio da autoestrada as indicações ficaram confusas, ou eu é que me confundi. Autoestradas e indicações me provocam grande dissabor. Peguei um desvio errado e fui sair em Lakewood. Entrei num posto de gasolina e liguei pra Sara.

– Drop On Inn – ela disse do outro lado.

– Merda! – disse eu.

– Henry? Que foi? Você tá zangado?

– Tô em Lakewood! Suas indicações são foda!

– Lakewood? Espera.

– Vou voltar. Preciso de um drinque.

– Pera aí! Calma! Quero te ver! Me diz qual a rua em que você está e qual a rua da esquina mais próxima.

Deixei o fone pendurado e fui ver onde eu estava. Passei a informação pra Sara. Ela me reorientou.

237

— É fácil – disse ela. – Agora, me promete que você vem.

— Tudo bem.

— Se você se perder de novo, me telefona.

— Olha, me desculpe, é que eu não tenho senso de direção. Sempre tenho pesadelos em que fico perdido. Acho que sou de outro planeta.

— Tá tudo bem. É só seguir as novas indicações.

Voltei pro carro, e, dessa vez, foi fácil. Logo eu estava na Rodovia da Costa do Pacífico procurando a saída certa. Achei. Fui desembocar num bairro comercial chique, perto do mar. Fui dirigindo devagar até localizar o Drop On Inn, debaixo de uma grande placa pintada à mão. Tinha fotos e cartões-postais colados na janela. Uma verdadeira casa de comida natural, Jesus Cristo. Não quis entrar. Dei a volta no quarteirão e passei de novo, devagar, na frente do Drop On Inn. Virei à direita, depois novamente à direita. Vi um bar: "Enseada do Caranguejo". Estacionei na frente e entrei.

Eram quinze para as quatro da tarde e estava lotado. Muita gente em pé. Pedi uma vodca com 7-UP. Levei o drinque até o telefone e liguei pra Sara.

— Ok, é o Henry. Estou aqui.

— Vi você passar duas vezes. Não tenha medo. Onde você tá?

— Na Enseada do Caranguejo. Bebendo. Chego logo.

— Tudo bem. Não beba muito.

Tomei aquele e mais outro. Achei uma banqueta vazia e sentei. Na verdade, não queria ir lá. Quase nem me lembrava da cara da Sara.

Acabei o drinque e fui pro restaurante. Abri a porta de tela e entrei. Sara estava atrás do balcão. Me viu.

— Oi, Henry! Falo já com você.

Ela estava preparando um troço qualquer. Quatro ou cinco caras estavam por ali, de pé e sentados. No sofá, alguns; outros no chão. Todos em torno de 25 anos, parecidos, vestindo os mesmos shortinhos, sem fazer nada. De vez em quando, um deles cruzava as pernas ou tossia. Sara era uma mulher bem bonita, enxuta, dinâmica. Tinha classe. Cabelo loiro-avermelhado. Muito bonito.

– Vamos cuidar de você agora – ela me falou.

– Tudo bem – disse eu.

Vi uma estante com três ou quatro livros meus. Peguei um Lorca e sentei, fingindo ler. Era um jeito de não ter de olhar pros rapazes de shortinho. Tinham um jeito de eternos intocados; todos bem-nascidos, protegidos, com uma aura de contentamento. Nenhum deles jamais tinha estado em cana, nem trabalhado duro com as próprias mãos, nem mesmo recebido sequer uma multa de trânsito. Belezocas de pele leitosa, eles todos.

Sara me trouxe um sanduíche natural.

– Experimenta isso.

Os caras ali refestelados e eu comendo o sanduíche. Logo, um levantou e foi embora. Depois, outro. Sara fazia a limpeza. Acabou ficando só um, sentado no chão. Devia ter uns 22 anos. Era compridão e meio corcunda. Usava óculos de aro preto pesado. Parecia mais solitário e boçal que os outros.

– Ei, Sara – disse ele –, vamos sair pra tomar uma cerveja hoje à noite.

– Hoje não, Mike. Que tal amanhã?

– Tudo bem, Sara.

Ele levantou e foi até o balcão. Depositou ali uma moeda e pegou um biscoito natural. Quando acabou de comer, abriu a porta e se foi.

– Gostou do sanduíche? – Sara perguntou.

– Nada mau.

– Dá pra você me trazer a mesa e as cadeiras da calçada?

Botei pra dentro a mesa e as cadeiras.

– Que cê quer fazer? – ela perguntou.

– Bom, eu não gosto de bares. O ar é carregado. A gente pode comprar alguma coisa pra beber e levar pra sua casa.

– Tudo bem. Me ajuda a levar o lixo pra fora.

Ajudei-a com o lixo. Ela trancou a porta.

– Vai seguindo a minha perua. Conheço uma loja que tem um estoque de bons vinhos. Depois, você me segue até em casa.

Ela tinha uma Kombi e eu fui atrás dela. Tinha um pôster de um homem no vidro de trás da Kombi. "Sorria e rejubile-se", ele me aconselhava. No pé do pôster, seu nome: Drayer Baba.

Abrimos uma garrafa de vinho e ficamos no sofá, na casa dela. Gostei do jeitão da mobília. Ela mesma tinha feito tudo, inclusive a cama. Tinha fotos do tal do Drayer Baba por todo canto. O cara nasceu na Índia e morreu em 1971, dizendo que era Deus.

Ainda estávamos na primeira garrafa de vinho quando a porta abriu e entrou um rapaz de dentes estropiados, cabelo comprido e uma longa barba.

– Esse é o Ron, meu companheiro de casa – disse Sara.

– Olá, Ron. Quer um vinho?

Ron ficou bebendo com a gente. Depois, entraram uma garota gorda e um magrelo de cabeça raspada. Pearl e Jack. Sentaram. Então, chegou outro rapaz. Seu nome era Jean John. Jean John sentou. Aí, chegou o Pat, que tinha uma barba negra e cabelo comprido. Sentou no chão, aos meus pés.

– Sou poeta – disse ele.

Dei um gole no vinho.

– Como é que se faz pra ser publicado? – me perguntou.

– Fala com os editores.

– Mas eu sou desconhecido.

– Todo mundo é desconhecido no começo.

– Faço três leituras por semana. Sou ator também, por isso leio muito bem. Imagino que se eu ler bastante por aí alguém vai acabar querendo me publicar.

– Não é impossível.

– O problema é que ninguém aparece nas minhas leituras.

– Não sei o que te dizer.

– Vou imprimir eu mesmo o meu livro.

– Whitman fez isso.

– Você leria uns poemas meus?

– Pelo amor de Deus, não.

– Por que não?

– Quero só beber.
– Você fala muito de bebida nos seus livros. Você acha que a bebida te ajudou a escrever?
– Não. Sou apenas um alcoólatra que virou escritor pra poder ficar na cama até a hora do almoço.

Virei pra Sara.
– Não sabia que você tinha tantos amigos.
– Isso é raro. É difícil de acontecer.
– Ainda bem que a gente comprou bastante vinho.
– Tenho certeza de que eles vão embora logo – disse ela.

Os outros conversavam. O papo rolava e eu parei de prestar atenção. Sara me parecia legal. Falava de um jeito incisivo e espirituoso. Boa cabeça. Pearl e Jack saíram primeiro. Depois, Jean John. Daí, Pat, o poeta. Ron sentou de um lado de Sara, eu do outro. Só nós três. Ron se serviu de vinho. Não poderia recriminá-lo; afinal, a casa também era dele. Perdi a esperança de que fosse embora. Não saía dali. Botei vinho no copo de Sara e no meu. Bebi tudo e disse pros dois:

– Bom, acho que eu já vou indo.
– Ah, não – disse Sara. – É cedo ainda. Nem consegui ainda conversar com você. Queria conversar com você.

Ela jogou um olhar pro Ron.
– Você entende, né, Ron?
– Claro.

Levantou e foi pros fundos da casa.
– Ei – disse eu –, não quero provocar nenhuma encrenca.
– Que encrenca?
– Entre você e o seu companheiro.
– Ora, não tem nada entre a gente. Nem sexo, nada. Ele só aluga o quarto dos fundos.
– Ah...

Ouvi um som de violão. E uma voz cantando alto.
– É o Ron – disse Sara.

Eram só berros; parecia vaqueiro tocando gado. Ele tinha uma voz tão péssima que nem era preciso fazer comentários.

Ron ficou ainda uma hora cantando. Sara e eu bebemos mais vinho. Ela acendeu umas velas.

– Aqui, fuma um *beedie*.

Experimentei um. *Beedie* é um cigarrinho marrom da Índia. Tem um gosto acre muito bom. Virei pra Sara e a gente deu nosso primeiro beijo. Ela beijava bem. A madrugada prometia.

A porta de tela abriu e um cara entrou na sala.

– Barry – falou Sara –, parei de receber visitas hoje.

A porta de tela bateu e Barry foi embora. Eu antevia problemas futuros. Recluso como sou, eu não ia aguentar aquele entra e sai. Nada a ver com ciúmes; eu apenas detestava gente, patotas, em qualquer lugar, menos nas minhas leituras. Eu sumia na frente das pessoas, elas me drenavam o sangue.

"Humanitarismo: ninguém tem isso de nascença" – eis o meu lema.

Sara e eu beijamos de novo. Ambos tínhamos bebido muito. Sara abriu outra garrafa. Ela encarava bem o vinho. Não tenho a menor ideia sobre o que conversamos. O melhor de Sara é que ela fazia pouquíssimas referências aos meus escritos. Quando a última garrafa se esvaziou, eu lhe disse que estava muito bêbado pra voltar dirigindo.

– Você pode dormir na minha cama, mas nada de sexo.
– Por quê?
– Não se deve fazer sexo antes do casamento.
– Não se deve?
– Drayer Baba acha melhor não.
– Às vezes Deus pode se equivocar.
– Nunca.
– Tudo bem, vamos pra cama.

Demos um beijo no escuro. Eu era tarado por beijo e, fosse como fosse, Sara era uma das maiores beijoqueiras que eu já conhecera. Tinha de recuar na lista até Lydia, pra achar alguém comparável. Porém, cada mulher era diferente, cada uma beijava à sua própria maneira. Lydia devia estar beijando algum filho da puta naquela hora; ou pior, devia estar beijando-lhe as partes. Katherine dormia em Austin.

Sara segurava meu pau, esfregando e acariciando-o. Daí, encostou-o na buceta. Ficou pincelando sua buceta com ele, pra cima e pra baixo. Ela estava obedecendo ao seu Deus, Drayer

Baba. Nem bolinei sua buceta, pois senti que isso poderia ofender o Drayer. Ficamos só no beijo, ela esfregando meu pau na sua buceta, ou no clitóris, sei lá. Fiquei esperando que ela enfiasse meu pau *dentro* da buceta. Mas ela só esfregava. Seus pentelhos começaram a assar meu pau. Me apartei.

– Boa noite, baby – eu disse.

Rolei pro lado e virei de costas pra ela. "Drayer Baba", pensei, "o senhor tem uma tremenda crente nessa cama."

De manhã, começamos com esfregação de novo, com os mesmos resultados. Resolvi mandar aquilo pro diabo. Eu não precisava desse tipo de não ação.

– Quer tomar um banho? – Sara perguntou.

– Boa.

Fui ao banheiro e deixei a água escorrer na banheira. Alguma hora, durante a noite, eu tinha dito a Sara que uma de minhas obsessões era tomar três ou quatro banhos quentes de banheira por dia. A velha hidroterapia.

A banheira de Sara comportava mais água que a minha – e a água era mais quente. Eu tinha 1 metro e 82 centímetros e 85 milímetros, e mesmo assim eu conseguia me esticar na banheira. Nos velhos tempos, eles faziam banheiras pra imperadores e não pra bancário de um metro e meio.

Entrei na banheira e me espichei. Estava ótimo. Daí, fiquei de pé e examinei meu pobre caralho todo assado por pentelhos de buceta. Maus bocados, hein meninão? Mas, cá entre nós, é melhor que nada, hein? Me espichei dentro d'água de novo. Tocou o telefone. Pausa. Em seguida, Sara bateu na porta.

– Pode entrar!

– Hank, é Debra.

– Debra? Como é que ela soube que eu tava aqui?

– Andou telefonando pra todo mundo. Digo pra ela voltar a ligar?

– Não, diz pra ela esperar.

Achei uma toalhona e enrolei ela em volta da cintura. Fui pra sala. Sara falava com Debra no telefone.

– Ah, ele tá aqui...

Sara me passou o fone.

— Alô, Debra?
— Hank, onde você andou?
— Na banheira.
— Na banheira?
— É.
— Você acabou de sair?
— É.
— Você tá vestindo o quê?
— Uma saia de toalha.
— Como é que você consegue prender a toalha e falar no telefone?
— É o que eu tô fazendo.
— Aconteceu alguma coisa?
— Não.
— Por quê?
— Por que o quê?
— Quer dizer, por que você não trepou com ela?
— Escuta, você acha que eu ando por aí fazendo essas coisas? Você acha que eu só penso nisso?
— Então, não aconteceu nada?
— É.
— Quê?
— É, nada.
— Pra onde cê vai depois?
— Pra casa.
— Vem aqui.
— E o seu batente judicial?
— Tá tudo quase em dia. A Tessie toma conta.
— Tudo bem.
Desliguei.
— O que você vai fazer?
— Vou pra casa da Debra. Disse que estaria lá em 45 minutos.
— Mas, eu achei que a gente ia almoçar juntos. Conheço um mexicano legal...
— Olha, ela tá envolvida comigo. Como é que eu vou almoçar e papear com você, se ela tá me esperando...
— Minha cabeça tá completamente ligada na ideia de almoçar com você.

– Porra, mas quando é que você vai dar de comer pra sua turma?

– Eu abro às onze. São só dez agora.

– Tudo bem. Vamos comer...

Era um restaurante mexicano num bairro hippie de araque, em Hermosa Beach. Cheio de tipos mansos, indiferentes. Praia morta. Só malucos maneiros, de sandálias, fingindo que esse mundo é uma joia.

Enquanto esperávamos pelo pedido, Sara mergulhava o dedo numa cumbuca com molho de pimenta e chupava. Inclinou a cabeça sobre a cumbuca. Uns fios do seu cabelo me cutucaram. Ela continuava enfiando o dedo na cumbuca e chupando depois.

– Olha aqui – falei pra ela –, outras pessoas vão usar esse molho depois. Você tá me dando nojo. Pare com isso.

– Não, eles enchem de novo toda vez.

Tomara fosse mesmo verdade. A comida chegou e Sara se atracou com o prato, feito um animal, como Lydia costumava fazer. Acabamos de comer, saímos, ela entrou na perua e foi ao seu restaurante natural, eu entrei no Volks e toquei pra Playa Del Rey. Eu tinha indicações minuciosas agora. Acabaram ficando meio confusas, mas eu fui em frente sem problemas. Era quase desapontador, pois parecia que sem tensão e loucura a minha vida cotidiana não oferecia muito em que me agarrar.

Entrei de carro na área da frente da casa de Debra. Notei um movimento na persiana. Ela estava de tocaia me esperando. Tranquei com cuidado as portas do Volks, pois o seguro já tinha vencido.

Apertei a campainha ding-dong. Ela abriu a porta e parecia feliz por me ver. Era legal, mas são coisas assim que afastam um escritor do seu trabalho.

92

Passei o resto da semana sem fazer grande coisa. Era plena temporada em Oaktree. Fui às corridas umas duas ou três vezes, ganhei, perdi e andei ao léu. Escrevi uma história pornô pra uma revista, mais dez ou doze poemas, me masturbei e liguei pra Sara e Debra todas as noites. Uma noite, liguei pra Cassie e um homem atendeu. Tchau, Cassie.

Fiquei pensando como eram difíceis as separações. Mas era só mesmo rompendo com uma mulher que se podia encontrar outra. Eu precisava degustar as mulheres pra conhecê-las bem, pra entrar no âmago delas. Eu conseguia inventar homens na minha cabeça, pois era um deles; mas, as mulheres, era quase impossível escrever sobre elas sem as conhecer de fato. Assim, eu as pesquisava intensamente e sempre descobria seres humanos lá dentro. Deixava a escrita de lado. A escrita representava muito menos que o episódio vivido em si, até que terminasse. A escrita era apenas o resíduo. Homem nenhum precisava de mulher pra se sentir real de verdade, mas era bem legal conhecer algumas. Daí, quando o caso ia mal, o sujeito conhecia pra valer o que era a solidão e a loucura, e assim ficava sabendo o que o esperava quando seu próprio fim chegasse...

Eu era sensível a muitas coisas: um sapato de mulher debaixo da cama; o jeito de elas dizerem "vou fazer xixi"; prendedores de cabelo; andar com elas pelos bulevares à uma e meia da tarde, só os dois, juntinhos; as longas noites bebendo, fumando, conversando; as brigas; pensar em suicídio; comer juntos e se sentir bem; as brincadeiras, as gargalhadas sem motivo; sentir milagres no ar; estar junto com elas num carro estacionado; lembrar amores passados às três da manhã; ser avisado de que você ronca; ouvi-la roncando; mães, filhas, filhos, gatos, cachorros; às vezes morte, às vezes divórcio, mas sempre tocando pra frente, sempre chegando ao ponto final; ler um jornal sozinho numa lanchonete, nauseado pelo fato de ela ter se casado com um dentista de QI 95; pistas de corridas, parques, piqueniques nos parques; até prisões; os amigos chatos dela, os seus amigos chatos; seus porres, a dança dela; seus flertes, os flertes dela; as pílulas dela, as suas trepadas fora do penico, ela fazendo o mesmo; dormir juntos...

Nada de julgamentos; se bem que, por necessidade, a gente acaba ficando seletivo. Pairar acima do bem e do mal fica bem na teoria, mas pra seguir vivendo é preciso selecionar: algumas são mais ternas que as outras; talvez estejam apenas mais interessadas por você. Às vezes, as belas por fora e frias por dentro são úteis só pra uma boa sacanagem, igual aos filmes de sacanagem. As mais carinhosas trepam melhor na verdade, e depois de um tempo ficam lindas só por estarem ali. Pensei em Sara; ela tinha aquele algo mais. Se ao menos não houvesse nenhum Drayer Baba empunhando aquele maldito sinal de PARE...

Então, veio o aniversário de Sara: 11 de novembro, Dia do Veterano. A gente já tinha se encontrado mais duas vezes, uma na casa dela, outra na minha. Houve um bom nível de divertimento e expectativa. Ela era estranha, mas de um jeito muito particular e criativo. Fomos felizes... menos na cama... foi ardente... mas Drayer Baba nos manteve separados. Eu perdia a batalha pra Deus.
– Trepar não é tão importante – ela me falou.

Fui numa casa de comida exótica no Hollywood Boulevard com Fountain, a Tia Bessie. O pessoal do lugar era execrável – jovens negros e jovens brancos de inteligência superior que praticavam o alto esnobismo. Andavam empinados e ignoravam e insultavam os fregueses. As mulheres que trabalhavam lá eram gordas, vagotônicas, usavam enormes blusas folgadas e alçavam as cabeças numa pose de pudor torporoso. E os fregueses eram farrapos cinzentos que aguentavam os insultos e ainda voltavam pedindo bis. Os caras não vieram com merda pra cima de mim, o que lhes valeu o direito de viver mais um dia...

Comprei o presente de aniversário de Sara. O item principal era secreção de abelha, que são cérebros de muitas abelhas drenados com uma agulha. Junto eu botei numa cesta de vime alguns pauzinhos de comer, sal marinho, duas romãs (orgânicas), duas maçãs (orgânicas), e sementes de girassol. A secreção de abelha era o mais importante e custava uma fortuna. Sara tinha falado e repetido que gostaria muito de comprá-la mas não tinha dinheiro.

Fui à casa de Sara. Levava também várias garrafas de vinho. Na verdade, já tinha detonado uma delas enquanto me barbeava. Eu dificilmente faço a barba, mas abri uma exceção pro aniversário de Sara – a noite dos Veteranos. Era uma boa mulher. Tinha uma cabeça interessante e, por estranho que pareça, era compreensível o seu celibato. Quer dizer, o jeito como ela o encarava: guardar-se para um bom homem. Não que eu fosse exatamente um bom homem, mas sua classe ostensiva ficaria bem sentada do lado da minha à mesa de um café em Paris, depois que eu ficasse famoso, por fim. Ela era afetuosa, intelecto tranquilo e, melhor que tudo, tinha aquela mistura maluca de ouro e vermelho no cabelo. Era como se eu estivesse à procura daquela cor de cabelo há décadas... talvez há mais tempo.

Parei num bar na Rodovia da Costa do Pacífico e tomei uma vodca com 7-UP dupla. Sara me preocupava. Ela tinha dito que sexo significava casamento. E eu acreditava que ela falava sério. Ela tinha algo de essencialmente celibatário. Porém, dava pra imaginar, ela devia se virar de muitas formas, e era muito difícil que eu tivesse sido o primeiro a ter o pau esfregado a seco naquela buceta. Meu palpite é que ela era tão confusa quanto todo mundo em relação a sexo. Por que eu entrava no jogo dela, era um mistério pra mim. Eu nem estava muito empenhado em vencê-la pela resistência. Não concordava com as suas ideias, mas gostava dela mesmo assim. Vai ver, eu estava ficando preguiçoso. Talvez eu andasse cansado de sexo. Ou, então, estava finalmente ficando velho. Feliz aniversário, Sara.

Rodei até a sua casa e entrei lá com a minha cesta cheia de saúde. Ela estava na cozinha. Sentei na sala, com o vinho e a cesta.
– Cá estou, Sara!
Ela veio da cozinha. Ron não estava, mas ela tinha ligado o som dele a todo volume. Sempre detestei estéreos. Quando se vive em lugares pobres sempre se ouve o barulho dos outros, inclusive suas trepadas; porém, o mais irritante era ser forçado a ouvir a música deles no volume máximo: horas de vômito total. Pra completar, eles ainda deixavam as janelas abertas, confiantes de que você iria apreciar o que eles apreciam.

Sara ouvia Judy Garland. Eu gostava de Judy Garland um pouquinho, principalmente da apresentação dela no Metropolitan de Nova York. Mas, de repente, ela me pareceu muito estridente, berrando suas babaquices sentimentais.

– Pelo amor de Deus, Sara, abaixa essa porra!

Ela abaixou, mas não muito. Abriu uma das garrafas de vinho e a gente ficou um de frente pro outro na mesa. Eu sentia uma irritação estranha.

Sara remexeu na cesta e achou a secreção de abelha. Ficou toda animada. Tirou a tampa e provou.

– Isso é tão poderoso – disse ela. – É a pura essência... Quer um pouco?

– Não, brigado.

– Estou preparando o nosso jantar.

– Legal. Mas eu devia te levar pra jantar fora.

– Agora eu já comecei.

– Então tá.

– Mas eu preciso de mais manteiga. Tenho que sair pra comprar. Também vou precisar de pepinos e tomates pro restaurante, amanhã.

– Eu vou. É seu aniversário.

– Tem certeza de que você não quer provar da secreção de abelha?

– Não, obrigado, tudo bem.

– Você nem pode imaginar quantas abelhas são necessárias pra encher esse pote.

– Feliz aniversário. Vou comprar a manteiga e os troços.

Tomei mais vinho, peguei o carro e fui até um pequeno armazém. Achei a manteiga, mas os tomates e os pepinos estavam velhos e enrugados. Paguei a manteiga e fui atrás de uma quitanda. Achei, comprei os tomates e os pepinos e voltei. Já da calçada se podia ouvir. Ela tinha posto o som no volume máximo de novo. Quanto mais me aproximava, mais descontrolado eu ficava; meus nervos estavam estirados até o ponto de ruptura; daí, estalaram. Entrei na casa só com a manteiga na mão; tinha esquecido os tomates e pepinos no carro. Nem sei o que tocava; estava tão alto que não dava pra distinguir um som do outro.

Sara saiu da cozinha.
– PUTA MERDA! – gritei.
– Que foi? – Sara perguntou.
– NÃO DÁ PRA OUVIR!
– O quê?
– VOCÊ BOTOU MUITO ALTO ESSA PORRA DESSE SOM! VOCÊ NÃO PERCEBE?
– Quê?
– VOU EMBORA!
– Não!

Me virei e saí batendo a porta de tela. Entrei no Volks e vi o saco de tomates e pepinos que eu esquecera. Peguei-o e voltei lá. Topei com ela.

Praticamente joguei o saco em suas mãos.
– Aqui.

Daí, dei meia-volta e me mandei.
– Seu filho de uma grande, grande, grande puta! – ela gritou.

Atirou o saco em mim. Pegou no meio das minhas costas. Ela entrou de novo em casa. Vi os tomates e pepinos espalhados no chão sob o luar. Por um momento, pensei em catá-los. Daí, desisti e fui embora.

93

Acabou saindo a leitura em Vancouver. 500 dólares, mais a passagem aérea e alojamento. O patrocinador, Bart McIntosh, estava preocupado com a travessia da fronteira. Eu teria de ir a Seattle para encontrá-lo; dali, seguiríamos de carro para o Canadá. Na volta, eu voaria direto de Vancouver pra L.A. Não entendi direito o porquê de toda essa história, mas disse que tudo bem.

Lá estava eu no ar de novo, bebendo uma vodca com 7-UP dupla, cercado de executivos e vendedores. Eu e a minha malinha com camisas, cuecas, meias, três ou quatro livros de poemas, mais uns dez ou vinte manuscritos de novos poemas. Escova e pasta de dentes. Era ridículo ser pago pra ir aos lugares ler poesia. Eu não gostava disso e nunca me livrei da sensação de que tudo não passava de uma grande tolice. Trabalhei como uma mula até os cinquenta fazendo coisas michas e inexpressivas para, de repente, me ver borboleteando pelo país – um flanador com um copo na mão.

McIntosh me esperava de carro em Seattle. Foi uma viagem simpática, pois nenhum de nós falou muito. A leitura era patrocinada por particulares, o que eu achava preferível às promoções universitárias. As universidades morriam de medo dos poetas de origem social baixa. Mas, por outro lado, morriam também de curiosidade e não deixavam escapar ninguém.

Tinha uma longa e demorada fila de centenas de carros na fronteira. Os guardas só estavam fazendo hora. Uma vez ou outra, se ocupavam de um carro velho; em geral, porém, só faziam uma ou duas perguntas e davam sinal pro sujeito prosseguir. Eu não entendia o pânico de McIntosh em relação a essa rotina.

– Cara – disse ele –, conseguimos passar!

Vancouver não era longe. McIntosh estacionou na porta do hotel. Bom aspecto. Ficava à beira-mar. Pegamos a chave e subimos. Era um quarto bem agradável, com uma geladeira provida de cerveja, graças a alguma alma caridosa.

– Toma uma – disse a ele.

Ficamos ali, mamando as cervejas.

– Creeley esteve aqui no ano passado – ele disse.

– Ah, é?

– É uma espécie de cooperativa autossuficiente esse centro de artes. Eles têm um enorme quadro de associados contribuintes, alugam um espaço e tudo mais. Sua apresentação já está com a lotação esgotada. O Silvers disse que poderia ter feito uma fortuna se tivesse colocado um preço maior da entrada.

– Quem é o Silvers?

– Myron Silvers. É um dos diretores.

A gente entrava na parte chata agora.

– Posso levar você pra um giro pela cidade – disse McIntosh.

– Tudo bem, prefiro dar uma volta a pé.

– E o jantar? É por conta da casa.

– Só um sanduíche. Não estou com muita fome.

Imaginei que, se saíssemos juntos pra comer, eu poderia me livrar dele depois. Não que ele fosse má companhia, mas é que a maioria das pessoas simplesmente não me interessa.

Achamos um lugar a quatro quadras adiante. Vancouver era uma cidade muito limpa e as pessoas não tinham aquele olhar urbano duro. Gostei do restaurante. Mas quando olhei o menu, reparei que os preços eram quarenta por cento mais caros que na região de L.A. onde eu morava. Pedi um sanduíche de carne assada e outra cerveja.

Me sentia bem fora dos Estados Unidos. A diferença era marcante. As mulheres eram mais bonitas, as coisas pareciam mais calmas, menos falsas. Acabei o sanduíche e McIntosh me levou de volta ao hotel. Me despedi no carro e subi. Tomei um banho e fiquei pelado, olhando o mar pela janela. No dia seguinte, à noite, tudo estaria terminado. Eu embolsaria o dinheiro deles e, no outro dia, pela hora do almoço, já estaria de novo no ar. Chato isso. Bebi mais umas três ou quatro cervejas e fui pra cama dormir.

Me levaram pra leitura uma hora mais cedo. Tinha um garoto cantando. A turma falava o tempo todo durante os números dele. Barulho de garrafas, risadas. Um belo bando de bêbados, meu tipo preferido de gente. Ficamos bebendo nos camarins, McIntosh, Silvers, eu e mais uns dois.

– Você é o primeiro poeta macho que aparece por aqui em muito tempo – disse Silvers.

– O que você quer dizer com isso?

– É que a gente teve aqui uma sucessão de bichas. É bom variar.

– Obrigado.

Li com garra pra eles. No fim, eu estava bêbado, e eles também. Ficamos batendo boca e rosnando um pouquinho de parte a parte; mas, no geral, foi legal. Me deram o cheque antes da leitura e isso ajudou a me soltar.

Teve uma festa depois numa casa enorme. Uma ou duas horas mais tarde, eu me achava no meio de duas mulheres. Uma era loira, tinha jeito de estátua de marfim, com belos olhos e um belo corpo. Estava com o namorado.

– Chinaski – disse ela, depois de um tempo –, vou com você.

– Pera aí – disse eu –, você está com o seu namorado.

– Ah, que merda – disse ela –, ele não é *ninguém*! Vou com você!

Olhei pro rapaz. Lacrimejava. Tremia. Estava apaixonado, coitado.

A garota do outro lado era morena. Tinha um corpo igualmente bonito, mas não era tão atraente de rosto.

– Vem comigo – disse ela.

– Quê?

– Me leva com você.

– Espera um pouquinho.

Virei de novo pra loira.

– Escuta, você é linda, mas eu não posso ir com você. Não quero magoar seu amigo.

– Que se foda o filho da puta. Ele é um merda.

A morena puxou meu braço.

– Me leva com você agora mesmo, senão eu vou embora.

– Tudo bem – eu disse –, vamos nessa.

Encontrei McIntosh. Não estava com cara de quem se divertia. Acho que não gostava de festas.

– Vamos lá, Mac, leva a gente de volta ao hotel.

Tinha mais cerveja lá. A morena me contou que se chamava Íris Duarte. Era meio índia e disse que trabalhava com a dança do ventre. Deu umas requebradas pra me mostrar. Era legal.

– Você precisa, na verdade, de um traje especial pra tirar o máximo de efeito – disse ela.

– Eu acho que não preciso, não.

– Tô dizendo que *eu* preciso, pra ficar bem legal.

Parecia mesmo índia. Tinha nariz e boca de índio. Devia ter uns 23 anos, olhos castanhos escuros, falava manso e tinha aquele tremendo corpo. Lera uns três ou quatro livros meus. *Legal*.

Ficamos ainda uma hora bebendo; depois, fomos pra cama. Chupei-a toda, mas quando a cobri o efeito não foi dos melhores: bombava, bombava e não conseguia gozar. Mau.

Pela manhã, escovei os dentes, lavei o rosto com água fria e voltei pra cama. Comecei a bolinar sua bucetinha. Ela ficou molhada, e eu também. Montei nela. Enterrei o negócio, pensando naquele corpo todo, na juventude daquele corpo. Ela recebeu tudo que eu tinha pra lhe dar. Foi das boas. Das ótimas, aliás. Depois, Íris foi ao banheiro.

Me espreguicei pensando em como tinha sido boa aquela trepada. Íris voltou pra cama. Não falamos nada. Passou uma hora e fizemos tudo de novo.

Nos lavamos e vestimos a roupa. Ela me deu seu endereço e número de telefone. Dei-lhe o meu. Ela parecia ir mesmo com a minha cara. McIntosh bateu na porta, quinze minutos depois. Deixamos Íris num cruzamento, perto do lugar em que ela trabalhava. No fim das contas, ela trabalhava era de garçonete; a dança do ventre não passava de uma ambição. Dei-lhe um beijo de despedida. Ela saiu do carro. Me jogou um aceno e foi embora. Fiquei olhando aquele corpo se afastar.

– Chinaski emplaca mais uma! – disse McIntosh, a caminho do aeroporto.

– Não é sempre essa moleza – eu disse.

– Eu tenho um pouco de sorte também – ele disse.

– É?

– É. Fiquei com a sua loira.

– Quê?

– É – disse ele, rindo. – Aconteceu.

– Me leva já pro aeroporto, filho da mãe!

Caímos na risada.

Já estava em Los Angeles há três dias. Tinha um encontro com Debra naquela noite. Tocou o telefone.

– Hank, é a Íris!

– Íris? Que surpresa! Como é que vai?

– Hank, tô voando pra L.A. Tô indo ver você!
– Grande! Quando?
– Chego na quarta-feira, antes do Dia de Graças.
– Ah, é?
– E posso ficar até a segunda-feira seguinte!
– Ok.
– Você tem caneta? Vou te dar o número do voo.

Naquela noite eu e Debra fomos jantar num lugar legal à beira-mar. O lugar não era atravancado de mesas, servia peixes e frutos do mar. Pedimos uma garrafa de vinho branco e esperamos pela comida. Debra estava mais bonita do que nas últimas vezes. Me disse que o trabalho andava se avolumando e ela ia ter de contratar outra garota. Disse que era difícil arrumar gente competente. As pessoas eram tão incapazes.

– É verdade – disse eu.
– Você tem visto a Sara?
– Telefonei pra ela. Tivemos uma briguinha. Mas já arranjei as coisas.
– Você já viu ela desde que voltou do Canadá?
– Não.
– Encomendei um peru de dez quilos pro Dia de Graças. Você consegue destrinchar ele?
– Claro.
– Não bebe muito hoje. Você sabe bem o que acontece quando enche a cara. Você vira um pastel molhado.
– Ok.
Debra pegou minha mão.
– Meu adorado pastelzinho molhado do coração!

Compramos só uma garrafa de vinho pra depois do jantar. Bebemos lentamente, sentados na cama, vendo tevê. O primeiro programa era nojento. O segundo, um pouco melhor. Era sobre um pervertido sexual e um garoto de fazenda. A cabeça do pervertido foi implantada no corpo do garoto por um médico maluco, e o corpo fugiu com as duas cabeças e saiu pelo campo cometendo barbaridades. Me deixou de bom humor.

Depois da garrafa de vinho e do garoto de duas cabeças, fui pra cima de Debra e dessa vez tive mais sorte. Dei uma longa trepada galopante, cheia de variações inesperadas e muita criatividade – antes de esporrar dentro dela.

De manhã, Debra me pediu pra ficar esperando que ela chegasse do trabalho. Prometeu que faria um belo jantar. "Tudo bem", eu disse.

Tentei dormir depois que ela saiu, mas não consegui. Fiquei matutando sobre o Dia de Graças, sobre como dizer a ela que eu não viria mais. Me incomodava a situação. Levantei e fiquei andando pela casa. Tomei banho. Nada ajudava. Talvez Íris mudasse de ideia, talvez seu avião caísse. Então, eu ligaria pra Debra na manhã do Dia de Graças avisando que eu iria, sim.

Andava, andava e me sentia cada vez pior. Talvez porque eu ainda estivesse lá, ao invés de voltar pra casa. Eu estava prolongando a agonia. Que espécie de merda era eu? Um sujeito capaz de armar jogadas bem malévolas e alucinadas. E qual a razão? Será que eu estava querendo me vingar de alguma coisa? Até quando eu ia ficar dizendo que era apenas uma pesquisa, um simples estudo sobre as mulheres? Eu estava era deixando as coisas acontecerem sem me preocupar muito com elas. Eu não tinha nenhuma consideração por nada além do meu prazerzinho barato e egoísta. Eu parecia um ginasiano mimado. Eu era pior que qualquer puta; uma puta só toma o seu dinheiro, nada mais. Eu bagunçava vidas e almas como se fossem brinquedos. Como é que eu ainda me considerava um homem? Como é que eu ainda escrevia poemas? Eu era feito de quê, afinal? Eu era um marquês de Sade pangaré, sem o gênio dele. Qualquer assassino era mais sincero e honesto que eu. Ou um estuprador. Não queria botar minha alma em jogo, não queria vê-la exposta a deboches, sacanagens. Sabia muito bem disso tudo. Eu não prestava, essa era a verdade. Podia sentir isso, andando de lá pra cá no tapete. Não prestava. E o pior é que eu passava pelo contrário do que era: um bom sujeito. Eu entrava na vida dos outros porque eles confiavam em mim. Eu aprontava as minhas cagadas com a maior facilidade. Eu estava escrevendo *A história de amor de uma hiena*.

Parei no meio da sala, surpreso comigo mesmo. Depois, quando dei por mim, estava sentado na beira da cama, chorando.

Podia tocar as lágrimas com os dedos. Meu cérebro turbilhonava, embora eu estivesse lúcido. Não conseguia entender o que acontecia comigo.

Peguei o telefone e disquei pra loja de produtos naturais da Sara.

– Cê tá ocupada? – perguntei.
– Não, acabei de abrir. Você tá bem? Que voz estranha...
– Tô no fundo da fossa.
– Que foi?
– Bom, eu falei pra Debra que viria passar o Dia de Graças com ela. Ela tá contando com isso. Mas, agora, aconteceu uma coisa.
– O quê?
– Bom, eu não te falei ainda. Posso te falar, porque a gente ainda não fez sexo. Sexo torna as coisas diferentes, sabe.
– Que aconteceu?
– Encontrei uma dançarina do ventre no Canadá.
– É mesmo? E você tá apaixonado?
– Não, não estou apaixonado.
– Pera aí, chegou um freguês. Pode esperar na linha?
– Tudo bem...

Fiquei sentado com o fone colado na orelha. Ainda estava pelado. Olhei pra baixo, pro meu pênis:

– Seu filho de uma puta! Sabe lá você quanta mágoa já causou por causa da sua fome estúpida?

Fiquei ali sentado uns cinco minutos com o fone no ouvido. Era interurbano. Pelo menos ia cair na conta da Debra.

– Sou eu de novo – disse Sara. – Vá em frente.
– Bom, eu convidei a dançarina do ventre em Vancouver pra vir me visitar qualquer dia.
– E daí?
– Bom, já disse que eu prometi a Debra passar com ela o Dia de Graças...
– Você prometeu pra mim também – Sara disse.
– Prometi?
– Bem, você estava bem bêbado. Disse que, como todo americano, também não lhe agradava ficar sozinho nos feriados. Você me beijou e propôs que a gente passasse junto o Dia de Graças.

— Desculpe, mas não lembro...

— Tudo bem. Espera um pouco... outro freguês...

Descansei o fone e fui pegar um drinque. Quando voltava pro quarto, vi a minha pança refletida no espelho. Era feia, obscena. Como é que as mulheres me toleravam?

Segurava o fone com uma mão e o copo com a outra. Sara voltou.

— Tudo bem. Pode falar.

— Ok, o negócio é o seguinte: a dançarina me ligou outro dia. Na verdade, ela não é bem uma dançarina do ventre, ela é garçonete. Disse que vinha a Los Angeles pra passar o Dia de Graças comigo. Parecia tão feliz...

— Você devia ter dito a ela que já tinha um compromisso.

— Mas não disse...

— Você não teve é coragem...

— Íris tem um corpo maravilhoso...

— Tem outras coisas na vida, além de corpos maravilhosos.

— Seja como for, agora eu tenho que dizer a Debra que eu não posso mais passar o Dia de Graças com ela – e não sei como.

— Onde cê tá?

— Na cama da Debra.

— E ela, cadê?

— Trabalhando – disse eu, sem conseguir evitar um soluço.

— Você não passa de um bebê bundão e chorão.

— Eu sei. Mas tenho que dizer a ela. Tô ficando maluco.

— Você se meteu nessa encrenca sozinho; vai ter que sair dela sozinho.

— Achei que você poderia me ajudar, me dizer o que fazer.

— Você quer que eu troque as suas fraldas? Quer que eu fale com ela por você?

— Não, tudo bem. Sou *homem*. Vou *ligar eu mesmo*. Vou ligar pra ela *agora*. Vou dizer a verdade. Vou resolver essa porra de uma vez por todas!

— É isso aí. Me conta depois o que houve.

— O problema é com a minha infância, viu. Nunca soube o que era amor...

— Me liga mais tarde.
Sara desligou.

Servi mais vinho. Não conseguia entender o que tinha acontecido com a minha vida. Tinha perdido a elegância. Tinha perdido a mundanidade. Tinha perdido a concha protetora. Tinha perdido o senso de humor diante dos problemas alheios. Queria tudo de volta. Queria que as coisas corressem mansas pra mim. De algum jeito, eu sabia que isso não ia mais acontecer, pelo menos não tão logo. Eu estava fadado a me sentir culpado e desprotegido.

Tentei me convencer de que a culpa não passava de uma doença. Que são os homens sem culpa que progridem na vida. Homens capazes de mentir, trapacear, homens que conhecem todos os atalhos. Cortez. Esse não perdia tempo. Nem Vince Lombardi. Mas não adiantava muito pensar e repensar nisso, pois continuava me sentindo péssimo. Resolvi ir fundo nisso. Me agarrar ao confessionário. Ser católico de novo. Botar tudo pra fora e esperar pelo perdão. Acabei o vinho e liguei pro escritório da Debra.

Tessie atendeu.

— Oi, baby! É o Hank! Como é que vai?

— Tudo bem, Hank. E você, vai indo?

— Tá tudo bem. Escuta, você não tá puta comigo, tá?

— Não, Hank. Foi meio grosseiro, ha ha ha, mas foi engraçado. É nosso segredinho...

— Obrigado. Sabe, na verdade eu não sou um...

— Claro, eu sei.

— Bom, olha, eu queria falar com a Debra, ela tá aí?

— Não, ela está no tribunal, trabalhando.

— Quando ela volta?

— Em geral, ela não volta pro escritório quando vai ao tribunal. Se ela voltar, quer que eu dê algum recado?

— Não, Tessie, obrigado.

Foi a gota d'água. Eu não conseguia nem remendar a situação. Prisão de ventre confessional. Falta de comunicação. Eu tinha Inimigos nas Altas Esferas.

Bebi mais vinho. Até há pouco, eu estava pronto pra limpar a área e deixar tudo vir à tona. Agora, tinha de puxar as rédeas. Me sentia cada vez pior. Depressão e suicídio resultam muitas vezes da falta de uma dieta apropriada. Mas eu andava comendo bem. Lembrei os velhos tempos, quando eu vivia na base de uma barra de açúcar por dia, enviando histórias pra *Atlantic Monthly* e *Harper's*. Eu só pensava em comida. Se o corpo não se alimentava, a cabeça fraquejava também. Mas, agora, eu andava comendo bem à beça e bebendo grandes vinhos. Portanto, era verdade tudo o que eu estava pensando de mim mesmo. Todo mundo se imagina especial, privilegiado, isento. Até uma velha coroca horrorosa regando um gerânio na varanda pensa assim. Eu me achava especial porque tinha escapado das fábricas aos cinquenta e me tornado poeta. Grande bosta. Então, eu cagava na cabeça de todo mundo, igual aos chefões e capatazes tinham cagado na minha, quando eu vivia desvalido. Era a mesma coisa, só ao contrário. Eu não passava de um bebum sacana e mimado com uma pequena, pequeníssima fama.

Minha análise não aplacava a dor.

Tocou o telefone. Era Sara.

— Você disse que me ligaria de volta. Que houve?

— Ela não estava.

— Não estava?

— Tá no tribunal.

— O que você vai fazer?

— Vou esperar. E contar tudo pra ela.

— Tudo bem.

— Eu não devia ter despejado essa merda toda em você.

— Tá tudo bem.

— Quero ver você de novo.

— Quando? Depois da dançarina do ventre?

— Bem... pode ser.

— Não, muito obrigado.

— Eu ligo pra você...

— Tudo bem. Vou deixar suas fraldas lavadinhas, esperando por você.

Fiquei bicando o vinho e esperando. Três horas, quatro horas, cinco horas. Me lembrei de botar a roupa. Eu estava sentado com um copo na mão, quando o carro de Debra estacionou na frente da casa. Esperei. Ela abriu a porta. Segurava um saco de supermercado. Estava muito bonita.

– Oi! – disse ela – Como vai o meu ex-pastel molhado?

Apertei-a num grande abraço. Comecei a tremer e a chorar.

– Hank, que aconteceu?

Debra deixou as compras caírem no chão. Nosso jantar. Apertei-a mais ainda. Eu soluçava. As lágrimas fluíam como vinho. Não conseguia parar. Eu estava sendo sincero, em parte; a outra parte chispava dali a toda.

– Hank, que foi?

– Não posso passar com você o Dia de Graças.

– Por quê? Por quê? Que foi que aconteceu?

– Acontece que eu sou um MONTE DE BOSTA!

O torniquete da culpa me espremia e eu tive um espasmo. A dor era horrível.

– Uma dançarina do ventre vem vindo do Canadá pra passar o Dia de Graças comigo.

– Dançarina do ventre?

– É.

– E é bonita?

– É, muito. Desculpe, por favor, desculpe...

Debra me empurrou.

– Deixa eu guardar as compras.

Apanhou o saco e foi pra cozinha. Ouvi a porta da geladeira abrindo e fechando.

– Debra – disse eu –, já vou indo.

Silêncio na cozinha. Abri a porta da frente e saí. Dei a partida. Liguei o rádio. Acendi os faróis. Voltei pra L.A.

94

A noite de quarta-feira me achou no aeroporto, esperando por Íris. Sentei e fiquei olhando as mulheres. Nenhuma delas – só uma ou duas – era tão bonita quanto Íris. Tinha algo errado comigo: eu pensava demais em sexo. Cada mulher que eu via, logo imaginava na cama do meu lado. Era um jeito interessante de matar o tempo num aeroporto. *Mulheres*: gostava das cores de suas roupas; do jeito de elas andarem; da crueldade de certas caras. Vez por outra, via um rosto de beleza quase pura, total e completamente feminina. Elas levavam vantagem sobre a gente: planejavam melhor as coisas, eram mais organizadas. Enquanto os homens viam futebol, tomavam cerveja ou jogavam boliche, elas, as mulheres, pensavam na gente, concentradas, estudiosas, decididas a nos aceitar, a nos descartar, a nos trocar, a nos matar ou simplesmente a nos abandonar. No fim das contas, pouco importava; seja lá o que decidissem, a gente acabava mesmo na solidão e na loucura.

Tinha comprado um peru de oito quilos pra mim e pra Íris. Estava na pia da casa, descongelando. Dia de Ação de Graças. Era a prova de que você tinha sobrevivido a mais um ano de guerras, inflação, desemprego, smog, presidentes. Era um grande encontro neurótico de clãs: bêbados barulhentos, avós, irmãs, tias, crianças berrando, suicidas em potencial. Sem contar a indigestão. Eu não era diferente de ninguém: ali estava o peru deitado na minha pia, oito quilos, morto, depenado, destripado. Íris ia assar ele pra mim. Eu tinha recebido uma carta naquela manhã. Tirei ela do bolso e reli. Tinha sido postada em Berkeley:

> Querido Mr. Chinaski:
> O senhor não me conhece, mas eu sou uma linda franga. Já andei com marinheiros e um motorista de caminhão, mas eles não me saciaram. Quer dizer, a gente trepou, mas depois não aconteceu mais nada. Esses filhos da puta não têm substância. Tenho 22 anos e uma filha de cinco, Aster. Vivo com um sujeito, mas nada de sexo, só moramos juntos. Se chama Rex. Queria ir aí te ver. Minha mãe toma conta da Aster. Estou mandando uma foto junto. Me escreva se tiver vontade. Li alguns livros seus. São difíceis de achar nas livrarias. O que eu mais gosto nas suas coisas é que são fáceis de entender. E o senhor é engraçado também.
>
> Da sua
> Tanya

Então o avião de Íris aterrissou. Fiquei na janela olhando-a descer. Continuava bonita. Veio do Canadá só pra me ver. Segurava uma mala. Acenei-lhe, enquanto ela esperava na fila à porta da entrada. Ela passou pela alfândega e veio apertar seu corpo contra o meu. Me beijou, eu fiquei de pau meio duro. Estava de vestido azul, apertado, simples; salto alto e um bonezinho de banda na cabeça. Era raro ver uma mulher de vestido. Todas as mulheres em Los Angeles viviam de calça...

Como a gente não tinha de esperar pela bagagem, fomos direto pra casa. Parei em frente, e atravessamos juntos o pátio interno do condomínio. Ela ficou no sofá, esperando eu preparar uns drinques. Íris observava a minha estante de fabricação doméstica.

– Você escreveu todos esses livros?
– Escrevi.
– Eu não sabia que você tinha escrito tantos.
– Escrevi todos eles.
– Quantos?
– Não sei. Uns vinte, 25...

Dei-lhe um beijo, passando um braço pela sua cintura, por trás, e puxando ela pra mim. A outra mão, botei sobre o joelho dela.

Tocou o telefone. Levantei pra atender.
– Hank?
Era Valerie.
– É.
– Quem era?
– Quem era quem?
– A garota...
– Ah, é uma amiga do Canadá.
– Hank... você e as suas benditas mulheres!
– É.
– Bobby quer saber se você e a...
– Íris.
– Ele quer saber se você e a Íris não estão a fim de descer pra um drinque.
– Hoje não. Vamos deixar pra outra hora.

— Que corpo ela tem!
— Eu sei.
— Então tá. Quem sabe amanhã...
— Quem sabe...

Desliguei, pensando que a Valerie devia gostar de mulher também. Bom, tudo bem.

Fiz mais dois drinques.

— Quantas mulheres você já foi esperar no aeroporto? – perguntou Íris.

— Não é assim como você pensa.
— Você perdeu a conta? Igual aos seus livros?
— Não sou muito forte em matemática.
— Você gosta de ir buscar as mulheres no aeroporto?
— Gosto.

Não lembrava que ela era tão faladora.

— Seu porco! – ela disse, rindo.
— Nossa primeira briga. Você fez boa viagem?
— Sentei ao lado dum chato. Caí na besteira de deixar que ele me oferecesse um drinque. Esquentou minha orelha de tanto falar.
— Devia estar com tesão. Você é uma mulher muito sexy.
— É só isso que você vê em mim?
— Vejo muito disso. Talvez com o passar do tempo eu acabe vendo outras coisas.
— Por que você quer ter tantas mulheres?
— Por causa da minha infância, sabe? Falta de amor, de carinho. E aos vinte, aos trinta, também tive muito pouco. Estou brincando de pega-pega...
— Você vai saber quando pegar a pessoa certa?
— Tenho a impressão que ainda vai demorar o tempo de toda uma outra vida.
— Você tá cheio de merda!

Dei risada.

— É por isso que eu escrevo.
— Vou tomar um banho e me trocar – disse ela.
— Claro.

Fui à cozinha e apalpei o peru. Ele me mostrava as pernas, os pentelhos, o buraco do cu e as coxas ali deitado. Ainda bem que não tinha olhos. Bom, a gente ia ter de fazer alguma coisa com aquele bicho. Esse era o próximo passo. Ouvi o barulho da descarga. Se Íris não quisesse assá-lo, eu o faria.

Quando era jovem, eu vivia deprimido. Mas, agora, o suicídio não era mais uma saída pra mim. É o que parecia. Na minha idade, já não sobrava muito o que matar. Era bom envelhecer, a despeito do que os outros diziam. Era razoável que um homem tivesse de esperar até os cinquenta pra poder escrever com alguma clareza. Quanto mais rios você atravessa, mais você aprende sobre eles – quer dizer, se você consegue sobreviver à água translúcida e às rochas ocultas. De vez em quando, era um osso duro de roer, a vida.

Íris voltou. Estava com um vestido inteiriço, azul-escuro; parecia de seda e grudava nela. Íris era diferente da americana típica, fugia dos padrões. Era uma mulher total, mas não ficava jogando isso na sua cara. As americanas eram muito complicadas e só tendiam a piorar. As poucas americanas tranquilas que restavam viviam no Texas e em Louisiana, a maioria.

Íris sorriu pra mim. Tinha um treco em cada mão. Levantou as mãos sobre a cabeça e começou a fazer um *clac-clac* e a dançar. Ou melhor, a vibrar. Era como se ela estivesse sendo atravessada por uma corrente elétrica que lhe passava pelo centro da alma – que ficava na sua barriga. Era pura e adorável, com uma pitada de humor. A dança, que executava sem tirar os olhos de mim, tinha um significado afetuoso que era a medida do seu valor.

Íris acabou, eu aplaudi e lhe servi mais bebida.

– Não fiz direito – disse ela. – Faltou um traje adequado e música.

– Eu gostei muito.

– Eu ia trazer uma fita com a música, mas sabia que você não ia ter um gravador.

– É verdade. Mas tava ótimo, de todo jeito.

Dei um beijo delicado em Íris.

– Por que você não vem morar em Los Angeles? – perguntei a ela.

— Minhas raízes estão lá em cima, sabe? Gosto de lá. Meus pais, meus amigos, tá tudo lá...

— Tô sabendo...

— E por que você não vai pra Vancouver? Você poderia escrever lá.

— Acho que poderia mesmo. Eu posso escrever até no topo de um iceberg.

— Você deveria tentar.

— O quê?

— Vancouver.

— E o seu pai, o que ele iria pensar?

— Sobre o quê? Nós.

95

No Dia de Graças Íris preparou o peru e botou ele no forno. Bobby e Valerie apareceram pruns drinques, mas não ficaram. O que, aliás, era confortador. Íris estava com um vestido diferente, atrativo como o outro.

— Sabe – disse ela –, não trouxe roupa suficiente. Amanhã, eu e Valerie vamos dar um pulo no Frederick's. Quero comprar um autêntico par de sapatos de biscatão. Você vai gostar.

— *Só* vou gostar, Íris.

Fui ao banheiro. Tinha escondido a foto que a Tanya me mandara na caixa dos remédios. Ela aparecia com o vestido levantado, sem calcinha. Dava pra ver sua buceta. Era mesmo uma linda franga.

Quando saí, Íris lavava qualquer coisa na pia. Agarrei-a por trás, virei-a de frente pra mim e dei-lhe um beijo.

— Você é um cachorrão tarado! – disse ela.

— Vou fazer você sofrer hoje à noite, querida!

— Por favor, faça mesmo!

Bebemos a tarde toda e atacamos o peru, às cinco ou seis da tarde. A comida nos deixou sóbrios de novo. Uma hora depois, voltamos a beber. Fomos cedo pra cama, umas dez horas. Não tive problemas. Estava sóbrio o suficiente pra lhe assegurar uma boa e longa cavalgada. Logo na primeira bimbada eu já sabia que ia dar certo. Não me preocupei particularmente em agradar Íris. Fui em frente, num tradicional papai & mamãe. A cama balançava, ela fazia caretas. Depois, gemeu baixinho. Diminui um pouco a marcha; então, retomei o passo e carquei pra valer. Acho que ela gozou junto comigo. Um homem nunca tem certeza disso. Rolei pro lado. Sempre gostei de lombo canadense.

No dia seguinte, Valerie apareceu e Íris saiu com ela pra ir ao Frederick's. O correio chegou uma hora depois. Tinha outra carta da Tanya:

Henry querido,
Eu estava andando na rua hoje e uns caras assobiaram. Passei por eles sem dar bola. Os caras que eu mais detesto são os lavadores de carro. Eles ficam berrando e botando a língua pra fora, como se pudessem fazer grande coisa com aquelas línguas, mas na verdade nenhum deles é homem o suficiente pra fazer qualquer coisa. Você sabe disso muito bem.
Ontem eu fui a uma loja de roupas pra comprar uma calça pro Rex. Rex me deu o dinheiro. Ele nunca compra suas coisas. Detesta fazer compras. Então, eu fui à loja de roupas masculinas e escolhi uma calça. Tinha dois caras lá, e um deles era bem irônico. Enquanto eu examinava a calça ele chegou em mim, pegou minha mão e botou no pau dele. Falei pra ele: "Você só tem essa minhoquinha aí?". Ele riu e fez uma gracinha qualquer. Eu tinha achado uma calça bem bacana pro Rex, verde com listinhas brancas. Então, o cara me disse: "Vamos comigo num provador". Bom, sabe, a ironia sempre me fascinou nos homens. Então, eu fui ao provador com ele. O outro cara viu a gente entrar. A gente começou a se beijar e ele abriu o zíper. Estava de pau duro e fez eu botar a mão ali. A gente continuou a beijar e ele pegou e levantou meu vestido e ficou olhando minha calcinha pelo espelho. Ficou bolinando minha bunda. Só que o pau dele não estava bem duro não, tava a meio pau só. Falei pra ele que ele não era de merda nenhuma. Ele saiu da cabina com o pau pra fora e fechou o zíper na frente do amigo. Riam muito. Eu saí e paguei a calça. Ele a colocou numa sacola. "Conta pro seu marido que você levou a calça

dele no provador", ele disse, rindo. "Você não passa de um viado de merda!", eu falei pra ele. "E o seu amigo também não passa de um viado de merda!" E eles eram mesmo. Quase todo homem é, agora. Tá ficando difícil pras mulheres. Tenho uma amiga casada que chegou em casa um dia e pilhou o cara dela na cama com outro cara. Não admira que todas as garotas estejam comprando vibradores, hoje em dia. É foda. Bom, vê se me escreve.

Da sua
Tanya

Tanya querida,
Recebi suas cartas e sua foto. Estou sentado aqui sozinho, de ressaca. Ontem foi Dia de Graças. Gostei da sua foto. Tem mais?
Você já leu Céline? Viagem ao fim da noite é o nome do livro. Depois de escrevê-lo, o cara perdeu a andadura e virou maníaco, enchendo o saco dos editores e dos leitores. Foi uma grande pena. A cabeça dele simplesmente desandou. Acho que deve ter sido um bom médico. Ou talvez nem fosse. Talvez não clinicasse com gosto. Talvez ajudasse a matar seus pacientes. Isso, sim, daria um bom romance. Muitos médicos fazem isso. Dão uma pílula e jogam você de volta pra rua. Eles querem é dinheiro, pra descontar os gastos que tiveram com sua instrução. Então, atulham suas salas de espera com pacientes, que são logo despachados. Pesam você, tiram a sua pressão, dão uma pílula e jogam de volta pro meio da rua. Você sai se sentindo pior. Um cirurgião-dentista é capaz de drenar todas as suas economias, mas pelo menos ele conserta os seus dentes.
Seja como for, ainda consigo escrever e pagar o aluguel. Achei as suas cartas interessantes. Quem tirou aquela foto sua sem calcinha? Um bom amigo, sem dúvida. Rex? Tá vendo, já tô com ciúmes! É bom sinal, né? Vamos dizer que é só interesse. Ou envolvimento, talvez. Vou ficar de olho na caixa de correio. Tem mais fotos?

Do seu, sim, sim
Henry

A porta abriu e lá estava Íris. Tirei a folha da máquina e deixei-a de lado, com o texto pra baixo.

– Olha, Hank! Comprei o sapato de biscatão!

– Maravilha! Maravilha!

– Vou botar pra você ver! Tenho certeza de que vai adorar!

– Vai nessa, baby!

Íris foi pro quarto. Escondi a carta pra Tanya sob uma pilha de papéis.

Íris saiu do quarto. Os sapatos eram de um vermelho-brilhante, com saltos escandalosamente altos. Parecia uma das maiores putas de todos os tempos. Os sapatos, abertos atrás, eram de material transparente, deixando os pés à mostra. Íris andava de lá pra cá. Ela tinha um corpo ultraprovocativo, com toda aquela bunda; os saltos faziam tudo aquilo subir aos céus. Era de enlouquecer. Íris parou e me olhou por cima do ombro, sorrindo. Que putinha maravilhosa! Ela tinha mais quadris, mais bunda, mais barriga da perna que qualquer outra mulher. Fui correndo preparar dois drinques. Íris sentou e cruzou bem alto as pernas. Sentou numa cadeira, em diagonal comigo. Os milagres continuavam acontecendo na minha vida. Não conseguia entender.

Meu pau estava duro, latejante, pressionando minha calça.

– Você sabe do que os homens gostam – disse a ela.

Acabamos de beber. Levei-a pro quarto pela mão. Subi o vestido e puxei sua calcinha. Trabalho complicado. A calcinha engachou no salto do sapato; acabei conseguindo desembaraçá-la. Os quadris de Íris ainda estavam encobertos pelo vestido. Levantei-a pela bunda e puxei o vestido pra cima. Já estava molhada. Senti com os dedos. Íris estava quase sempre molhada, quase sempre a fim. Ela era um barato total. Estava de meias de nylon longas com ligas enfeitadas de rosas vermelhas. Enfiei o troço no molhadinho. Suas pernas estavam suspensas no ar; eu a acariciava e via aqueles sapatos de biscatão nos pés dela, os saltos vermelhos espetados como punhais. Íris ia ser agraciada com outro papai & mamãe à antiga. Amor é pros guitarristas, católicos e fanáticos por

269

xadrez. Aquela vaca, com aqueles sapatos vermelhos e meias longas – ela merecia o que ia receber de mim. Tentei rasgá-la ao meio, rachá-la em duas metades. Olhei aquela cara meio índia, estranha, na branda luz solar que se filtrava timidamente pela persiana. Era um assassinato. Eu a possuía. Não tinha como escapar. Eu carcava e urrava, dava-lhe tapas na cara e quase arrebentei-a pra valer.

Me surpreendeu que levantasse sorrindo pra ir ao banheiro. Parecia quase feliz. Os sapatos tinham caído ao lado da cama. Meu pau ainda estava duro. Peguei um sapato dela e esfreguei no meu pau. Era ótimo. Daí, botei o sapato de novo no chão. Quando Íris saiu do banheiro, ainda sorrindo, meu pau amoleceu.

96

Nada demais aconteceu até sua partida. Bebemos, comemos, trepamos. Não teve brigas. Demos longos passeios de carro pela costa, comemos em restaurantes que serviam frutos do mar. Nem me preocupei em escrever. Tinha épocas em que o melhor era ficar longe da máquina. Um bom escritor sabe quando deve parar de escrever. Qualquer um é capaz de datilografar. E eu nem era um bom datilógrafo; era mau também em ortografia e gramática. Mas sabia quando deixar de escrever. Era como trepar. Você tinha de dar um tempo pra divindade de vez em quando. Eu tinha um velho amigo que de vez em quando me escrevia, o Jimmy Shannon. Ele produzia seis romances por ano, todos sobre incesto. Não admirava que estivesse passando fome. Meu problema é que eu não conseguia sossegar a minha divindade caralhal, do jeito que eu fazia com a minha divindade datilografal. Isso porque a oferta de mulheres era sazonal, e você tinha de aproveitar e transar o maior número possível, antes que a divindade de algum aventureiro entrasse no meio. Acho que o fato de eu ter abandonado a escrita por dez anos foi a melhor coisa que poderia ter acontecido. Alguns críticos, imagino, diriam que foi a melhor coisa que poderia ter acontecido aos leitores também. Dez anos de descanso pros dois lados. O que aconteceria se eu parasse de beber por dez anos?

Então, chegou a hora de embarcar Íris no avião. Era um voo matinal, o que complicava um pouco as coisas. Eu estava acostumado a acordar ao meio-dia; era uma excelente cura pra ressaca e me acrescentaria cinco anos de vida. Eu não estava triste ao levá-la pro aeroporto internacional de L.A. O sexo tinha sido legal, divertido. Não conseguia me lembrar de outra história tão civilizada. Nenhum de nós ficou fazendo exigências; mesmo assim, não faltou carinho nem sentimento. Não foi na base da carne morta se acoplando à carne morta. Eu detestava esse tipo de swing sexual característico de Los Angeles, Hollywood, Bel Air, Malibu, Laguna Beach. Estranhos no primeiro encontro, estranhos na despedida – um verdadeiro ginásio olímpico de corpos anônimos masturbando-se mutuamente. Gente sem moral normalmente se considera mais livre, mas a maioria carece de capacidade de sentir, de amar. Então, viram swingers, num troca-troca incessante de parceiro. Morto fodendo morto. Nenhum senso de humor, nada de brincadeira no jogo deles – cadáver fodendo cadáver. As morais são restritivas, mas são fundadas na experiência humana através dos séculos. Certas morais servem pra encarcerar as pessoas nas fábricas, igrejas e submetê-las ao Estado. Outras fazem sentido. É como um pomar repleto de frutos envenenados e bons frutos. O negócio é saber qual apanhar pra comer, qual evitar.

Minha experiência com Íris tinha sido deliciosa e plena, embora nenhum estivesse apaixonado pelo outro. Era fácil de deixar-se envolver e difícil de evitar isso. Eu me deixava envolver. Permanecemos dentro do Volks estacionado no pavimento superior. A gente tinha tempo. O rádio estava ligado. Brahms.

– Vou te ver de novo? – perguntei a ela.
– Acho que não.
– Quer tomar um drinque no bar?
– Você me transformou numa alcoólatra, Hank; Tô tão fraca que mal consigo andar.
– Foi só o bebum?
– Não, claro – disse ela, com um sorrisinho.
– Então, vamos lá beber alguma coisa.
– Beber, beber, beber! Você só pensa nisso?

— Não, mas é um bom jeito de atravessar espaços como esse aqui.

— Você não consegue encarar as coisas sóbrio?

— Posso, mas prefiro não.

— Isso é escapismo.

— Tudo é: jogar golfe, dormir, comer, andar, brigar, fazer cooper, respirar, trepar...

— Trepar?

— Escuta, a gente tá parecendo dois ginasianos. Vamos lá pro avião.

As coisas degringolavam. Queria dar-lhe um beijo, mas senti sua distância. Um muro. Íris não se sentia bem, acho, nem eu.

— Tudo bem – disse ela –, a gente despacha a mala e vai beber. Daí, eu embarco e vou-me embora pra sempre: numa boa, bem suave, sem mágoa.

— *Tudo bem*! – disse eu.

E assim foi.

A volta: Century Boulevard, pro leste, até Crenshaw; 8ª Avenida arriba, daí Arlington até Wilton. Resolvi pegar minha roupa na lavanderia, e virei à direita no Beverly Boulevard. Parei no estacionamento, atrás da Lavanderia Silverette. Nisso passou uma crioulinha num vestido vermelho. Tinha um balanço maravilhoso, lindos movimentos. Então o prédio bloqueou minha visão. Ela sabia andar; a vida agraciava certas mulheres com dotes delicados que recusava às outras. Aquela mulher tinha essa graça indescritível.

Fui seguindo ela pela calçada. Deu uma olhada pra trás. Aí, parou e me encarou por cima do ombro. Entrei na lavanderia. Quando saí com as minhas coisas, ela me esperava do lado do Volks. Botei as coisas do lado do passageiro e dei a volta; ela se colocou à minha frente, ao lado da porta do motorista. Tinha uns 27 anos e uma cara redonda, impassível. Estávamos muito perto um do outro.

— Vi você olhando pra mim. Por que me olhava tanto?

— Me desculpe. Não queria ofender.

— Quero saber por que você me olhava daquele jeito? Você tava de olho grudado em mim.

– Escuta, você é uma mulher bonita, tem um lindo corpo. Vi você passando e olhei. Não pude evitar.

– Quer me encontrar hoje à noite?

– Poxa, seria ótimo, mas já tenho compromisso. Uma história.

Dei a volta em torno dela e abri a porta do carro. Entrei. Ela se foi. Ouvi-a sussurrando: "Panaca, idiota duma figa".

Abri a caixa do correio – nada. Eu precisava me recompor. Estava faltando alguma coisa. Olhei na geladeira. Nada. Fui de Volks até o Elefante Azul, uma loja de bebidas. Comprei meia Smirnoff e umas 7-UPs. Na volta me lembrei dos cigarros.

Peguei a Western Avenue pro sul, virei à esquerda no Hollywood Boulevard, depois à direita na Serrano. Queria achar uma tabacaria. Bem na esquina da Serrano com a Sunset tinha outra garota, mulata de salto alto e minissaia. Dava pra ver uma nesga de calcinha azul. Ela começou a andar e eu a fui seguindo de carro. Emparelhei. Ela fingindo que não via.

– Ei, baby!

Parou. Encostei no meio-fio. Ela veio até o carro.

– Como vão as coisas? – perguntei a ela.

– Tudo bem.

– Você não é nenhuma isca, é?

– O que quer dizer com isso?

– Como é que eu vou saber que você não é tira?

– E eu, como é que vou saber que *você* não é tira?

– Olha pra mim. Tenho cara de tira?

– Tudo bem – disse ela. – Dobra a esquina e estaciona. Eu vou lá.

Dobrei a esquina e parei em frente ao Mr. Famous N. J. Sandwiches. Ela abriu a porta e entrou.

– Que quer você? – disse ela.

Tinha uns trinta e tantos anos e um dente de ouro maciço no meio do sorriso. Garantia de que nunca ficaria duro.

– Chupetinha – disse eu.

– 20 dólares.

– Ok, vamos nessa.

– Pega a Eastern até a Franklin, vira à esquerda, vai até a Harvard e vira à direita.

Estava difícil de estacionar na Harvard. Acabei parando debaixo duma placa de proibido estacionar. Saímos do carro.

– Me segue – disse ela.

Era num prédio decadente. Logo antes do saguão, ela virou à direita, e eu fui atrás por uma escada de cimento, olhando seu rabo. É estranho, mas todo mundo tem um rabo. É quase triste isso. Mas eu não queria o rabo dela. Entramos num corredor e depois subimos mais um lance de escada de cimento. Não sei por que a gente estava usando uma espécie de escada de incêndio, ao invés do elevador. Em todo caso, eu precisava de exercício – sobretudo se quisesse escrever romances maçudos na velhice, como Knut Hamsun.

Por fim, chegamos ao seu apartamento. Ela pegou a chave. Eu agarrei sua mão.

– Pera um pouco!

– Que foi?

– Eu não vou encontrar uns putos duns negões aí dentro prontos pra me chutar a boca e me depenar, vou?

– Não tem ninguém aí dentro, não. Eu moro com uma amiga que nem está em casa. Ela trabalha nas Lojas Broadway.

– Me dá a chave.

Fui abrindo a porta devagar; então a escancarei com um chute. Entrei. Olhei em volta. Tinha um canivete, mas não peguei. Ela fechou a porta.

– Vamos pro quarto – disse ela.

– Pera um pouco...

Abri de sopetão a porta de um armário e fucei entre suas roupas. Nada.

– Que porra de droga você tomou, cara?

– Não tomei porra de droga nenhuma!

– Deus...

Corri pro banheiro e dei um puxão na cortina do box do chuveiro. Nada. Fui pra cozinha, abri a cortina de plástico debaixo da pia. Só uma lata de lixo fedorento transbordante de porcaria. Dei uma geral no outro quarto, inclusive no armário. Olhei debaixo do sofá-cama: só uma garrafa vazia de Ripple. Saí.

– Vem aqui – disse ela.

Era um quartinho, quase uma alcova. Tinha uma cama de armar com lençóis sujos. O cobertor jogado no chão. Abri o zíper e tirei o negócio pra fora.

– 20 – disse ela.

– Bota os lábios nesse filho da puta! Chupa pra valer!

– 20.

– Já sei o preço. Faça por merecer. Enxugue as minhas bolas.

– Os 20 primeiro...

– Ah, é? Te dou os 20, e depois como vou saber que você não vai chamar a polícia? Como vou saber que o puto do seu irmão, que deve ser um ex-jogador de basquete de dois metros e dez, não vai aparecer com uma navalha?

– 20 primeiro. E não se preocupe. Vou te chupar legal, bem legal.

– Não confio em você, sua puta.

Fechei o ziper e saí depressa dali, despencando por aqueles degraus de cimento. Ganhei a rua, pulei pra dentro do Volks, voltei pra casa.

Comecei a beber. Desordem nos meus astros.

Tocou o telefone. Era Bobby.

– Você embarcou a Íris no avião?

– Embarquei. Aliás, queria te agradecer por não ter metido o nariz por aqui, como das outras vezes.

– Escuta, Hank, isso é coisa da sua cabeça. Você é velho, vive trazendo essas gatas pra cá e aí fica ansioso quando aparece um gatinho. Seu cu fica piscando de tensão.

– Insegurança... falta de autoconfiança, né?

– Bem...

– Ok, Bobby.

– Seja como for, a Valerie queria saber se você não tá a fim de descer pra um drinque...

– Por que não...

Bobby apresentou um fumo péssimo, realmente péssimo. Ficou circulando entre nós. Ele tinha arranjado umas fitas novas pra ouvir. O meu cantor favorito, Randy Newman, estava entre elas. Botou Randy, não muito alto, a meu pedido.

Ficamos, então, ouvindo Randy e fumando. Aí, Valerie resolveu fazer um desfile de moda pra gente. Ela tinha doze becas novas, do Frederick's. E mais de trinta pares de sapato pendurados no lado de dentro da porta do banheiro.

Valerie saiu empertigada num salto alto de doze centímetros. Mal conseguia andar. Cambaleava dengosa sobre pernas de pau. Trazia a bunda empinada e os bicos do peito durinhos sob a blusa transparente. E uma correntinha de ouro na canela. Dava seus giros e nos encarava, cheia de graciosos trejeitos sexuais.

– Deus do céu... – disse Bobby – Meu Deus do...
– Santo Cristo do Pai da Mãe de Deus! – disse eu.

Quando Valerie passou por mim, enchi minha mão com um belo pedaço da sua bunda. Eu estava vivo. Me sentia ótimo. Valerie se enfiou no banheiro pra mudar de roupa.

Cada vez que voltava, estava mais bonita, mais enlouquecedora, mais tesuda. A brincadeira parecia caminhar prum clímax.

Bebemos, fumamos, e Valerie continuava a desfilar novos vestidos. Um tremendo show.

Ela sentou no meu colo, e Bobby tirou umas fotos.

A noite seguia o seu curso. Daí, uma hora, reparei que Bobby e Valerie tinham sumido. Fui olhar no quarto deles, vi a Valerie na cama, nua, à exceção dos saltos altos pontiagudos. Seu corpo era forte e enxuto.

Bobby, ainda de roupa, chupava os peitos de Valerie, passando de um pra outro. Os bicos continuavam durinhos.

Bobby levantou a vista e me viu.

– Ei, velhinho, já ouvi você gabar as suas qualidades de emérito chupador de buceta. Que tal isso aqui?

Bobby abriu as pernas de Valerie, seus pentelhos eram longos, encaracolados, emaranhados. Bobby mergulhou ali e ficou lambendo o grelo dela. Até que ele era bom naquilo, mas lhe faltava emoção.

– Pera um pouco, Bobby, não é bem assim que se faz. Deixa eu te mostrar.

Me abaixei entre as pernas dela. Avancei aos poucos em direção ao grelo. Quando cheguei lá, Valerie começou a reagir. Até demais. Me deu uma chave de pernas na cabeça, que mal dava pra eu respirar. Minhas orelhas ficaram chapadas. Daí, levantei a cabeça.

– Ok, Bobby, viu como é que é?

Bobby não respondeu. Me deu as costas e entrou no banheiro. Tirei as calças e os sapatos. Eu gostava de exibir minhas pernas, quando bêbado. Valerie me pegou e me puxou pra cama. Daí, catou o meu pau e botou ele na boca. Ela não era grande coisa, comparada com a média. Fez o velho truque de abocanhar de leve a cabeça do pau, e quase nada além disso. Ela continuou por um bom tempo, e eu senti que não ia acabar. Então, recostei sua cabeça no travesseiro, e lhe dei um beijo. Então montei nela. Já tinha dado umas oito ou dez bimbadas, quando Bobby apareceu por trás.

– Quero que você se mande, cara.

– Alguma coisa errada, Bobby?

– Quero que você volte pra sua casa.

Tirei de dentro, levantei, fui pra sala, carregando calça e sapatos, e me vesti.

– Ei, *Mister* Cuca Fresca – disse ao Bobby –, que aconteceu de errado?

– Só quero que você caia fora.

– Tudo bem, tudo bem...

Voltei pra casa. Me deu a impressão de que já fazia um tempão que eu tinha levado Íris Duarte ao aeroporto. Ela já devia estar de volta a Vancouver àquela hora. Merda. Boa noite, Íris Duarte.

97

Tinha uma carta na caixa do correio. Postada em Hollywood.

Caro Chinaski,
Li quase todos os seus livros. Trabalho de datilógrafa na Cherokee Avenue. Tenho uma foto sua pendurada no lugar

em que eu trabalho. É um pôster de uma de suas leituras. As pessoas me perguntam: "Quem é esse aí?". E eu digo: "É o meu namorado". E elas falam: "Meu Deus!".

Dei seu livro de contos de presente ao meu chefe. O Animal com Três Pernas. Ele disse que não gostou, que você não sabia escrever e que era uma merda vulgar. Ficou bravo com o presente.

Bom, mas eu gosto das suas coisas e queria te encontrar. Dizem que sou bem-feitinha. Quer conferir?

Muito amor
Valência

Deixou dois números de telefone, do trabalho e de casa. Eram duas e meia da tarde, mais ou menos. Disquei pro número do trabalho.

– Sim? – respondeu uma voz de mulher.
– Valência está, por favor?
– É Valência.
– Aqui é Chinaski. Recebi sua carta.
– Achei mesmo que você ia ligar.
– Você tem uma voz sensual – disse eu.
– Você também – respondeu.
– Quando é que eu posso te ver?
– Bom, eu não vou fazer nada hoje à noite.
– Ok, que tal hoje à noite?
– Tudo bem – disse ela. – Vejo você depois do trabalho. Pode me encontrar naquele bar do Cahuenga Boulevard, o Toca da Raposa. Sabe onde é?
– Sei.
– Vejo você lá pelas seis, então...

Parei o carro na frente da Toca da Raposa. Acendi um cigarro e esperei um pouco. Daí, saí do carro e entrei no bar. Qual delas era Valência? Fiquei ali parado e ninguém disse nada. Fui até o balcão e pedi uma vodca com 7-UP dupla. Então, ouvi meu nome: "Henry?".

Olhei em volta e vi uma loira sozinha numa banqueta. Peguei meu drinque e fui sentar ao lado dela. Ela devia ter uns 38 e não era nada bem-feitinha. Era meio passada e um tanto gorda. Tinha uns peitos grandes que despencavam melancólicos.

Cabelo curto. Era pesadona e tinha um ar cansado. Estava de calça comprida, blusa e botas. Olhos azuis pálidos. Muitas pulseiras em cada braço. Não tinha cara de nada; talvez tivesse sido bonita algum dia.

– Tive um dia escroto hoje – disse ela. – Bati à máquina até o cu fazer bico.

– Vamos deixar pra outra noite, então, quando você estiver se sentindo melhor – disse eu.

– Ah, merda, não tem importância. Mais um drinque e eu tô nova.

Valência acenou pra garçonete.

– Mais vinho.

Ela bebia vinho branco.

– Como vai indo a escrita? – perguntou. – Livro novo à vista?

– Ainda não. Tô trabalhando num romance.

– Como chama?

– Ainda não tem título.

– Vai ficar legal?

– Não sei.

Nenhum de nós disse nada por uns momentos. Acabei minha vodca e pedi outra. Valência não era o meu tipo em nenhum sentido. Desgostei dela. Tem pessoas assim – logo de cara você já começa a desprezá-las.

– Tem uma japonesa lá onde eu trabalho. Ela vive fazendo o possível pra eu ser despedida. Sou íntima do chefe, mas aquela cadela consegue me estragar o dia. Qualquer dia vou lhe dar um pé no meio do rabo.

– De onde você é?

– Chicago.

– Não gosto de Chicago – eu disse.

– Eu gosto de Chicago.

Acabei meu drinque, ela acabou o dela. Valência me empurrou sua conta.

– Você se importa de pagar isso? Tenho uma salada de camarão também.

Tirei minha chave pra abrir a porta.

– Esse é o seu carro?

– É.
– Você acha que eu vou andar numa joça como essa?
– Escuta, se não quer entrar, não entre.

Valência entrou. Tirou um espelho e começou a se maquiar no caminho. Não estávamos longe de casa. Estacionei.

Lá dentro ela disse:

– Que lugar imundo! Você precisa arranjar alguém pra limpar isso.

Peguei a vodca e a 7-UP e preparei dois drinques. Valência tirou as botas.

– Cadê a sua máquina de escrever?
– Na mesa da cozinha.
– Você não tem escrivaninha? Eu achava que os escritores tinham uma escrivaninha.
– Alguns não têm nem mesa de cozinha.
– Você já foi casado? – perguntou.
– Uma vez.
– Que foi que deu errado?
– A gente começou a se odiar.
– Fui casada quatro vezes. Ainda vejo meus ex-maridos. Ficamos amigos.
– Bebe.
– Você parece nervoso – disse Valência.
– Eu tô bem.

Valência acabou seu drinque e se esticou no sofá. Botou a cabeça no meu colo. Comecei a afagar seus cabelos. Fiz mais um drinque pra ela e continuei a lhe fazer cafuné. Podia ver seus peitos dentro da blusa. Me inclinei e lhe dei um longo beijo. Sua língua ficou se debatendo na minha boca. Detestei-a. Meu pau começou a se manifestar. Beijamos de novo e eu enfiei a mão dentro da sua blusa.

– Sabia que eu ia te encontrar algum dia – disse ela.

Beijei-a de novo, dessa vez com mais selvageria. Ela sentiu meu pau pressionando sua cabeça.

– Ei! – disse ela.
– Não é nada.
– Nada uma porra! Que tá pretendendo?
– Não sei...
– Eu sei.

Valência levantou e entrou no banheiro. Voltou nua. Entrou debaixo dos lençóis. Tomei mais uma. Daí, tirei a roupa e entrei na cama. Puxei o lençol de cima dela. Que peitões! Ela era cinquenta por cento peitos. Firmei um deles com a mão, o melhor que pude, e chupei o bico. Não endureceu. Peguei o outro peito e chupei o bico. Nenhuma reação. Dei uma chacoalhada naqueles peitos. Enfiei meu pau entre eles. Os bicos continuaram moles. Ofereci meu pau à sua boca, mas ela virou a cara. Pensei em queimar o cu dela com cigarro. Que monte de carne... Uma vagabunda de rua desgastada, arruinada. Em geral, as putas me davam tesão. Meu pau endurecia, mas minha alma voava longe.

— Você é judia? — perguntei a ela.

— Não.

— Você tem cara de judia.

— Não sou.

— Você mora nas imediações de Fairfax, não mora?

— Moro.

— Seus pais são judeus?

— Escuta, que porra de história de judeu é essa?

— Não precisa se chatear. Alguns dos meus melhores amigos são judeus.

Dei mais uma chacoalhada nos peitos dela. Pura gelatina.

— Você parece apavorado — disse Valência. — Tenso.

Sacudi meu pau na cara dela.

— Isso *aqui* te parece apavorado?

— É horrível. Como essas veias foram ficar assim tão grossas?

— Gosto delas.

Agarrei ela pelos cabelos, joguei-a contra a parede e dei-lhe uma chupada nos dentes, meus olhos pregados nos dela. Daí, comecei a bolinar sua buceta. Ela demorou pra se ligar. Então, começou a se abrir, e eu enfiei um dedo lá dentro. Fiquei fuçando seu grelo. Aí, meti. Meu pau entrou nela. Por incrível que pareça, a gente estava trepando. Eu não tinha a menor intenção de lhe dar prazer. Valência até que tinha uma bela contração vaginal. Eu estava dentro dela pra valer, mas ela não parecia nem aí. Não dei bola. Bombei, bombei. Mais uma foda. Pesquisa. Não se tratava de uma violação, pra mim. A pobreza e a ignorância geram sua própria verdade. Ela era minha. Éramos dois animais na floresta, e eu a estava assassinando. Ela começava a decolar. Dei-lhe um beijo; finalmente seus lábios se abriram. Enfiei-lhe minha língua. As paredes azuis me olhavam. Valência começou a fazer uns barulhinhos. Isso me espicaçou.

Quando ela saiu do banheiro eu já estava vestido. Tinha dois drinques na mesa. Ficamos mamando nossos drinques.
– Como é que você foi parar nas redondezas de Fairfax? – perguntei.
– Gosto de lá.
– Quer que eu leve você pra casa?
– Se não se importar.

Ela morava a duas quadras a leste de Fairfax.
– Minha casa fica ali – disse ela. – A da porta de tela.
– Parece legal.
– E é. Quer dar uma chegadinha lá?
– Tem alguma coisa pra beber?
– Você bebe xerez?
– Claro...
Entramos. Tinha toalhas pelo chão. Ela chutou todas pra debaixo do sofá, de passagem. Então, apareceu com o xerez. Era uma porcaria das mais baratas.
– Cadê o banheiro? – perguntei.
Dei a descarga pra disfarçar, enquanto vomitava o xerez. Dei de novo a descarga e saí.
– Mais um? – ela perguntou.
– Claro.
– As crianças estiveram aqui – disse ela –, por isso essa bagunça toda.
– Você tem filhos?
– Tenho. O Sam toma conta.
Acabei o xerez.
– Bom, olha, obrigado pela bebida. Tenho que ir indo.
– Tudo bem. Você tem meu telefone, né?

— Tenho, pode deixar.

Valência me levou até a porta de tela. Demos um beijo. Daí, fui pro Volks. Entrei, arranquei. Virei a esquina, parei em fila dupla, abri a porta e vomitei o segundo xerez.

98

Eu via Sara a cada três ou quatro dias, na casa dela ou na minha. A gente dormia junto, mas nada de sexo. A gente chegava perto, mas nunca ia às vias de fato. Os preceitos do Drayer Baba se mantinham firmes.

Resolvemos passar os feriados juntos na minha casa. Natal e ano-novo.

Sara chegou na hora do almoço do dia 24, na Kombi. Fiquei observando da janela ela fazer a baliza, daí saí pra encontrá-la. Tinha umas madeiras amarradas no teto da Kombi. Era o meu presente de aniversário: ela ia me fazer uma cama. A minha cama era uma piada. Um estrado de molas, com as tripas escapando pelos lados do colchão. Sara trouxe também um peru orgânico, mais as guarnições. Era eu que estava pagando, e o vinho branco também. Além disso, tinha uns presentinhos pra cada um de nós.

Carregamos pra dentro as madeiras, o peru, os badulaques e as ferramentas. Botei fora o estrado de molas, o colchão e a cabeceira da cama, com um aviso: "Grátis". A cabeceira foi primeiro, o estrado de molas sumiu depois, e, por fim, alguém levou o colchão. Era um lugar de gente pobre, aquele.

Tinha visto a cama de Sara na casa dela. Dormira nela e tinha gostado. Sempre me invoquei com os colchões normais, pelo menos com os que eu podia comprar. Tinha passado mais da metade da vida dormindo em camas mais adaptáveis a uma minhoca.

Sara tinha feito ela mesma sua cama e ia me fazer uma igual. Era uma plataforma sólida de madeira, apoiada em sete pés quádruplos (o sétimo ficava bem no meio), com uma espuma firme de dez centímetros por cima. Sara tinha algumas boas ideias. Eu segurava as tábuas enquanto ela martelava os pregos. Era habilidosa com o martelo, apesar dos seus 52 quilos. Ia ficar uma cama legal.

Não demorou muito.

Daí, a gente testou ela – não sexualmente – sob o sorriso do Drayer Baba.

Fomos dar uma volta de carro, à procura de uma árvore de Natal. Eu não estava tão ansioso por uma árvore – Natal tinha sido sempre uma data triste na minha infância –, por isso não liguei pro fato de a gente não ter encontrado mais nenhum lugar aberto. Sara voltou acabrunhada. Mas, depois de uns copos de vinho branco, ela se animou de novo e começou a pendurar os enfeites de Natal, luzinhas e purpurina, por toda parte, inclusive no meu cabelo.

Eu tinha lido que mais gente se mata na véspera do Natal e no próprio dia de Natal, que em qualquer outra época. Ao que parece, esse feriado tem pouco ou nada a ver com o nascimento de Cristo.

A música nas rádios era de vomitar, a tevê pior ainda; por isso, desligamos tudo e telefonamos pra mãe da Sara, no Maine. Falei com mamãe também, e até que ela não era assim tão ruim.

– No começo – disse Sara –, eu pensava em te juntar com a mamãe, só que ela é mais velha que você.

– Esquece.

– Ela já teve belas pernas.

– Esquece.

– Você tem preconceito contra a velhice?

– Tenho, contra toda a velhice que não seja a minha.

– Você age como um astro de cinema. Você sempre transou com mulheres vinte ou trinta anos mais novas que você?

– Não quando eu estava nos meus vinte anos.

– Então, me diz uma coisa: você já transou com alguma mulher mais velha que você? Quer dizer, já viveu com alguma?

– Já. Aos 25 vivi com uma mulher de 35.

– E como é que foi?

– Terrível. Fiquei apaixonado.

– E o que tem isso de terrível?

– Ela me fez ir pra faculdade.

– E isso era terrível?

– Não é o tipo de faculdade que você tá pensando. *Ela* era a faculdade, e eu o estudante.
– Que aconteceu com ela?
– Enterrei ela.
– Com honras? Ou você matou ela?
– A bebida matou ela.
– Feliz Natal.
– Legal. Me fala das suas transas.
– Eu passo.
– Foram muitas?
– Muitas... e, ao mesmo tempo, muito poucas.

Trinta ou quarenta minutos depois, alguém bateu na porta. Sara levantou e foi abrir. Um símbolo sexual entrou em casa, em plena véspera de Natal. Não sabia quem era. Estava com um vestido preto apertado, e parecia que seus enormes peitos iriam explodir pra fora do decote a qualquer momento. Era magnífico. Nunca tinha visto peitos assim, expostos daquela maneira. Só no cinema.
– Oi, Hank!
Ela me conhecia.
– Sou Edie. A gente se encontrou na casa do Bobby, uma noite.
– Ah, é?
– Você devia estar muito bêbado pra lembrar.
– Olá, Edie. Esta é a Sara.
– Eu estava procurando o Bobby. Pensei que ele poderia estar aqui.
– Senta e bebe alguma coisa.
Edie sentou numa cadeira à minha direita, bem perto de mim. Devia ter uns 25. Acendeu um cigarro e deu um gole na bebida. Cada vez que ela se inclinava sobre a mesinha, eu tinha certeza de que aqueles peitos iam pular pra fora. Eu tinha medo da minha reação, se isso acontecesse. Sei lá. Nunca fui ligado em peito. Meu negócio sempre foi pernas. Mas Edie sabia das coisas, sim senhor. Eu estava com medo; olhava de esguelha praqueles peitos, sem saber se eu queria que eles saltassem do decote, ou ficassem lá dentro mesmo.

— Você conheceu o Manny na casa do Bobby? – ela me perguntou.

— Conheci.

— Pois é, tive que lhe dar um pé na bunda. Ele era ciumento pra caralho. Chegou até a contratar um detetive particular pra me seguir! Imagine! Aquele monte de merda.

— É mesmo.

— Detesto os homens que ficam mendigando amor. Odeio bajuladores.

— É difícil achar um homem de verdade, hoje em dia – disse eu. – Aliás, isso é de uma canção do tempo da Segunda Guerra. Também tinha aquela: "Não sente debaixo de uma macieira com outra pessoa que não seja eu".

— Hank, você tá gaguejando... – disse Sara.

— Toma outro, Edie – eu disse, servindo-lhe mais um drinque.

— Os homens não passam duns merdas! – ela continuou. – Outro dia eu fui num bar, com quatro caras, meus amigos íntimos. A gente ficou lá, virando umas canecas de chope e rindo, sabe? Se divertindo, sem incomodar ninguém. Então me deu na telha jogar uma partida de bilhar. Gosto muito de bilhar. Acho que uma dama revela sua classe jogando bilhar.

— Não sei jogar bilhar – disse eu. – Sempre rasgo o pano verde. E nem dama eu sou.

— Bom, fui até a mesa; tinha um cara lá jogando sozinho. Chego nele e digo: "Escute, você já tá jogando faz tempo; eu e meus amigos, a gente queria jogar uma partida. Você se importa de emprestar a mesa pra gente um pouquinho?". Ele virou e me olhou. Deu um tempo. Daí, fez uma cara enjoada e disse: "Tudo bem".

Edie foi se animando; se sacudia toda pra falar. Fiquei espiando os negócios dela.

— Voltei pros meus amigos e falei: "a mesa é nossa". Aí, então, o cara jogava já sua última bola, quando veio um amigo dele e disse, em voz alta: "Ei, Ernie, ouvi dizer que você vai largar a mesa". E sabe o que o sujeito respondeu? Ele falou: "Pois é, vou deixar praquela biscate!". Vi tudo VERMELHO quando ouvi aquilo! O cara tava debruçado na mesa, fazendo mira pra última tacada. Então, eu peguei um taco e acertei a cabeça dele, com toda força. O cara despencou na mesa como morto. Ele era conhecido no bar, e a turma dele logo partiu pra cima de mim. Só que o meu pessoal também entrou na parada. Menino, que pancadaria! Garrafas espatifando, espelhos quebrando... nem sei como a gente saiu dali – mas saímos. Você tem aí um baratinho qualquer?

– Tenho, mas não sei enrolar direito.

– Eu cuido disso.

Edie fez um baseado fininho, obra de mestre. Deu um tapa sissiante, e passou pra mim. Continuou a contar:

– Daí eu voltei lá na noite seguinte, sozinha. O dono, que é o barman, me reconheceu. Se chama Claude. "Claude", eu disse pra ele, "desculpe por ontem, hein. Mas aquele cara do bilhar era um autêntico filho da mãe. Me chamou de biscate!"

Eu servi mais bebida pra todos. A qualquer minuto seus peitos pulariam pra fora.

– O dono falou: "Ok, esquece". Me pareceu um cara legal. "Quê cê vai beber?", ele me perguntou. Fiquei ali pelo bar, tomei dois ou três drinques de graça e, então, ele disse: "Sabe, eu bem que tô precisando de mais uma garçonete".

Edie deu outro tapa no charinho, e prosseguiu.

– Ele me falou da outra garçonete: "Ela atraía os homens, mas causava muito problema. Jogava um cara contra o outro. Estava sempre na berlinda. Então descobri que ela tirava o dela por fora. Usava o MEU bar pra traficar a bucetinha dela!".

– É mesmo? – perguntou Sara.

– Isso foi o que ele me contou. De qualquer maneira, ele me ofereceu a vaga de garçonete. E disse: "Nada de sacanagem aqui, hein!". Falei pra ele cortar aquele papo, que eu não era dessas. Pensei, bom, agora talvez eu consiga juntar algum dinheiro pra estudar na UCLA e me formar em química e francês, que é o que eu sempre quis fazer. Então, ele disse: "Vem aqui, vem ver onde a gente guarda o estoque. Tem também um uniforme que eu queria que você experimentasse. Nunca foi usado, e acho que é do seu tamanho". E lá fui eu praquele quartinho escuro, corri ele. Aí, ele tentou me agarrar. Empurrei-o e ele disse: "Só um beijinho". E eu: "Ora, vá se foder!". Ele era careca, gordo, usava dentadura e tinha verrugas pretas e peludas nas bochechas. Me prensou, passou a mão na minha bunda, me alisou um peito. Tentou me beijar na marra. Empurrei-o de novo. "Eu sou casado", ele disse, "e adoro a minha mulher. Por isso, não se preocupe!" Me agarrou de novo, e eu dei-lhe um chute, *você sabe bem onde.* Acho que não tinha nada lá, pois ele nem se encolheu. "Dou dinheiro a você", ele dizia. "Vou ser legal com você!" Falei pra ele ir comer merda e se matar. E, assim, perdi mais um emprego.

– Que história triste – eu disse.
– Escuta – disse Edie. – Tenho que ir. Bom Natal. Obrigada pelos drinques.

Levantou, abriu a porta, saiu no pátio interno.
– Seu filho da puta – disse Sara.
– Que foi?
– Se eu não estivesse aqui, você bem que comia ela.
– Mas eu mal conheço a dama.
– Com todo aquele peito! Você ficou petrificado! Você tinha medo até de olhar pra ela!
– Que será que ela quer, perambulando assim na véspera de Natal?
– Por que você não perguntou a ela?
– Ela disse que estava procurando o Bobby.
– *Se eu não estivesse aqui, você tinha comido ela.*
– Sei lá. Como é que eu vou saber...

Foi então que Sara levantou e deu um grito. Começou a soluçar e foi pro quarto. Servi mais bebida no meu copo. As luzinhas coloridas na parede ficaram piscando pra mim.

99

Sara preparava o recheio do peru e eu fiquei na cozinha conversando com ela. Bebíamos vinho branco.

Tocou o telefone. Fui atender. Era Debra.
– Só queria te desejar um Feliz Natal, seu pastel molhado.
– Obrigado, Debra. E um Feliz Papai Noel pra você.

Conversamos um pouco, daí, voltei pra cozinha.

– Quem era?
– Debra.
– Como vai ela?
– Bem, eu acho.
– O que ela queria?
– Desejar Feliz Natal.
– Você vai gostar desse peru orgânico; o recheio tá ótimo também. As pessoas só comem veneno, veneno puro. A América é um dos poucos lugares em que o câncer do cólon é predominante.
– Pois é, meu cu me incomoda um bocado, mas é só hemorroidas. Tirei elas uma vez. Antes de operá-los, enfiam uma cobra com uma luzinha na ponta dentro do intestino da gente, pra ver se não tem câncer. Essa cobra é bem comprida. Eles pegam e te enfiam ela, assim, sem mais!

O telefone tocou de novo. Fui atender. Era Cassie.

– Como vai?
– Eu e Sara estamos preparando um peru.
– Tô com saudades de você.
– Feliz Natal pra você também. Como vai o trabalho?
– Vai bem. Tô de licença até o dia 2 de janeiro.
– Bom ano, Cassie!
– Que diabo tá acontecendo com você?
– Tô um pouco aéreo. Não tô acostumado com vinho branco logo de manhã.
– Dá uma ligada, qualquer hora.
– Claro.

Voltei à cozinha.

– Era Cassie. As pessoas costumam ligar no Natal. Acho que o Drayer Baba também vai ligar.
– Não vai.
– Por quê?
– Ele nunca falou em voz alta. Nunca falou, nem tocou em dinheiro.
– Que bom, hein. Deixa eu provar um pouco desse recheio.
– Ok.
– Poxa, nada mau!

O telefone tocou de novo. Era assim que funcionava. Quando começava a tocar não parava mais. Fui atender no quarto.

– Alô – disse eu. – Quem é?
– Seu filho da puta. Você não me reconhece?
– Na verdade, não.

Voz de mulher bêbada.

– Adivinha.
– Pera aí! É a Íris!
– É, sou eu. E tô grávida!
– Você sabe quem é o pai?
– Que diferença faz?
– É, tem razão. Como vão as coisas em Vancouver?
– Vai tudo bem. Tchau.
– Tchau.

Voltei de novo pra cozinha.

– Era a dançarina do ventre, do Canadá – falei pra Sara.
– Como vai ela?
– Estava repleta de sentimentos natalinos.

Sara botou o peru no forno. Fomos pra sala. Ficamos num papo-furado por algum tempo. Aí, o telefone tocou de novo.

– Alô – disse eu.
– Você é o Henry Chinaski?

Era voz de rapaz.

– Sou.
– Henry Chinaski, o escritor?
– É.
– É mesmo?
– É.
– Bom, a gente é uma turma aqui de Bel Air, sabe, e a gente curte muito o seu barato, cara! A gente gosta tanto, que a gente vai te dar um prêmio, viu!
– Opa!
– Pois é, a gente vai baixar aí com umas dúzias de cervejas.
– Pode enfiar a cerveja no seu cu.
– Quê?!
– Eu disse: "enfia a cerveja no cu!".

Desliguei.

– Quem era? – perguntou Sara.

– Acabei de perder três ou quatro leitores de Bel Air. Mas valeu a pena.

O peru estava pronto; tirei ele do forno, botei numa bandeja, tirei da mesa da cozinha a minha máquina e toda a minha papelada e botei o peru ali. Comecei a destrinchar o bicho, enquanto Sara preparava as verduras. Sentamos. Me servi, Sara se serviu. Parecia bom.

– Espero que aquela fulana dos peitos não apareça de novo – disse ela, com ar de profundo desagrado.

– Se aparecer, eu dou um pedaço pra ela.

– *Quê*?

Apontei pro peru.

– Eu disse que dou um pedaço pra ela. Você vai ver.

Sara deu um berro. Levantou. Tremia. Correu pro quarto. Olhei pro peru no meu prato. Não ia conseguir comer. Tinha apertado o botão errado de novo. Fui pra sala com o meu copo e sentei. Esperei quinze minutos; aí, botei o peru e as verduras na geladeira.

Sara voltou pra casa no dia seguinte, e eu comi um sanduíche frio de peru às três da tarde. Lá pelas cinco, alguém desferiu terríveis porradas contra a minha porta. Fui abrir. Eram Tammie e Arlene. Tinham tomado excitantes. Entraram e ficaram zanzando e falando, as duas ao mesmo tempo.

– Tem aí alguma coisa pra beber?

– Porra, Hank, cê tem alguma coisa pra beber?

– Como foi a porra do seu Natal?

– É, a porra do seu Natal, como foi, cara?

– Tem cerveja e vinho no refrigerador – disse a elas.

(É fácil reconhecer um passadista: ele chama geladeira de refrigerador.)

Elas se abalaram pra cozinha e abriram o refrigerador.

– Ei, tem peru!

– Estamos com fome, Hank! Dá pra gente comer um pouco desse peru?

– Claro.

291

Tammie apareceu com uma coxa atada a um pedaço de sobrecoxa.

– Ei, que peru mais horrível! Precisa de mais tempero!

Arlene também segurava pedaços do peru.

– É, isso aqui precisa de tempero! Tá muito xoxo. Cê tem condimentos aí?

– No armário da cozinha – eu disse.

Elas dispararam pra cozinha e começaram a fuçar nos condimentos.

– Agora sim, tá mais legal!

– É, agora tá com gosto de alguma coisa!

– Peru orgânico, que merda!

– Que merda, peru orgânico!

– É, é uma merda mesmo.

– Quero mais!

– Eu também. Mas, precisa temperar!

Tammie saiu da cozinha e sentou. Tinha acabado de comer a coxa. Daí, pegou o osso da coxa, mordeu, quebrou em dois, e começou a mastigar. Fiquei perplexo. Ela mastigava o osso da perna do peru e cuspia lasquinhas no tapete.

– Ei, você tá comendo osso! – eu disse.

– Pois é, eu gosto!

Tammie voltou à cozinha pra pegar mais.

Logo, voltaram as duas pra sala, cada qual com uma garrafa de cerveja.

– Obrigada, Hank.

– Pode crer; obrigada, cara.

Ficaram ali, mamando as cervejas.

Bom – disse Tammie –, já vamos indo.

– É, a gente vai até ali estuprar uns ginasianos!

– É!

As duas sumiram num pulo. Fui até a cozinha e dei uma olhada na geladeira. Parecia que o peru tinha sido estraçalhado por um tigre. A carcaça tinha sido destroçada. A visão era obscena.

Sara apareceu na noite seguinte.

– E o peru? – perguntou.

– Tava Ok.

Ela foi ver na geladeira. Deu um grito. Voltou correndo.
– Deus do céu, que aconteceu?
– Tammie e Arlene vieram aqui. Acho que fazia uma semana que elas não comiam.
– Ai, que nojo! Eu preparei ele com tanto cuidado...
– Desculpe. Eu devia ter impedido elas. Tinham tomado bolinha.
– Bom, só me resta uma coisa a fazer.
– O quê?
– Posso fazer uma bela sopa de peru. Vou comprar umas verduras.
– Tudo bem – eu disse; e dei a ela uma nota de 20. Sara fez a sopa naquela noite. Estava uma delícia. Quando saiu, de manhã, me ensinou como requentá-la.

Tammie bateu na porta, ali pelas quatro da tarde, e foi direto pra cozinha. A porta da geladeira se abriu.
– Ei, tem sopa, né?
– É.
– Tá boa?
– Tá.
– Se importa se eu experimentar?
– Ok.
Escutei-a pondo a sopa no fogo. Depois, escutei ela provando a sopa.
– Nossa! Esse troço tá sem gosto! Precisa botar tempero! Ouvi ela mexendo nos condimentos. Daí, experimentou de novo.
– Agora tá melhor! Mas precisa de mais tempero ainda. Eu sou italiana, sabe? Bom... vamos ver... tá melhor! Agora, vamos esquentá-la outra vez. Posso pegar uma cerveja?
Tudo bem.
Ela apareceu com uma garrafa e sentou.
– Você sentiu minha falta? – ela perguntou.
– Você não vai saber nunca.
– Acho que eu vou voltar a trabalhar no Play Pen.
– Ótimo.
– Tem gente que dá boas gorjetas lá. Tinha um cara que me dava 5 dólares todas as noites. Tava apaixonado por mim.

Mas nunca me cantou. Só ficava me comendo com os olhos. Cara estranho. Era cirurgião do ânus e, às vezes, se masturbava me vendo andar dum lado pro outro. Conheço o tipo, sabe?

– Bom, você deixou o cara tarado...
– Acho que a sopa tá pronta. Quer um pouco?
– Não, obrigado.

Tammie foi na cozinha. Dava pra ouvi-la pondo sopa no prato. Ficou lá um tempão. Daí, voltou.

– Dá procê me emprestar 5 paus até sexta?
– Não.
– Então me empresta 2 paus.
– Não.
– Só 1 dólar, então.

Dei a ela um punhado de moedas. Chegou a 1 dólar e 37 centavos.

– Obrigada – disse ela.
– Tudo bem.

Sumiu porta afora.

Sara apareceu na noite seguinte. Ela nunca aparecia tanto em seguida; era efeito da temporada de festas; todo mundo estava perdido, louco, angustiado. O vinho branco estava a postos, e eu enchi dois copos.

– Como vai o Drop On Inn? – perguntei a ela.
– Comércio é uma merda. Mal dá pra manter aberto.
– Cadê os fregueses?
– Todo mundo saiu da cidade; todo mundo foi pra algum lugar.
– Os esquemas de todo mundo têm seus furos.
– Nem pra todos. Algumas pessoas conseguem ir levando, sem muitos problemas.
– É verdade.
– E a sopa?
– Quase no fim.
– Você gostou?
– Não cheguei a tomar muito.

Sara foi à cozinha e abriu a porta da geladeira.

– Que houve com a sopa? Tá estranha.

Ouvi-a provando a sopa. Cuspiu tudo na pia.

– Nossa mãe! Tá envenenada! Que aconteceu? A Tammie e a Arlene vieram comer a sopa também?

– Só a Tammie.

Sara não gritou. Só despejou a sopa na pia e ligou o triturador de lixo. Dava pra ouvir seus soluços mal disfarçados. Aquele pobre peru orgânico tivera um Natal de amargar.

100

A véspera do ano-novo foi outra noite difícil de suportar pra mim. Meus pais sempre gostaram da véspera do ano-novo; ficavam acompanhando no rádio sua aproximação, cidade por cidade, até chegar em Los Angeles. Os rojões estouravam e os apitos e as buzinas disparavam e os bêbados amadores vomitavam e os maridos flertavam com as mulheres de outros homens e as mulheres flertavam com quem conseguiam flertar. Todo mundo se beijava e brincava de passar a mão na bunda nos banheiros e lavabos e, às vezes, abertamente, sobretudo à meia-noite, e aconteciam brigas terríveis de família no dia seguinte, sem contar o Desfile das Rosas e o jogo pelo Troféu da Rosa.

Sara chegou cedo na véspera do ano-novo. Ela se entusiasmava com coisas assim como a Montanha Mágica, filmes de ficção espacial, *Star Trek*, certos grupos de rock, creme de espinafre, comida natural etc. Porém, possuía um bom senso elementar mais apurado que o de qualquer outra mulher que conheci. Talvez, só uma outra, Joana Dover, poderia se equiparar a ela em termos de bom senso e doçura de temperamento. Mas Sara era bem mais bonita e muito mais fiel do que as outras mulheres que eu andara transando. Por isso, essa passagem de ano não ia ser das piores.

Um apresentador idiota de noticiário de tevê tinha acabado de me desejar "Feliz ano-novo". Detesto que estranhos me desejem Feliz ano-novo. Como ele sabia quem eu sou? Eu poderia ser um monstro que acabara de pendurar uma criança de cinco anos pelas canelas e começava a cortar ela lentamente em fatias.

Sara e eu começamos a beber e comemorar, mas é difícil ficar de porre quando metade do mundo se esforça pra se embriagar junto com você.

– Bom – disse a ela –, não foi um ano mau, esse. Pelo menos, ninguém me assassinou.

– Além do que, você continua bebendo toda noite e acordando sempre ao meio-dia.

– Se eu conseguir me aguentar assim por mais um ano...

– Você não passa de um touro alcoólatra.

Bateram à porta. Não acreditei no que meus olhos viam. Era Dinky Summers, o roqueiro folk, com sua menina, Janis.

– Dinky! – gritei. – Porra, bicho, que aconteceu?

– Sei lá, Hank. Me deu vontade de pintar aqui, só isso.

– Janis, essa é a Sara. Sara... Janis.

Sara foi buscar mais dois copos. Eu servi. A conversa não era lá essas coisas.

– Fiz umas dez músicas novas. Acho que estou melhorando.

– Eu também acho – disse Janis. – De verdade.

– Escuta, cara, naquela noite que eu abri a sua leitura... Me diz uma coisa, Hank, eu tava assim tão ruim?

– Olha, Dinky, não quero te magoar, mas eu tava bebendo e não prestei muita atenção. Só pensava em mim. Era eu quem iria lá, em seguida, encarar a fera. Isso sempre me faz vomitar.

– Já eu, adoro estar diante de uma plateia. E quando consigo me impor, e eles gostam do meu barato, então, vou pro céu.

– Escrever é diferente. Você fica sozinho, não tem nada a ver com uma plateia ululante.

– Talvez você tenha razão.

– Eu estava lá – disse Sara. – Dois caras tiveram que ajudar o Hank a subir no palco. Ele tava bêbado e passando mal.

– Escuta, Sara – perguntou Dinky –, o meu número tava assim tão ruim?

– Não tava, não. É que eles estavam impacientes pelo Chinaski; tudo mais irritava eles.

– Obrigado, Sara.
– Não me ligo muito em folkrock – disse eu.
– Você gosta do quê?
– De quase todos os compositores clássicos alemães, mais um punhado de russos.
– Fiz umas dez músicas novas.
– Quem sabe a gente não podia ouvir algumas.
– Mas você não trouxe o violão... – eu disse.
– Ora, trouxe sim! – disse Janis. – Ele anda sempre com ele.

Dinky levantou e foi buscar o instrumento no carro. Depois, sentou de pernas cruzadas no tapete e começou a afinar o treco. Estávamos prestes a enfrentar um concerto ao vivo. Ele começou logo. Tinha uma voz cheia, potente. Fazia as paredes tremerem. A canção falava de uma mulher. Uma questão de corações partidos entre ele e uma mulher. Não era tão ruim, na verdade. Talvez no palco, diante de um público pagante, ficasse bem melhor. Mas aquele cara estava numa sinuca. Envelhecia. Os caracóis dourados do seu cabelo já não eram assim tão dourados e o espanto inocente de seus olhos decaíra um pouco. Logo mais ele ia se ver em uma sinuca na vida.

Aplaudimos.

– Bom demais, cara – disse eu.
– Você gosta mesmo, Hank?

Estiquei-lhe um dedão afirmativo.

– Você sabe que eu sempre curti as suas coisas, né? – me disse ele.

– Obrigado, cara.

Ele desferiu a segunda canção. Era também sobre uma mulher. Sua mulher, ex-mulher: ela tinha passado a noite toda fora. Tinha uma certa graça, mas às vezes me parecia um tanto forçada. No entanto, ele acabou e a gente aplaudiu. Partiu pra outra.

Dinky estava inspirado. Sua voz tinha bastante volume. Marcava o compasso com o tênis. Acho que o problema dele era mesmo *ele*. Não tinha boa figura, nem soava muito certo – embora as músicas, em si, fossem muito melhores do que se ouvia por aí. Fiquei chateado por não poder louvá-lo sem reservas. Elogiar o talento de um cara só porque ele está sentado na sua frente é a mais imperdoável das mentiras, porque o estimula a ir em frente, a continuar; e isso, prum sujeito sem talento genuíno, é a pior maneira de desperdiçar a vida. Mas era o que muita gente fazia, amigos e parentes, sobretudo.

Dinky entrou de sola na canção seguinte. Íamos ter de ouvir as dez. A gente ouvia e aplaudia; no fim, as minhas palmas eram as menos enfáticas.

– Aquele terceiro verso, Dinky, não gostei muito dele – eu disse.

– Mas tem que ser assim, percebe, porque...

– Sei.

Dinky ia em frente. Cantou todas as músicas. Demorou um bom tempo. Teve uns intervalos entre uma e outra. Quando o ano-novo finalmente deu as caras, Dinky, Janis, Sara e Hank ainda estavam juntos. Mas, graças a Deus, a caixa do violão já estava fechada. Julgamento suspenso.

Dinky e Janis saíram à uma da manhã, e Sara e eu fomos pra cama. Começamos a nos acariciar e beijar. Como já disse, sou viciado em beijo. Era quase demais pra mim. Mas os verdadeiros beijos eram escassos, raros. Não se beija bem no cinema e na tevê. Eu e Sara estávamos na cama, na maior esfregação, e lascando beijos da pesada. Ela se deixava levar, de verdade. Tudo foi acontecendo mais ou menos como das outras vezes. Drayer Baba sempre de olho, lá em cima. Ela agarrou meu pau, e eu fiquei brincando com a sua xoxota; em seguida, ela começaria a esfregar meu pau na sua buceta, e, de manhã, na certa, a cabeça do meu pau estaria toda vermelha e assada.

Chegamos à fase da esfregação pau-buceta. Então, de repente, ela mesma o conduziu pra dentro da sua buceta.

Fiquei perplexo. Não sabia o que fazer.

Pra cima e pra baixo, certo? Ou melhor, pra dentro e pra fora. Era como andar de bicicleta: a gente nunca esquece. Ela era bonita pra valer. Não consegui me segurar; agarrei seus cabelos dourados, pressionei sua boca contra a minha e gozei.

Ela levantou e foi ao banheiro; eu olhei pro teto azul do meu quarto e sussurrei: "Drayer Baba, perdoa a Sara".

Porém, já que ele nunca falava nem tocava em dinheiro, eu não podia esperar uma resposta, muito menos suborná-lo.

Sara voltou do banheiro. Ela tinha uma leveza, era esgalga, enxuta e totalmente fascinante. Veio pra cama e a gente se beijou. Foi um beijo fácil e amoroso de boca aberta.

– Feliz ano-novo – disse ela.

Dormimos abraçadinhos.

101

Andei me correspondendo com Tanya, e na noite de 5 de janeiro ela telefonou. Tinha uma voz excitada e sexy, igual à da Betty Boop.

– Estou voando praí amanhã à noite. Dava pra você me pegar no aeroporto?

– Como é que eu vou te reconhecer?

– Vou estar de rosa-claro.

– *Grande*!

– Escuta, você tem certeza de que ainda quer que eu vá?

– Tenho.

– Tudo bem, estarei aí.

Desliguei o telefone. Pensei em Sara. Ela e eu não éramos casados. Eu estava no meu direito. Eu era escritor. Eu era um velho sórdido. As relações humanas nunca funcionavam mesmo. Só as primeiras duas semanas tinham alguns *tchans*; a partir daí, os parceiros perdiam o interesse. Caíam as máscaras e as verdadeiras pessoas começavam a aflorar: maníacas, imbecis, dementes, vingativas, sádicas, assassinas. A sociedade moderna tinha criado seres à sua imagem e semelhança e eles se festejavam mutuamente num duelo com a morte, dentro de uma cloaca. Eu já tinha notado que a duração máxima de uma história entre duas pessoas era de dois anos e meio. O rei Mongut do Sião tinha nove mil esposas e concubinas; o rei Salomão, do Velho Testamento, tinha 700 esposas; Augusto, o Forte, da Saxônia, tinha 365 mulheres, uma pra cada dia do ano. Segurança em números.

Disquei pra Sara. Ela estava.

– Oi – eu disse.

– Que bom que você ligou – disse ela. – Eu estava justamente pensando em você.

– E o velho negócio de comida natural, como vai?

– Não foi um mau dia hoje.

– Você deveria aumentar os preços. Você tá oferecendo sua muamba de graça.

– Se eu apenas fechar sem prejuízo é melhor. Não tenho que pagar imposto.

– Uma pessoa me ligou agora à noite.

– Quem?

– Tanya.

– Tanya?

– É, a gente tem se escrito. Ela diz que gosta dos meus poemas.

– Vi aquela carta que ela te escreveu. Você largou ela pelos cantos. É uma que te mandou uma foto com a buceta aparecendo, né?

– É.

– Hank, tô mal. Tô pior que mal. Não sei o que fazer.

– Ela tá vindo. Combinei de encontrá-la no aeroporto.

– O que você tá querendo fazer? Qual é o sentido disso?

– Talvez eu não seja um bom sujeito. Tem de todos os tipos e qualidades, cê sabe...

– Isso não é resposta. E você, e eu? E a gente? Detesto fazer dramalhão, mas eu deixei meus sentimentos entrarem nessa história...

– Ela vem vindo. Vai ser o fim pra gente, então?

– Não sei, Hank. Acho que sim. Não vou segurar essa.

– Você tem sido muito legal comigo. Eu quase nunca sei o que estou fazendo.

– Quanto tempo ela vai ficar aqui?

– Dois ou três dias, acho.

– Você não imagina como eu tô me sentindo...

– Acho que imagino...

– Ok, então me liga quando ela tiver ido embora. Aí a gente vê.

– Tá certo.

Fui ao banheiro e olhei minha cara no espelho. Horrível. Podei uns fios brancos na minha barba e outros tantos no cabelo em volta da orelha. Olá, Morte. Você já me deu quase seis décadas. Já lhe dei muitas chances; há muito tempo eu deveria ser seu. Quero ser enterrado perto do hipódromo... onde possa ouvir o tropel dos cavalos na reta final.

Na noite seguinte, lá estava eu no aeroporto, esperando. Cheguei cedo e fui ao bar. Pedi meu drinque e ouvi alguém soluçando. Era uma jovem crioula – bem clarinha – num vestido azul apertado. Estava de porre, com os pés numa cadeira e o vestido arregaçado mostrando suas longas pernas, macias e sensuais. Todos os caras do bar deviam estar de pau duro. Eu não conseguia parar de olhar. Ela era um tesão absoluto. Já podia vê-la no meu sofá, exibindo aquele pernão todo. Pedi outro drinque e me aproximei dela. Fiquei do seu lado, tentando disfarçar meu pau duro.

– Você tá legal? – perguntei. – Alguma coisa que eu possa fazer?

– Sim, me paga um *stinger*.

Fui pegar o *stinger* e sentei ao seu lado no banco. Ela tinha tirado os pés da cadeira. Acendeu um cigarro e encostou sua perna na minha. Acendi um cigarro.

– Me chamo Hank – eu disse.

– E eu, Elsie – disse ela.

Fiquei esfregando uma perna nela, pra cima e pra baixo, de leve.

– Trabalho com material de construção – disse eu. Elsie não falou nada.

– O filho da puta me deixou – ela disse por fim. – Como eu odeio ele, meu Deus! Você não imagina como eu odeio ele!

– Acontece com todo mundo, umas seis ou oito vezes.

– É possível, mas isso não é consolo pra mim. Só quero matá-lo.

– Tente se acalmar.

Peguei no joelho dela. Meu pau estava tão duro que doía. Eu estava quase a ponto de gozar.

– 50 dólares – disse Elsie.

— Pelo quê?

— Pelo que você quiser.

— Você se vira no aeroporto?

— Isso mesmo. Vendendo biscoitinhos beneficentes.

— Desculpe, eu pensei que você precisava de ajuda. Tenho que encontrar minha mãe daqui a cinco minutos.

Levantei e fui embora. Uma profissional! Olhei pra trás e vi Elsie com os pés na cadeira, de novo, mostrando ainda mais seu corpo. Quase voltei lá. Dane-se Tanya.

O avião de Tanya veio vindo e aterrissou sem cair. Fiquei esperando, um pouco atrás do grupo de agitadores de lenço. Como seria ela? E eu, como eu seria? Nem queria pensar no assunto... Os primeiros passageiros apareceram.

Olha só *aquela*! Se ela fosse a Tanya!

Ou aquela. Meu Deus! Que quadris. De vestido amarelo, sorrindo.

Ou aquela ali... ia ficar bem na minha cozinha, lavando prato.

E aquela... berrando nos meus ouvidos, com um peito de fora.

Tinha umas tremendas mulheres naquele avião.

Senti alguém me cutucar pelas costas. Me virei e vi aquela criancinha miúda. Parecia ter uns dezoito anos, pescoço fino e longo, ombros um pouco arredondados, nariz comprido, e peitos, sim senhor, e pernas e bunda, sim senhor.

— Sou eu – disse ela.

Dei-lhe um beijo no rosto.

— Cê tem bagagem pra pegar?

— Tenho.

— Então vamos pro bar. Detesto ficar esperando bagagem.

— Tudo bem.

— Você é tão pequenina.

— 45 quilos.

— Nossa...

Eu ia rachar ela ao meio. Ia ser um estupro infantil.

Fomos ao bar e sentamos num banco. A garçonete pediu a identidade de Tanya. Ela mostrou prontamente.

– Você tem cara de dezoito – disse-lhe a garçonete.
– Eu sei – ela respondeu com a voz aguda de Betty Boop.
– Vou tomar um uísque sauer.
– Me dá um conhaque – falei pra garçonete.
A duas mesas dali, a mulata ainda exibia as partes, com o vestido arregaçado. Calcinha cor-de-rosa. Ficou me encarando. A garçonete chegou com os drinques. Demos uns goles. Vi a mulata se levantando. Veio cambaleante até onde a gente estava. Espalmou as mãos na mesa, escorando seu corpo inclinado. Tinha um bafo de bebum. Olhou pra mim.
– Então, essa é a que é a sua mãe, né, seu filho de uma puta!
– Mamãe não pôde vir.
Elsie encarou Tanya.
– Quanto é o seu michê, querida?
– Cai fora – disse Tanya.
– Você é boa de chupetinha?
– Se você continuar com isso, vou fazer o seu marrom-claro virar preto e roxo.
– Ah, é? E como, meu bem? Vai me bater com o seu ursinho de pelúcia?
Daí, Elsie se afastou, balançando seu rabo pra gente. Mal chegou na sua mesa e já botou aquelas pernas gloriosas em cima da cadeira, de novo. Por que não podia ser eu o dono daquelas pernas? O rei Mongut tinha nove mil esposas. Pense bem, nove mil divididas por 365 dias. Sem brigas. Sem períodos menstruais. Sem sobrecarga psíquica. Só farra, farra e farra. Deve ter sido muito difícil pro rei Mongut aceitar a morte – ou muito fácil. Não deve ter havido meio-termo.
– Quem é essa? – perguntou Tanya.
– É a Elsie.
– Você a conhece?
– Tentou me fisgar. Queria 50 dólares por uma lambança.
– Ela é foda... conheço um monte de groides, mas essa...
– Que é groide?
– Groide é negro.
– Ah, é?

– Nunca ouviu?
– Nunca.
– Bom, eu conheço um monte de groides.
– Ok.
– Mas ela tem belas pernas, isso ela tem. Até eu fico com tesão.
– Tanya, as pernas são apenas uma parte da pessoa.
– Que parte?
– A maior.
– Vamos pegar a bagagem.

Quando saímos, Elsie gritou: "Tchau, mamãe!". Não sabia com qual de nós dois ela estava falando.

Em casa, ficamos no sofá, bebendo.
– Você tá chateado comigo aqui?
– Não estou chateado com você...
– Você tinha uma namorada, né? Tava na sua carta. Vocês ainda estão juntos?
– Não sei.
– Escuta, eu acho você um grande escritor. É um dos poucos escritores que eu consigo ler.
– É? Quem são os outros filhos da mãe?
– Não consigo me lembrar de nenhum nome agora.

Me inclinei e lhe dei um beijo. Sua boca estava aberta e úmida. Ela sucumbia facilmente. Era um número, aquela garota, 45 quilos. A gente parecia o elefante e a formiguinha.

Tanya levantou, segurando o copo, subiu a saia, e montou a cavalo nas minhas pernas, olho no olho. Estava sem calcinha. Começou a esfregar sua bucetinha no meu pau teso dentro da calça. Nos agarramos e beijamos, e ela continuou a se esfregar. Muito eficaz. Vai, remexe, cobrinha safada!

Tanya abriu meu zíper. Tirou meu pau e o enfiou na sua buceta. Começou a cavalgar. E como! 45 quilos... quem diria. Eu fazia só leves movimentos, de vez em quando, acompanhando os seus. Um beijo, vez por outra. Era indecente: eu sendo estuprado por uma criança. Ela mexia e rebolava. Ela me tinha acuado, indefeso. Loucura: só carne, sem amor. A gente empesteava o ar com o cheiro de sexo puro. Minha filha, minha filha, como é que esse seu corpinho consegue fazer tudo isso? Quem inventou a mulher? Qual era o objetivo final? Toma essa vara! Nós dois, perfeitos estranhos. Era como trepar com a sua própria merda.

Ela se comportava igual a uma macaquinha equilibrista. Tanya era uma fiel leitora dos meus livros. Aquela criança sabia das coisas – ia fundo. Ela tava percebendo minha angústia. Se agitava com fúria, sissiricando seu clitóris com um dedo, cabeça jogada pra trás. A gente tinha sido escalado pro mais excitante de todos os jogos. Gozamos juntos, e o gozo durou muito tempo; pensei que o meu coração ia parar. Ela caiu sobre mim, pequenina e frágil. Toquei seu cabelo. Ela suava. Daí, se desembaraçou de mim e foi pro banheiro.

Estupro infantil consumado. Melhorou muito a educação das crianças. Estuprador estuprado. Finalmente, justiça. Ela não era uma mulher "liberada"; não, ela era simplesmente tesuda pra caralho.

Tanya voltou. Tomamos mais um drinque. Porra, ela ficou rindo, de papo comigo, como se nada tivesse acontecido. Eram assim as coisas. Aquilo não tinha passado de exercício pra ela, como *cooper* ou natação.

Tanya disse:

– Acho que vou ter que mudar de onde eu moro. Rex tá me dando muito trabalho.

– Ah, é?

– Quer dizer, a gente não faz sexo, nunca fizemos, mas, mesmo assim, ele morre de ciúmes. Se lembra da noite em que você me ligou?

– Não.

– Bom, depois que eu desliguei, ele *arrancou* o fio da parede.

– Vai ver ele tá apaixonado por você. Melhor ser boazinha com ele.

– Você é bonzinho com as pessoas que te amam?

– Não, não sou.

– Por quê?

– Sou muito infantil. Não sei lidar com essas coisas.

Bebemos noite afora e fomos pra cama um pouco antes do amanhecer. Eu não tinha rachado ao meio aqueles 45 quilos. Ela dava conta de mim e de muito, muito mais.

102

Quando acordei, poucas horas mais tarde, Tanya não estava na cama. Eram só nove horas. Achei-a no sofá, sentadinha, mamando numa garrafa de uísque.

– Nossa, você começa cedo.
– Sempre levanto às seis.
– Eu sempre levanto na hora do almoço. Vamos ter problemas.

Tanya virou a garrafa, e eu voltei pra cama. Levantar às seis da madrugada era insanidade. Os nervos dela deviam estar em frangalhos. Não admira que ela não pesasse nada.

Ela entrou no quarto.
–Vou dar uma volta.

Quando acordei de novo, foi com Tanya montada em mim. Meu pau estava duro e enterrado na sua buceta. Ela me cavalgava de novo, com o corpo vergado pra trás. Ela se encarregava de tudo. Suspirava de delícia, e os suspiros foram ficando mais frequentes. Eu também comecei a gemer, cada vez mais alto. Sentia que estava chegando lá. Daí, aconteceu. Foi um gozo longo e gostoso. Aí, Tanya desmontou. Meu pau continuava duro. Tanya foi até lá embaixo e, sempre me olhando nos olhos, começou a lamber o esperma da cabeça do meu pau. Ela sabia lavar uma louça.

Levantou e foi pro banheiro. Ouvi a água escorrer na banheira. Eram apenas dez e quinze da manhã. Voltei a dormir.

103

Levei Tanya a Santa Anita. A sensação do momento era um jóquei de dezesseis anos, que ainda tinha permissão de montar com um peso abaixo da tabela, pois era novato. Vinha do Leste e se apresentava em Santa Anita pela primeira vez. O hipódromo oferecia um prêmio especial de dez mil dólares pra quem acertasse o vencedor da corrida principal; porém, era um sistema muito complicado pra ser entendido, e mais ainda pra ser explicado.

A gente chegou na quarta corrida, mais ou menos, e os idiotas já tinham lotado o lugar. Todas as numeradas tinham sido vendidas e não havia lugar no estacionamento. Funcionários do hipódromo nos indicaram o estacionamento de um shopping center das redondezas. Tinham colocado um serviço de ônibus pra nos levar. Claro que no final teríamos de voltar a pé.

– Isso é uma loucura. Acho melhor voltar – eu disse pra Tanya.

Ela deu um gole na garrafa.

– Agora, foda-se – disse ela –, já estamos aqui.

Eu sabia de um lugar especial pra sentar, lá dentro, confortável e isolado. Fui com ela. Só que as crianças também tinham descoberto aquele canto. Corriam, chutavam poeira, gritavam, mas era melhor que ficar em pé.

– A gente se manda antes da oitava corrida – falei pra Tanya. – Essa turma toda não vai conseguir sair daqui antes da meia-noite.

– Aposto que um hipódromo deve ser um bom lugar pra catar homem.

– As putas operam na sede.

– Alguma já catou você aqui?

– Uma vez, mas não valeu.

– Por quê?

– Eu já conhecia ela.

– Você não tem medo de pegar uma doença qualquer?

– Claro! Por isso a maioria dos caras prefere ser apenas chupado.

– Você gosta de chupetinha?

– Ora, lógico.

– Quando a gente vai apostar?

– Já.

Tanya foi comigo até os guichês de aposta. Fui no guichê de 5 dólares. Ela ficou do meu lado.

– Como você sabe em quem apostar?

– Ninguém sabe. O sistema é simples, basicamente.

– Como é que é?

– Bom, em geral, o cavalo mais cotado paga menos; daí, à medida que os cavalos vão ficando menos cotados, os rateios vão ficando progressivamente melhores. Mas o chamado "favorito" só ganha um terço das vezes, com rateios inferiores a 3 por 1.

– E você pode apostar em todos os cavalos da corrida?
– Pode, se quiser ficar pobre rápido.
– Muita gente ganha?
– Eu diria que só uma pessoa em cada 20 ou 25 ganha.
– E por que eles vêm aqui?
– Esperança. Eu não tenho nenhuma, mas imagino que algumas pessoas aqui tenham.

Apostei no número 6, 5 paus, e fomos lá fora assistir a corrida. Sempre dei preferência a um cavalo com bom arranque inicial, especialmente se ele tivesse abandonado sua última corrida. Os jogadores os chamavam de "fujões", mas sempre se ganhava mais, pois eram cavalos com a mesma capacidade dos "ponteiros". Meu "fujão" pagava 4 por 1; ganhou por dois corpos e meio de diferença e pagou 10,20 por 2 dólares. Me deu uma vantagem de 25,50.

– Vamos beber alguma coisa – disse a Tanya. – O barman daqui faz o melhor bloody mary do sul da Califórnia.

Fomos ao bar. Pediram a identidade de Tanya. Pegamos nossos drinques.

– Em quem você faz fé na próxima corrida? – ela perguntou.
– No Zag-Zig.
– Cê acha que ele vai ganhar?
– Você tem dois peitos?
– Você reparou?
– Reparei.
– Onde fica a toalete das senhoras?
– Vira à direita duas vezes.

Logo que Tanya saiu, pedi outro *bm*. Um crioulo chegou em mim. Tinha uns cinquenta anos.

– Hank, como é que vai, cara?
– Vou levando.
– Cara, a gente sente muito a sua falta lá no Correio. Você era um dos sujeitos mais engraçados que já passaram por lá. Quer dizer, a gente sente muita saudade de você.

– Obrigado; diz um oi pro pessoal.
– Que cê anda fazendo agora, Hank?
– Eu martelo numa máquina de escrever.
– Como assim?
Ergui as duas mãos e datilografei no ar.
– Quer dizer que você trabalha de datilógrafo numa firma?
– Não, eu escrevo.
– Escreve o quê?
– Poemas, contos, romances. Me pagam por isso.
Ele me deu uma olhada. Aí, fez meia-volta e se mandou.

Tanya voltou.
– Um filho da puta tentou me paquerar!
– Ah, foi? Eu deveria ter ido com você.
– Ele era superatrevido. Eu realmente detesto esses tipos. São tão pegajosos.
– Se eles pelo menos fossem um pouco originais, já ajudaria. Mas eles não têm nenhuma imaginação. Deve ser por isso que vivem sozinhos.
– Vou apostar no Zag-Zig. Vou comprar uma *poule* para você.

Zag-Zig não emplacou. Cruzou o disco devagarinho, com o jóquei descendo-lhe o chicote. Zag-Zig largou mal e logo afrouxou. Só não perdeu de um único cavalo. Voltamos pro bar. Uma porcaria duma corrida, ganha por um favorito a 6 por 5.

Pedimos dois bloody marys.
– Você gosta de boquete? – Tanya me perguntou.
– Depende; algumas sabem fazer, a maioria não.
– Você costuma encontrar seus amigos por aqui?
– Acabei de encontrar, uma corrida antes dessa.
– Mulher?
– Não, um cara, funcionário do Correio. Na verdade, eu não tenho nenhum amigo.
– Você tem a mim.
– Quarenta e cinco quilos de sexo alucinante.

— É só isso que você vê em mim?
— Claro que não. Você tem também esses olhões enormes...
— Você não tá sendo muito gentil.
— Vamos pegar a próxima corrida.
Pegamos a próxima corrida. Ela apostou no dela, eu no meu. Perdemos os dois.
— Vamos dar o fora daqui — eu disse.
— Ok — disse Tanya.

De volta pra casa, ficamos bebendo no sofá. Não era má, aquela garota. Tinha uma visão um tanto melancólica de si mesma. Usava *vestidos* e salto alto. E tinha belas canelas. Eu não sabia direito o que ela esperava de mim. Não queria que ela se sentisse mal. Beijei ela. Sua língua era longa e fina e ficava se contorcendo na minha boca. Parecia um lambari. Tudo era tão triste, mesmo quando as coisas davam certo.

Tanya abriu meu zíper e botou meu pau na sua boca. Tirou e me olhou. Estava de joelhos, entre as minhas pernas. Olhou firme nos meus olhos e ficou lambendo a cabeça do meu pau. Atrás dela, o que restava do sol se filtrava através das venezianas. Daí ela caiu de boca. Não tinha absolutamente nenhuma técnica; não sabia nada sobre o assunto. Fazia apenas o elementar: abocanhar e chupar. Como pura sacanagem, até que estava bom, mas era difícil gozar na pura sacanagem. Eu tinha bebido muito e não queria magoá-la. Então, me bandeei pro mundo da fantasia: a gente estava numa praia, cercado por umas 45, 50 pessoas, machos e fêmeas, a maioria em trajes de banho. Rodeavam a gente. O sol estava a pino, o mar avançava e refluía em ondas sonoras. Vez por outra, gaivotas sobrevoavam em círculos nossas cabeças.

Tanya chupava e abocanhava, sob os olhares gerais. Ouvi comentários:
— Meu Deus, olha como ela pega e chupa aquilo!
— Putinha barata!
— Chupando um cara quarenta anos mais velho que ela!
— Tirem ela dali! Ela é louca!
— E OLHA só aquela coisa!

– Horrível!
– Opa! Vou comer o cu dela enquanto isso!
– Ela é DOIDA! Imagine chupar desse jeito um pangaré daqueles!
– Vamos queimar a bunda dessa vaca com fósforo!
– OLHA, COMO ELA FAZ!
– É COMPLETAMENTE LOUCA!

Agarrei a cabeça de Tanya e forcei meu pau pra dentro do crânio dela.

Quando ela saiu do banheiro, eu já tinha preparado dois drinques. Tanya deu um gole e olhou pra mim.
– Você gostou, fala a verdade. Tô com essa sensação.
– Acertou – eu disse. – Você gosta de música sinfônica?
– Folkrock – disse ela.

Fui ligar o rádio, sintonizei na 160, botei o som alto. Lá estávamos nós.

104

Levei Tanya ao aeroporto na tarde seguinte. Tomamos um drinque no mesmo bar. A mulata gostosa não estava por lá; toda aquela perna devia estar nas mãos de outra pessoa.
– Vou escrever, Hank – disse Tanya.
– Tudo bem.
– Você me acha vulgar?
– Nada. Você adora sexo, e não tem nada de errado nisso.
– Você também se sai muito bem no assunto.
– Tenho um lado puritano muito forte. Os puritanos às vezes curtem sexo mais do que ninguém.
– É verdade. Você tem muito mais inocência que a maioria dos homens que eu conheci.
– Num certo sentido, sempre fui virgem...
– Gostaria de dizer o mesmo.
– Mais um drinque?
– Claro.

Bebemos em silêncio. Chegou a hora de embarcar. Dei um beijo de despedida em Tanya, antes de ela entrar na área controlada; depois, desci de escada rolante. A viagem de volta foi normal. Pensei, bem, cá estou eu sozinho de novo. É melhor eu começar a escrever alguma porra logo, ou volto a ser porteiro de novo. O serviço postal jamais me aceitaria de volta. Um homem tem de se dedicar com afinco ao seu ramo, dizem eles.

Cheguei ao condomínio. Nada na caixa de cartas. Sentei e disquei pra Sara. Ela estava no Drop On Inn.

– E aí, como vai? – perguntei.
– Aquela biscate já foi embora?
– Foi.
– Há quanto tempo?
– Acabei de colocá-la no avião.
– Gostou dela?
– Ela tem lá suas qualidades.
– Ficou apaixonado por ela?
– Não. Escuta, queria te ver.
– Não sei. Tem sido muito duro pra mim. Como é que vou saber que você não vai fazer isso de novo?
– Ninguém tem muita certeza do que vai fazer ou não. Nem você tem certeza do que é capaz de fazer.
– Sei dos meus sentimentos.
– Escuta, eu nem perguntei o que você andou fazendo, Sara.
– Ah, muito obrigado, muito gentil da sua parte.
– Queria ver você. Hoje à noite. Vem aqui.
– Hank, não sei ainda...
– Vem aqui. Só pra gente conversar.
– Eu tô muito chateada, *mesmo*. Têm sido um inferno, esses dias.
– Olha, deixa eu dizer o seguinte: comigo, você é a número um. E nem existe a número dois.
– Tudo bem. Chego aí por volta das sete. Olha, tem dois fregueses esperando...
– Tudo bem. Vejo você às sete.

Desliguei. Sara tinha bom coração. Trocá-la por uma Tanya era ridículo. Embora Tanya tenha me dado alguma coisa. Sara merecia melhor tratamento. As pessoas se devem alguma fidelidade, mesmo que não sejam casadas. Nesse caso, a confiança mútua tem de ser ainda maior, pois não há nenhuma lei assegurando nada.

Bom, a gente ia precisar era de vinho, de um bom vinho branco.

Saí no Volks, fui até a loja de bebidas do lado do supermercado. Gosto de variar de loja, pois os empregados acabam conhecendo os seus hábitos, se você vai lá dia e noite comprar grandes quantidades. Eles deviam ficar conjecturando por que eu ainda não estava morto, e isso era desagradável. Provavelmente, nem pensavam em nada disso, mas o sujeito começa a ficar paranoico quando encara trezentas ressacas por ano.

Achei quatro garrafas de bom vinho branco na loja e saí com elas. Tinha quatro garotos mexicanos lá fora.

– Ei, moço! Dá um dinheiro pra nós! Dá um dinheiro pra nós, moço!

– Pra quê?

– A gente precisa, cara. Não tá vendo que a gente precisa?

– Vão comprar Coca-Cola?

– Pepsi-Cola, cara!

Dei 50 centavos pra eles.

(ESCRITOR IMORTAL AJUDA MOLEQUES DE RUA)

Caíram fora. Abri a porta do Volks e botei o vinho lá dentro. Nisso, uma caminhonete freou rápido, a porta se abriu de sopetão, e uma mulher foi empurrada pra fora. Era uma garota mexicana, de uns 22 anos, de calça comprida cinza. Tinha cabelo preto, sujo e espetado. O cara da caminhonete gritou pra ela:

– SUA PUTA DO CARALHO! SUA PUTA LAZARENTA! EU DEVIA CHUTAR O TEU RABO DE MERDA!

– SEU BROCHA! – ela berrou de volta. – VOCÊ CHEIRA À MERDA!

O cara pulou da caminhonete e correu atrás dela, que fugiu na direção da loja de bebidas. Ele me viu, desistiu da perseguição, voltou à caminhonete, atravessou zunindo o estacionamento, e aí chispou pela Hollywood Boulevard.

Cheguei nela.

– Você tá bem?

– Tô.

– Posso fazer alguma coisa por você?

– Pode. Me leva até a Van Ness. Van Ness com Franklin.

– Tudo bem.

Entrou no Volks e a gente saiu rodando pela Hollywood. Virei à direita, depois à esquerda e chegamos na Franklin.

– Você comprou um monte de vinho, né?

– Pois é.

– Acho que preciso de um trago.

– Quase todo mundo precisa, só que nem todos sabem.

– Eu sei.

– A gente pode ir pra minha casa.

– Ok.

Fiz o balão e voltei por onde tinha vindo.

– Tenho um pouco de dinheiro – falei pra ela.

– 20 dólares – ela disse.

– Você chupa?

– A melhor da praça.

Em casa, servi-lhe um copo de vinho. Estava morno. Ela não ligou. Eu tomei o meu morno também. Tirei a calça e me estiquei na cama. Ela entrou no quarto. Tirei minha piroca flácida de dentro da cueca. Ela caiu de boca. Era péssima, sem nenhuma imaginação.

"Que cagada", pensei.

Levantei a cabeça do travesseiro. "Vamos lá, baby, com vontade! Que merda cê tá fazendo?"

Estava difícil de ficar de pau duro. Ela chupava e me olhava nos olhos. Era o pior boquete que já me tinham feito. Ela batalhou uns dois minutos; daí, tirou meu pau da boca. Pegou um lenço na bolsa e cuspiu nele, como se estivesse expectorando porra.

– Ei – disse eu –, o que você tá inventando aí? Eu nem gozei.

– Gozou, gozou!
– Ei, eu sei melhor que você, não?
– Você esporrou na minha boca.
– Não vem com merda pra cima de mim! Abaixa aí de novo!

Começou outra vez, tão mal como da primeira. Deixei ela trabalhar, pra ver no que ia dar. Uma puta. Ela chupou e chupou. Era como se só estivesse fingindo, como se nós dois estivéssemos só fingindo. Meu pau ficou mole. Ela continuava.

– Tá bom, tá bom – eu disse –, pode deixar. Esquece.

Botei as calças e puxei minha carteira.

– Olha aí seus 20. Pode ir agora.
– Que tal uma carona?
– Cê acha que merece?
– Quero ficar na Franklin com Van Ness.
– Tudo bem.

Fomos pro carro e eu a levei até a Van Ness. Quando ia embora, vi que ela sacudia o dedão pra outro carro, pedindo carona.

Na volta, liguei pra Sara.

– Como vão as coisas?
– Devagar hoje.
– Você vem aqui à noite, não vem?
– Disse que iria.
– Comprei um vinho branco dos bons. Vai ser que nem nos velhos tempos.
– Você vai ver a Tanya de novo?
– Não.
– Vê se não bebe até eu chegar aí, hein.
– Tá bom.
– Tenho que desligar... acabou de entrar um freguês.
– Legal. Vejo você à noite.

Sara era uma boa mulher. Eu tinha de me endireitar. Um homem só precisa de um monte de mulher quando nenhuma delas presta. Um homem pode acabar perdendo a própria identidade de tanto galinhar. Sara merecia muito mais do que eu estava lhe dando. Dependia de mim agora. Me espichei na cama e logo adormeci.

Fui acordado pelo telefone.

– Pronto? – eu disse.

– Você que é o Henry Chinaski?

– Sou.

– Sempre adorei o seu trabalho. Acho que ninguém escreve tão bem quanto você.

Era uma voz jovem e sexy.

– E eu andei escrevendo uns troços legais.

– Eu sei, eu sei. Você teve mesmo todos aqueles casos com mulheres?

– Tive.

– Olha, eu escrevo também. Moro em L.A. e gostaria de aparecer aí para vê-lo. Queria mostrar uns poemas meus.

– Não sou editor, nem trabalho em editora.

– Eu sei, eu sei. Tenho dezenove anos. Só queria fazer uma visitinha.

– Tenho compromisso hoje à noite.

– Ah, pode ser qualquer outra noite.

– Não, não vai dar pra ver você.

– Você é mesmo Henry Chinaski, o escritor?

– Tenho certeza.

– Olha que eu sou uma gatinha gostosa.

– Deve ser mesmo.

– Me chamo Rochelle.

– Então, tchau, Rochelle.

Desliguei. Eu tinha conseguido – dessa vez.

Fui pra cozinha, abri um frasco de vitamina E de 400 UI por cápsula, e engoli várias, com água mineral. Aquela ia ser uma bela noite pro velho Chinaski. O sol declinava através das venezianas, formando um desenho familiar no tapete; o vinho branco refrescava na geladeira.

Abri a porta e saí na varanda. Tinha um gato estranho lá. Uma criatura enorme, um bichano com pelo preto nas costas e olhos amarelos brilhantes. Não teve medo de mim. Veio vindo, ronronando, e ficou roçando na minha perna. Eu era um cara legal, e ele sabia disso. Os animais sabem dessas coisas. Têm instinto. Voltei pra dentro e ele me seguiu.

Abri pra ele uma lata de atum compacto Star-Kist. Embalado em água de fonte. Peso líquido 190 gramas.

L&PM POCKET MANGÁ

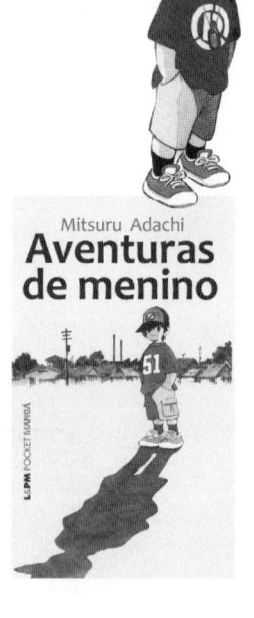

Inio Asano
Solanin 1

Inio Asano
Solanin 2

Mitsuru Adachi
Aventuras de menino

L&PM POCKET
GRANDES CLÁSSICOS EM VERSÃO
MANGÁ

SHAKESPEARE
HAMLET

SIGMUND FREUD
A INTERPRETAÇÃO DOS SONHOS

FIÓDOR DOSTOIÉVSKI
OS IRMÃOS KARAMÁZOV

F. SCOTT FITZGERALD
O GRANDE GATSBY

MARX & ENGELS
MANIFESTO DO PARTIDO COMUNISTA

FRANZ KAFKA
A METAMORFOSE

JEAN-JACQUES ROUSSEAU
O CONTRATO SOCIAL

SUN TZU
A ARTE DA GUERRA

F. NIETZSCHE
ASSIM FALOU ZARATUSTRA

lepmeditores
www.lpm.com.br
o site que conta tudo

IMPRESSÃO:

PALLOTTI
GRÁFICA

Santa Maria - RS | Fone: (55) 3220.4500
www.graficapallotti.com.br